Und wenn die Welt voll Teufel wär

KLAUS-RÜDIGER MAI

Und wenn **die Welt voll Teufel** *wär*

MARTIN LUTHER IN WORMS

Bibliographische Information der Deutschen Nationalbibliothek
Die Deutsche Nationalbibliothek verzeichnet diese Publikation in der Deutschen Nationalbibliographie; detaillierte bibliographische Daten sind im Internet über http://dnb.de abrufbar.

Printed in Germany

Das Buch wurde auf alterungsbeständigem Papier gedruckt.

Cover: Anja Haß
Coverbild: © akg-images, Luther Reichstag in Worms/Thumann
Satz: makena plangrafik, Leipzig
Druck und Binden: Beltz Grafische Betriebe GmbH, Bad Langensalza

ISBN 978-3-374-06617-9
eISBN (PDF) 978-3-374-06618-6 // eISBN (E-Pub) 978-3-374-06619-3
www.eva-leipzig.de

»Aber da ich jetzt sehe, dass meine Hoffnung ein bloßer Menschengedanke gewesen ist, und ich täglich in dieses große, tiefe Meer hineingezogen werde, in dem unzähliges Gewürm, die großen Tiere mit den kleinen ihre Kräfte und Bemühungen zusammensetzen, so sehe ich zugleich, dass der Satan durch die Anfechtung meiner Hoffnung nichts Anderes gesucht habe, als dass ich abgelenkt durch das Gefühl meiner Nichtigkeit, endlich ganz und gar von meinem Vornehmen abkäme, und ich eher nach Babylon wandern müsste, ehe ich mein Jerusalem mit Wehr und Speise versehen müsste.«

MARTIN LUTHER AM 3. MÄRZ 1521
AN KURFÜRST FRIEDRICH DEN WEISEN, DER
BEREITS IN WORMS AUF DEM REICHSTAGE WEILT

»Wisst wohl, ich hatte viel zu kämpfen mit den Träumen, um ihnen nicht nachzuhängen. So träumte ich doch die Flucht des Papstes voraus, und als ich davon erzählte, sagte der Herr Chlum noch in derselben Nacht: »Der Papst wird zu Euch zurückkehren.« Ebenso träumte ich von der Einkerkerung des Magisters Hieronymus, allerdings nicht in der richtigen Weise. Alle Gefängnisse wohin ich geführt werden sollte und wie, zeigte sich mir vorher, wenn auch nicht in genauer Art. Öfters erschienen mir auch viele Schlangen mit Köpfen auch auf den Schwänzen, aber keine konnte mich beißen ... Das schreibe ich nicht, weil ich mich für einen Propheten hielte und mich überheben wollte, sondern um Euch zu sagen, dass ich Anfechtungen an Leib und Seele hatte und ganz große Furcht, ich möchte das Gebot des Herrn Jesus Christus übertreten.«

JOHANNES HUS AN SEINE FREUNDE,
KONSTANZ 9. JUNI 1415

»Mönchlein, Mönchlein, Du gehst jetzt einen Gang, dergleichen ich und mancher Obrist auch in der allerersten Schlachtordnung nicht getan haben. Bist Du aber der rechtlichen Meinung und Deiner Sache gewiss, so fahre in Gottes Namen fort und sei getrost, Gott wird dich nicht verlassen. Mut, Mönchlein, Mut!«

DER CONDOTTIERE GEORG VON FRUNDSBERG
ZU MARTIN LUTHER, BEVOR ER VOR DEM
REICHSTAG AUFTRAT

Inhalt

Prologus

»Aber zu unserer Zeit sind unsere Ohren durch die Menge der schändlichen Schmeichler gar so zart und weich geworden, dass wir, sobald wir nicht in allen Dingen gelobt werden, schreien, man sei bissig. Und wenn wir uns sonst gegen die Wahrheit nicht wehren können, halten wir uns sie vom Leib durch den erdichteten Vorwurf der Bissigkeit, der Ungeduld und der Unbescheidenheit. Was soll aber das Salz, wenn es keine Schärfe besitzt.«

MARTIN LUTHER

Der leichte Wind, der vom See wehte, machte sich ein Vergnügen daraus, die wie schlafende Hunde bräsig auf der Stadt Konstanz brütende Hitze immer wieder aufzujagen. Zwei Edelleute, denen vier Bischöfe folgten, hielten an diesem Freitag nach Prokop im Jahre 1415 nach Christi Geburt auf den Kerker des Franziskanerklosters zu, das unweit der Stelle lag, an der sich der Rhein aus der Umarmung des Bodensees befreite und sich auf den Weg durch Deutschlands Fürstentümer und Reichsstädte in die Nordsee begab. Die sechs Herren schauten, im Klosterhof wartend, auf die Tür, die zum Mönchsverlies führte. Die Bischöfe, die hinter den beiden Edelleuten standen, schienen einen erbitterten Wettstreit darüber zu führen, wem von ihnen es gelänge, die ernsteste Miene aufzusetzen, während der Herr Graf Johannes Slavata von Chlum und Kosmberk, der wegen seines geraden Wesens den Beinamen Kepka – zu Deutsch der Unverschämte – bekommen hatte, bekümmert dreinschaute, denn in seiner Unverschämtheit hielt er nach wie vor unbeirrt an seinem Magister Johannes Hus fest.

Ein Mönch führte den hageren Magister aus der Tür, dessen schwarzes langes Haar und sich unter dem Kinn verjüngender dicker Vollbart in den letzten Tagen deutlich grauer geworden waren. Trotz der schweren Ketten hob er die Arme, um seine rechte Hand schützend über die Augen zu halten – so rücksichtslos stach die Julisonne in die Augen des Magisters. Hus war im November des Vorjahres, kurz nach Eröffnung des Konzils in Konstanz, gefangen gesetzt und bald darauf von schwerer Krankheit befallen worden. Die Haft der Dominikaner hatte er nur überstanden, weil Kepka seinem Namen alle Ehre einlegte und durchsetzte, dass der Magister auf die Burg

Gottlieben gebracht wurde, wo ihm eine gewisse Fürsorge zuteilwurde – und er genas. Doch wofür?

Nun hielten ihn die Franziskaner in Haft, weil man den Ketzer zwar nicht freigeben, ihn aber auch nicht töten wollte. Die Verwahrung des Theologen durch die Minderbrüder wurde darum schließlich als Kompromiss zwischen den allzu harten Haftbedingungen der Dominikaner und dem vergleichsweise laxen Arrest auf der Burg akzeptiert. Noch am Morgen hatte er seinen Freunden geschrieben: »Wenn ich Euer Liebden aus irgendeinem Grunde nicht wieder schreiben sollte, so behaltet mit allen Freunden mich bitte im Gedächtnis und betet, Gott möge mir und meinem lieben Bruder in Christus, dem Magister Hieronymus, Standhaftigkeit verleihen, der vermutlich ebenfalls den Tod erleiden wird, wie ich von den Abgesandten des Konzils erfuhr.«[1]

Ohne den treuen Robert, seinen Wärter, würden die Freunde seine Briefe nicht erhalten. Hus ermahnte ihn, um Gottes Willen die Briefe gut zu verbergen und vorsichtig nach Böhmen zu bringen, damit aus ihnen nicht große Gefahr für die Empfänger erwüchse. Ungeachtet dieser Gefahr sprach Johann von Chlum mit ruhiger Stimme, für alle gut hörbar zu ihm: »Siehe, Magister Johannes, wir sind Laien und wissen Dir nicht zu raten. Sieh also zu, wenn Du das Gefühl hast, dass Du in irgendwelchen Punkten von dem, was man Dir vorwirft, schuldig bist, schäme Dich nicht, darüber Dich belehren zu lassen und zu widerrufen.«[2] Er sah ihm nun tief in die Augen und Johannes Hus nahm die Arme, die von den Ketten nach unten gezogen wurden, vor den Körper und schaute zurück. So als sprächen sie sich mit Blicken Mut zu, während der Edelmann fortfuhr: »Wenn Du aber nicht das Gefühl hast darin, was man Dir vorwirft, schuldig zu sein, und Dein Gewissen Dir gebietet, handle unter keinen Umständen gegen Dein Gewissen und lüge auch nicht im Angesicht Gottes, sondern steh viel mehr bis zum Tode in der Wahrheit, die Du erkannt hast.«[3] Was den Mut stärken sollte, focht auch an. Mit ganzer Wucht spürte Hus die Ausweglosigkeit seiner Situation und Tränen sprangen ihm vor Mitleid mit sich selbst in die Augen, denn dass er recht gedacht, recht geschrieben, recht disputiert und recht gepredigt hatte, wusste er, so wie er nicht daran zweifelte, dass ihm die Wahrheit, in der er stand, den qualvollen Tod auf dem Scheiterhaufen einbringen würde. Aber durfte er Gott ins Gesicht lügen, die Wahrheit, die Christus war, verleugnen und das ewige Leben für eine längere Frist im Zeitlichen verlieren? Ein so großer Frevel würde ihn in die ewige Verdammnis führen, auch wenn seine Widersacher unter der Mitra in ihren gleißnerischen Worten die Hölle in den Himmel und den Himmel in die Hölle verwandelten. In seiner Ratlosigkeit hob er, nun, da sich seine Augen an das Licht gewöhnt hatten, den Blick zum Himmel und entdeckte einen Raubvogel, der mit ausgebreiteten Schwingen wie ein schwarzes Kreuz in das Blau des Himmels eingebaut schien. Könnte der Himmel in tausend Stücke zerfallen, wenn er nicht durch dieses Kreuz wie von einem Schlussstein zusammengehalten würde? Was wollte ihm Gott mit diesem Zeichen sagen? Hus wusste es nicht, darum antwortete er unter Tränen dem Grafen: »Herr Johannes, Ihr sollt wissen, wenn ich mir bewusst wäre, etwas Irriges gegen das Gesetz und die heilige Mutter Kirche geschrieben oder gepredigt zu haben, dass ich in Demut widerrufen wollte – Gott ist mein Zeuge. Habe ich mir denn nicht immer gewünscht, dass man mir bessere und beweiskräftigere Schriftbelege zeige, als das ist, was ich geschrieben und gelehrt habe? Und wenn man sie mir gezeigt hat, will ich auf das Bereitwilligste widerrufen.«[4] In den Falten des verhärmten Gesichts stand die Verzweiflung.

Einer der Bischöfe, die den Zug begleiteten, hatte Hus beobachtet. Ihm riss die Geduld: »Willst Du vielleicht weiser sein als das gesamte Konzil?« Der Bischof, dessen kleiner Kopf auf dem massigen Leib schulterlos eingekeilt war, maß ihn mit kaltem Blick. Hus sah, dass dieser Mensch nichts verstanden hatte. War all sein Tun und Predigen vergeblich gewesen? Er fühlte sich von Gott verlassen und ohne jeden Trost.

»Ich will nicht weiser sein als das gesamte Konzil«, entgegnete der Magister müde. Er wusste: Weil sie keine Argumente besaßen, verketzerten sie ihn. Ihre Lügen dienten nur ihrer Macht, nicht aber der Wahrheit. Eher würden Rechtschaffenheit und Wahrheit, Glaube und Seligkeit zum Teufel gehen, eher schickten sie Christus auf den Scheiterhaufen, den sie mit den Trümmern seines Kreuzes entfachten, als dass sie nur ein Quäntchen ihrer Macht abgeben würden. Obwohl er das wusste, durfte er aber nicht von seinen Forderungen ablassen. Denn verfügten sie auch über die Herrschaft, so doch nicht über die Gerechtigkeit: »Aber ich bitte Dich, gebt mir den Geringsten von Seiten des Konzils, der mich durch bessere und beweiskräftigere Schriftstellen belehrt, und ich bin bereit, sofort zu widerrufen.«

»Wie verstockt Du doch bist in Deiner Häresie!«, ereiferte sich der Bischof mit fetter Stimme.[5] »Es lohnt der Worte nicht!« Dagegen konnte auch der Herr von Chlum und Kosmberk nichts sagen. Die Bischöfe wandten sich ab und Robert, der treue Wärter, brachte den Magister in seine Zelle zurück. Graf Slavata von Chlum und Kosmberk starrte noch gedankenvoll einen Augenblick auf die Stelle, an der sein Magister in Ketten gestanden hatte. Ihm war, als lägen ein paar Tränen wie Perlen auf dem Sand des Klosterhofes. Er seufzte und wünschte, dass dem nicht so wäre. Dann riss er sich los und stapfte den Bischöfen hinterher. Würde sie doch nur aus blauem Himmel der Blitz treffen.

Johannes Hus indes, dem der treue Robert Papier und Tinte hingestellt hatte, fuhr mit dem Federkiel in lang gezogenen Buchstaben über das Blatt, auf dem kurz darauf zu lesen stand: »Der Brief ist geschrieben in Erwartung des Todesurteils im Kerker, in Ketten, die ich – das hoffe ich – für Gottes

Gesetz erdulde. Um Gottes Willen lasst nicht zu, dass die guten Priester ausgetilgt werden!«[6]

Am Samstag nach Prokop, am achten Tag nach Peter und Paul, wurde der Prager Magister von Johann von Wallenrod, dem Erzbischof von Riga, zur Hauptkirche von Konstanz geführt, wo das Konzil bereits seiner harrte, um das Ärgernis nun ein für alle Mal auf die eine oder andere Art auszuräumen. Des Magisters Blick fiel auf einen Block in der Mitte der Kirche, der auf einem Tisch stand und auf dem zweierlei Kleider lagen: das Messornat und die Priesterkleidung für die Degradierung. Alles war möglich – Rückkehr ins Leben und in die Kirche oder der Tod auf dem Scheiterhaufen. Nachdem Johannes Hus vor dem Block lange gebetet und der Bischof von Lodi eine Predigt über die Häresie gehalten hatte, verkündete der Prokurator, dass heute das Konzil zu seinem Schlussurteil im Prozess gegen Johannes Hus komme. Doch man hinderte mit aller Gewalt den Angeklagten, auf die Vorwürfe, die verlesen wurden, zu antworten. Man schrie ihn an, wenn er etwas einwenden wollte: »Schweig jetzt!« »Wir haben schon genug gehört!« »Gebietet ihm zu schweigen!«[7]

Als der Magister einsah, dass man ihm das Rederecht verweigerte, beugte er die Knie, faltetet die Hände und betete innig zu Gott, derweil Anklagepunkt auf Anklagepunkt erbarmungslos auf ihn niederprasselten. Unter den Vorwürfen befanden sich auch von seinen Feinden erfundene Äußerungen, die er nie getätigt hatte. Zum Schluss warf man ihm vor, die Exkommunikation verstockt hingenommen zu haben. Diesen Vorwurf bestritt er mit den Worten:

»Ich habe sie nicht verstockt hingenommen, sondern ich habe unter Appellation gepredigt und die Messe gefeiert. Und obwohl ich zwei Prokuratoren an die römische Kurie verfügt und dabei vernünftige Gründe über mein persönliches Nichterscheinen angeführt habe, konnte ich trotzdem

niemals Gehör bekommen, sondern von meinen Prokuratoren wurden die einen eingekerkert, die anderen übel behandelt. Und über alle diese Vorgänge beziehe ich mich auf die Prozessakten, in denen das alles ausführlicher enthalten ist. Schaut doch wenigstens nach! Obendrein bin ich auch zu diesem Konzil freiwillig gekommen im Besitz eines Geleitbriefes des hier gegenwärtigen Herrn, des Königs, da ich willens war, meine Schuldlosigkeit zu erweisen und von meinem Glauben Rechenschaft zu geben.«[8]

Wieder forderte er, dass man ihn widerlegen solle. Doch das Konzil ließ sich auf keine Disputation ein, es verlangte nur Antwort auf eine einzige Frage: ob er seinen Häresien abschwören und sich entschließen wolle, als reuiger Sünder in den Schoß der Kirche zurückzukehren.

»Wenn ich durch ein einziges Wort alle Irrtümer abbauen und überwinden würde, würde ich es am liebsten tun«, antwortete Johannes Hus, der seines Glaubens wegen nicht widerrufen konnte. Und während das Urteil über ihn als verstockten Ketzer erging, kniete er nieder und betete mit lauter Stimme: »Herr Jesus Christus! Vergib allen meinen Feinden um deiner großen Barmherzigkeit willen, so flehe ich dich an. Und du weißt, dass sie mich fälschlich angeklagt haben, falsche Zeugen vorgeführt und falsche Artikel gegen mich erfunden haben. Verzeihe ihnen um deiner unermesslichen Barmherzigkeit willen!« Da tobte der Konzilssaal und verspottete ihn. Auf Geheiß von sieben Bischöfen zog er die Messgewänder an.

Als er die Alba anlegte, sagte er: »Da mein Herr Jesus Christus von Herodes zu Pilatus geführt ward, hat man ihn mit seinem weißen Gewand verspottet.« Nun wurde er abermals aufgefordert zu widerrufen und abzuschwören. Da stieg er auf den Tisch und rief unter Tränen zunächst an die sieben Bischöfe gewandt und dann weiter zu den Konzilsteilnehmern: »Seht, diese Bischöfe fordern mich dazu auf, dass ich widerrufe und abschwöre. Ich scheue mich, es zu tun, um nicht ein Lügner zu sein im Angesicht des Herrn, und auch, um nicht gegen mein Gewissen und gegen Gottes Wahrheit zu verstoßen.«

»Alles, was wir sehen, ist, dass du in deiner Bosheit verhärtet und in deiner Häresie verstockt bist«, brüllte der Konzilsprokurator.

Nachdem Johannes Hus von dem Tisch gestiegen war, nahmen sie ihm den Kelch aus den Händen und verfluchten ihn: »Du verfluchter Judas, warum hast du den Rat des Friedens verlassen und hast Rat gehalten mit den Juden? Wir nehmen von dir diesen Kelch der Erlösung.« Dann degradierten sie ihn, nahmen ihm Stola und Messgewand, zerstörten schließlich seine Tonsur und übergaben ihn der weltlichen Gerichtsbarkeit. Bevor sie ihm die Schandkrone aufsetzten, sprachen sie: »Wir übergeben Deine Seele dem Teufel.« Auf der Krone, die eine Höhe von einer Elle maß, hatte man gräuliche Teufel gemalt und geschrieben: »Dieser ist ein Erzketzer.«

Während man ihn zur Hinrichtungsstätte außerhalb der Stadt brachte, auf halbem Weg zur Burg Gottlieben zwischen Wiesen und Gärten, verbrannte man auf dem Friedhof seine Bücher. Ein Priester, der zu Pferde saß, verweigerte ihm die Beichte mit den Worten »Er braucht nicht gehört zu werden und man braucht ihm auch keinen Beichtvater zu geben, denn er ist ein Ketzer.« Man zog ihm das Gewand aus, dann band man ihn mit einem Tau an einen Pfahl. Aber da er nun mit dem Gesicht nach Osten stand, sagte der Priester vom Pferd herab: »Man richte ihn nicht gegen Osten, denn er ist ein Häretiker. Richtet ihn nach Westen!«

Holzbündel mit Stroh vermischt hatte der Henker um Hussens Körper herum bis zur Höhe seines Halses aufgestapelt. Als er auch den letzten Appell zu widerrufen, verhallen ließ, zündete der Henker das Holz an. Johannes Hus sang in der Qual »Christus, Sohn des lebendigen Gottes, erbarme dich meiner« und »Der du geboren bist aus Maria, der Jungfrau«. Als er schließlich zum dritten Mal zum Singen anhob, schlugen ihm die Flammen ins Gesicht – »und also in sich betend und Lippen und Haupt bewegend, verschied er im Herrn. Im Augenblick der Stille aber, bevor er verschied, schien er sich zu bewegen, und zwar so lange, als man zwei oder höchsten drei Vaterunser schnell sprechen kann«.[9] Den Fleischblock, der noch am Pfahl stand und sichtbar wurde, nachdem das Holz der Bündel und das Tau verbrannt waren, stieß der Henker zu Boden und belebte das Feuer erneut. Um die Masse vollständig zu verbrennen, bedurfte es noch einer dritten Fuhre Holz. Als der Henker auf das Haupt des Johannes stieß, zerteilte er es und schob die Teile des Schädels in die Mitte der Flammen. Auch sein Herz, das sie in den Flammen entdeckten, zerschlugen sie, auf dass es vollständig verbrannte, und warfen die Kleidung des Magisters hinterher, denn sie wollten alles in Asche verwandeln, die sie später in den Rhein schütteten, weil sie fürchteten, dass irgendetwas von Johannes Hus zurückblieb, das den Ketzern als Reliquie dienen könnte.[10]

Am 6. Juli 1415 wurde der böhmische Theologe und Reformator Johannes Hus während des Konzils bei lebendigem Leib verbrannt, obwohl ihm König Sigismund freies Geleit zugesichert hatte.

I
Der Kaiser bittet nach Worms

»Wir sind ja nicht wie die vielen,
die mit dem Wort Gottes Geschäfte machen;
sondern wie man aus Lauterkeit und aus Gott redet,
so reden wir vor Gott in Christus.

2. KORINTHER 2,17

Übrigens hoffe ich, der durchlauchtigste Fürst
werde so schreiben, dass diese römischen Häupter
verstehen mögen, Deutschland sei bisher nicht durch
seinen Mangel an wissenschaftlicher Bildung
(ruditate), sondern den der Italiener, durch Gottes
geheimen Ratschluss unterdrückt gewesen.«

MARTIN LUTHER

1.

Einhundertundsechs Jahre nach dem Flammentod des Prager Magisters Johannes Hus wartete ein Mönch des Ordens der Augustiner-Eremiten und Professor der Theologie an der Universität Friedrichs des Weisen von Sachsen in Wittenberg auf die Einladung des Kaisers, um auf dem Reichstag zu Worms seine Theologie zu verteidigen. Der Mann hieß Martin Luther. Eigentlich als Martin Luder geboren, hatte er im Jahr 1517 als Erinnerung an seinen Humanistennamen Eleutherius, der Befreier oder Befreite, das »d« durch ein »th« ersetzt. Martin nutzte die Zeit, um das Magnifikat, das Gotteslob aus dem Evangelium des Lukas, für den Prinzen Johann Friedrich, den Neffen seines Kurfürsten, zu übersetzen und zu erläutern. Für den äußeren Anlass, der ihn schließlich im November 1520 bewogen hatte, sich in diesen Text zu vertiefen, als würde ausgerechnet er ihm Schutz gewähren, fühlte er Dankbarkeit.

Oft und gern betete er auf Latein: »Magnificat anima mea Dominum,/ et exsultavit spiritus meus in Deo salutari meo.« Doch nun stellte er fest, welch schönen Klang das Magnifikat auch in seiner Muttersprache hatte, wenn man das Deutsche nur genügend liebte und sich in ihm mühte wie ein Bergarbeiter unter Tage, der Stollen für Stollen in das Wortreich trieb, um kostbare Wörter zu finden, die er zu Sätzen verarbeitete: »Meine Seele erhebt Gott, den Herrn,// Und mein Geist freut sich an Gott, meinem Heiland« – so hatte er vor Kurzem die Zeile verdeutscht.[11] In nichts standen die deutschen Verse den lateinischen nach. Vielleicht erwuchs in diesen Wochen und Monaten, in denen es ungewiss um sein Schicksal stand, die

Liebe zum Übersetzen, denn keine anderen Tätigkeit ermöglichte es ihm, so tief in die Geheimnisse eines Textes vorzudringen. Wie gern hätte er die Übersetzung und Erläuterung vor seiner Reise nach Worms abgeschlossen, denn er wusste nicht, ob es ihm vergönnt sein würde, zurückzukehren und diese Arbeit abzuschließen. So arbeitete er sich im Ringen um die Balance zwischen Gründlichkeit und Effizienz im Winter und im Frühjahr 1521 durch den Evangelientext. Die Arbeit entspannte ihn, schuf Linderung in den Spannungen und Ängsten. Immer wieder ging ihm der Satz aus dem Magnifikat durch den Kopf: »O, das ist eine große Kühnheit und eine große Anmaßung von einem solch jungen, kleinen Mädchen! Sie wagt es, mit einem Wort alle Mächtigen schwach, alle, die große Dinge verrichten, kraftlos, alle Weisen zu Narren, alle Berühmten zu Ehrlosen zu machen und allein dem einzigen Gott alle Macht, Tat, Weisheit und Ruhm zuzueignen.«[12] Glich er nicht – in aller Demut – in diesem Punkte der Jungfrau Maria? Hatte nicht auch er in seinen Schriften das Gotteslob angestimmt – in seinen Ablassthesen, in seinem »Sermon von dem Sakrament und der Buße«, in dem Schriftchen »Von den guten Werken« – und keine andere Autorität als Gottes Wort, wie es sich in der Bibel fand, gelten lassen? Nicht den Konzilen, wie man am Beispiel der Verurteilung des Johannes Hus sah, nicht den Päpsten, Königen und Kaisern durfte ein Christ vertrauen. Sie konnten irren und verfolgten oft eher weltliche Interessen denn die Absicht, Gott zu dienen. Verlässlich blieb allein die Schrift. All die Großen und Mächtigen, die Prälaten, die Doktoren und Magister besaßen keine Gewalt über die Heilige Schrift, sondern maßten sie sich nur an. Eigentlich galten sie nicht mehr als jeder andere Christ, auch wenn sie sich in ihrem Dünkel für etwas Besseres hielten. Vor Gott aber bestand kein Unterschied zwischen einem Bauern und dem Papst – vorausgesetzt, sie waren beide fromm. Aber was hieß es schon, fromm zu sein? Doch nur, sich ehrlich und nach besten Kräften im Glauben zu bemühen, denn alle Christen waren berufen, alle ein königlich Geschlecht von Priestern. Wie sang doch die heilige Jungfrau: »Er handelt mächtig mit seinem Arm und zerstört alle,/ die im Innersten ihres Herzens hochmütig sind.// Er setzt die großen Herren von ihrer Herrschaft ab und erhöht die,/ die niedrig und gering sind.«[13] So hatte er den Vers: »Fecit potentiam in brachio suo,/dispersit superbos mente cordis sui.// Deposuit potentes de sede et/ exaltavit humiles« übersetzt. Maria stimmte ihr Gotteslob vor Jesu Geburt und vor der Geburt Johannes des Täufers an. Sie erhob ihre Stimme, da sie gerade von Gabriel, dem Engel des Herrn, erfahren hatte, dass ihr ein Sohn geboren werde, den sie Jesus nennen solle. Sie brauche sich nicht zu fürchten, versicherte ihr der Engel, denn sie habe Gnade beim Herrn gefunden. Und da sie dennoch zweifelte, antwortete der Engel: »Der Heilige Geist wird über dich kommen; und die Kraft des Höchsten wird dich überschatten ...«[14]. War der Heilige Geist nicht auch über ihn, Martin Luther, gekommen, hatte Gott nicht Großes an ihm getan, da er ihm die Erkenntnis gab? Hatte Gott ihn nicht begnadet? Was wollte er da zweifeln, wo es der Herr der Welt nicht tat?

Von seiner eigenen Liebe zum Lied der Maria abgesehen hoffte und wünschte er, mit der Übersetzung und Auslegung des Magnifikats den Neffen des Kurfürsten, den jungen Herzog Johann Friedrich, auf dessen Verantwortung für die Geschicke Kursachsen vorzubereiten, die ihm aufgrund seiner Stellung zukommen würde. Eines Tages würde das Heil vieler Menschen von ihm abhängen. Er wäre ein Segen für sie, wenn er seinem eigenen Willen entzogen und von Gott in Gnaden regiert werden würde. Umgekehrt aber würde es für viele Menschen Verderben bedeuten, wenn er als Fürst sich selbst überlassen bliebe und ohne Gnade regierte. Weil nun aber Herrscher Menschen nicht zu fürchten hatten, erwies es sich als umso dringlicher, dass die Fürsten Gott fürchteten. Gelingen konnte das gute Regiment nur, wenn die Herrscher Gott und seine Werke recht erkannten und sich fürsorglich verhielten.[15] Um hierin Johann Friedrich, der in seinen Urteilen noch zu sehr von den Meinungen seiner Berater abhing, zu belehren, fiel ihm nichts Geeigneteres als das Magnifikat ein, in dem die Jungfrau von der Furcht Gottes und davon, was er für ein Herr sei, singt – vor allem jedoch davon, welche Werke er an den Hochgestellten und den Niedrigen tut. Eigentlich hatte Luther das Werk früher in Angriff nehmen wollen, doch hatten sich immer wieder dringlichere Arbeiten dazwischengeschoben. Als er im Herbst 1517 seine 95 Thesen an die Tür der Wittenberger Schlosskirche schlagen ließ, ahnte er nicht im Geringsten, wie bekannt sie werden würden und welche Kämpfe ihm bevorstehen sollten. Nun aber empfand er es als Gnade, sich ausgerechnet in dieser Zeit mit dem Magnifikat zu beschäftigen – jetzt, wo er, der kleine Mönch, auf dem Reichstag zu Worms vor dem Kaiser und vor den Reichsständen reden sollte. Denn am Ende befand auch er sich, wie alle Menschen, in den Händen Gottes. Allerdings hatte es das noch nicht gegeben: dass ein einfacher Mönch den Großen des Reiches in deren weltlicher Versammlung Rede und Antwort stehen sollte. Deshalb suchte die Kurie, vor allem des Papstes Legat Hieronymus Aleander, Luthers Auftritt in Worm zu verhindern, um den Häretiker nicht durch das hohe Auditorium aufzuwerten. Aleander spann Intrigen und mühte sich auf den verschlungenen Pfaden der Diplomatie, um das Unabwendbare doch noch abzuwenden. Es bedeutete schon Ärgernis genug und ein böses Omen für Künftiges, dass der exkommunizierte und verurteilte Häretiker weder den Gang nach Rom noch den auf den Scheiterhaufen antrat, sondern jeden Tag, den der Herr werden ließ, unbehelligt auf das Podium stieg, um die Herzen und Hirne so vieler Studenten mit seinen Irrlehren zu vergiften. Wenn die Kirche nicht einmal mehr eines einfachen Mönchs habhaft werden konnte, um ihn zu bestrafen, was sollte dann aus der Kirche werden? Für die *ecclesia militans*, die wehrhafte Kirche, wurde die Causa Lutheri immer stärker zu einer Machtfrage.

So geriet in diesen unsicheren Tagen für Martin die Übersetzung und die Auslegung des Lobgesangs der Maria im Kampf gegen die Kurie, gegen Theologen wie Chochläus, Emser und Eck, gegen alle, die ihn brennen sehen wollten, immer mehr zu einer Selbstverständigung über Kirche und Politik und seine Rolle im Welttheater. Was eigentlich trieb ihn an, nicht wie verlangt zu widerrufen? Welche Folgen würde die bevorstehende große Auseinandersetzung haben, deren Mittelpunkt er bildete? Der Papst hatte ihn exkommuniziert und der König von England gegen ihn geschrieben. Wer also war er, dass er klüger als Könige und die Kurie und die vielen Doktoren und Magister, die Kardinäle und Bischöfe sein wollte? Sollte nicht die große Zahl seiner Gegner, gebildete und erlauchte Männer, ihn zur Demut und zum Einlenken bewegen? Was galt ihm die Zahl, was die Tatsache, dass sie mehr waren? Lag es nicht bei Gott, bei seiner Gnade, die Großen zu erniedrigen und die Geringen zu erhöhen? So wie ihn? Waren sie nicht alle einer Gnade teilhaftig, wenn sie es nur wollten? Wo Gott Gnade so voraussetzungslos schenkte, wie durften da Menschen, nur weil sie in der Welt eine erhöhte Stellung innehatten, sich anmaßen, Gottes Gnade zu verwalten und zuzuteilen? Der Glaube war eine Gnade, und in ihm blieb das Gewissen gefangen, denn nur im Glauben war man sich Gottes gewiss und nichts ging über den Glauben. Dass die Mächtigen die guten Seelen zwangen, ihre Erfindungen zu glauben, statt der Gnade Gottes zu vertrauen, war eine Schande! In den Geist des Gotteslobes einzutauchen, half ihm, Gottes Willen besser zu verstehen. Der schlichte Text überraschte ihn umso mehr, je tiefer er sich mit ihm beschäftigte. Durch die Arbeit des Übersetzens entstand in Martin Luther ein inniges

Verständnis dieses in seiner Einfachheit und Geradheit großartigen Lobgesanges, das ihn in die Tiefe des Glaubens führte.

Am 24. März 1521, einen Tag vor der Ankunft des Reichsherolds in Wittenberg, hatte er noch einem Freund geschrieben: »Sie arbeiten daran, dass ich viele Artikel widerrufen soll, aber mein Widerruf wird dieser sein: Früher habe ich gesagt, der Papst sei der Statthalter Christi; jetzt widerrufe ich es, und sage: Der Papst ist Christi Widerwärtiger und der Apostel des Teufels.« Er zweifelte nicht daran, dass der »allerheiligste Widersacher Christi, der oberste Anstifter und Lehrer der Mörder« ihn vernichten wolle – so, wie er Johannes Hus auf den Scheiterhaufen geschickt hatte. Ungewiss blieb indes, ob dem Papst der Anschlag auf Martins Leben gelingen würde. Sicherheit in dieser schwierigen Situation fand er nur, wie so oft schon, im Glauben: »Es geschehe der Wille des Herrn. Mein Christus wird mir den Geist geben, dass ich die Diener des Satans im Leben verachte und im Sterben überwinde.«[16]

Einen Tag später, am 25. März, traf der Reichsherold in Wittenberg ein und wurde bei dem berühmten Maler und angesehenen Bürger der Residenzstadt, Lucas Cranach d. Ä., untergebracht. Wahrscheinlich wurde Martin von einem Diener Cranachs informiert und in sein Haus gebeten. Auf der langen Straße, die an der Universität, der Leucorea, vorbei zum Markt mit dem Rathaus und dem Cranachschen Anwesen gegenüber führte, knäulte und entknäulte sich das übliche Gewühl von Bettlern, Händlern, Mägden, Studenten und Knechten. In der frischen Frühlingsluft hing der strenge Duft des Fastens.

Kaspar Sturm, der als Herold den amtlichen Titel »Germania genand Teutschland« führte, weil er nicht für die spanischen, sondern für die deutschen Lande des Kaisers zuständig war, war von imposanter Erscheinung. Groß wie der ganze Mann war auch sein offenes, flächiges Gesicht mit der zierlichen Nase und dem erstaunlich kleinen Mund darunter. Erst im Oktober des vorherigen Jahres hatte ihn der junge Kaiser zu seinem Herold ernannt. Nachdem Martin das Siegel gebrochen und den Brief aufgerollt hatte, las er:

»Ehrsamer, Lieber, Andächtiger!
Nachdem Wir und die Stände des heiligen Reiches, die jetzt hier versammelt sind, uns vorgenommen und entschlossen haben, der Lehre und Bücher halber, die vor einiger Zeit von dir herausgegeben wurden, Erkundigung von dir einzuholen und diese zu bekommen, haben Wir dir für dein Herkommen und später wieder von hier zu deiner sicheren Bleibe Unser und des Reichs freie, ungeschmälerte Sicherheit und Geleit gegeben. Das senden Wir dir hiermit zu, mit dem Begehren, du mögest dich demnächst aufmachen, und zwar so, dass du in einundzwanzig Tagen, wie es unser Geleit bestimmt, mit Gewissheit hier bei uns sein mögest und nicht ausbleibst. Du sollst dir auch um keine Gewalt oder Unrecht Sorgen machen.
Karl V.«[17]

Anschließend übergab Kaspar Sturm ihm auch das Versprechen des freien Geleits des Kurfürsten Friedrich des Weisen und des Herzogs Georg von Sachsen für ihre Lande. Ein Kaiser, ein Kurfürst und ein Reichsfürst versprachen ihm freies Geleit. Doch wie wenig das im Ernstfall wert sein konnte, hatte die Hinrichtung des Johannes Hus gezeigt. König Sigismund rechtfertigte damals den Bruch des Versprechens mit der arg sophistischen Ausrede, dass er gegenüber einem Ketzer nicht an sein Wort gebunden sei. Und als Ketzer galt Martin nach dem Kirchnerecht bereits, denn mit der Bulle »Decet Romanum Pontificem« hatte der Papst ihn gebannt.

Kaiser Karls V. Einladung war allerdings in einem so freundlichen Ton gehalten, dass der päpstliche Nuntius in Worms, Hieronymus Aleander, darüber in Wut geriet. Den »Ehrsamen« und »Andächtigen« mochte der Römer noch mit viel Wehgeschrei ertragen, aber die persönliche und herzliche Anrede

»Lieber« trieb den guten Mann zur Raserei. Die Kanzlisten fuhr er an: »Diesen Titel gebt ihr einem offenkundigen Ketzer gegen Gott und alle Vernunft.«[18] Doch die Kanzlisten erwiderten nur zutreffend, dass, wenn sie unfreundlicher und schroffer geschrieben hätten, es dem Eingeladenen signalisiert hätte, dass er nicht willkommen sei. Und nach Worms kommen solle er doch.[19] Wäre es nach Aleander gegangen, hätte man Martin verhaftet und nach Rom gebracht, um ihm dort den Prozess zu machen.[20] Doch in den deutschen Landen stand inzwischen zu befürchten, dass ein Prozess gegen den Ketzer für Aufruhr sorgen würde. Allerdings gelang es dem päpstlichen Nuntius, durchzusetzen, dass Martin Luther auf dem Reichstag nur widerrufen, nicht aber disputieren durfte. Zu viel Erfahrung besaß der Doktor der Heiligen Schrift in der Kunst der Disputation.

Als Martin Luther die Einladung annahm, wusste er davon jedoch nichts, denn die Formulierung, dass man von ihm »Erkundigungen« einholen wolle, klang nicht nach Widerruf, sondern nach der Darlegung seines Standpunktes, nach einem Verhör. Karls Großkanzler Gattinara und sein Beichtvater Glapion spielten ein doppeltes Spiel.

Eigentlich erzürnte Hieronymus Aleander alles an dem Vorgang: erstens, dass man den Ketzer auf den Reichstag lud, zweitens die freundliche Einladung und drittens die Person dessen, der das Geleit überbringen sollte – ein Reichsherold mit deutlicher Sympathie für Luther.

Im Dom zu Worms hatte der Prior der Augsburger Dominikaner, Johann Faber, Anfang des Jahres die Leichenpredigt auf den Apostolischen Administrator des Erzbistums Toledo, Guillaume de Croÿ, gehalten. Der erst dreiundzwanzigjährige Kardinal von Santa Maria in Aquiro und Administrator der wichtigsten Erzdiözese Kastiliens verdankte diese hohe Stellung nicht seinen Gaben, sondern der Förderung seines einflussreichen Onkels Jacques, der in ihm den Sohn sah, der ihm verwehrt geblieben war. Doch der junge Herr, der sich unter den Feinden Luthers als einer der eifrigsten hervorgetan hatte, fiel bei einer Jagd in der Umgebung der Reichsstadt vom Pferd und starb. In seiner Predigt kam Faber auf die Notwendigkeit zu sprechen, die Kirche zu reformieren. Er rief den Kaiser und die Fürsten dazu auf, nach Rom zu gehen, um die Kirche zu ordnen. Erschrocken berichtete der Sondergesandte des Papstes, Raffaelo de Medici, dem Vizekanzler Giulio de Medici, dass sich der Dominikaner Johann Faber in Wut geredet hatte und dem Kaiser in »hochfahrendem Ton« zurief, »er müsse sich schämen, dass er nicht den Zug nach Italien unternehme, und wenn Kaiser Maximilian, Karls Großvater und Vorgänger als römischer König, zu dieser Stunde noch gelebt hätte, so würde er Italien erobert haben.« Und dann habe er – sich zu den Kurfürsten und Großen wendend – aus vollem Halse geschrien, sie sollten sich vereinigen und mit Sr. Majestät sich nach Italien aufmachen, um endlich zu erobern, »was ihr Eigentum wäre und ihnen so lange vorenthalten worden sei ...«.[21] Obwohl Johann Faber in dieser Predigt auch forderte, Martins Bücher zu verbieten, trat er für die Reform der Kirche ein wie auch der Wittenberger, den er ansonsten für einen Ketzer hielt. Mit der von Martin Luther im Jahr zuvor publizierten Schrift »An den christlichen Adel deutscher Nation von des christlichen Standes Besserung« stimmte er jedoch darin überein, dass der Kaiser und der deutsche Adel in der Pflicht standen, die Kirche zu reformieren. Die Opposition gegen Rom und das entstehende Nationalbewusstsein der Deutschen unterstützte Faber. So verliefen die Frontlinien unübersichtlich, weil eine Vielzahl von Konflikten sich überlagerten: theologische, politische, wirtschaftliche und gesellschaftliche. Bereits im Dom griff der Begleiter des Bischofs von Sitten, der Magister Michael Sander, den Dominikaner heftig an und verteidigte den Papst. Raffaelo de Medici wusste ferner nach Rom zu berichten, dass, als er in der Residenz des Kaisers am

Tag darauf auf Messere Michael Sander wartete, einige Trabanten des Kaisers, allen voran der Reichsherold Kaspar Sturm, dem Magister in den Weg getreten seien und ihm gedroht hätten, ihn in den Rhein zu werfen oder ihm gar Schlimmeres anzutun, weil er den »Mönch getadelt hätte, der jene Predigt gehalten hatte«.[22] Sturms zorniges Gesicht und seine kräftige Statur hatten keinen Zweifel daran gelassen, die Drohungen umzusetzen, wenn er sich nicht daran hielt. Aleander hielt den Reichsherold Sturm ohnehin für den falschen Mann am falschen Ort und beklagte sich in Rom über den übermütigen Narr und Tölpel, den grimmigen Feind des Klerus.

Während ganz Wittenberg auf Ostern schaute, besprach sich Martin Luther mit dem Bürgermeister, mit den Freunden in der Stadt und an der Universität. Schließlich kam man überein, dass er das Osterfest noch in Wittenberg feiern und am 2. April schließlich aufbrechen sollte. Der Goldschmied und Drucker Christian Döring stellte seinen Rollwagen, den man zum Schutz vor Sonne, Regen und Wind mit einem festen Tuch überzogen hatte, zur Verfügung. Der Rat der Stadt entlohnte dem Goldschmied die Leihgabe mit gutem Geld. Außerdem stellte er eine Reiseapanage von drei sächsischen Schillingen und 30 Gulden zur Verfügung, die Universität steuerte 20 Gulden bei. Die Großzügigkeit der Stadt verdankte Martin Luther dem einflussreichen Freund Lucas Cranach. Die Hilfe ermutigte ihn. Da Ordensleute nicht allein reisen durften, wurde sein Ordensbruder Johann Petzensteiner ihm zur Begleitung bestimmt, außerdem ließ es sich der Wittenberger Domherr Nikolaus von Amsdorff nicht nehmen, dem Freund beizustehen. Luthers und Melanchthons Vertrauter, Petrus von Suaven, ein Edelmann aus Pommern, komplettierte die kleine Reisegesellschaft. Melanchthon selbst, der 1518 nach Wittenberg kam, um die gerade eingerichtete Professur für griechische Sprache an der Leucorea zu übernehmen, und in auffallend kurzer Zeit zu Luthers wichtigstem Mitstreiter wurde, ließ man als Statthalter in der Residenzstadt zurück. Denn auch wenn Martin Luther sich in der besten Gesellschaft befinden würde, so blieb die Fahrt nach Worms doch eine Reise ins Ungewisse.

Am Karfreitag nun, nachdem das Datum der Abreise feststand, kündigte er dem Freund Johann Lang – dem Prior der Augustiner-Eremiten seines alten Klosters zu Erfurt, in dem er einst als Novize eingetreten und zum Mönch geweiht worden war – an, dass er Donnerstag oder Freitag in Erfurt zu ihm zu Gast käme. Da er jedoch exkommuniziert war, verfiel jeder, der ihn unterstützte, gleichfalls dem Kirchenbann. Deshalb schränkte er ein, um den Freund zu schützen, dass er nur komme, wenn ihm dadurch keine Gefahr entstünde oder ein unvorhersehbarer Umstand das verhindern sollte. In dem Falle würde er nach Eisenach weiterreisen und sie könnten einander dort treffen, um ausführlich zu reden. Er sehnte sich sehr nach dem Gespräch mit Johann Lang, gefährden wollte er ihn aber nicht.

Den Karfreitag verbrachte er im Gedenken an Jesu Passion und im intensiven Gebet, denn er wusste sich in der Nachfolge Christi. Es stand nicht in seiner Macht, die Reise nach Worms zu verweigern, wie es auch nicht in seiner Macht stand, abzuschwören. So dürfte ihm Christi Gebet im Garten von Gethsemane zu Herzen gegangen sein: »Mein Vater, ist's möglich, so gehe dieser Kelch an mir vorüber; doch nicht, wie ich will, sondern wie du willst!«[23]

2.

Am Karsamstag schrieb Luther einen Brief an Herzog Johann Friedrich, denn er wollte ohne Schulden sein und seine Angelegenheiten geordnet wissen: »Ich schicke Euch, Eure Fürstliche Gnaden, das angefangene Magnifikat, ein Teil liegt noch in der Presse, einen anderen Teil muss ich noch fertigstellen. Doch jetzt, da ich auf den Reichstag nach Worms zitiert bin, muss alles bis zu meiner Rückkehr liegen bleiben.«[24] Ostermontag traf aus Mansfeld sein Bruder Jacob ein, den er sehr liebte. Er war in der Kindheit sein liebster Spielkamerad.[25] Im Unterschied zu seinem fast sieben Jahre jüngeren Bruder war Martin noch in Eisleben geboren und getauft worden. Doch ein halbes Jahr später ging Hans Luder nach Mansfeld, um als Partner des Eislebener Bergwerkunternehmers Hans Lüttich vor Ort nach dem Rechten zu sehen – und die Familie folgte ihm. Der gewiefte Unternehmer Lüttich vertraute dem jungen Familienvater aus mehreren Gründen. Hans Luder machte einen durchsetzungsfähigen und verlässlichen Eindruck und war der Sohn des reichen Möhraer Bauern Heine Luder, der neben seiner Bauernwirtschaft auch ein wenig Schwarzkupferförderung betrieb. Zudem dürfte der Onkel seiner Frau, der einflussreiche Antonio Lindemann, für ihn gebürgt haben. Hans Luders Frau entstammte einer angesehenen Kaufmannsfamilie, der das Rechnen im Blut lag. Zunächst mietete der junge Unternehmer vom Tischler Hans Dienstmann ein Haus am Stufenberg, denn für Hans Luder hieß es zunächst, sich in Mansfeld gegen die harte Konkurrenz und den rauen Menschenschlag der Bergleute durchzusetzen. Mit harter Arbeit und großer Selbstdisziplin erwarb er sich Achtung, der wirtschaftliche Erfolg ermöglichte es ihm, sich durchzusetzen und sich selbständig zu machen. Die Familie erwarb ein Haus mit Wirtschaftsgebäude innerhalb der Stadtmauern – unterhalb des Marktes. Ein Stück Land und ein großer Garten unweit des Hauses rundeten den Besitz ab. Vom Grafen Günther von Mansfeld-Vorderort pachtete Luder zwei Hüttenfeuer mit den dazugehörigen Kupfergruben am Möllendorfer Teich und wurde bald schon Ratsherr.[26] Als ältester Sohn musste Martin sehr früh schon im Haushalt und vor allem im Garten mit anpacken. Die kleine Landwirtschaft, zu der auch der Garten gehörte, ernährte die Familie, die Bergleute und die für den Bergbau notwendigen Pferde. Sparsamkeit, Fleiß, aber auch Selbstvertrauen und Standhaftigkeit, Eigenverantwortung und Eigensinn lernte Martin von Kindesbeinen an. Sie waren das eigentliche Erbe, das Hans und Margarethe Luder ihrem Sohn fürs Leben mitgaben. In keinem Satz kommt die Mentalität des freien Unternehmers, der für sich stand und den keine Gilden und Zünfte nach außen absicherten, besser zum Ausdruck als in dem: Hier stehe ich, ich kann nicht anders. Ohne den eigenen Standpunkt zu behaupten, hätte sich kein Unternehmer in der frühen Neuzeit durchgesetzt. Was der kleine Martin bei seinen Eltern sah, war eine Art praktischer Gleichberechtigung. Mutter und Vater, die sich in allem absprachen und gemeinsam den Kampf gegen den Unbill der Welt aufnahmen, bildeten eine Gemeinschaft. Der hohe Druck, unter dem der Vater stand, entlud sich gelegentlich im Jähzorn, der sich auch gegen Martin richtete. Diesen Jähzorn vererbte Hans Luder an seine Kinder: an Martin, der ihn weitgehend zu zügeln vermochte, auch wenn er sich in der einen oder anderen theologischen Fehde Luft verschaffte, und an den jüngeren Bruder »Klein-Hans«, der es nur bis zum Bergmann brachte, dafür aber mehr als ein dutzend Mal sich vor dem Gericht in Mansfeld wegen Körperverletzung zu verantworten hatte und schließlich 1536 ein unrühmliches Ende fand, als er in einer Wirtshausprügelei erschlagen wurde.

Eines Tages war der Zorn des Vaters, der für Martin gleich nach Gott kam, so groß, dass er ihn wegen einer Geringfügigkeit verprügelte. Auf diesen Vertrauensbruch folgte Angst und der Sohn zog sich vom Vater zurück. Der Vater, der seinen Fehler einsah und dem seine Grobheit von Herzen leidtat, bemühte sich dann geduldig, die Liebe seines Sohnes zurückzugewinnen, was ihm schließlich auch gelang. Hans Luder besaß auch eine weiche, eine sensible Seite. Wenn die drückenden Sorgen um die Existenz von ihm wichen und er mit Freunden am großen Tisch saß, erzählte er beim Bier Geschichten, schuf mit Worten eine ganz andere Realität, beschwor Vergangenes eindringlich herauf, als ereigne es sich gerade vor Martins Augen. Dann liebte und bewunderte der Sohn den Vater.[27]

Im Stillen dankte Luther nun seinem alten Herrn, dass er ihm zur Stärkung den Bruder geschickt hatte. Dass er mit dem Segen des Vaters reisen und sich nicht ohne den Beistand der Familie ins Ungewisse begeben musste, machte ihn in diesem Moment unverwundbar, es panzerte ihn gegen die Anfechtungen und Ängste. Wie oft war er mit Jacob und mit seinen Freunden, dem Oemler Nikolaus und dem Reinicke Hans, durch Mansfeld getobt. Wie oft hatten sie unter wildem, knäbisch hohem Kriegsgeschrei die Türken oder die Hussiten vertrieben oder sich einem der beliebten Wurfspiele hingegeben, die er so gut beherrschte. Zuweilen hatten die Knaben die Umgebung der Stadt erkundet, was ihnen eigentlich nicht gestattet war, weil sich allerlei fahrendes Volk auf den Straßen herumtrieb – düstere Köhler oder garstige Hexen, die kleine Kinder stahlen, sie in Schweine verzauberten und dann aßen. Dieses schöne, wilde Kinderleben endete für Martin Luther vor genau dreißig Jahren, zum Gregoriustag Anno Domini 1491, als der Vater ihn zur Lateinschule brachte. Der Weg führte bergauf, vorbei an den Häusern der Hüttenunternehmer

Oemler und Reinicke, und bog vor Sankt Georg links auf den Kirchplatz, wo sich die Trivialschule unter dem Schatten der Kirche und zweier Kastanien befand. Damals konnte es, wenn es stark regnete und der Weg sich zusehends in einen wilden Schlammbach verwandelte, der den Unrat und Straßenkot mit sich ins Tal riss, vorkommen, dass ihn Freund Nikolaus, der kräftiger als der zarte Martin war, huckepack aufspringen hieß und ihn auf seinem breiten Rücken zur Schule trug, als wäre Martin leicht wie eine Feder. Diese Erinnerung zauberte ein Lächeln in sein Gesicht, das hemmungslos in lautes Lachen überging. Dafür stieg zeit seines Lebens Zorn in ihm auf, wenn er an den prügelnden Lehrer der Mansfelder Trivialschule mit seiner roten Schnapsnase und dem nach Alkohol stinkenden Atem dachte. Eigentlich sollte die Trivialschule die Knaben auf ein Studium an der Universität vorbereiten, indem man sie Latein und den ersten Teil der Sieben Freien Künste, das Trivium, lehrte. Davon leitete sich die Bezeichnung »Trivialschule« für die Lateinschule ab. Drei Fächer wurden gelehrt: Grammatik, Rhetorik und Dialektik. Gern erinnerte Martin Luther sich eigentlich nur an den Beginn des Schultages, wenn sie zur Begrüßung sangen:

»Veni, Creator Spiritus,
mentes tuorum visita,
imple superna gratia,
quae tu creasti pectora.«

(»Komm, Gott Schöpfer, Heiliger Geist,
besuch das Herz der Menschen dein,
mit Gnaden sie füll, denn du weißt,
dass sie dein Geschöpfe sein.«)

Zuweilen erteilte der Schulmeister auch Musikunterricht, allerdings viel zu selten und auch nicht regelmäßig, sondern nur, wenn ihm danach zumute war. Der Lateinunterricht taugte nichts. Wie sollte er auch, wo das Gestammel, Gebrumm und Genuschel des Lehrers beim besten Willen nicht als Latein, eigentlich überhaupt nicht als Sprache durchgehen konnte. Dabei liebte Martin die klassische Sprache, wenn denn etwas von ihrer Klassizität im Unterricht übrig blieb. Des Lehrers Wortbrocken, die nur entfernt an Latein erinnerten, verdarben die Reste seines Deutschs, und das verhunzte Deutsch, in dem es vor Wechselbälgern beider Sprachen nur so wimmelte – nicht selten wurde einem deutschen Wort nur eine lateinische Endung angehängt –, ruinierte wiederum das Latein. Im Grunde hatte sich so eine völlig neue Sprache herausgebildet, eine Alltagssprache der Halbgebildeten, die in den Ohren der Humanisten kakophonisch klang, zur Verständigung allerdings ausreichte.

Der Religionsunterricht erschöpfte sich im Auswendiglernen der unmerkbar vielen Heiligen und Märtyrer. Und um die Schüler und die Lehrer zu allem Verdruss auch noch zu verspotten, hatte sich ein Schalksnarr ein Merkgedicht ausgedacht – den »Cisiojanus«. Aus schafsköpfigem Schabernack imitierte es eine Art von Vulgärlatein mit Füllwörtern, die in einer Stunde höchster Geistesblitze erfunden worden sein dürften. Nur leider wurde die Satire nicht als solche erkannt und diente nun, wie ein alter Esel dem Müller beim Transport der Mehlsäcke, den Schülern beim Erlernen der kirchlichen Memoria, die sie dann ein Leben lang als toten Ballast mit sich herumschleppten. Des Verfassers Boshaftigkeit fand in der marternden Vollständigkeit sein Werkzeug, denn das Gedicht bestand aus so vielen Versen, wie das Jahr Tage besaß, und jeder Vers hatte so viele Silben wie der Monat Tage. Mit dem Vers: »Cisio janus epi sibi vendicat oc feli mar an prisca fab …« setzte der Schwank ein, erinnerte sich Martin. *Cisio* stand dabei für *circumcisio domini*, für das Beschneidungsfest des Herrn, das sie am 1. Januar feierten, wobei *janus* den Monat Januar bezeichnete und als Wort die Tage vom 1. bis zum 6. Januar im Kalender überbrückte. Die sechste und die siebente Silbe eilten bereits dem nächsten Feiertag entgegen, denn die Silbe *epi* posierte keck für Epiphanias, für das Erscheinungsfest, das die lateinische Christenheit am 6. Januar begeht. Die Füllwörter *sibi* und *vendicat* erinnerten an Steine in einem Bach, über die man zum anderen Ufer, nämlich zum 13. Januar gelangte, zu *oc*, was *octava epiphaniae* bedeutete, also acht Tage nach Epiphanias.[28] Und so ging es immer weiter. Wozu das, fragte sich Martin. Was für ein elender Götzendienst, was für eine schändliche Werkerei, was für eine Vergeudung der jungen Gehirne, was für ein Verbrechen, ihre wache Neugier mit diesem Stumpfsinn abzutöten?

Im Lateinunterricht fiel kein deutsches Wort und eigentlich auch kein lateinisches, obwohl das, was der Schulmeister für Latein hielt, mechanisch und stumpf gepaukt wurde. Anhand einer Tafel mit einem öden Frage-Antwort-Schema lernten die Schüler in der fremden Sprache Lesen und Schreiben. Waren sie da noch nicht an Langeweile verblichen, ging es an die lateinische Grammatik, die nach den »artes grammaticae« des Aelius Donatus gebüffelt wurde, bevor man sich schließlich anhand des aus dem 12. Jahrhundert stammenden Lehrbuchs des Alexander von Villa Dei ausgiebig mit der Syntax beschäftigte. Da der Schulmeister eine so große Schülerschar unterschiedlichsten Alters nicht einmal bei gutem Willen, der ihm aber vollständig abging, zu überblicken vermochte, teilte er die Knaben in drei Gruppen ein, die jeweils von einem älteren Mitschüler, Wolf genannt, überwacht wurden. Dieses Denunziantensystem hasste Martin von Anfang an, obwohl er ein fleißiger Schüler war, denn die belohnte Spitzelei brachte die schlechten Eigenschaften der Kinder zum Vorschein. Der Wolf hatte jedenfalls zum Ende der Woche dem Schulmeister zu berichten, wie und ob die Knaben ihre Aufgaben erledigt, und vor allem, wer von ihnen wie oft deutsch gesprochen hatte.

Zum Glück gab es aber auch die seltenen Stunden, in denen sich Martin in die Reden des Ciceros, in Äsops Fabeln, die er besonders liebte, versenkte, und in denen er Vergils Aeneis las. Diese Zeit der Ruhe und des Lesens hätte ewig anhalten können. Den Büchern wohnte ein Zauber inne. Sobald er die ersten Worte las, spürte er einen leichten Windhauch, der ihn aus Mansfeld wegtrug. Er reiste in eine ferne, gute und gebildete Welt, in der das Niedere kein Hausrecht besaß. Mit einem Lächeln dachte er an die Distichen des Dionysios Cato zurück, an die Sammlung von Lehrsprüchen und Aphorismen, deren Stil er so viel verdankte. Wollte man lernen, sich klar und direkt, unverstellt und verständlich auszudrücken, fand man in den Distichen den rechten Lehrmeister. Wie heißt es doch darin?

»Wenn wer nicht lernt gern,
dem ist sein Leben wild,
recht als des Todes Bild.«

So jedenfalls hatte Martin sich die Zeilen übersetzt. Ja, er war begierig zu lernen, denn er hatte schon als Schüler in Mansfeld intuitiv entdeckt, was er erst viel später in Worte fassen konnte: Lernen bedeutet Freiheit. Im Studieren spürte er, wie die Fesseln des Ortes von ihm abfielen, wie er sich ungehindert in der Welt bewegen und jeden Ort erreichen konnte. Selbst dem Gefängnis der Zeit entkam er, wenn er in die Geschichte reiste. Wie ein Zauberer vermochte er, in alle Zeiten und zu allen Orten zu fliegen. Als es ihm wieder einmal zu langsam im Unterricht voranging wagte er es, dem Lehrer eine Frage zu stellen. Alle Schüler blickten erschrocken oder mitleidig, neugierig oder gar schadenfroh zu ihm, denn schon baute sich der Schulmeister in drohender Haltung vor dem schmalen Knaben auf und verlangte von ihm, zu konjugieren und zu deklinieren. Als Martin einzuwenden wagte, dass sie das im Unterricht noch nicht durchgenommen hatten, zog der brutale Schulmeister Martin am Ohr aus der Bank, stieß ihn zum Lehrertisch, hieß ihn, die Hose herunterzulassen und sich mit dem Oberkörper über den Tisch zu beugen. Dann hieb er mit dem Rohrstock fünfzehn Mal mit wahrer Berserkerwut auf Martins Gesäß ein. Jeden Streich, der auf seinen bald schon blutenden Po niederging, hatte er dabei laut mitzuzählen. Diese Lektion hatte der Schulmeister an Martins Beispiel allen gegeben, damit künftig keiner der Schüler mehr wagte, ihm Fragen zu stellen, denn er hielt das Verlangen nach Wissen für ganz und gar schädlich. Mehr wissen zu wollen, als einem zu- und anstand, erfüllte den Tatbestand der ersten und größten der sieben Todsünden – der Superbia. Denn wozu sollte das dienen, wenn nicht zur Befriedigung des Hochmuts, in den Eitelkeit, Stolz und Übermut eingeschlossen waren? Zudem war der Hochmut die Mutter jeder Häresie. Die Knaben davor zu bewahren, sich gegen Gottes Ordnung und den ihnen zugewiesenen Platz aufzulehnen, hielt der Schulmeister für seine vornehmste Pflicht. Damit aber nicht genug. Zeigte sich in dem Drang nach Wissen nicht auch die zweite Todsünde – die Habgier, Avaritia genannt? Und ließ der Wissensdurst nicht auch auf einen Hang zu Völlerei und Maßlosigkeit schließen? Das war die fünfte Todsünde, die Gula, die auf die Superbia zurückverwies. Bittere Tränen des Schmerzes und Zorns über die Demütigung schossen Martin in die Augen und er fragte sich, ob Gott so etwas wirklich wollen könne.[29]

Der Vater jedenfalls mochte es nicht mehr mit ansehen, wie die Zeit seines Sohnes von einem dummen und dem Alkohol ergebenen Schulmeister vergeudet wurde. Martin sollte schließlich studieren und Jurist werden, um einmal eine geachtete Stellung in der Welt einzunehmen, denn das Zeug hatte sein Ältester dafür. Und Juristen wurden gebraucht. Die Fürsten bauten ihre Landesherrschaften aus und benötigten Rechtskundige für ihre Verwaltungen, die Städte und die großen Wirtschaftsvereinigungen wie die Saigergesellschaften nicht minder. Im Gespräch mit seinem Freund, dem Hüttenmeister Reinicke, der nur zwei Häuser weiter wohnte, stellte sich heraus, dass auch er unzufrieden mit der örtlichen Trivialschule war. Reinicke wusste Rat. Von seinem Verwandten, dem erzbischöflichen Offizial Paul Moßhauer, erfuhr er, dass die Domschule zu Magdeburg einen ausgezeichneten Ruf besaß und die Brüder vom gemeinsamen Leben in der Domstadt ein Haus eröffnet hatten, in dem sie auch Schüler beherbergten und betreuten.

Die Brüder vom gemeinsamen Leben eröffneten unter dem Vorsteher Johannes von Düsseldorf 1488 gegen den Widerstand der Ratsherren der Stadt, aber mit der Protektion des Erzbischofs am Deveshorn, bei der Roten Pforte im Magdeburg eine Filiale des Brüderhauses von Hildesheim. Zum Zeitpunkt, als Hans Luder über die Idee nachdachte, Martin ins Magdeburger Brüderhaus zu geben, stand Johann Zeddeler bereits zwanzig Brüdern vor. Ins Leben gerufen wurde die Bewegung von dem Niederländer Geert Groote, der 1340 in Deventer ein Haus eröffnete, in dem Männer, die Gott dienen und ein frommes Leben führen wollten, eine Gemeinschaft bildeten. Sie wollten aber kein Mönchsgelübde ablegen und weder durch Bettelei noch durch priesterliche Tätigkeit ihren Lebensunterhalt verdienen, wie es beispielsweise die Franziskaner und Dominikaner taten, sondern nach dem Vorbild des Apostels Paulus einzig durch ihrer Hände Arbeit. Sie folgten weder der Weltflucht noch der Askese, sondern sahen in der Heiligung der Arbeit, im frommen Wirken in der Welt ihren Weg zu Gott. Groote hatte begriffen, dass in der Seele des Menschen der Kampf zwischen der *civitas caelestis* und der *civitas terrena*, zwischen dem Himmelreich und dem irdischen Jammertal, tobte – ein Kampf, in dem es um die richtige, die gottgefällige Art zu leben ging.[30] Die Frage, wie man in der Welt leben solle, die Geert Groote aufwarf, sollte Martin Luther später in die existenzielle Suche nach dem gerechten Gott übersetzen.

Im Frühjahr 1496 wurden Martin Luther und Hans Reinicke von ihren Vätern nach Magdeburg gebracht. Die Brüder vom gemeinsamen Leben, die sich der Bildung verschrieben hatten, halfen den beiden Mansfeldern, Anschluss an das Niveau der Domschule zu bekommen. Wichtig für Martin Luther sollte die intensive Bibellektüre werden, die man im Brüderhaus pflegte, und die Hochschätzung des Apostels Paulus. Gerade weil die Brüder ihren Lebensunterhalt durch das handschriftliche Kopieren von Büchern bestritten und dem Studium der Bibel große Aufmerksamkeit widmeten, wurde Martin Luther bewusst, dass unterschiedliche Textvarianten existierten, so dass man sich, wie es die Humanisten bei nichtbiblischen Texten taten, um eine gesicherte Textbasis bemühen musste. Diese Sorge um die Authentizität des Textes beeindruckte ihn.

Der Tagesablauf im Brüderhaus erinnerte an ein Kloster. Die Brüder unterhielten auch eine enge Beziehung zu den Augustiner-Eremiten. Um drei Uhr morgens hieß es aufstehen, die Mette zu absolvieren und der Schriftauslegung, die eine Stunde dauerte, zu folgen, bevor es nach dem Frühstück zur Schule ging. Nachmittags standen gemeinsame Meditationen auf dem Programm. Auf das Abendessen folgte das Stundengebet, dem sich eine gemeinsame Gewissensprüfung anschloss. Schonungslos und für heutige Begriffe etwas exaltiert forschten die Brüder penibel nach Verfehlungen, die ihnen am Tage unterlaufen waren. Luthers skrupulöse Frömmigkeit der ersten Klosterjahre, die Vorstellung, Gott nicht genügen zu können, fand wohl hier ihren Anfang. In Magdeburg begegnete er einem ausgemergelten, in Lumpen gehüllten Franziskaner, dem keine Buße zu schwer, keine Askese zu streng sein konnte. Der Mönch verabscheute das Essen so wie das Waschwasser. Einige beteten ihn als Heiligen an, andere verachteten ihn als Narren. Bruder Ludwig, wie man den Asketen nannte, hieß in Wahrheit Wilhelm von Anhalt und war der Bruder des Dompropsts Adolf von Anhalt und Sohn des Reichsfürsten Adolf I. von Anhalt. Als Bischof von Merseburg gehörte Adolf von Anhalt inzwischen zu Martin Luthers ärgsten Feinden. Auch ihm würde er in Worms begegnen. Ob sein Weg nach Worms eigentlich in Magdeburg begann, bleibt der Spekulation überlassen, sein Streben nach Bildung und Frömmigkeit, seine Suche nach der Wahrheit Gottes begann auf jeden Fall in der Elbestadt.

Inzwischen war Martin Luther ein gestandener Mann und Gelehrter geworden, über dessen theologische Ansichten man in ganz Europa sprach. Längst stand für ihn fest, dass Gott Unrecht, wie es ihm durch den Schulmeister widerfahren war, nicht wollte. Der Teufel hatte im Schulmeister gesteckt, um die Menschen von Gottes Liebe zu entfremden. Nichts anderes führte der Teufel im Schilde, als den Menschen Gott verächtlich zu machen. Wie mit dem Schulmeister ging es auch mit dem Antichrist zu. Wenn der Papst Unrecht verübte, dann war das des Teufels und nicht Gottes Werk. Martin Luther hatte lange gebraucht, um zu begreifen, dass der Papst kein heiliger Mann, sondern der ärgste Sünder war. Früher hatte er sich eingeredet, dass dem Stellvertreter Christi die Wahrheit über den beklagenswerten Zustand der Kirche vorenthalten und er von den Kardinälen und Bischöfen in Rom belogen werde. Das ausschweifende Leben dieser Herren hatte er in der Ewigen Stadt ja mit eigenen Augen gesehen. Es existierte kein sündhafterer Ort auf dem Weltkreis des Papstes als dessen eigene Stadt. Die Diener des Teufels, die Luther aus seiner Kindheit kannte, waren einfacher Natur. Umso höher man aber in der Hierarchie der Welt kam, umso raffinierter wurde der Teufel, umso geschickter agierten seine Helfer.

Voller Zorn dachte er daran, wie sehr der Wert der Bildung, die doch mehr als alles Gold der Welt zählte, gerade in Rom unterschätzt, ja verächtlich gemacht wurde. Das, was am meisten zu loben war, galt am wenigsten. Der Antichrist in

Rom warf ihm sogar vor, die Bibel zu lesen, denn in der Bulle »Exsurge Domini«, die ihm den Bann und die Exkommunikation androhte, war kein anderer mit »Einige« gemeint als er, Luther:

> *»Einige, deren Verstand der Vater der Lüge verblendet hat und die nach alter Gewohnheit der Ketzer sich selbst für weise halten und die Heilige Schrift anders auslegen als der Heilige Geist es fordert, nämlich nur nach ihrer eigenen Ansicht und um des Ehrgeizes und der Volksgunst willen (nach dem Zeugnis des Apostels), ja sogar verdrehen und fälschen, so dass die Schrift, nach Meinung des Hieronymus, nicht das Evangelium Christi, sondern eines Menschen oder, was noch schlimmer ist, des Teufels ist.«*

Nicht ein Argument hatte Martin Luther in der Bannandrohungsbulle »Exsurge Domini« gefunden, nur Verleumdung und Herabsetzung und die Hoffart des Papstes, der sich im Besitz des Heiligen Geistes dünkte. Über ein Argument verfügte Leo allerdings, ein Argument von großer Bedeutung: über das Argument der Macht. Deshalb würde Martin Luther der Einladung folgen und sich auf den Weg nach Worms begeben und Zeit für Wichtigeres verlieren: nämlich den Menschen eine neue Welt, die Welt des wahren christlichen Lebens zu entdecken. Er hatte seiner Gemeinde und seinen Studenten die wichtigsten Glaubenstatsachen auseinandergesetzt – zuerst, dass alles allein an der Gnade Gottes hängt. Nicht dass Menschen sich nicht bemühen sollten, nach Gottes Gebot zu leben, gerecht und barmherzig zu sein. Unbedingt! Und wenn ihnen das nicht gelungen war, sie Gottes Gebote verletzt hatten, mussten sie bereuen und Buße tun – wie auch die Strafe der Obrigkeit in Demut annehmen, falls sie gemordet, gestohlen, falsch Zeugnis geredet usw. hatten. Doch konnten sie wirklich durch liturgische Bußübungen, Ablasszahlungen und gute Werke auch die Gnade Gottes erlangen? Das glaubte Luther inzwischen nicht mehr. Natürlich, viele mühten sich aufrechten Herzens, sehr vielen anderen schien es aber nur darum zu gehen, vor der Obrigkeit und ihren Mitmenschen als gerecht dazustehen. Eine spezielle Form des Hochmuts, die Bigotterie, trieb prächtige Blüten. Man wollte der sein, der am meisten für die Totenmesse verstorbener Angehöriger zahlte und die meisten Almosen für die Armen gab. Das galt etwas, damit war man jemand. Hatte das etwas mit der Gerechtigkeit zu tun, die vor Gott gilt? Nein, wusste Luther inzwischen. Dass der Mensch sich bemühte, war richtig, wenn er es aus tiefstem Herzen tat. Vor Gott allerdings blieb er Sünder, denn zu ganz und gar selbstlosem, irrtumsfreiem Tun war kein Mensch in der Lage, auch er nicht, Martin Luther. Gott wusste das, er kannte schließlich seine Geschöpfe. Ihre Leiblichkeit verführte sie immer wieder, einander zu verdrängen. Dieselbe Leiblichkeit brachte aber auch die Liebe in die Welt. Und wegen der Liebe war die Schöpfung Gottes eine gute Schöpfung. Denn Gott war die Liebe. So stand es in der Schrift. Weil Gott Liebe war, war er gnädig und barmherzig. Er übersah die Sündhaftigkeit der Menschen nicht, betrachtete seine Geschöpfe aber letztlich schon im Irdischen als das, was sie einmal – im neuen Sein, wie Paulus schrieb – sein würden: als gerecht. Hatte man das verstanden, war man befreit. Luther hatte diese unglaubliche Erfahrung gemacht. Er war befreit. Und diese Befreiung war das Herzstück des Glaubens, in dem sich die große Gnade Gottes zeigte. Darum predigte Luther fortan, dass der Mensch allein durch den Glauben, allein aus Gnade, allein durch die Schrift und darum allein durch Christus, in dem Gott zu diesem Zwecke Mensch geworden war, gerecht ist.

Gottes Gnade war für Luther der Inhalt des Evangeliums, das sein Trost war bei allen Anfechtungen, die auch weiterhin auf ihn zukamen. Mit »Vertröstung« hatte dieser Trost aber nichts zu tun. Ganz im Gegenteil. Weil Luther sich im Letzten von Gott gehalten wusste, konnte er rastlos tätig sein. Die Welt war ihm Bewährungsfeld seines Glaubens. Was war auf Erden die Pflicht der Christenmenschen? Was hieß es, christlich zu leben? Wie verhielt es sich mit der Ehe, dem Wucher und den Geldgeschäften, wie mit der Erziehung der Kinder, dem Krieg, dem Frieden, der weltlichen und der geistlichen Obrigkeit? Wie hatte die Kirche des Glaubens auszusehen im Gegensatz zur Kirche der Römer? Wie sollten Christen im Glauben unterrichtet werden? Alle Welt rief nach einem Katechismus. Denn der Apostel Petrus hatte über die Christen, jeden einzelnen, geschrieben: »Ihr aber seid ein auserwähltes Geschlecht, ein königliches Priestertum, ein heiliges Volk, ein Volk zum Eigentum, dass ihr verkündigen sollt die Wohltaten dessen, der euch berufen hat aus der Finsternis in sein wunderbares Licht.«[31] Wenn dieses »allgemeine Priestertum aller Gläubigen« gelten sollte, dann hatten eigentlich alle Menschen lesen und schreiben zu lernen. Allerdings mussten sie auch ohne das schon recht viele Dinge im Leben können. Wie sollten sie die Zeit finden, Latein zu lernen? Ohne die gründliche Kenntnisse des Lateins blieb ihnen aber die Vulgata, die lateinische Bibel, verschlossen. Sicher, es existierten schon Verdeutschungen, doch sehr verlässlich waren sie nicht. Die Bibel musste – und das vollständig! – in ein gutes und klares Deutsch übersetzt werden, jedermann verständlich und dennoch philologisch korrekt. Denn der Christ sollte doch Gottes Wort und nicht das Wort des Dolmetschs lesen. Mit der noch nicht abgeschlossenen Übersetzung des Magnifikats hatte er zumindest einen Anfang gesetzt. Blickte Martin auf, entdeckte er nichts als Arbeit. Anstatt jedoch die Feder in die Tinte zu tauchen und das voranzutreiben, wozu ihn Gott bestellt hatte, verlor er Zeit, um nach Worms zu reisen und sich zu rechtfertigen. Die Römer hielten ihn von seiner Arbeit ab, weil sie sich davor fürchteten, ihre Herrschaft über die Menschen zu verlieren. Sie fürchteten ihn, dessen war er sich bewusst. So stand zwischen ihm und seinen Aufgaben der Kampf in Worms. Würde

Gottes Wort und das Argument der Schrift oder das Argument der Macht siegen? Niemand wusste es, niemand außer Gott.

Natürlich war er nicht so naiv zu meinen, dass die Auseinandersetzung für ihn bei allem Beistand nicht doch die schlimmstmögliche Wendung nehmen konnte. Er nahm den Kampf mit dem Antichrist in Rom nicht aus Hybris auf, sondern in der Erfüllung seiner Pflicht als Christ und in Verantwortung für Gottes Wort als Doktor der Heiligen Schrift. Das erleichterte ihn und lud ihm zugleich eine Bürde auf. Er durfte keine Fehler begehen, nicht, wenn er für den Herrn stritt.

Der restliche Tag ging mit Reisevorbereitungen und mit dem Abschied von den Freunden dahin. Anderntags schritt er mit seinem Bruder im Gespräch, gefolgt von einem Diener, der sein und seines Bruders Reisegepäck trug, in dem sich hauptsächlich Bücher, darunter eine Bibel, sowie Papier und Schreibzeug befanden, vom Kloster zum Marktplatz. Zu ihnen hatte sich mit ernstem Gesicht Philipp Melanchthon gesellt, der in Wittenberg die Stellung halten sollte. Wahrscheinlich hätte er den Freund lieber begleitet, wie damals zur Disputation nach Leipzig, doch gebot die Vernunft, dass er in der Residenzstadt blieb. Eine ansehnliche Zahl von Universitätsangehörigen begleitete sie. Irgendwo in der Gruppe war auch der Professor Bodenstein, den alle nur Karlstadt nannten. Vorbei ging es an der Universität, an der Luther nur in den Anfangsjahren Vorlesungen gehalten hatte. Später kamen seine Studenten ins Kloster, aber da gehörte er nicht mehr der philosophischen, sondern bereits der theologischen Fakultät an und las über die Bücher der Heiligen Schrift. Auf dem Marktplatz – zwischen Meister Cranachs Haus, der Marienkirche und dem Rathaus – hatten sich bereits viele Wittenberger Bürger versammelt. Sie bildeten eine Gasse, so dass er bequem zu dem Rollwagen gehen konnte, an dem bereits Peter de Suaven, den er aufgrund seines munteren Wesens gern in seiner Tischgesellschaft sah, und der Professor Nikolaus von Amsdorff auf ihn warteten.

Der Kutscher schaute neugierig von seinem Bock und Kaspar Sturm genoss auf seinem tänzelnden Rappen sichtlich die Aufmerksamkeit. Neben Amsdorff stand groß und stattlich in seiner pelzbesetzten Schaube Meister Lucas. Unter der Schaube prunkte keck der rote, mit Gold besetzte Scheckenrock.

Vielleicht hat sich Martin Luther an diesem 2. April 1521 mit den Worten des Evangelisten Lukas, dessen Magnifikat er erläuterte und übersetzte, verabschiedet, denn sie drückten sein Selbstverständnis aus: »Wer mich aber verleugnet vor den Menschen, der wird verleugnet werden vor den Engeln Gottes. Und wer ein Wort gegen den Menschensohn sagt, dem soll es vergeben werden; wer aber den Heiligen Geist lästert, dem soll es nicht vergeben werden. Wenn sie euch aber führen werden in die Synagogen und vor die Machthaber und die Obrigkeiten, so sorgt nicht, wie oder womit ihr euch verantworten oder was ihr sagen sollt; denn der Heilige Geist wird euch in derselben Stunde lehren, was ihr sagen sollt.«[32] Auf diese Worte konnten die Studenten nur mit Psalm 46 antworten, der später zur Grundlage von Martin Luthers bedeutsamsten Lied »Ein fester Burg ist unser Gott« werden sollte:

»Gott ist unsre Zuversicht und Stärke, eine Hilfe in den großen Nöten, die uns getroffen haben. Darum fürchten wir uns nicht, wenngleich die Welt unterginge und die Berge mitten ins Meer sänken, wenngleich das Meer wütete und wallte und von seinem Ungestüm die Berge einfielen. Sela.« (Psalm 46,1–4)

Unter dem vielstimmigen Gesang kletterten Martin und Jacob Luther in den Rollwagen des Goldschmieds Döring und mit ihnen Nikolaus von Amsdorff und Petrus de Suaven. Wenn er für den Herrn in Worms stritt, so glaubte Luther fest, würde ihm der Heilige Geist zur rechten Zeit eingeben, was er vor den Großen des Reiches und den Abgesandten des Papstes sagen solle. Von draußen drangen weiterhin die Worte des Psalms an sein Ohr.

> *»Kommt her und schauet die Werke des HERRN, der auf Erden solch ein Zerstören anrichtet, der den Kriegen ein Ende macht in aller Welt, der Bogen zerbricht, Spieße zerschlägt und Wagen mit Feuer verbrennt. Seid stille und erkennet, dass ich Gott bin! Ich will mich erheben unter den Völkern, ich will mich erheben auf Erden. Der HERR Zebaoth ist mit uns, der Gott Jakobs ist unser Schutz. Sela.« (Psalm 46,9–12)*

II
Aufbruch ins Ungewisse

»Die Not und Last, die alle Stände der Christenheit, vor allem im deutschen Land, bedrückt, hat nicht allein mich, sondern jedermann bewegt, viele Male zu schreien und Hilfe zu begehren, und hat jetzt auch mich gezwungen, zu schreien und zu rufen, dass Gott jemandem den Geist geben wolle, dieser elenden Nation seine Hand zu reichen.«

MARTIN LUTHER

3.

Für einen jungen Mönch war Luther schon erstaunlich viel gereist. Doch sowohl nach Erfurt und Heidelberg als auch nach Augsburg, wo ihn Kardinal Thomas Cajetan im Auftrag des Papstes verhörte, selbst vor zehn Jahren nach Rom hatte er sich auf des Schusters Rappen begeben. Er war weder geritten noch gefahren, nur immer gelaufen, Meile für Meile. Einzig zur Disputation mit Dr. Eck, den er nur noch »den Dreck« nannte, so tief saß die Verletzung, hatte er sich zwei Jahre zuvor auf Nikolaus von Amsdorffs Drängen nach Leipzig kutschieren lassen. Nikolaus war der Ansicht gewesen, es zieme sich nicht, zur Disputation wie ein Bettler angetippelt zu kommen. Ein hochgelehrter Mann, wie er es ja sei, habe in die Stadt einzufahren. Anders hatte es ihr Gegner, der eitle Dr. Johannes Eck, auch nicht gehalten. Bei dieser Disputation, hatte Amsdorff geahnt, würde es nicht auf den Inhalt, sondern auf die Wirkung ankommen. Dieses Mal jedoch hatte den Ausschlag für den Entschluss, des Goldschmieds Gefährt zu nutzen, die einfache Tatsache gegeben, dass ihnen der Reichsherold das Geleit gab. Da schickte es sich nicht, wie Gefangene neben Kaspar Sturms Rappen herzulaufen. Freilich dünkte dem Doktor der Heiligen Schrift nun der Fußmarsch bequemer. Es war kein Vergnügen, in dem rumpelnden Wagen auf harter Holzbank hin und her geschüttelt zu werden. Die Räder verwandelten die Unebenheiten der Straßen in eine tanzende Unwucht, die emsig die Reisenden aufspringen und unsanft auf der harten Bank wieder aufschlagen ließ, da mochte der Kutscher noch so sehr Obacht geben. Aber wenn das Reich für

Dr. Luthers Sicherheit garantierte, galt es, jedem die Unantastbarkeit des Dr. Martin Luther bereits von ferne zu demonstrieren.

Mit den Applikationen des Reichsadlers auf beiden Ärmeln und auf seiner Brust ritt gefolgt von drei Dienern der Reichsherold Kaspar Sturm, Germania genannt Teutschland, in seiner imposanten Gestalt im milden Wind des Frühlings vor dem rumpelnden Wagen einher. An seiner Seite schaukelte griffbereit das Schwert rhythmisch im Wehrgehänge. Der stattliche Mann mit seinem runden Hut, der wie eine Krone aus Filz auf dem großen Kopf saß, der breiten Stirn, den großen dunklen Augen, die aufmerksam die Umgebung beobachteten, und der gebieterischen Haltung verriet jedem Übeltäter, dass er die scharfe Waffe an seiner Seite wohl zu führen wüsste, wenn es nottat. Noch mehr Eindruck als Schwert und Gestalt machte indes der Reichsadler. Des Reiches Wappenzier kündete, dass jeder, der den Frevel wagte, den Herold anzugreifen, der Reichsacht verfiele und fortan vogelfrei wäre, denn er hätte in der Person des Reichsherolds das ganze Reich und den Kaiser selbst, in dessen Auftrag er reiste, attackiert. Jeder wusste, ob Jurist oder nicht, dass Kaspar Sturms Wirken als amtliche Handlung des Reiches galt, der sich zu widersetzen nicht ratsam war.

Den Weg, der durch die Heide über Pratau, Kemberg nach Leipzig und weiter nach Erfurt führte, kannte Luther nur zu gut. Die Stadt Leipzig, in der er oft übernachtet hatte, war ihm aber letztlich fremd geblieben. Wohlgefühlt hatte er sich in ihren Mauern nie. Und die Disputation mit Johannes Eck im Jahr 1519 hatte ihm die Stadt an der Pleiße endgültig verleidet. Sie war und blieb die Metropole seines Feindes, des Herzogs Georg von Sachsen. Nicht nur geographisch lag Leipzig als Station auf seinem Weg nach Worms. Hatte nicht Eck, die Spinne aus Ingolstadt, ihr Scherflein dazu beigetragen, dass er sich nun auf dem Weg nach Worms befand? Anfangs hielt

Luther die Bannandrohungsbulle »Exsurge domini« für ein Machwerk Ecks und der Kurie, die es hinter dem Rücken des Papstes fabriziert hatten, so sehr erinnerte ihn der Text der Bulle an die Disputation in Leipzig und den Stil des Ingolstädters. Dass Eck vom Papst zum Protonotar ernannt und mit Hieronymus Aleander, dem Nuntius von Leo X., gemeinsam beauftragt worden war, die Bulle, die erst mit ihrer Veröffentlichung rechtskräftig wurde, in Deutschland zu publizieren, bestärkte Martin in dem Verdacht, dass hinter all den Schwierigkeiten mit Rom Johannes Eck steckte. Und natürlich die Dominikaner, die Luther im Ablassstreit angegriffen hatte. Das rechtfertigte zwar nichts, erklärte aber manches. Ganz anders war es im Falle Ecks, dessen Hass er nicht verstand. Wodurch hatte der Antichrist den süddeutschen Gelehrten in die Hand bekommen?

Eck, der 1486 in Egg an der Günz als Sohn des Klosterhauptmanns Michael Maier das Licht der Welt erblickt hatte und sich nach seinem Geburtsort nannte, folgte in der Philosophie wie Luther dem Nominalismus, der dem Realismus entgegenstand. Spätestens mit der Publikation seiner Logik-Übungen im Jahre 1507, die er in der Pfauenburse in Freiburg im Breisgau hielt, galt Johannes Eck als eine Autorität in der Nachfolge des Wilhelm von Ockham und des Gabriel Biel. In der Vorstellung der Frömmigkeit einte beide Theologen, dass sie den Weg der *devotio moderna* wählten, die eine besondere persönliche Hingabe empfahl und für die das Büchlein des Thomas a Kempis von der Imitatio Christi, eines vor allem im Bürgertum vielgelesenen Werkes, den vollendeten Ausdruck bot. Der Christ solle sich, womit auch immer er sich beschäftige, Christus zum Vorbild nehmen und Christi Weg folgen, der der Weg der Erlösung und des Seelenheils ist. Auf dem Konzil zu Konstanz versuchten die Dominikaner, einen Häresieprozess gegen die Vertreter der *devotio moderna* anzustrengen, weil diese Denkrichtung die innere Hingabe an Christus höher als den Empfang der Sakramente schätzte. Den Sakramenten haftete dieser Vorstellung zufolge immer etwas Äußerliches an. Doch der Kanzler der Pariser Universität, Jean Gerson, der auf der anderen Seite allerdings die Verurteilung des Johannes Hus betrieb, verhinderte den Häresieprozess. Im Grunde konnte Luther nur noch den Kopf schütteln über seine Naivität, mit der er zur Leipziger Disputation gefahren war: Zu seiner großen Überraschung war nämlich in der Disputation mit Eck plötzlich Johannes Hus zum Thema geworden. Der Ingolstädter hatte kalt und durchtrieben versucht, ihn durch die Thematisierung der Thesen von Johannes Hus in einen Hinterhalt zu locken. Nur wozu und warum? Es wurde im Verlauf der Disputation immer deutlicher offenbar, dass Eck eigentlich nicht über den Ablass mit ihm zu streiten gedachte, sondern dass es ihm darum ging, den Wittenberger als Häretiker bloßzustellen und Indizien für das häretische Denken des Wittenberger Professors zu sammeln.

Das verwunderte, denn sowohl Martin Luther als auch Johannes Eck folgten ja dem Nominalismus und der *devotio moderna* – in den entscheidenden philosophischen Fragen bestand also kein Dissens. Im Grunde unterschieden sich die Universitäten darin, ob die Artistenfakultäten den Nominalismus oder den Realismus lehrten. Beide Richtungen hatten sich in dem großen philosophischen Streit des Spätmittelalters herausgebildet, dem Universalienstreit. Dabei ging es um die Frage, was man wissen könne und was man glauben müsse. Nominalisten und Realisten entzweiten sich darüber, ob den Universalien – also den Allgemeinbegriffen wie Menschheit, Tiere, Pflanzen – wirkliche Existenz zukam oder ob sie nur als Bezeichnungen dienten, ob sie Realia waren oder bloß Nomina, die Einzelheiten zusammenfassten, um dadurch Erkenntnis zu ermöglichen. In der scholastischen Interpretation des Philosophen Aristoteles, den die mittelalterlichen Autoren nur »den Philosophen« nannten, bedeutete Erkennen zuallererst

Einordnen – und zwar in die verschiedenen Systeme und Subsysteme, die bereits vorgegeben waren oder aus dem Vorgegebenen durch weitere Unterscheidung destilliert werden konnten. In der Vorlesung seines philosophischen Lehrers Jodocus Trutfetter, der Nominalist war, hörte der Student Martin Luther das Diktum: »Universalien sind Bezeichnungen oder Aussagen, aber Realität kommt ihnen nicht zu.« Kam den Bezeichnungen aber keine Realität zu, wie die Nominalisten behaupteten, könnten die Menschen nur Einzelnes oder Einzelheiten wahrnehmen, aber keine Vielheit. Darum müssen sie den Realisten zufolge beim Versuch scheitern, Gott, der keine Einzelheit ist, zu erkennen. Nach all den scholastischen Übungen in der Logik, im Einordnen und im Kategorisieren, im mühevollen Erbauen kunstvoller Gebäude und Paläste der Logik, die im harten Licht mittäglicher Nüchternheit gesehen zuweilen nur aus Spitzfindigkeiten bestanden, blieb Gott dem menschlichen Verstand am Ende doch fremd. Die schwere philosophische Erkenntnisarbeit trieb Martin Luther in eine geistige Erschöpfung, ohne dass die Plackerei auch nur den geringsten Erkenntnisgewinn hervorgebracht hätte. Er drehte sich im Kreis. Und jeder wusste schließlich, dass man im Kreis bei aller Anstrengung vorwärtszukommen, immer wieder, Runde für Runde, die gleichen Orte passierte. Und wenn man sich die Ermattung nach der Gigantenschlacht der Begriffe und Unterscheidungen (Distinktionen) nicht eingestehen wollte, dann griff man zur verlässlichen Droge akademischer Eitelkeit und stritt um des Kaisers Bart – eine Maxime, an die sich Johannes Eck hielt. Luther hingegen schockierte es, dass er trotz aller intellektuellen Anstrengungen Gott nicht einen Deut näher kam. Akademische Eitelkeit oder intellektueller Geltungsdrang fochten ihn nicht an. Die scholastische Philosophie betrachtete er als Hilfswissenschaft, nur half diese Wissenschaft nicht, weder in der Erkenntnis der Welt, noch in der Erkenntnis Gottes, noch in der Beantwortung der Frage, wie man als Christ leben sollte, um nach seiner kurzen Zeit auf Erden des Himmelreiches teilhaftig zu werden, und nicht stattdessen als Sünder in aller Ewigkeit in der Hölle zu leiden, deren Pein Dante so überaus bildlich dargestellt hatte, und mit der die Menschen in der Kirche und auf den Märkten von den Bußpredigern so eindrucksvoll erschreckt wurden.

Einen Vorgeschmack auf die Höllenqualen bot den Menschen dieser Zeit der böse Tod, den sie als Inszenierung in einem blutigen Theater in mehreren sich in ihrer Grausamkeit steigernden Akten bei jeder Exekution auf der Richtstatt als Publikum erlebten. Nicht umsonst strömten die Menschen, die Erwachsenen samt ihren Kindern, zu jeder Hinrichtung wie zu einem Jahrmarktsfest. Entsprechend der Schwere des Verbrechens wurden die Delinquenten nach einer minutiösen Dramaturgie bei lebendigem Leibe ausgeweidet. Das Ziel war zum einen die öffentliche Reue des Übeltäters, zum anderen aber bot man dem Publikum einen kurzen Blick auf die Pein des Fegefeuers, in dem die Seelen, die nicht zur Hölle verdammt waren, nach der Zahl und Schwere ihrer Sünden unter Schmerzen sich zu reinigen hatten. Auch Martin war vom Vater – festtäglich herausgeputzt – bei solchen Gelegenheiten mit auf den Galgenberg genommen worden. Waren die irdischen Qualen der Hinrichtung, mochten sie sich über ein oder zwei Stunden oder einen halben Tag hinziehen, überstanden, würde sich der Übeltäter vor der noch schrecklicheren Gerichtsbarkeit Gottes zu verantworten haben. Und genau diese Aussicht rief bei der armen Kreatur, die öffentlich zu Tode gemetzgert wurde, die bitterste Reue hervor, die den wesentlichen Akt des Hinrichtungsdramas als eine ins christliche gewendete Katharsis darstellte. Laienbruderschaften wie die Confraternita di S. Giovanni decollato oder die Confraternita della Misericordia hatten sich gebildet, die den Delinquenten zur Hinrichtung begleiten, ihm Mut zusprachen und zu Reue und Buße anleiteten. Wo die Bruderschaft fehlte, kümmerte sich ein Priester oder ein Mönch um diese Aufgabe.

Die Leidenszeit im Fegefeuer ließ sich nach kirchlicher Praxis durch den Erwerb von Ablässen verkürzen. Wenn man das Fegefeuer mit der Prozedur der öffentlichen Hinrichtung vergleichen will, so erzielte der Erwerb von Ablässen von den zeitlichen Sündenstrafen im Fegefeuer den gleichen Effekt, als wenn für den Delinquenten auf dem Hinrichtungsplatz treusorgende Angehörige dem Henker einen Obolus zukommen ließen, damit er die Marter verkürzte oder den Todgeweihten unauffällig gleich zu Beginn erlöste, so dass er die Tortur nicht mehr bei lebendigem Leibe ertragen musste.

Vor allem aber ging es um die Frage der ewigen Seligkeit, vor der die Bedeutung der leiblichen Existenz im irdischen Jammertal verblasste, weshalb für Luther und dessen Zeitgenossen die Unterscheidung des guten vom schlechten Leben, die »ars vivendi«, vollkommen unverständlich war. Im Angesicht der Ewigkeit ging es um die »ars moriendi«, um die Kunst des guten Sterbens, des guten Todes. Luthers Freund Georg Spalatin, Humanist, Bibliothekar, Beichtvater, Berater und Geheimschreiber des Kurfürsten, bat ihn dringend um den Traktat des hochverehrten Johann von Staupitz »Ein Buch über die Nachfolge im willigen Sterben Christi«, den Spalatin sinnreich im Brief nur »Von der Kunst des Sterbens« nannte. Da aber alle Exemplare vergriffen waren, schickte Luther dem Freund, sein eigenes Exemplar derweil er sich um einen Nachdruck bemühte. Mehr also wog die Kunst des Sterbens (*ars moriendi*) als die Kunst des Lebens (*ars vivendi*), schließlich war die Zeit vor der Ewigkeit nur kurz. In Psalm 90,10 heißt es: »Unser Leben währet siebzig Jahre, und wenn's hoch kommt, so sind's achtzig Jahre, und was daran köstlich scheint, ist doch nur vergebliche Mühe; denn es fähret schnell dahin, als flögen wir davon.« Und der Prediger Salomo schreibt: »Ich sah an alles Tun, das unter der Sonne geschieht, und siehe, es war alles eitel und Haschen nach Wind. Krumm kann nicht gerade werden, noch, was fehlt, gezählt werden.«[33] Am Ende riet er: »Fürchte Gott und halte seine Gebote; denn das gilt für alle Menschen. Denn Gott wird alle Werke vor Gericht bringen, alles, was verborgen ist, es sei gut oder böse.«[34] Hohe Adlige trugen bei großen Festen unter der Seide härene Untergewänder, um an die »vanitas«, an die Vergänglichkeit des irdischen Glücks, und an Gottes Gericht erinnert zu werden. Arme Leute hungerten, um Ablässe zu erwerben, mancher versetzte gar Haus und Hof, um sich die ewige Seligkeit zu sichern, andere bereiteten sich beim Herannahen des Todes auf das Sterben vor, indem sie wie der heilige Augustinus die Bußpsalmen beteten oder erbauliche Texte lasen, um einen guten Tod zu haben.

Wie konnte man als Christ gottgefällig leben? Wie wurde man als Sünder, als Mensch, der nicht *nicht* sündigen kann, vor Gott gerecht? Oder wie Martin Luther es für sich formuliert hatte: Wie bekomme ich einen gnädigen Gott? Der Erwerb von Ablässen sollte helfen, auch die Verrichtung guter Werke, hieß es, werde Gott gnädig stimmen. Wallfahrten zu heiligen Stätten, an denen sich Reliquien von Heiligen befanden, um deren Fürbitte man flehen konnte, schienen ein probates Mittel zu sein. Die hilfreichste Pilgerfahrt führte freilich ins Heilige Land. Als zehnjähriger Knabe hörte Martin, dass der Sohn des Kurfürsten Ernst – sein heutiger Landesvater Friedrich der Weise – an der Spitze einer Gesellschaft von zweihundert Personen ins Heilige Land aufgebrochen sei. Der Beginn solch einer Fahrt nach Jerusalem und die Rückkehr der Pilger wurden gefeiert, schließlich dauerte dieses Abenteuer ein bis zwei Jahre und steckte voller Gefahren. Seestürme und Schiffbruch, Krankheiten, vor allem Seuchen, Mörder, Geiselnehmer und Diebe lauerten den Wallfahrern auf, weshalb man sich tunlichst eine möglichst große und wehrhafte Gesellschaft für die ungewisse Reise suchte. So hatte sich auch der Eisleber Stadtvogt Andreas Beckmann 1494 einer adligen Gesellschaft angeschlossen, die nach Jerusalem fuhr.

Luthers Vater, der Bergbauunternehmer Hans Luder, konnte es seinem Stadtvogt nicht nachtun. Niemals hätte er sein Unternehmen zwei Jahre lang unbeaufsichtigt lassen können, auch hätten die Reisekosten seine Möglichkeiten übertroffen. Deshalb pilgerte er mit seinem Sohn Martin zu der im mansfeldischen Welfesholz gelegenen Marienkapelle oder zu dem in der Nähe von Eisleben gelegenen Cyriakuskloster Wimmelburg. Zeit seines Lebens erinnerte sich Luther an die Heilung eines Besessenen, die er bei einem Besuch der Heiligen Messe mit eigenen Augen beobachtet hatte. Dem Besessenen befahl ein kleiner Mönch, den Mund zu öffnen, in den er zwei Finger legte und den Mann davor warnte, zuzubeißen, und dann mit lauter Stimme beim Klang der Glocken rief: »Fahre aus, du unreiner Geist! Weiche Satanas«. Wie staunte der kleine Martin, als er sah, wie der Dämon tatsächlich aus dem geplagten Mann fuhr und die Besessenheit von dem armen Mann abfiel, der nun geheilt das Kloster verließ. So, wie der Teufel mit seiner großen Dienerschar unreiner Geister und Hexen existierte, so kam dem Gebet unvorstellbare Kraft zu.

Gewissheit für das Seelenheil zu finden und den Weg in das kommende Reich zu entdecken – darin bestand die praktische Aufgabe der Theologie. Die Philosophie half hier nicht. Davon hatte sich Martin Luther überzeugt. Vom gnädigen Gott wusste sie nichts! In dieser Hinsicht unterschied sich der Ingolstädter Professor von seinem Wittenberger Kollegen. Die Fragen nach Gnade und Rechtfertigung waren zwar auch für Eck wichtig, ließen sich nach dessen Überzeugung aber in der hergebrachten Weise klar beantworten. Dem Ingolstädter blieben die Tentationes und Scrupula, die Anfechtungen und die Zweifel, fremd, die den Wittenberger plagten. Sie waren in den Systemen des scholastischen Nominalismus nicht vorgesehen. Luthers Scheitern daran, mittels der scholastischen Philosophie den gnädigen Gott zu finden, führte ihn zu der Erkenntnis, dass im Blick auf Gott nur der *Glaube* zählt, nicht das *Wissen.* Zur *Gewissheit* seiner Existenz und Liebe kommt man nur, erkannte Martin, wenn man Gottes Offenbarung so, wie sie in Jesu Person und Werk zu finden ist, traut. Zeugnis von Jesu Person und Werk aber gibt die Bibel, deren Worte Gott, wenn es ihm gefällt, bei rechter Verkündigung als die seinen erweist. Einmal so weit gekommen, interessierten ihn die Gottesbeweise nicht mehr, die sich bei genauem Hinsehen als Zirkelschlüsse entpuppten. Logik und Philosophie endeten dort, wo der Glaube und die Glaubenstatsachen begannen. So lautete seine eigentliche Frage: Was ist Glaube?

4.

Wie lange hatte er sich mit dem Gefühl gequält, an einer Weggabelung zu stehen, die er schließlich als Wegscheide zwischen Theologie und Philosophie erkannte? Heute – in seinem rumpelnden Wagen – wusste er, dass ihn die Entscheidung für einen der beiden Wege auf die Straße nach Worms geführt hatte.

Martin Luther ahnte, dass dergleichen Anfechtungen und Enttäuschungen den selbstgewissen Johannes Eck nicht plagten, der sich in den Spitzfindigkeiten der Scholastik behaglich eingerichtet hatte und sie virtuos zu handhaben verstand, obwohl doch mit Anfechtungen und Enttäuschungen der Glaube recht eigentlich erst begann.

Mit dem theologischen Erstling, dem »Chrysopassus praedestinationis«, der 1514 in Augsburg erschien, schlug Johannes Eck sein Lebensthema an, nämlich die Bedeutung und Wirkweise des freien Willens, womit er sich von scholastischer Seite der Frage der Rechtfertigung des Menschen vor Gott näherte, wie es Luther aus theologischer Perspektive über die Frage des Ablasses im Spätherbst 1517 unternehmen sollte. Entsprang ihr Dissens zum Thema Gnade der Frage nach dem freien Willen, dem sich der eine auf theologischem, der andere auf scholastischem Weg näherte?

Hochbegabt wurde Johannes Eck zwei Jahre vor Martin Luther 1510 zum Doktor der Theologie promoviert. Im Jahr 1509 hatte er noch über die Sentenzenkommentare des Wilhelm von Ockham und des Gabriel Biel gelesen und befand sich inmitten der nominalistischen Philosophie wie in einem

Königreich, dem er als Herrscher vorstand. Statt mit Rittern und Landsknechten wollte er die Welt mit Worten, logischen Gebilden und peniblen Unterscheidungen erobern, um sein Reich in der intellektuellen Öffentlichkeit zu vergrößern. Die Disputationen gerieten ihm zu Turnieren. Und was der Generalvikar des observanten Zweiges der Augustiner-Eremiten, Johann von Staupitz, für Luther war – nämlich Lehrer, Vorbild, Nestor –, war der große oberdeutsche Prediger Johann Geiler von Keysersberg in etwas abgeschwächter Form für Eck. Geiler von Keysersberg hatte Eck auch in den oberrheinischen Humanistenkreis eingeführt. So kam er in Kontakt mit Beatus Rhenanus, intensiv mit Jacob Wimpferling, weniger und eher mittelbar mit dem großen Sebastian Brant, dem Dichter des Narrenschiffes. Martin Luther trat zu dieser Zeit in Verbindung zu den mitteldeutschen Humanisten – zu so illustren Gestalten wie Ulrich von Hutten, Rufius Mutianus, Eobanus Hessus, Nikolaus Marschalk und Crotus Rubeanus. Johann von Staupitz schließlich führte ihn in den Kreis der Nürnberger Humanisten ein, die sogar einen Freundesbund, die Sodalitas Staupitiana, in der mächtigen Reichsstadt gegründet hatten. Das Jahr 1510 wurde für Eck zum Schlüsseljahr, denn in diesem Jahr wurde er promoviert, erhielt die Priesterweihe und wechselte noch im Spätherbst an die Ingolstädter Alma Mater, während Luther im August 1511 endgültig vom Erfurter Augustinerkloster an die Universität nach Wittenberg ging. Nachdem Martin Luther 1509 vom Erfurter Kloster auf Staupitz' Betreiben an die junge Universität zu Wittenberg ausgeliehen worden war, bestand er dort im Herbst die Prüfung zum Baccalaureus sententiarius. Da aber der Erfurter Lektor Leonardus Hartlaub Ende des Jahres verstarb, nutzten die Erfurter die Gelegenheit, ihren jungen, vielversprechenden Gelehrten zurückzufordern. Luther erinnerte sich ungern daran, dass er, wenn auch für kurze Zeit, nach Erfurt hatte zurückkehren müssen, um unter dem Professor Johann Nathin Philosophie zu lehren und den Studiosi die »Sententiae in IV libris distinctate« des Petrus Lombardus zu erläutern. So kam es, dass er seine Antrittsvorlesung nicht wie geplant im Augustinum zu Wittenberg hielt, sondern im Auditorium coelicum im Erfurter Dom.

Berühmt und auch berüchtigt war der Ingolstädter Theologe Johann Eck als gefährlicher Disputant und überragender Polemiker 1514 durch seine theologische Verteidigung der Festverzinsung der Handelsgesellschaftseinlagen im Auftrage der Fugger geworden. Martin Luther sollte sich im November 1519, kurz nach der Disputation mit Eck, das erste Mal dezidiert aus theologischer Perspektive zu wirtschaftlichen Fragen äußern: im »Kleinen Sermon von dem Wucher«. Zwei Monate später erschien dann bereits der »Große Sermon von dem Wucher«.

So wie Eck galt auch Luther als maßgebliche Autorität seiner Alma Mater, mit dem Unterschied, dass Luther es mit Ecks Eitelkeit nicht aufzunehmen vermochte, es ihm an Überheblichkeit und Durchtriebenheit sogar mangelte und er im Umgang mit Freunden und Kollegen geradezu brüderlich agierte. Allerdings konnte diese Freundlichkeit in Härte und zornige Reaktionen umschlagen, weil er – bedingt durch seine Vorbehaltlosigkeit – jede fachliche Enttäuschung als menschlichen Verrat empfand.

Martin dankte seinem Schöpfer wieder und wieder, dass er ihn an die Wittenberger Alma Mater geführt hatte, denn er musste sich nicht wie Eck mit Reformen an einer verknöcherten Universität herumschlagen, nicht gegen den Widerstand von Professoren kämpfen, die ihre Pfründe und ihren Müßiggang in Gefahr sahen. Im Gegensatz dazu wurde seine erst 1502 in der Residenzstadt der Ernestiner gegründete Landesuniversität, die dem aufstrebenden Kursachsen die dringend benötigen Verwaltungsbeamten, Juristen und Mediziner heranbilden sollte, zur Sammelstätte von höchst energischen und ehrgeizigen Intellektuellen. Den Namen der jungen Universität gab nach Humanistenart die lateinische Übersetzung von Wittenberg, denn das »wit« bedeutet weiß, also Weißenberg: »Leucorea«. Man ging nicht nach Wittenberg, um sich behaglich auf einer Stelle einzurichten und den Ruhm der Universität auf sich herabstrahlen zu lassen, sondern um etwas zu werden. Zeitgleich mit der Universität wurde auch das Heiliggeist-Hospital zum Kloster für die Augustiner-Eremiten um- und ausgebaut. Als Luther dort eintrat, zog er noch auf eine Baustelle. Dass von Anfang an bereits eine enge Verbindung zwischen der Universität und dem Kloster bestand, ergab sich aus der simplen Tatsache, dass Friedrich der Weise den Plan für die Universität mit seinem Leibarzt – dem Mediziner Martin Pollich von Mellrichstadt, auch *lux mundi* (Licht der Welt) genannt – und dem Generalvikar der Augustiner-Eremiten Johann von Staupitz, der auch der erste Dekan der Theologischen Fakultät der neuen Universität wurde, geschmiedet hatte.

Wie Johannes Eck wurde Martin Luther gleichfalls recht jung promoviert, bereits am 18. Oktober 1512. Zwischen der Rückkehr aus Erfurt nach Wittenberg und der Promotion hatte er in Staupitzens Auftrag in Gesellschaft eines Mitbruders in Ordensangelegenheiten eine Reise nach Rom absolviert, um Erfahrungen in der Ordenspolitik zu sammeln, denn unter den deutschen Augustiner-Eremiten kam es 1510 zu einem heftigen Streit.

Wie andere Orden auch hatten sich die Augustiner verzweigt. Zu Luthers Zeit gab es zwei Richtungen: die Konventualen und die Observanten. Während die Konventualen es bei der herkömmlichen, oft genug laxen Ordensdisziplin beließen, befleißigten sich die Observanten einer besonders strengen Befolgung der Vorschriften. Deshalb unterstanden die Konventualen dem Provinzial und die Observanten dem Generalvikar. Um eine Union beider Ordenszweige zu stiften, ließ sich Staupitz 1508 als Generalvikar des observanten Zweiges der deutschen Augustiner-Eremiten bestätigen und vom Konvent seine nächsten Schritte absegnen. In Münnerstadt wurde er 1509 zum Provinzial der sächsischen Konventualen gewählt. Dass Staupitz nun in seiner Position die Vereinigung beider Ordensrichtungen vollzogen hatte, rief den erbitterten Widerstand der Observanten hervor, die befürchten, dass die Leitung beider Zweige in Personalunion zu einer Verwässerung der Ordensdisziplin führen, die Observanz (Einhaltung und Beachtung der Regeln) aufgeweicht und so allmählich aus den Observanten Konventuale würden. Auch Luthers Heimatkloster Erfurt, das sich zu den Observanten zählte, stellte sich gegen Staupitz. Unbestritten ist, dass Martin Luther wegen dieses Streites nach Rom zum General aller Augustiner-Eremiten, Aegidio da Viterbo, entsandt wurde, allerdings nicht von den Erfurtern, wie man immer wieder liest, sondern von Johann von Staupitz.[35]

Im Gegensatz zu Eck plagten Martin Luther seriöse Zweifel, ob seine Promotion nicht zu früh erfolge, ob er die große Verantwortung für die Reinerhaltung der Lehre und die Verteidigung von Gottes Wort überhaupt schon zu leisten imstande sei. Als Doktor der Heiligen Schrift sollte er schließlich die Aufgabe haben, Defensor – also amtlich beglaubigter Verteidiger – der Heiligen Schrift zu sein. Wie bereits als Kind in der Schule bei den Brüdern vom gemeinsamen Leben in Magdeburg erlernt, gehörten auch jetzt neben den Stundengebeten die tägliche Bibellese und Gewissensprüfung zu seinem Tagesablauf. Es ging dabei um die persönliche Beziehung zu Christus. Diese Frömmigkeitsform prägte die Glaubensrichtung der *devotio moderna.* Daneben hatten Luther die Nominalisten das Interesse an der Sprache und die Humanisten das Handwerkszeug zur Textauslegung vermittelt. So sah er in der rechten Auslegung des Wortes Gottes, wie die Bibel es bezeugt, die höchste Autorität, vor der schließlich auch die Autorität des Papstes und der Konzile nachrangig wurden. Während Eck die philologische Methode der Humanisten letztlich fremd blieb – er flirtete höchstens ein wenig mit ihr –, wurde sie für den Wittenberger Professor zum Motor seiner Theologie. Nicht länger wollte er nach Art der scholastischen Philosophie den Glauben von Gottes Wort trennen, das die biblischen Bücher bei sachgemäßer Auslegung zur Heiligen Schrift werden lässt. Im Mittelpunkt der scholastischen Philosophie und Theologie steht nicht das Zeugnis der Heiligen Schrift selbst, sondern zentral sind die Kommentare der Autoritäten, vor allem der Kirchenväter, zu Aussagen der Bibel und zum Glauben, die in voluminösen Sentenzenbüchern von Philosophen zusammengestellt wurden. Als die berühmteste und gebräuchlichste Sentenzensammlung gilt die des Leiters der Kathedralschule von Notre Dame und späteren Bischofs von Paris, Petrus Lombardus, der in der ersten Hälfte des 12. Jahrhunderts lebte. Später verfassten Albertus Magnus, aber auch Thomas von Aquin und Johannes Duns Scotus Sentenzenkommentare. Das mehr als eintausend Seiten umfassende Sentenzenwerk des Petrus Lombardus gingen sowohl Luther als auch Eck als junge Gelehrte mit ihren Studenten durch. Das gehörte schlicht zu ihren Aufgaben. Doch Martin Luther litt unter dieser Tätigkeit, die, je länger er sie ausführte, ihm immer nutzloser erschien.

Allerdings darf man die wertvollen Dienste nicht unterschätzen, die diese Übung für die theologische Bildung der Studenten darstellte. Immerhin lernten sie, die Schwerpunkte der Theologie zu debattieren. Um Gotteslehre und Trinität ging es im ersten Buch, um Schöpfungstheologie und Anthropologie samt dem Sündenproblem im zweiten, um die Christologie im dritten und um die Sakramentenlehre im vierten Buch. Wichtig war das Kompendium des Lombardus auch, weil ein Großteil der Werke der Kirchenväter nur schwer zugänglich war. In jenen Tagen wurde – in Basel – die Edition des Gesamtwerkes von Augustinus gerade erst abgeschlossen. Das Problem bestand darin, dass die Art der Beschäftigung mit den Kommentaren die Lektüre der Bibel nachgeordnet erscheinen ließ und sogar verstellte.

Die Bekanntschaft mit Johannes Eck hatte der aus einer Nürnberger Patrizierfamilie stammende Jurist Christoph Scheurl vermittelt. Scheurl hatte im Dezember 1511 Wittenberg verlassen, wo er einige Zeit als Rechtsprofessor an der Leucorea tätig gewesen war, um das Amt des Rechtskonsulenten des Rates seiner Heimatstadt anzutreten. Martin Luther empfand von Anfang an eine gewisse Reserve gegen den Mann, dessen Briefstil allzu süßlich daherkam. Im Januar 1517 schrieb er an den Wittenberger und warb um dessen Freundschaft mit den Worten: »Deine Zugehörigkeit zum Augustiner-Orden, deine bekannte Tugend und dein berühmter Name, ehrwürdiger Vater, fesseln mich so absonderlich an dich, dass ich sehr wünsche, ein Freund von dir zu werden und in das Register deiner vertrauten Freunde eingeschrieben zu sein.« Doch Luther führte kein Register »vertrauter Freunde«.[36] Und ihm missfiel, dass Scheurl so mächtig mit dem Namen seines väterlichen Freundes und Vorgesetzten, Johann von Staupitz, renommierte. Ganze Tage und gar ganze Nächte wollte er mit dem Generalvikar der Augustiner-Eremiten gesprochen haben. Sicher, an der Gründung der Sodalitas Staupitiana in Nürnberg dürfte Scheurl einen beträchtlichen Anteil gehabt haben, obwohl die Nürnberger Patrizier Staupitz ohnehin verehrten und seine Predigten in der bedeutenden Reichsstadt stets zum Ereignis gerieten. Wohl mit kaum einem bedeutenden Humanisten stand Christoph Scheurl, der Meister der Kommunikation und Connaisseur der Freundschaft, nicht in Verbindung. Martin Luther konnte nicht anders, als in seiner Antwort die Pose aufgesetzter Weltläufigkeit durch den Ton der Demut und Bescheidenheit zu konterkarieren. Nein, schrieb er dem »hochgelehrten und liebenswürdigen Christoph«, er wolle nicht, dass dieser sein Freund werde, denn Freunde hätten doch alles gemeinsam, wie es im Sprichwort heiße. Und würde nun durch die Freundschaft sein Schicksal zu Christophs, dann würde der Ratskonsulent an keinem Ding reicher werden als an Sünden, gleicherweise an Unverstand und Schmach. Der Brief endete dann aber mit einer versöhnlichen Wendung, die es Scheurl überließ zu entscheiden, ob er die Freundschaft angenommen habe oder nicht.[37] Und Scheurl entschied positiv. Es kam ihm gar nicht in den Sinn, dass jemand sein Angebot ablehnen könnte. Darum verwundert es nicht, dass Scheurl auch mit Eck »Freundschaft« schloss. Im Januar 1517 schrieb er an Eck, der zu diesem Zeitpunkt die Ingolstädter Universität durch seine Funktionen, vor allem aber durch seine stupende Eloquenz beherrschte:

»Was soll ich mehr sagen? Die Liebe duldet keine Ruhe, kennt keine Muße. Fünf Jahre lang habe ich an der Wittenberger Hochschule meinen Dienst getan, an einer zwar jungen Universität, die jedoch gewiss von wissenschaftlichem Rang ist, und ich habe mein Amt so wahrgenommen, dass auch jene, die mir geistig überlegen waren, mit mir Umgang gepflegt haben. Unter den Theologen ragen hervor der Augustiner MARTIN LUTHER, der gerade die paulinischen Briefe glanzvoll kommentiert, ANDREAS BODENSTEIN VON KARLSTADT, NIKOLAUS AMSDORFF, JOHANNES DOELSCH aus Feldkirch und mehrere andere; solltest Du mit diesen vertrauten Umgang wünschen, so sollst Du wissen, sie würden uns beiden gegenüber nach ihrem Vermögen handeln.
Die benachbarten Hochschulen in Leipzig und Frankfurt an der Oder übergehe ich hier: auch dort bist Du aufgrund Deines Ansehens schon bekannt. Es macht mir Freude, überall Freundschaften zu stiften: diese halte ich für ein Geschenk der Liebe. Mein Dienst bringt mich nicht mit BEHAIM und TRUTFETTER zusammen, so dass wir uns

niemals sehen, aber ich sage oft: ›So Du einen siehst, siehst Du auch den anderen.‹

Mein Freund JOHANN VON STAUPITZ hat diesen Advent bei uns mit starkem Beifall des Volkes über die Vollziehung der ewigen Vorherbestimmung *gepredigt.*

Ich habe diese Predigten ins Deutsche übertragen und gebe sie zweisprachig in Druck. Ich werde sie Dir schicken, wie ich auch Deine Thesen dem Propst BEHAIM, PIRCKHEIMER, den Erfurtern und den Wittenbergern habe zukommen lassen. Ich bin somit Herold Deiner Gelehrsamkeit und Humanitas, jedoch im Hinblick auf Deine Güte Dein Schüler.

Leb wohl!

Nürnberg, 14. Januar 1517

Dein Scheurl, Doktor.«[38]

Anfang 1517 hatte Luther, so wie es unter Humanisten üblich war, als Freundschaftsgabe von Johannes Eck die Thesen zu seiner Wiener Disputation erhalten. Doch er verbiss sich gerade in jenen Tagen in die Frage nach Gnade und Rechtfertigung und spürte, dass ihm die scholastischen Werkzeuge nicht weiterhalfen. Es war, als mühte er sich, mit einem Hammer zu hobeln. Ecks Thesen glänzten vor Formvollendung – allein, Martin Luther interessierte die Form nicht mehr. Also mochte er nicht antworten. Nichts reizte ihn daran, seine Arbeit zu unterbrechen, um sich mit Ecks Thesen zu befassen. Es erschien ihm als reine Zeitverschwendung.

Im April schrieb Scheurl an den Wittenberger Freund: »Meinem Freund Johann Eck habe ich von deiner Tugend in Kenntnis gesetzt, daher hat er, nach deiner Freundschaft sehr begierig, nicht allein einen Briefe an dich gerichtet, sondern er schickt auch ein Büchlein mit seinen Disputationen ...«.[39] Noch mehr Disputationen, noch mehr gewundene und ermüdende Scholastik, stöhnte Martin beim Lesen, denn Eck hatte alles, was er seinerzeit in Wien an Thesen und Gedanken für die Disputationen entwickelt hatte, in einem Diarium publiziert. Doch Martin interessierte das nicht, ja, er fühlte sich regelrecht belästigt. Ihm kam diese Art des Disputierens fern, gestelzt und aufgeblasen vor. Nein, er besaß in der Tat keinen Nerv für dergleichen Kopffechtereien. Aber Scheurls unverblümte Aufforderung »Ich bitte aber, du wolltest ihm freundschaftlich wieder schreiben, da ich ihn deiner Freundschaft würdig achte«[40], konnte er nicht ignorieren. Doch damit nicht genug, der Nürnberger Freund nötigte ihn geradezu.

In diesen Monaten, in denen sich Eck um Martins Freundschaft bemühte, befand sich der Wittenberger Professor auf dem Weg aus einer tiefen Krise heraus, in die ihn die scholastische Behandlung der Begriffe Gerechtigkeit und Gnade getrieben hatte. Worin bestand die rechte Weise, ein christliches Leben zu führen? In einem Brief vom 8. Februar 1517 an den Prior der Augustiner-Eremiten in Erfurt, Johannes Lang, machte Martin aus seinem Herzen keine Mördergrube, sondern schilderte dem Freund, was ihn je länger desto ärger quälte: »Ein Teil meines Kreuzes, und zwar der größte, ist es, dass ich sehen muss, wie die hochbegabten, zu guten Studien geborenen Brüder ihr Leben mit dieser Komödie zubringen und ihre Mühe umsonst aufwenden. Dazu hören auch die Universitäten nicht auf, gute Bücher zu verbrennen und zu verdammen, wiederum schlechte zu verfertigen, ja zu erträumen.« Spätestens jetzt zweifelte er »an der Logik, der Philosophie und Theologie« und er teilte dem Freund in Erfurt voller Sarkasmus mit, dass er voll von »Lästerungen und Flüchen gegen Aristoteles, Porphyrius, die Sentenzenlehrer, d.h. gegen das verderbte Studium unserer Zeit« sei. »Denn so werden es die«, die seine Skepsis und seine Kritik nicht teilen, »denen es beschlossene Sache ist, dass man nicht nur fünf Jahre mit den toten Pythagoräern, sondern immer und ewiglich mit den Toten schweigen, alles glauben, immer zuhören müsse und nie auch mit kleinem Vorgefechte den Aristoteles oder die Sentenzen angreifen und gegen sie mucksen dürfe«, hinstellen.[41] Aber glauben zu müssen, war nicht glauben, sondern eben müssen. Dort, wo Zwang herrschte, lebte kein Glaube, weil der Glaube der eigentliche Ort der Freiheit war. Die philosophischen Autoritäten galten Martin immer weniger, bis sie ihre Autorität für ihn ganz einbüßten, weil sie die einzige Autorität, die Heilige Schrift, verdunkelten. In diesen Tagen brach er nicht nur mit der gängigen und institutionalisierten Lehre und Wissenschaft, sondern er veröffentlichte seine Kritik, seine Ablehnung; er begab sich in den Widerspruch zu allen Professoren der Philosophie und Theologie, zur gesamten Fachwelt. Das konnte nur in Wittenberg glücken, nirgendwo sonst.

5.

Bereits im September 1516 ließ Martin Luther den Studenten Bartholomäus Bernhardi aus Feldkirch für seine Promotion zum Sententiarius »Über die Kräfte und den Willen des Menschen ohne Gnade« disputierten. Damit wagte er zum ersten Mal den öffentlichen Angriff. Hatte zwar Bernhardi die Thesen verfasst, so gaben sie doch Luthers Hinwendung zu Augustinus und Paulus wieder und stellten zum ersten Mal die scholastische Methode in Frage. In einem Brief vom Oktober 1516 verriet er Johannes Lang, dass diese Thesen die Antwort auf »das Geschwätz der Kläffer gegen meine Vorlesungen« seien.[42] Luther jedoch begnügte sich nicht mit der Verteidigung, nun wollte er endlich angreifen, denn er betrieb die öffentliche Diskussion der Thesen, »um den Schwätzern die Mäuler zu stopfen sowie um das Urteil anderer zu hören«. Ihm schwebte eine große Methodendiskussion vor, eine Disputation über die Methodologie der Theologie, eigentlich noch darüber hinaus – nämlich über die Aufgaben und Arbeitsweise der Theologie. Dass es ihm eigentlich um das zentrale Verständnis des Glaubens schlechthin, um die Gnade, die Gerechtigkeit und den freien Willen ging, zeigte der Streit um die Echtheit des Buches von der wahren und falschen Buße des Augustinus.

Seit der Zeit im Erfurter Kloster hatte er sich gründlich mit Augustinus und mit Bernhard von Clairvaux auseinandergesetzt. In Wittenberg rückte immer stärker Augustinus' Büchlein »De vera et falsa poenitentia« ins Zentrum seiner Beschäftigung, denn schließlich galt dieses Werk als grundlegend für die Vorstellung von der Buße und wurde zur Begründung des Ablasses herangezogen. In Erfurt hatte er dieses Buch des Augustinus noch für echt gehalten. Sonderbar war jedoch, dass es in den »Retractationes«, in denen Augustinus 93 philosophische oder theologische Schriften aufzählte, die er verfasst hatte, keine Erwähnung fand. Inzwischen kannte er seinen Augustinus so gut, dass die Zweifel an der Echtheit des Büchleins wuchsen, stand doch die Auffassung, dass der Mensch durch gute Werke vor Gott gerecht werden und die Vergebung der Sünden erlangen könne, im Gegensatz zu den anderen Schriften des Kirchenvaters. So wagte er es, die Verfasserschaft des Augustinus auszuschließen. Das Buch sei »ganz abgeschmackt und überaus ungereimt, und in allem weit entfernt von des Augustinus Sinne und Gerechtigkeit«[43], schrieb er an seinen Freund Lang nach Erfurt. Die Ablehnung der Verfasserschaft des Augustinus entzog der Schrift den quasi sakralen Schutz, den sie als Äußerung eines Kirchenvaters genoss. Nun standen all die Theologen und Philosophen, die sich in ihrem Nachdenken über die Willensfreiheit des Menschen, über die rechte Buße und über den Ablass auf Augustinus stützten, in doppelter Weise nackt da. Erstens fehlte ihnen plötzlich die stützende Autorität und zweitens hatten sie nicht bemerkt, dass diese Schrift nicht von dem hochverehrten Augustin stammte. Das stellte Fragen an die Seriosität dieser »Experten« und schließlich an die Substanz ihrer Expertise. Aus der Größe der Peinlichkeit resultierten die wütenden Reaktionen, mit denen sich Luther daraufhin konfrontiert sah.

Schritt für Schritt zerstörte er die spätmittelalterliche Buß- und Ablasstheologie, die sich auf zu erbringende gute Werke stützte. Wie viel kostete denn Gottes Gnade und Rechtfertigung? Oder anders gefragt: Was würde es bedeuten, wenn sie nichts kostete, wenn es die Gnade umsonst gäbe? »Der Wille des Menschen, ohne die Gnade, ist nicht frei, sondern dient als Knecht, freilich nicht wider Willen.«[44] Diesen Satz hatte er den Studenten Bartholomäus Bernhardi disputieren lassen. Luther war inzwischen sicher: »Wenn der Mensch tut, wozu er in der Lage ist, sündigt er, da er aus sich selbst Gutes weder wollen noch denken kann.«[45] Ohne Gottes Hilfe also konnte der notwendig in der Sünde lebende Mensch nichts Gutes vollbringen. So las er es bei Augustinus, bei dem echten, dem wahren Augustinus: »Die Gerechtigkeit Gottes, sagt der Apostel, nicht: die Gerechtigkeit des Menschen, oder: die Gerechtigkeit des eigenen Willens, sondern die Gerechtigkeit Gottes.«[46] »Gerechtigkeit Gottes und Glaube Christi heißt es, weil beides uns durch Gottes Güte geschenkt wird.«[47] Glaube und Rechtfertigung entsprangen der Gnade und Güte Gottes, so schrieb es der heilige Augustinus in seinem Buch »Geist und Buchstabe« (»De Spiritu et Littera liber unus«), das ihm die Augen öffnete. Gottes Liebe, nach der Luther so verzweifelt gesucht hatte, verriet ihm Augustinus, wurde im Herzen der Menschen ausgegossen. Endlich begriff er, dass »jene Lehre, in der wir das Gebot zu einem enthaltsamen und überhaupt rechten Leben empfangen« »tötender Buchstabe« bleibt, wenn der »lebendig machende Gott« nicht hinzutritt.[48] Der Glaube war kein Verdienst des Menschen, Gottes Gerechtigkeit konnte man sich nicht verdienen, sondern man bekam sie geschenkt. Sie trat hinzu. Sie kostete nichts. Doch sie verlangte etwas, nämlich sie anzunehmen.[49]

Hatte er nicht unter größten Kasteiungen lange Jahre im Erfurter Kloster vergeblich versucht, Gott gnädig zu stimmen? War es ihm damit nicht beständig nur um sich selbst gegangen, um seine Sündhaftigkeit, um seine Rechtfertigung, um seine Verdienste? Ohne Gott konnte der Mensch nichts. Gott war kein Mensch, dessen Zuneigung man sich verdienen konnte. Denn: Könnte man sich Gottes Zuneigung erarbeiten, dann wäre dieser Gott korrumpierbar. Zumindest ließe sich mit ihm handeln, was Gott berechenbar machte. Das aber konnte nicht sein.

Die Heilige Schrift und die Väter stimmten darin überein, dass der Mensch es von Natur aus nicht vermochte, aus eigener Kraft vom Bösen zu lassen und das Gute zu tun. So fand er es bei Augustinus und bei Bernhard. Der stets sündige Mensch bedurfte Gottes Hilfe, die aus Gottes Liebe kam. Aber worin bestand die Gerechtigkeit Gottes? Wie teilte sie sich dem Menschen mit? Niemand an den Universitäten stellte den Grundsatz des Aristoteles in Frage, wonach derjenige, der Gutes tut, gut wird, oder wie es in der Nikomachischen Ethik hieß: »So werden wir auch gerecht, indem wir gerecht handeln, besonnen, indem wir besonnen, und tapfer, indem wir tapfer handeln.«[50] Aristoteles behauptete: Wenn »wir das Handeln auf keine anderen Prinzipien zurückführen können als auf solche in uns, dann ist das Handeln, dessen Prinzipien in uns sind, auch selbst in unsere Macht gegeben, also freiwillig«[51] Nach Aristoteles war »die sittliche Vortrefflichkeit ... in unsere Macht gegeben, desgleichen die Minderwertigkeit«.[52] Klang das nicht plausibel? »Denn überall, wo es in unserer Macht steht zu handeln, da steht es auch in unserer Macht nicht zu handeln, denn wo das Nein, da auch das Ja.«[53] Aristoteles beschrieb den autarken Menschen. Aber wo blieb da Gott? Woher bezog der Mensch diese Selbstbestimmtheit? Aus sich? Aus der Erziehung? In der Nikomachischen Ethik erinnerte der Philosoph daran, dass sich der Begriff Ethos von Gewöhnung herleite und dass diese Gewöhnung, so schloss er an Platon an, bereits im Mutterleib begönne, weshalb der Schwangeren empfohlen werde, eine mittlere oder ausgewogene Gemütslage einzunehmen. Aber: Wenn der Mensch dadurch gut würde, indem er Gutes vollbringe und dadurch gerechtfertigt würde vor Gott, indem er sich in einen Leistungsrausch guter Taten stürzte, dann stellte sich die Frage, was das Gute sei. Die Meinung eines Philosophen, die Ansicht eines Papstes? Mehr noch: Wenn der Mensch nur Gutes tun müsste, um gut zu werden und sich das Himmelreich zu verdienen, warum tat er dann so oft Böses?

Warum sündigte der Mensch, wenn er nur gut werden musste? Wie sollte einem Menschen gelingen, was einem Heiligen wie Paulus versagt blieb? Der hatte an die Römer geschrieben: »Wollen habe ich wohl, aber das Gute vollbringen kann ich nicht. Denn das Gute, das ich will, das tue ich nicht; sondern das Böse, das ich nicht will, das tue ich«?[54] Warum kann ich nicht, was ich will? Kann ich am Ende gar nicht wollen, weil mein Wille nicht frei ist? Luther geriet hier in die Fänge einer alten Streitfrage – in den zuweilen bis auf das Messer geführten Disput um die Willensfreiheit. Verfügt der Mensch über einen freien Willen und ist vollständig für seine Handlungen verantwortlich oder ist dieser freie Wille eingeschränkt und muss dem Menschen daher eine gewisse Schuldunfähigkeit attestiert werden? Gerade in den Jahren zwischen 1514 und 1517 setzte Luther sich verstärkt mit den antipelagianischen Schriften des Augustinus auseinander. Pelagius, ein Zeitgenosse des Kirchenvaters Augustinus und Priester aus Britannien, hatte in Rom eine große Anhängerschar gewonnen und lehrte, dass die Gnade dem Menschen helfen würde, das Gute zu tun – was so viel hieß wie, dass der Mensch grundsätzlich zum Guten fähig sei. Augustinus wies der Gnade Gottes eine viel höhere Bedeutung zu, denn für ihn befähigte Gottes Gnade überhaupt erst den Menschen, Gutes zu tun. Die Auseinandersetzung nahm Fahrt auf und drängte auf eine grundsätzliche Klärung, die schließlich unter dramatischen Umständen zuungunsten des Pelagius ausfiel. Verurteilte ein Konzil in Karthago 411/12 noch sechs Lehrsätze eines Gefolgsmannes von ihm, gelang es Pelagius auf der Synode von Diospolis, sich gegen eine von Augustinus betriebene Anklage so gekonnt zu verteidigen, dass er freigesprochen wurde. Doch 416 verurteilten zwei Konzile in Nordafrika die Lehren des Pelagius als häretisch.

Ein gefährlicherer Gegner erwuchs Augustinus in Gestalt Julians von Erclanum, der sich nicht wie Pelagius verteidigte, sondern Augustinus angriff, indem er ihm vorwarf, die Gutheit der Schöpfung zu leugnen und ein Manichäer zu sein. Diese Kritik traf umso härter, weil Augustinus vor seiner Bekehrung zum Christentum in der Tat den Lehren Manis gefolgt war. Julian unterstellte Augustinus praktisch, Mani nie verlassen und zu Christus nie gekommen zu sein. Der Christus des Augustinus hieße in Wahrheit Mani. Zur Debatte standen nun grundsätzliche Fragen – nämlich nach der Gutheit der Natur und der Natur der Erbsünde. Erst in der heftigen Auseinandersetzung mit Julian sollte Augustinus seine Lehre von der Erbsünde ausarbeiten, erst jetzt setzte sich die Anschauung durch, dass der Sündenfall sich im jeden Menschen wiederhole und dass der Mensch erstens die Sünde geerbt habe und zweitens die Sünde in seinem Leben nicht vermeiden könne. Von hier aus war die Buße zur Notwendigkeit geworden, weil der Mensch durch sie zu Gott zurückfände. Das war natürlich nicht von der Hand zu weisen. Doch es betraf die Buße des Herzens. Aufrechte Reue war nötig. Aber was hatte wahre Buße mit immer ausgefeilteren Leistungskatalogen zur Sündenvergebung zu tun? Hier war die Christenheit auf den Holzweg geraten. Den musste sie wieder verlassen. Möglich war das, indem sie neu bei Paulus und in dessen Nachfolge bei Augustinus ansetzte. Mochten dessen Vorstellungen über die *Unausweichlichkeit der S*ünde – in diesem Verständnis hat das Wort »Erbsünde« auch heute noch einen Sinn – auch hart sein, umso heller geriet doch die Lösung. Gottes Gnade, wie Augustinus sie beschrieb, wurde zum Schlüssel aus dem Kerker dieser Welt. Und kaum war Luther aus dem Verließ der Kasteiung getreten, fiel auch auf seine Seele der Sonnenstrahl der Liebe Gottes. Er konnte sich nun voraussetzungslos Gott anvertrauen. An diesem Punkt angekommen, ließ er seinen Schüler in der Disputation von 1516 – in dem Jahr, in dem er seine Vorlesung zum Römerbrief des Paulus weiterführte –, zur zweiten These den Gedanken hinzusetzen: »Wenn der Mensch tut, wozu er in der Lage ist, sündigt er, da er aus sich selbst Gutes weder wollen noch denken kann.«

Martin Luther wusste: Das war starker Tobak. Die Menschheit würde wohl bis an ihr Ende das nicht recht einsehen wollen. Dabei lag ihr ständiges Irren klar zu Tage. Aus Selbstgerechtigkeit gestand sich jedoch kaum einer ein, falsch gedacht und gehandelt zu haben. Und über die wahren Motive auch wirklich guter Taten dachte man besser gar nicht erst nach. Auch er, der gelehrte Magister Luther, hatte hier Schwierigkeiten. Er zweifelte, dass es ihm gelänge, immer recht zu tun. Vermutlich würde Gott vieles für schlecht befinden, aber er würde ihm vergeben. Diese Gewissheit war das Zentrum des Glaubens. Und dieses Zentrum war in der Schrift zu finden. Deshalb hatte er den Ausbildungsplan der Studenten verändert. Aristoteles, die Sentenzenkommentare, Wilhelm von Ockham, Johannes Duns Scotus und Gabriel Biel ersetzte er durch die Bibellektüre, zuvörderst die Lektüre der Paulusbriefe, und die Kirchenväter, allen voran Augustinus.

Im Mai 1517 schrieb er an den Freund in Erfurt: »Unsere Theologie und Augustin machen unter Gottes Beistand gute Fortschritte und herrschen an unserer Universität. Aristoteles steigt nach und nach herab, neigt sich zum Untergang und ist ihm für ewig nahe. Auf erstaunliche Weise werden die Vorlesungen über die Sentenzen verschmäht, so dass niemand auf Hörer hoffen kann, der nicht über diese Theologie, d.h. über die Bibel, über Augustin oder über einen anderen Lehrer von kirchlicher Autorität lesen will.«[55] Da die Professoren von den Studenten bezahlt wurden und sie vom Besuch der Vorlesung lebten, stellte die Akzeptanz ein gewichtiges Argument dar.

Im September 1517 verfasste Martin Luther für seinen Schüler Franz Günther aus Nordhausen – nur wenige Wochen vor dem Anschlag seiner berühmten 95 Thesen (*Disputatio pro declaratione virtutis indulgentiarum* – Disputation zur Klärung der Kraft der Ablässe) – die 97 Thesen zur »Disputation gegen die scholastische Philosophie«. Er wusste, was er tat: Er startete den Generalangriff auf das Lehrgebäude der Scholastik. Zugleich wollte er den christlichen Glauben in die Herzen und Seelen der Menschen bringen und die Theologie neu aus dem Glauben heraus denken und unterrichten. Es bedurfte einer *re-formatio*, einer Umkehr zum christlichen Leben. Die Kirche musste wieder glauben lernen. In der Vorlesung zum Römerbrief geißelte er die Verweltlichung und Glaubensferne der Kirche: »Die Geistlichen von heute sind, das heißt: die weit geöffneten Schlünde für alles Weltliche sind heute über nichts mehr aufgebracht als über einen Eingriff in die Freiheiten, Rechte, Herrschaftsverhältnisse und Befugnisse der Kirche.«[56] Bitter klagte er: »Du kannst hochmütig sein und schwelgen, magst habgierig, streitsüchtig, jähzornig und undankbar sein, der ganze Lasterkatalog, den Paulus 2 Tim. 3,2 ff aufstellt, mag auf dich zutreffen, ja selbst wenn deine Laster zum Himmel schreien, du bist trotzdem der frömmste Christ, vorausgesetzt, dass du die Rechte und Freiheiten der Kirche beschützt; missachtest du sie dagegen, dann bist du kein treuer Sohn der Kirche.«[57] Die Kirche hatte sich verweltlicht, sie hatte nicht nur den Glauben verloren, sondern schlimmer noch: Sie besaß gar keinen Begriff mehr vom Glauben. Sie lebte nur noch aus weltlicher Macht und in Konkurrenz zu weltlichen Mächten. Man musste zur Alten Kirche zurückkehren. Der heilige Bernhard hatte in seinem Buch »De consideratione« den Weg der Kirche in die Verweltlichung beschrieben und seinen Schüler Bernardus Paganelli, der sich als Papst Eugen III. nannte, vor diesem verhängnisvollen Weg gewarnt. Zur einzigen Richtschnur, wenn den verweltlichten Autoritäten der Kirche nicht zu trauen war, diente der Glauben. Was also war Glaube?

6.

In den Jahren 1514 bis 1517 hatte Luther sich befreit und mit den Thesen zur »Disputation gegen die scholastische Philosophie« den Kampf aufgenommen. Die Thesen, die er nach Erfurt sandte, versetzten die Freunde in helle Aufregung. Seine alten Lehrer Bartholomäus Arnoldi von Usingen und Jodocus Trutfetter stürzten aus dem schönsten scholastischen Wolkenkuckucksheim, sahen sie doch ihr Lebenswerk vergehen. Aber auch Nikolaus von Amsdorff schluckte und Andreas Bodenstein, genannt Karlstadt, schäumte vor Wut. Doch dabei beließ er es nicht. Angeregt von den Thesen und getrieben von der Neugier, was an den Thesen des Kollegen sich bei Augustinus fände, kaufte Karlstadt die gerade erschienene Gesamtausgabe der Schriften des Kirchenvaters, zog sich zurück und las sie durch, um Martin zu widerlegen. Dessen Ansichten waren so unerhört, dass sie einfach nicht stimmen konnten.

Martin Luther hingegen hatte nicht nur erkannt, sondern seiner Entdeckung endlich auch getraut. Der ganze philosophisch-scholastische Plunder taugte nichts. Er trog. In einem Brief vom 8. Februar 1517 schimpfte Martin den Philosophen Aristoteles einen »Gaukler, der mit der griechischen Maske so sehr die Kirche geäfft« habe, und also auch ihn.[58] Martin bezeichnete Aristoteles als den »obersten Verleumder«, dem alle großen und kleinen Verleumder folgten – Thomas von Aquin, Wilhelm von Ockham, Johannes Duns Scotus, Pierre d'Ably, Jean Gerson und Gabriel Biel. Er lachte nur noch bitter auf, wenn er sich daran erinnerte, dass ihm im Kloster zu Erfurt Gabriel Biels Buch über den Messkanon fast als Werk eines

Heiligen, zumindest als die Schrift einer unbedingten Autorität überreicht worden war – ein Buch, das in 89 Lektionen jedes noch so winzige Detail der Messe im wahrsten Sinne des Wortes erschöpfend behandelte. Der bis zur Pedanterie gründliche Biel hatte Elemente der Mystik, für die er auf dem Wege der *devotio moderna* sensibilisiert worden war, mit dem Nominalismus Ockhamscher Prägung verbunden.

In Luthers kühnem Kampf gegen die scholastische Wissenschaft, der ihn 1516 und 1517 bis zu Erschöpfung forderte, ging es letztlich um Befreiung. Er musste ablegen, was er gelernt hatte. Er warf Gratian, der mit dem Decretum Gratiani das Kirchenrecht geschaffen hatte, und dem Magister sententiarum, Petrus Lombardus, vor, aus dem Werk des heiligen Augustinus zwar viel entnommen, aber »keine Arznei der Gewissen, sondern eine Marter daraus« gemacht zu haben. Er, Luther, wolle keine Zeit mehr verschwenden, darüber zu disputieren, »ob Gabriel dies, ob Raphael das oder Michael jenes gesagt« habe. Und dem Freund Lang teilte er mit: »Ich weiß, was Gabriel sagt: es ist alles treffend, außer, wo er von der Gnade, der Liebe, der Hoffnung, dem Glauben, den Tugenden redet, wie viel er da mit seinem Scotus pelagianisiert, ist nicht derart, dass ich es jetzt brieflich vorbringen könnte.«[59] Maliziös und treffsicher versetzte Martin Luther Gabriel Biel den Todesstoß, denn er hatte in seiner Aufzählung kein wichtiges Thema ausgelassen, weder die Gnade, noch die Liebe, noch den Glauben, auch nicht die Hoffnung, denn schließlich bewegte nicht nur Luther, sondern alle Menschen die Frage, worauf man seine Hoffnung setzen dürfe. Auf Gottes Liebe, auf Gottes Gnade? Worauf durfte man hoffen, woran glauben? Was war wahr? Nicht dem Menschen kam das Verdienst zu, die Wahrheit zu erkennen, sondern darin bestand Gottes Gnade. Darum hieß es bei Johannes: »Wenn ihr bleiben werdet an meinem Wort, so seid ihr wahrhaftig meine Jünger und werdet die Wahrheit erkennen, und die Wahrheit wird euch frei machen.«[60] Und die Wahrheit über die Natur des Glaubens befreite ihn vom Buchstaben, der tötet, von der sich selbst genügenden und sich selbst in einer Art *incurvatio seipsum* vorantreibenden Gelehrsamkeit, in der sich ein Mensch nur zu leicht mit Gott verwechseln konnte. Insofern gab Martin Luther Wilhelm von Ockham, dem *doctor invinciblis* (dem unbesiegbare Lehrer) Recht, aber in einer Art, die sich gegen Ockham selbst richtete. Man konnte Gott weder beweisen noch ihn begrifflich erkennen. Man konnte nur an ihn glauben. Wenn es so war, wozu taugte dann die Philosophie für die Erkenntnis Gottes und des wahren christlichen Lebens?

Luther verübte ein Massaker an der Scholastik mit dem Schwert seines Dogmas, demzufolge der Mensch keinen freien Willen besitze, sondern auf Gottes Gnade angewiesen sei, um das Richtige zu erkennen und das Richtige zu tun. Die 6. These der »Disputation gegen die scholastische Philosophie« lautet: »Es ist falsch, dass sich der Wille von Natur aus nach der richtigen Vorschrift der Vernunft richten könne.«[61] Damit widersprach er Johannes Duns Scotus und vor allem dessen Schüler Gabriel Biel. Wenn er Biel beschuldigte, mit Duns Scotus zu »pelagianisieren«, dann warf er beiden Philosophen vor, sich im Streit über die Willensfreiheit auf die Seite der »häretischen« Lehre von Pelagius gestellt zu haben, der dem menschlichen Willen eine gewisse Autonomie zugestanden hatte. Davon wollte Luther aber nichts wissen, weil diese Vorstellung den Menschen Gott gleichstellt. Ja, er legte dar, dass der freie Wille der Liebe Gottes entgegenstünde, denn »17. Der Mensch kann von Natur nicht wollen, dass Gott Gott ist; er möchte vielmehr, dass er Gott und Gott nicht Gott ist.« Doch all das war noch Vorspiel, denn den Hauptangriff führte er gegen die zentrale These der Nikomachischen Ethik des Aristoteles: »40. Wir werden nicht dadurch gerecht, dass wir gerechte Handlungen vollbringen, sondern *nachdem* wir gerecht geworden sind, vollbringen wir gerechte Handlungen.« Gerecht wurde oder war man also allein aus Gottes Gnade. So kam er zu der radikalen Einsicht: Wir sind nichts; alles, was wir sind, ist von Gott. Deshalb war es »(43.) ein Irrtum zu behaupten, ohne Aristoteles werde keiner ein Theologe«, wie das Grundverständnis an den Universitäten, in der Philosophie und Theologie lautete. Und schließlich postulierte Martin: »47. Keine syllogistische (philosophische – der Verf.) Formel hält Stich bei Aussagen über göttliche Dinge. ... 49. Wenn eine syllogistische Formel in göttlichen Dingen Stich hielte, so könnte man den Artikel von der Dreieinigkeit *wissen* und brauchte ihn nicht zu *glauben*.« Deshalb verhält sich der ganze Aristoteles zur Theologie wie das Licht zur Finsternis, wie es in These 50 heißt. Wollte man also die Finsternis besiegen und das Licht der Erkenntnis in der Theologie entfachen, dann führte kein Weg daran vorbei, mit Aristoteles zu brechen und mit ihm mit den scholastischen Philosophen. Dieser Bruch mündete in die folgenschwere Feststellung, die Martin aus seinem Studium der Mystik gezogen hatte: »95. Gott lieben heißt sich selbst hassen und außer Gott nichts zu wissen.« Und im Umkehrschluss: »97. Wir sollen nicht nur das (wollen), was Gott uns wollen will, sondern wir müssen überhaupt alles wollen, was Gott auch immer will.«

In Erfurt sorgten die Thesen bei Trutfetter und Arnoldi von Usingen für Kopfschütteln. Schließlich wurde Martin bewusst, dass aus dem Unverständnis seiner beiden Lehrer eine starke Reserve und schließlich Ablehnung entstand. Die einstige Schüler hatte ihre Arbeit, ja ihr ganzes Lebenswerk in Frage gestellt. Er konnte nicht erwarten, dass sie ihm das nachsahen oder ihm gar folgten. In weit höherem Maße galt das für Johannes Eck, dem er die Thesen über Christoph Scheurl am 11. September 1517 hatte zukommen lassen. Nicht in den späteren Ablassthesen, sondern in der »Disputation gegen die scholastische Philosophie« steckte der eigentliche Grund für Ecks unstillbaren Hass auf Martin Luther. Er hatte seziert, bloßgestellt und verächtlich gemacht, was Eck wichtig, nein, heilig war, worauf er seine Existenz und sein Selbstverständnis gründete. In der etwas späteren Disputation zu Leipzig vom 27. Juni bis zum 15. Juli 1519 ging es Eck zwar um die rechte Lehre, ja, das auch, vor allem aber sehnte er sich danach, die scholastische Philosophie zu rehabilitieren, die der Wittenberger Professor in den Thesen zur »Disputation gegen die scholastische Theologie« vom Sockel gestoßen und lächerlich gemacht hatte. Und damit hatte er gleichzeitig ihn, Johannes Eck, verspottet. Denn auch er ging in der griechischen Maske einher, auch er meinte, dass man ohne Aristoteles kein Theologe werden konnte. Wenn sich Aristoteles zur Theologie verhielt wie die Finsternis zum Licht, dann verhielt sich auch der Doktor der Theologie Johannes Eck zur Theologie wie die Finsternis zum Licht. Eck fühlte sich persönlich angegriffen und des intellektuellen Betrugs bezichtigt.

Ganz anders jedoch ging es in Wittenberg zu. Luthers Autorität im Kreis der Kollegen und Studenten war immer größer geworden. Und vor allem: Karlstadt war nach einigen Wochen aus seiner Eremitage, in der er den Augustinus studiert hatte, zurückgekehrt. »Du hast Recht, Martinus«, hatte er ihm nur kurz und bündig gesagt. Auch Nikolaus von Amsdorff überzeugten die Thesen, so dass nun Professor für Professor der Alma Mater an seine Seite trat.

7.

So groß die Wirkung seiner Thesen gegen die scholastische Philosophie in akademischen Kreisen auch war, da sie eine grundsätzlich neue Position bezogen, so wenig erregten sie außerhalb der Universität Aufsehen. Nicht einmal die Humanisten nahmen sie zur Kenntnis, allein schon darum nicht, weil die Scholastik für sie kein Thema mehr war. Die meisten von ihnen wirkten ohnehin nicht an einer Universität, sondern bildeten eine bürgerliche Öffentlichkeit. Luthers Denken bewegte sich jedoch vollkommen innerhalb des Zirkels von Universität und Kirche. Öffentliche Diskussion verstand er noch ganz und gar als akademische Disputation.

Ob er auf dem Weg nach Leipzig, der ersten Station seiner Reise nach Worms, in Kemberg Rast machte, ist nicht überliefert. Es ist jedoch wahrscheinlich, denn in dem Heidestädtchen sorgte inzwischen sein Schüler Bartholomäus Bernhardi, den er 1516 »Über die Kräfte und den Willen des Menschen ohne Gnade« hatte disputierten lassen, als Pfarrer für das Seelenheil der Menschen im Ort.

1516, das Jahr, in dem Bernhardi disputierte, war auch das Jahr, in dem in Wittenberg die Pest ausbrach und Luther trotz Todesangst nicht dem Beispiel einiger Brüder folgte und die seuchengeplagte Stadt verließ, sondern bei seinen »Schäfchen« ausharrte – schließlich war er nicht nur Professor der Theologie, sondern auch Pfarrer an der Stadtkirche. Gott hatte ihn an diese Stelle gesetzt. Die Bibel war in dieser Hinsicht eindeutig. Wenn der Herr zu Petrus sprach: Weide meine Schafe!, konnte Luther seine Gemeinde nicht ihrem Schicksal überlassen. Und um wie viel mehr galt das Jesu Wort erst, wenn es sich nicht um die körperliche Gesundheit, sondern um das geistige Heil handelte? Spätestens seitdem der Dominikaner Johann Tetzel 1517 im benachbarten Jüterbog den Ablass predigte, konnte Luther als Theologe und als Seelsorger der Frage, die ihm immer öfter auch von den Gemeindegliedern gestellt wurde, nicht mehr ausweichen, wie es um das Seelenheil stand und welche Möglichkeiten der Ablass bot.

Kurfürst Friedrich der Weise hatte Tetzel die Ablasspredigten auf kursächsischem Territorium untersagt. Also fragten einige Wittenberger in ihrer Ratlosigkeit ihn, ihren Prediger, ob sie den Weg nach Jüterbog auf sich nehmen sollten, denn nicht wenig stand hinsichtlich der Beantwortung der Frage nach der Wirksamkeit der Ablässe für jeden Christenmenschen auf dem Spiel. Andere erlagen den Verlockungen Tetzels, eilten in die nahe brandenburgische Stadt und ließen ihr gutes kursächsisches Geld in der Meinung, damit dereinst ihre Zeit oder die Zeit bereits verstorbener Verwandter im Fegefeuer zu verringern, in den Ablasskasten fallen, um praktisch Friedrichs Konkurrenten zu stärken. Der Ablass wirkte, weil bewusst seine Grenzen verschwiegen wurden, in der Praxis wie eine Lizenz zum Sündigen.

Nachdem Friedrich des Weisen jüngerer Bruder Ernst, der als Erzbischof der Diözese Magdeburg und als Administrator dem Bistum Halberstadt vorgestanden hatte, 1513 an der Syphilis gestorben war, gelang es dem Brandenburger Kurfürsten Joachim, den Hohenzollern die Diözesen Magdeburg und Halberstadt zu sichern und seinen erst dreiundzwanzigjährigen Bruder Albrecht als Bischof durchzusetzen. Der Machthunger des Brandenburger Kurfürsten kannte keine Grenzen – und so setzte er ein Jahr später Albrecht auch als Nachfolger Uriels von Gemmingen im Amt des Bischofs von Mainz durch.

Mainz war nicht irgendein Bistum. Der Mainzer Kurfürst zählte nicht nur zu den drei geistlichen Kurfürsten, denen vier weltliche gegenüberstanden, sondern galt als Erzkanzler des Heiligen Römischen Reiches auch als der vornehmste unter den sieben Königswählern. Zähneknirschend konnte Friedrich der Weise den Machtzuwachs seines Erzrivalen nur noch zur Kenntnis nehmen. Doch Albrechts Ernennung zum Erzbischof von Mainz stellten sich kirchenrechtliche Schwierigkeiten entgegen. Zum einen verstärkte die Tatsache, dass Albrecht trotz Universitätsbesuchs keinerlei akademische Abschlüsse vorzuweisen hatte, das Monitum, dass er eigentlich zu jung für dieses Amt war. Zum anderen fiel ins Gewicht – und dies wog schwerer –, dass Kardinal Lang die Pfründenanhäufung kritisierte, die durch die Übernahme beider Bistümer gegeben war. Mit dem ewig klammen Papst Leo X. kamen die Brandenburger jedoch überein, die Servitiengelder, die an Rom für die Bestätigung hoher kirchlicher Würdenträger zu entrichten waren, an den Papst zu überweisen – Gelder allerdings, die sie nicht besaßen. So kam es zu dem bei Regierungen beliebten und üblichen Geschäft zu Lasten Dritter. Albrecht lieh sich das Geld bei den Fuggern, die es nach Rom schickten. Papst Leo X. erließ am 31. März 1515 die Ablassbulle »Sacrosancti salvatoris et redemptoris nostri«, angeblich, um den Neubau des Petersdomes zu finanzieren. Der Ablass sollte in den Bistümern Albrechts und im Kurfürstentum Brandenburg erhoben werden. Den Ablassprediger Johann Tetzel begleiteten die Agenten der Fugger, die jeweils die vollen Ablasskästen versiegelten und dafür sorgten, dass sie direkt zu den Fuggern nach Augsburg transportiert wurden. Dort wurden sie zur Hälfte für den Papst verbucht und zur Hälfte zur Tilgung von Albrechts Schulden verwandt. Die Zeche für den Macht- und Vermögenszuwachs des Brandenburgers bezahlte also das Volk, die Bürger und Bauern und kleinen Adligen.

Kurfürst Friedrich der Weise hatte Tetzel einerseits aus politischen Gründen verboten, auf kursächsischem Gebiet Ablässe zu verkaufen, andererseits glaubte aber auch er an die

Kraft der Heiligen. Seine geliebte Reliquiensammlung – das Wittenberger Heiltum in der Schlosskirche – erfreute sich schon ob seiner schieren Größe einer fast legendären Bewunderung. Albrecht Dürer hatte sogar ein Altarbild für das Heiltum gemalt.

Was also sollte Luther seinen »Schäfchen« antworten, wenn sie mit dem Propheten Micha fragten: »Womit soll ich mich dem HERRN nahen, mich beugen vor dem Gott in der Höhe? Soll ich mich ihm mit Brandopfern nahen, mit einjährigen Kälbern? Wird wohl der HERR Gefallen haben an viel tausend Widdern, an unzähligen Strömen von Öl? Soll ich meinen Erstgeborenen für meine Übertretung geben, meines Leibes Frucht für meine Sünde?«[62] Oder mit erworbenen Ablässen? Der Prophet Maleachi warnte: »Wer wird aber den Tag seines Kommens ertragen können, und wer wird bestehen, wenn er erscheint? Denn er ist wie das Feuer eines Schmelzers und wie die Lauge der Wäscher.«[63]

Immer deutlicher erkannte Luther, dass in der Ablassfrage eine überaus schlechte Praxis auf eine dürftige Theorie traf. Eine theoretische Klärung sollte nach seiner Vorstellung zu einer guten Praxis führen. Da es heikel war, eine große öffentliche Diskussion über den Ablass vom Zaun zu brechen – denn der Papst hatte verfügt, dass alle, die den Verkauf der Ablässe behinderten oder kritisierten, als Häretiker gelten sollten –, entschied sich Martin Luther dafür, eine Disputation unter Gelehrten im Schutz der Universität anzuregen. Ganz abgesehen von den Drohungen des Papstes glaubte er ohnehin, dass die Diskussion um die Ablässe in die Universität gehöre, damit das Problem unter Theologen geklärt werde. Das war gängige akademische Praxis. Und eine wissenschaftliche Verständigung unter Fachleuten abseits der Öffentlichkeit konnte ihm niemand zum Vorwurf machen. Also begann er im Sommer 1517, an den Thesen für die »Disputation zur Klärung der Kraft der Ablässe« zu arbeiten, die als Luthers »95 Thesen« berühmt werden sollten. Genau diese Frage bedurfte dringend der theologischen Klärung: Was vermochten die Ablässe tatsächlich? Erzielten sie Wunderwirkung oder stellten sie nur einen dreisten Akt der Scharlatanerie dar, um den Leuten das Geld aus der Tasche zu ziehen?

Im Großen und Ganzen glaubten die Menschen, dass ein Christ nach dem Tod, wenn er nicht ganz und gar der Hölle verfallen war, eine unterschiedlich lange Zeit der Reinigung im Fegefeuer, das deshalb auch Purgatorium (von lateinisch *purgatio* – Reinigung) genannt wurde, zu erleiden habe. Doch das Fegefeuer stellte genau betrachtet ein theologisches Problem dar, denn dieses Glaubensinstitut fand sich nicht in der Bibel, auch nicht in der Alten Kirche, sondern war durch und durch ein Geschöpf des Mittelalters. Tertullian hatte an einen Ort der Erfrischung gedacht, an dem die Seelen lagerten und auf den Jüngsten Tag warteten, doch verband sich mit dem Zwischenaufenthalt kein Leiden.

Nach mittelalterlichem Glauben aber ließ sich die peinvolle Zeit im Fegefeuer durch Ablässe verkürzen. Die Päpste des Mittelalters behaupteten, dass durch das Wirken der Apostel und der Heiligen sich ein Gnadenvorrat in der Kirche gebildet habe, den der Papst verwalte. Schließlich stehe bei Matthäus »Und ich sage dir auch: Du bist Petrus, und auf diesen Felsen will ich meine Gemeinde bauen, und die Pforten der Hölle sollen sie nicht überwältigen. Ich will dir die Schlüssel des Himmelreichs geben: Alles, was du auf Erden binden wirst, soll auch im Himmel gebunden sein, und alles, was du auf Erden lösen wirst, soll auch im Himmel gelöst sein.«[64] Die Belegstelle für die Vollmacht des Papstes lautet in der Vulgata (der lateinischen Fassung der Bibel): »... et quodcumque solveris super terram, erit solutum et in caelis« (... und was du auf Erden lösen wirst, das wird auch im Himmel gelöst sein). Deshalb durften die Päpste von ihrem Schatz, dem Gnadenvorrat, den die Apostel und Heiligen erworben hatten, Gebrauch machen und Ablässe erteilen, die die zeitlichen Strafen im Fegefeuer verringerten.

Noch denkt Luther nicht daran, die Ablässe abzuschaffen, auch wenn ihm manches schief dünkt. Bei Bernhard von Clairvaux hatte er gelernt, dass sich der Mensch auf die innere Buße konzentrieren, seine Sünden als solche erkennen und sie bereuen solle. Deshalb lautet die erste der 95 Thesen Luthers auch: »Als unser Herr und Meister Jesus Christus sagte: ›Tut Buße, denn das Himmelreich ist nahe herbeigekommen‹, wollte er, dass das ganze Leben der Glaubenden Buße sei.«[65] Bernhard sagte klar und unmissverständlich, dass der Mensch, der sich selbst anklagt, nicht von Gott angeklagt wird. Der Mensch, der ganz und gar auf die Gnade Gottes angewiesen ist, wird nicht deshalb gerecht vor Gott, weil Gott die Sünde löscht, sondern weil er sie dem bereuenden Menschen im Akte des Verzeihens und der Liebe nicht mehr anrechnet. Der Selbstverurteilung des Menschen kommt Gottes Gericht zuvor. Zu diesem Zeitpunkt nimmt Luther noch an, dass zwei Arten der Buße existieren: die sakramentale, die von den Priestern gespendet wird, und die persönliche, in der ein Mensch sein ganzes Leben in die Nachfolge Christi stellt. Entscheidend ist für ihn jedoch schon die innere Buße, die Umkehr, die den Menschen auf Gottes Weg zurückführt, von dem ihn die Sünde entfernt. Um der These nichts von ihrer Universalität zu nehmen, stellt er in der zweiten These klar: »2. Dieses Wort darf nicht auf die sakramentale Buße gedeutet werden, das heißt, auf jene Buße mit Beichte und Genugtuung, die unter Amt und Dienst der Priester vollzogen wird.«[66] Später wird Luther die Buße ihres sakramentalen Charakters entkleiden, so dass nur noch die Taufe und das Abendmahl als Sakramente übrig blieben, freilich in einer neuen Auffassung vom Sakrament an sich. Luther will seine erste These auf die innere Buße bezogen wissen, die für ihn aus »Pein«, »Selbstverachtung«, Selbstanklage besteht. Auch wenn so manch Tröstliches wegfiel und die Last der Buße ganz dem Gläubigen aufgeladen wurde und dessen Verantwortung erhöhte, stellte die in die Zukunft weisende Kehrseite dessen die Entdeckung des Ichs, des Individuums dar, das sich auf keinen Ablass verlassen konnte, sondern selbst tätig werden musste. Im Weiteren zeigt Luther klar auf, dass der Papst keine Strafen und erst recht keine Schuld erlassen kann, es sei denn, sie wäre von Gott erlassen, was er allenfalls erklären und bestätigen kann. Nach den grundsätzlichen Thesen 1 bis 4 erklärt Luther in den Thesen 5 bis 24, was in der Kompetenz des Papstes, der Bischöfe und der Priester stand: nämlich nur die Strafen aufzuheben, die sie selbst kirchenrechtlich auferlegt hatten: »22. Ja, der Papst erlässt den Seelen im Fegfeuer keine einzige Strafe, die sie nach den kirchenrechtlichen Bestimmungen in diesem Leben hätten abtragen müssen.«[67]

Die Thesen 22 bis 29 problematisieren die Wirkkraft der päpstlichen Ablassgewalt. Weil der Papst nicht die Strafen der Seelen im Fegefeuer zu löschen vermag, predigen diejenigen »27. Lug und Trug ..., die sagen, die Seele erhebe sich aus dem Fegfeuer, sobald die Münze klingend in den Kasten fällt.«[68] Diese Vorstellung fördere nur die Habgier. Die betrogenen Menschen, die gutgläubig ihr Hab und Gut für die Ablässe geben, werden mit den Ablasspredigern auf ewig verdammt sein: »32. In Ewigkeit werden mit ihren Lehrern jene verdammt werden, die glauben, sich durch Ablassbriefe ihres Heils versichert zu haben.«[69] Weil sie dadurch die wahre Buße und Reue ignorierten. Denn »36. Jeder wahrhaft reumütige Christ erlangt vollkommenen Erlass von Strafe und Schuld; der ihm auch ohne Ablassbrief zukommt.«[70] An dieser Stelle ist im Grunde alles gesagt: Die Ablassbriefe bewirken nichts Positives, aber sie könnten dem Christen sogar schaden, weil sie ihn gegebenenfalls von der inneren Buße abhalten. Und für die Ablassprediger besteht der wahre Schatz der Kirche in dem Geld, das sie für ihre Briefchen einnehmen. Deshalb resultiert aus alldem: »43. ... Wer einem Armen gibt oder einem Bedürftigen leiht, handelt besser, als wenn er Ablässe kauft.«[71] Und noch schärfer: »45. ... Wer einen Bedürftigen sieht, sich nicht um ihn kümmert und für Ablässe etwas gibt, der erwirbt sich nicht Ablässe des Papstes, sondern Gottes Verachtung.«[72]

Begründet wurde die Möglichkeit des Papstes zur Erteilung von Ablässen mit dem Schatz der Kirche. Doch dass der Schatz der Kirche aus dem Gnadenüberschuss des Wirkens Christi und der Heiligen bestehen soll, wird von Luther vehement mit guten Argumenten bestritten. In der These 62 definiert Martin Luther schon ganz im Sinne seines *sola scriptura*-Grundsatzes: »62. Der wahre Schatz der Kirche ist das heilige Evangelium der Herrlichkeit und Gnade Gottes.«[73] Er geißelte die Kurie: »66. Die Schätze des Ablasses sind die Netze, mit denen man heutzutage die Reichtümer von Menschen abfischt.« Und er erinnert daran, dass: »65. ... die Schätze des Evangeliums« hingegen »die Netze, mit denen man einst Menschen von Reichtümern fischte«[74], sind.[75]

Betrachtete man die Sache kaufmännisch und ließe all die schönen Worte über Sünde und Gnade und Gott weg, funktionierte der Ablasshandel wie ein Wechsel. Weil beispielsweise der heilige Laurentius den Glauben nicht verriet und sich deshalb auf einem Rost grillen ließ, handelte er Gott ein Pfund Gnade ab, das nun in des Papstes Schatzkammer lagert. Wenn der Papst für dieses Pfund einen Wechsel ausstellt, den er Ablass nennt und auf den Markt bringt, kann jeder, der einen Teil davon erwirbt, diesen Wechsel Gott vorweisen, der ihm dafür einen Teil seiner zeitlichen Sündenstrafe im Fegefeuer erlassen muss. Sind Kaufleute und Geldwechsler schon einfallsreich, wenn es darum geht, dem gemeinen Mann das Geld für nichts aus der Tasche zu ziehen, so kennt ihr Einfallsreichtum keine Grenzen, wenn sie sich mit Theologen zusammentun. Nur: Jenes Pfund Gnade, das der arme Mann beim Ablass erwirbt und auf das der Wechsel ausgestellt ist, existiert gar nicht in der Schatzkammer des Papstes. Es ist eine Lüge, ein reines »Finanzprodukt«. Wenn der arme Mann nun Gott am Jüngsten Tag den Wechsel vorweist, wird der nur den Kopf schütteln, denn er hat dem Papst kein Pfund Gnade überlassen. Der Wechsel ist geplatzt, er war ein Betrug. Luther beklagte, dass die unseligen Leute meinten, durch Ablässe ihrer Seligkeit gewiss zu werden, und glaubten, dass die Seelen ihrer Angehörigen aus dem Fegefeuer führen, sobald sie ihr Geld in den Kasten legten. Und schlimmer noch. Die Behauptung, die Gnadenwirkung dieses Ablasses sei so kräftig, dass keine Sünde zu groß sein könne – sie sagten sogar, selbst wenn einer, falls das möglich wäre, die Mutter Gottes geschwängert hätte, das durch den Ablass vergeben werden könne –, war schlichtweg häretisch.

Martin Luther schickte die Thesen, nachdem er sie durch den Pedell der Universität am 31. Oktober 1517 an die Tür der Schlosskirche – so etwas wie das schwarzes Brett der Universität – hatte anschlagen lassen, an Bischof Albrecht mit einem beiliegenden Brief, in dem er ihm vor Augen führte, dass die armen Seelen unter Albrechts Obhut zum Tode unterwiesen würden, wofür Gott strenge und immer größer werdende Rechenschaft von denen fordern werde, die die Leute so verderben. Deshalb habe er, Luther, darüber nicht länger schweigen können. Seien nicht alle Werke der Frömmigkeit und der Nächstenliebe unendlich viel besser als der Ablass? Wer sich darum mühe, dürfe hoffen, dass die Gnade Gottes zum Wollen das Vollbringen schenke (Philipper 2,13). Nirgendwo habe Christus befohlen, Ablass zu predigen. Aber das Evangelium zu predigen, das habe er nachdrücklich befohlen. Wie groß sei daher der Gräuel, wie groß die Gefahr für einen Bischof, der – während das Evangelium verstumme – nichts anderes als das Ablassgeschrei unters Volk bringe.

Am 11. November 1517, nur elf Tage nach dem öffentlichen Anschlag der Thesen, hatte er einen Brief an Johannes Lang, dem er die Ablassthesen beilegte, mit »Martin Eleutherius« unterschrieben. Und den danach abgehenden Brief an Spalatin ebenfalls. Es war wie ein tiefes Durchatmen, wie ein Aufrichten. Gottes Licht schien die Buchstaben auf das Papier zu malen. »Eleutherius« leitete Martin in humanistischer Tradition vom griechischen *eleutherios* (der Freie) her. Inspiriert dazu hatte ihn der Apostel Paulus:

> *»Denn obwohl ich frei bin von jedermann, habe ich doch mich selbst jedermann zum Knecht gemacht, auf dass ich möglichst viele gewinne. Den Juden bin ich wie ein Jude geworden, damit ich die Juden gewinne. Denen unter dem Gesetz bin ich wie einer unter dem Gesetz geworden – obwohl ich selbst nicht unter dem Gesetz bin –, damit ich die unter dem Gesetz gewinne. Denen ohne Gesetz bin ich wie einer ohne Gesetz geworden – obwohl ich doch nicht ohne Gesetz bin vor Gott, sondern bin im Gesetz vor Christus –, damit ich die ohne Gesetz gewinne. Den Schwachen bin ich ein Schwacher geworden, damit ich die Schwachen gewinne. Ich bin allen alles geworden, damit ich auf alle Weise etliche rette. Alles aber tue ich um des Evangeliums willen, auf dass ich an ihm teilhabe. Wisst ihr nicht: Die im Stadion laufen, die laufen alle, aber nur einer empfängt den Siegespreis? Lauft so, dass ihr ihn erlangt. Jeder aber, der kämpft, enthält sich aller Dinge; jene nun, damit sie einen vergänglichen Kranz empfangen, wir aber einen unvergänglichen. Ich aber laufe nicht wie ins Ungewisse; ich kämpfe mit der Faust nicht wie einer, der in die Luft schlägt, sondern ich schinde meinen Leib und bezwinge ihn, dass ich nicht andern predige und selbst verwerflich werde.«*[76]

Eine Weile hielt er diese Unterschrift den engsten Freunden gegenüber durch, aber nach und nach erschien sie ihm zu pathetisch. Also nahm er sich die Freiheit, das *th* aus der Mitte des Eleutherius in die Mitte seines Namens zu setzen. Aus dem alten Martin Lu – *d* – er wurde der durch Gottes Gnade befreite Martin Lu – *th* – er. Frei empfand er sich im Glauben, weil der Glaube eine Sache der Freiheit ist.[77] Gleichzeitig wusste er aber, dass die Freiheit im Glauben zur Nächstenliebe rief und dass er darum auch jedermanns Knecht war. Denn Freiheit war nicht einfach *Freiheit von etwas oder jemandem,* sondern *Freiheit für etwas und jemanden.*

Er hatte nichts dazugetan, dass die Ablassthesen gedruckt wurden und in Umlauf kamen, es weder bezweckt noch befördert. Da es nun einmal geschehen war und seine Thesen gleich an verschiedenen Orten gedruckt wurden, so dass sie durch Deutschland liefen, als wären die Engel selbst Botenläufer und trügen's vor aller Menschen Augen, sah er Gottes Fügung darin. Scheurl hatte die Thesen Eck zugestellt und der auch in Wittenberg gut bekannte Maler Albrecht Dürer hatte ihm einen begeisterten Brief geschickt samt einigen Kupferstichen als Geschenk. Selbst Erasmus war begeistert und sandte die Thesen nach London an Thomas Morus weiter. Erasmus selbst dürfte sie von dem Humanisten Wolfgang Capito erhalten haben, der 1518 mit Martin Luther in Briefkontakt getreten war.

Kardinal Albrecht, unschlüssig, wie er mit den Thesen umgehen sollte, hüllte sich in Schweigen, leitete sie aber nach Rom weiter. Sollte man sich doch dort darum kümmern.

8.

Wolfgang Capito, der seit einem Jahr Domprediger in Mainz und Berater Kardinal Albrechts war, hatte Luther viel zu verdanken. Er setzte sich bei Albrecht für den Wittenberger Theologen ein. Obwohl die Thesen sich gegen Kardinal Albrechts Ablass richteten und er Martins Thesen in Rom angezeigt hatte, tat er doch im weiteren Verlauf erstaunlich wenig gegen den Autor der Thesen. Dabei musste auch Wolfgang Capito in Mainz auf der Hut zu sein. Denn die Römischen intrigierten bei Albrecht gegen ihn und denunzierten ihn als heimlichen Anhänger Luthers.

Indes ergriff nun Tetzel das Wort und gab die Marschrichtung vor. In Berlin rief er im Februar 1518 aus: »Der Ketzer soll mir ins Feuer geworfen werden und mit einem Ketzerhut zum Himmel fahren.« Damit hatte man Luthers Namen das erste Mal mit der tödlichen Bezeichnung »Ketzer« in Verbindung gebracht. Kurz zuvor hatte Tetzel in Frankfurt an der Oder während einer Disputation den Ablass verteidigt und Gegenthesen drucken lassen. Als im März ein Buchhändler Tetzels Gegenthesen auf dem Markt in Wittenberg zu verkaufen suchte, sprach sich die Sache schnell herum und der ahnungslose Buchhändler sah sich einer wachsenden Zahl wütender Studenten gegenüber, von denen einige ihm ein paar Drucke abkauften, um sie zu zerreißen. Doch dann wurde kurzerhand ein Feuer entzündet und die Schriften wurden verbrannt. Martin Luther hielt allerdings nicht Tetzel für den Autor dieser Thesen, mit denen dieser zum Doktor der Theologie promoviert werden sollte, sondern den Dekan der Theologischen Fakultät der Brandenburgischen Universität Frankfurt an der Oder, Konrad Wimpina. Die Eskalation durch die Studenten versetzte ihn in Unruhe. Er unterrichtete Johann Lang über den Vorfall und beteuerte, dass er zwar ohne Schuld sei, aber befürchten müsse, dass die Sache ihm zugerechnet und seine Gefährdung dadurch noch größer werde. Der Erfolg der Thesen, die immense öffentliche Wirkung und seine dadurch bedingte Popularität verunsicherten ihn. Das alles hatte nicht in seinem Plan gestanden. Über Nacht war aus dem Wittenberger Doktor der Heiligen Schrift der berühmteste Professor Deutschlands geworden. Zum Glück wusste er sich vom Kurfürsten beschützt. Friedrich der Weise dachte nicht daran, seinen Professor nach Rom auszuliefern.

Wenig später erschien auch der »Sermon von dem Ablass und der Gnade«, in dem Martin nun allen seinen Deutschen, gelehrt oder nicht, seine in den 95 Thesen dargelegte Überzeugung erklärte: sozusagen die Volksausgabe der akademischen Thesen. Und das Volk nahm diesen Text an. In kurzer Zeit entstanden 20 Drucke – in Basel und Breslau, in Leipzig, Nürnberg, Augsburg und natürlich in Wittenberg. Tetzel, als habe er darauf gewartet, ließ noch im April eine Gegenschrift zum Sermon verbreiten. In ihr forderte er die Verurteilung Martin Luthers als Ketzer und aller 20 Punkte des Sermons. Luther antwortete mit der polemischen Schrift »Freiheit des Sermons päpstlichen Ablass und Gnade betreffend«. Aber im Grunde interessierte ihn der einfältige Tetzel nicht. Ihm empfahl er, statt mit Feuer und Wasser zu drohen, sich mit Rebenwasser und dem Feuer, das aus den gebratenen Gänsen raucht, zu bescheiden. Der unerwartete Widerspruch eines anderen aber traf ihn.

Anlässlich eines Gesprächs des Eichstätter Bischofs und Kanzlers der Universität zu Ingolstadt, Gabriel von Eyb, mit Johannes Eck hatte sich Eck gegen Martin Luthers Ablassthesen in Stellung gebracht. Eyb nun erbat von Eck eine schriftliche Fassung seiner Gegenthesen, die der Ingolstädter Professor sogleich anfertigte. Ecks »Adnotationes«, Anmerkungen zu den Ablassthesen, gab Eyb wiederum an seinen Cousin, den Augsburger Domherrn Bernhard Adelmann von Adelmannsfelden weiter, der sie an Wenzeslaus Linck schickte, den Prior des Klosters der Augustiner-Eremiten zu Nürnberg. Linck, der mit Luther befreundet war, leitete Ecks »Adnotationes« unverzüglich nach Wittenberg weiter.

Nach der Lektüre fühlte Luther sich getroffen, ja tief verletzt, denn wenn Eck der Freund wäre, der er vorgab zu sein, dann hätte er seine Kritik zuerst ihm persönlich mitteilen müssen, bevor er sie hinter seinem Rücken in Umlauf brachte. Die Enttäuschung brach sich aus der anfänglichen Verwunderung darüber Bahn, »mit was für einer Wut jener diese ganz neue und sehr angenehme Freundschaft zerstörte, ohne irgendeine Warnung, ohne zu schreiben, ohne Lebewohl zu sagen«, wie er dem Freund Egranus schrieb. Nun stellte der »Freund« ihn als Ketzer hin, ohne sich mit den Ablassthesen inhaltlich wirklich auseinanderzusetzen. Der Ingolstädter hielt sie für geeignet, Aufruhr hervorzurufen, und nannte sie irrig, frech, albern, anmaßend. Luther selbst schreibe beleidigend und sei ungelehrt und unbedarft. All das konnte man noch durchgehen lassen. Aber ihn in Verbindung mit Johann Hus zu bringen, zu behaupten, dass die Ablassthesen böhmisches Gift ausstreuten, kam einer Denunziation gleich und brachte ihn in Gefahr, dass sich die Inquisition seiner annehmen könnte. In dieser Situation konnte Martin gar nicht anders, als Ecks »Adnotationes« oder »Obelisci«, wie er sie nannte, als persönlichen Angriff zu werten und sich öffentlich zu vereidigen.

Inhaltlich redeten beide nur noch aneinander vorbei. Es existierte keine gemeinsame Ebene mehr. Sie dachten nicht in den gleichen Kategorien, hatten sie wahrscheinlich nie, nun allerdings offenbarte es sich. Während Martin Luther mit der scholastischen Methoden gebrochen hatte und zunehmend den Text der Heiligen Schrift in den Mittelpunkt stellte, blieb Eck ganz in der Scholastik gefangen. Während Eck also durchaus richtig Luther vorwarf, nicht auf dem Boden der scholastischen Wissenschaft zu argumentieren, warf der Eck vor, dass er nicht verstanden habe, worum es eigentlich ging.

Fassungslos hatte Eck erkennen müssen, dass der Wittenberger, nachdem er die akademisch übliche Theologie in der »Disputation wider die scholastische Philosophie« theoretisch erledigt hatte, in den Ablassthesen sein neues Denken praktisch anwendete. In dem Ingolstädter und dem Wittenberger standen sich zwei völlig verschiedene Welten gegenüber, die nichts gemein hatten und demzufolge auch zu keiner Verständigung kommen konnten. Darum musste die Disputation zu Leipzig wie das Hornberger Schießen ausgehen – man disputierte mit großem Aufwand aneinander vorbei. Äußerliche Missverständnisse heizten die Situation noch zusätzlich an, an denen der etwas dubiose Christoph Scheurl, der stärker zu Eck als zu Luther hielt, nicht unschuldig war. Obwohl Martin Luther wenig Neigung verspürte, drängten ihn die Freunde zu einer Erwiderung auf Eck – einer persönlichen allerdings, keiner öffentlichen.

Doch bevor er die Entgegnung verfassen konnte, stand ein anderes Ereignis ins Haus. Für den April 1518 war das Generalkapitel der Augustiner-Eremiten, dem Luthers Förderer Johann von Staupitz vorstand, anberaumt worden. Zudem sollten bei dieser Gelegenheit in der Artistenfakultät der Universität seine Ablassthesen disputiert werden. Das lag generell auf der Verteidigungslinie der Augustiner-Eremiten. In Rom verstand man ohnehin nicht, was im fernen, barbarischen Deutschland vor sich ging. Dort hielt man den Ablassstreit für ein alle paar Jahre wieder hochkommendes Murren der Deutschen, das unter dem Stichwort »Gravamina der deutschen Nation« in der hintersten Ecke der apostolischen Registratur abgelegt wurde.

Während die Dominikaner in Rom auf einen Prozess drängten, auch, um dem Konkurrenzorden zu schaden, ging Papst Leo X. auf die Linie ein, die von den Augustiner-Eremiten favorisiert wurde. Der Pontifex schrieb am 3. Februar 1518 an den neuen Ordensgeneral der Augustiner-Eremiten, Gabriel della Volta, genannt Veneto, dass er den Priester seines Ordens, Martin Luther, belehren und wieder auf den rechten Weg zurückführen solle, am besten durch ein Gespräch unter Theologen. Dies könne ganz im Stillen geschehen, man wünsche keinen Skandal. Damit hätte der Papst auch die Intention Martins getroffen – nämlich die Klärung der Ablassfrage wieder an den Ort zu bringen, wo auch er sie ursprünglich führen wollte. Nur ging es Leo um eine Belehrung, nicht um eine Disputation. Der Papst dachte nicht im Traum daran, auch nur das Geringste an der Ablasspraxis zu ändern. Lediglich die deutsche Renitenz sollte ausgetreten werden, bevor sich daraus womöglich ein Flächenbrand entwickelte.

Das Problem allerdings, das Luther selbst erst nach und nach bewusst wurde, bestand in Wirklichkeit nicht einfach in der Frage der Ablässe. Im Kern drehte es sich ganz grundsätzlich um die Frage, was der Glaube sei. Er hatte am spätmittelalterlichen Paradigma gerüttelt und letztlich Kirche und Papst in Frage gestellt. Man könnte es auf die einfache Formel bringen: Macht oder Glauben? War die Kirche eine Institution des Glaubens oder der Macht? In den Thesen zur Heidelberger Disputation stellte er der *theologia gloriae* (Theologie der Herrlichkeit) die *theologia crucis* (Theologie des Kreuzes) gegenüber. Unmissverständlich erklärte er im Kommentar zur These XXII der Heidelberger Disputation, dass die, die das Kreuz nicht kennen und es hassen, »notwendigerweise das Gegenteil, nämlich Weisheit, Ruhm und Macht«[78] lieben. Unter Weisheit verstand Luther die wörtliche Übersetzung des Wortes Philosophie als Liebe zur Weisheit und unter Philosophie die scholastische Philosophie. Die aber lehnte er ab, weil sie den Weg zum Glauben verstellte.

Die Theologie der Macht, die Luther die Theologie der Herrlichkeit nannte, verwarf er, weil sie das Übel als gut und das Gute als ein Übel bezeichnete. »Die Theologie des Kreuzes sagt das, was die Sache ist«.[79] Und Sache ist, wer »Christus nicht kennt, kennt … den in den Leiden verborgenen Gott nicht. So zieht er die Werke den Leiden vor, die Herrlichkeit dem Kreuz, die Macht der Schwäche, die Weisheit der Torheit und insgesamt das Gute dem Übel. Das sind solche, die der Apostel ›Feind des Kreuzes Christi‹ nennt, und das, weil sie das Kreuz und das Leiden hassen, dagegen die Werke und ihren Ruhm lieben und so das Gute des Kreuzes ein Übel nennen und das Übel des Werkes ein Gutes.«[80] Mit dem Apostel meint Luther Paulus, der schreibt:

> *»Ahmt mit mir Christus nach, Brüder und Schwestern, und seht auf die, die so wandeln, wie ihr uns zum Vorbild habt. Denn viele wandeln so, dass ich euch oft von ihnen gesagt habe, nun aber sage ich's auch unter Tränen: Sie sind die Feinde des Kreuzes Christi. Ihr Ende ist die Verdammnis, ihr Gott ist der Bauch und ihre Ehre ist in ihrer Schande; sie sind irdisch gesinnt. Wir aber sind Bürger im Himmel; woher wir auch erwarten den Heiland, den Herrn Jesus Christus«.*[81]

Die Kirche hatte das Himmelreich aufgegeben, um auf Erden zu herrschen, sie lebte nicht mehr aus dem Glauben, sondern aus der Macht heraus, und alles Reden von Gott blieb Schall und Rauch, wohinter die Kurie und die Prälaten ihre irdischen Interessen verbargen. Und der Streit um den Ablass hatte gezeigt, dass die römischen Herren die Deutschen intellektuell verachteten und das Land ihnen vor allem als zu melkende Kuh galt. Ehe ein römischer Herr oder der *popolo di roma* sich bereitfand, einen einzigen Knopf seines Gewandes zu opfern, verlangte er, dass die Deutschen ihr letztes Hemd gaben. Als Luther die Thesen für die Heidelberger Disputation entwarf, um seine Kritik am Ablass zu erklären, geriet der Zustand der Kirche immer stärker in seinen Blick. Er sah einen Abgrund sich auftun zwischen dem, was die Kirche war, und dem, was sie sein sollte. Die Kirche siedelte ganz im Irdischen und hatte Christi Wort »Mein Reich ist nicht von dieser Welt« vergessen. Wie Hans im Glück hatte die Kirche ihre wahre Macht gegen irdischen Tand eingetauscht.

Mit Blick auf die Disputation in der Heidelberger Artistenfakultät, also bei den Philosophen, empfahl es sich für Luther, eine Differenzierung seiner Kritik an der scholastischen Philosophie von 1517, wie sie die Grundlage für die Ablassthesen bildete, vorzunehmen, wenn er vermeiden wollte, dass der Disput sich im Unwesentlichen verlor. Er verwarf die Philosophie jetzt nicht mehr in Bausch und Bogen, sondern kam zu bemerkenswerten Positionsbestimmungen. Weisheit oder Philosophie brächten auch Nutzen hervor, wenn sie vom Glauben an Christus ausgingen. »Wer ohne Gefahr in Aristoteles philosophieren will, muss notwendigerweise zuvor in Christus richtig zum Narren gemacht werden.« Damit spielte er unüberhörbar auf Paulus an: »Niemand betrüge sich selbst. Wer unter euch meint, weise zu sein in dieser Welt, der werde ein Narr, dass er weise werde. Denn die Weisheit dieser Welt ist Torheit bei Gott.«[82] Da der Glaube an Gott über aller Vernunft stehe und in dieser irdischen Welt als Paradox oder Narretei erscheinen müsse, könne niemand in der Philosophie etwas leisten, außer seiner Eitelkeit und Ruhmsucht zu frönen, wenn nicht jedes Denken bei Christus und dem Kreuz begönne – an dem Ort, wo sich Welt und Himmelreich, Vergänglichkeit und Leben, Tod und Auferstehung treffen. War zuvor die Theologie die Magd der Philosophie, so machte Luther nun die Philosophie zur Magd der Theologie. Ohne Glauben kann keiner denken. Ohne ein Narr geworden zu sein, weil er an den Widersinn des

Kreuzes glaubt, wird keiner weise; ohne das Unlogische des Kreuzes bleibt alle Logik tot. Der Grundfehler des Aristoteles bestand für Luther darin, dass er die »absolute Macht Gottes« nicht kannte. Wie gründlich aber auch Luther sich mit der Philosophie abgeplagt hatte, blitzte in der These 36 unvermutet auf, wenn er behauptete: »Aristoteles rügt und verlacht auf üble Weise die Philosophie der Platonischen Ideen, die besser ist all seine.«[83] Nicht nur in der Frage des Glaubens, sondern auch in der Philosophie wollte er nun Farbe bekennen. Den Schlag gegen Eck führte er in den Thesen so subtil aus, dass es der Ingolstädter nicht einmal mitbekam, denn in dem philosophischen Teil der Heidelberger Thesen zeigte er elegant, dass er auf der Höhe der philosophischen Diskussion seiner Zeit stand und Johann Eck hinter sich gelassen hatte.

In Florenz hatte sich mühselig zwar, aber durch großen Fleiß, große Beharrlichkeit und durch die Großzügigkeit und das tiefe Interesse der Medici seit dem Konzil 1435 der Platonismus durchgesetzt. Mehr noch, im Übergang vom 15. zum 16. Jahrhundert hatte der Platonismus, insbesondere bei den Humanisten, triumphiert. Die Nürnberger – Willibald Pirckheimer, Albrecht Dürer, Kaspar Nützel, Hieronymus Holzschuher, Lazarus Spengler und Wenzeslaus Linck – hatten zu diesem Zeitpunkt bereits platonische oder neuplatonische Positionen eingenommen. Auch deshalb sollte Martin in Nürnberg große Unterstützung erfahren. Großzügig betrachtet entsprach die Idee der Heidelberger Disputation dem Vorschlag des Papstes, wenn man über den grundlegenden Unterschied hinwegsah, dass es sich bei der Disputation nun nicht um ein vermahnendes Gespräch, sondern um einen Streit handelte, der nach akademischen Regeln mit offenem Ausgang ausgetragen wurde.

Das war gut, denn Luther durfte sich der Reise nach Heidelberg nicht entziehen, zumal er als Distriktvikar im Orden auch eine administrative Funktion innehatte. Aber er hatte für seine Thesen nicht nur Beifall bekommen und sich nicht nur Freunde gemacht. So warf die Problematik seiner Sicherheit seriöse Fragen auf. Friedrich der Weise korrespondierte auf die Bitte von Johann von Staupitz hin und unter Sekundanz von Georg Spalatin mit dem Würzburger Fürstbischof und dem pfälzischen Kurfürsten und stellte schließlich seinem Professor einen Schutzbrief aus. Er erteilte ihm unter der Bedingung Urlaub, dass er unmittelbar nach dem Ende des Generalkapitels nach Wittenberg zurückkehre. Friedrich fürchtete nicht nur um Martins Sicherheit, sondern hatte auch Sorge, dass sich sein berühmter Professor abwerben ließ. Den angebotenen Reisewagen lehnte Luther ab und verließ Wittenberg am 11. April zu Fuß – mit seinem Ordensbruder Leonhard Baier, der die Thesen unter Martins Vorsitz verteidigen sollte, und dem Boten Urban. In Leipzig übernachteten sie bei dem Buchhändler und Gastwirt Liborius Diettmar, der 1504 aus Heiligenstadt nach Leipzig auf den Brühl gezogen war und seit 1506 das Bürgerrecht der Stadt besaß.

In Judenbach trafen sie den Beamten Friedrichs des Weisen, Degenhardt Pfeffinger, der sich auf der Rückfahrt von Innsbruck, wo er am kaiserlichen Hof verhandelt hatte, nach Wittenberg befand. Der Kaiser, berichtete Pfeffinger beim Essen, das er den Reisenden spendierte, habe sich nach Martin erkundigt. Er finde seine Ablassthesen bedenkenswert.

Über Weißenfels ging es weiter nach Coburg, wo sie am 15. April ermüdet, doch guter Dinge ankamen. Der Fußmarsch erwies sich als anstrengend. Trotzdem lehnte Luther in Würzburg das Angebot des Fürstbischofs Lorenz von Bibra, der den Humanismus förderte und für eine Reform der Kirche eintrat, ihm einen Wagen zur Verfügung zu stellen, ab.

Heidelberg erwies sich als großer Erfolg und Martin dachte gern an das Generalkapitel zurück. Bereits seine Ankunft geriet zum Triumph, denn er wurde mit Johann von Staupitz und Johann Lang sehr freundlich vom Pfalzgrafen, dem Bruder des Kurfürsten, der 1516 in Wittenberg studiert hatte, empfangen und zu einem opulenten Essen eingeladen. Quartier fand er natürlich wie die anderen Brüder im Kloster der Augustiner-Eremiten. Das Generalkapitel entband ihn von den Verpflichtungen eines Distriktvikars. Damit nahm es eine große Bürde von seinen Schultern und schenkte ihm die Zeit, die er dringend für die künftigen Auseinandersetzungen und die Ausarbeitung seiner Theologie benötigte. Freund Lang folgte ihm im Amt. Die Disputation in der Fakultät der Artisten, der Luther vorsaß und in der unter seiner Ägide und unter seinen Einsprüchen Leonhard Baier seine Thesen verteidigte, begeisterte eine Gruppe Theologiestudenten, die später im südwestdeutschen Raum die Reformation durchsetzen sollten – Männer wie Martin Bucer, Erhard Schnepf, Johannes Brenz und Theobald Billican. Der junge Martin Bucer, der mit Erasmus in Verbindung stand, glaubte sogar, dass Martin in allem mit Erasmus übereinstimme. Das erwies sich später aber als Irrtum.

Die Heidelberger Philosophen vermochten trotz aller Anstrengung nicht, Martin Luthers Argumentation viel entgegenzusetzen. Obwohl ihnen seine Theologie fremd war, stritten sie aber fair und offen mit ihm. Auch ging es nicht ganz ohne Humor ab. Professor Georg Schwarz prophezeite, dass die Bauern den Doktor Luther steinigen würden, wenn sie seine Ansichten über den Ablass erführen, und löste damit lautes Gelächter aus.[84] Allerdings wurde im Generalkapitel auch der Brief Gabriel Venetos, des Ordensgenerals der Augustiner, verlesen, in dem Martin Schweigen auferlegt wurde. Als Mönch musste er also verstummen, als Doktor der Heiligen Schrift durfte er das aber gerade nicht. Wo der Mönch auf Weisung seines Generals schwieg, musste der Theologieprofessor reden.

Die Rückreise trat er dann doch im Reisewagen an. Das bot ihm die Möglichkeit, seinem alten Lehrer Arnoldi von Usingen ausführlich seine gewonnenen Einsichten darzulegen.

Zwar vermochte er letztlich nicht, ihn zu überzeugen, aber wenigstens ein Bruch wurde vermieden. Bedächtig und irenisch, wie Arnoldi von Usingen von jeher war, wahrte er Distanz zu seines Erachtens extremen Standpunkten. Anders verhielt es sich mit Jodocus Trutfetter, dem Martin seit seinen frühen Eisenacher Tagen eine gewisse Anhänglichkeit bewahrt hatte. An Trutfetter schätzte er die Ernsthaftigkeit der philosophischen Bemühungen. Dem Erfurter Professor ging Ecks Eitelkeit, dessen Drang, öffentlich zu brillieren und die Disputation zu einem akademischen Jahrmarktstheater zu machen, völlig ab. In Erfurt am 8. Mai angekommen, suchte Martin sogleich seinen alten Lehrer auf, wurde jedoch nicht vorgelassen, weil der Philosoph sich unpässlich fühlte. In Wahrheit fürchtete sich der alternde und müde Trutfetter vor des Schülers heftigem Temperament. Ihm stand der Sinn nicht mehr nach Auseinandersetzungen. Er wollte nur noch ausruhen in den Gärten seiner Philosophie, in die kein Frost und kein eisiger Wind mehr schlagen sollte. Zudem betrübte es ihn, dass sein begabtester Schüler keinerlei Verständnis für die Krone der Philosophie, die aristotelische Dialektik, aufbrachte. Es war schlimmer, als Trutfetter ahnte, sein einstiger Schüler verachtete die Dialektik als im besten Fall eitles Wortgeklingel, im schlimmsten Fall aber als Leimrute des Teufels.

Luther ahnte den wahren Grund der Abweisung, die ihn dennoch schmerzte. Darum setzte er sich hin und schrieb einen Brief, um seinem Lehrer wenigstens auf diesem Wege mitzuteilen, was er ihm hatte mündlich darstellen wollen. Während er im Refektorium seines alten Klosters saß und der Gänsekiel über das Papier kratzte, traf ein Bote Trutfetters ein, der den abtrünnigen Schüler nun doch zu sich bat: Er habe sich inzwischen erholt. Es mochte ihm am Ende leidgetan haben, Luther so schnöde abzuweisen. Lange saßen sie an den gegenüberliegenden Ufern des reißenden Flusses der Zeit beieinander, über die keine Brücke führte. Dabei gab sich Martin entgegen seinem Temperament sehr zurückhaltend. Er versuchte Trutfetter zu erklären, dass er seine Position ebenso wenig beweisen wie Martins Position widerlegen könne. Doch er redete wie zu einem Tauben. Erschöpft trennten sie sich. Anderntags trat Luther die Heimreise an. Ihm kam es wie ein Abschied vor – und es war auch einer. Ein Jahr später schrieb er am 24. Mai 1519 an Spalatin:

> *»In dieser Stunde habe ich von dem Schwiegervater des Malers Lucas gehört, dass der Herr Doctor Jodocus von Eisenach zu Erfurt von den Lebenden abgeschieden sei. Ich fürchte, dass auch ich eine Ursache der Beschleunigung seines Todes gewesen sei; so viel Bekümmernis erwuchs seinem Gemüte, wie man sagt, aus meinem unheiligen und frevelhaften Vornehmen, durch welches, was ihm unglaublich leidtat, die scholastische Philosophie verachtet wurde. Der Herr erbarme sich seiner Seele, Amen.«*[85]

Kaum zurück von Heidelberg, hatte er die Entgegnung an Eck abgefasst. Er nannte sie »Asterisci« – Sternchen –, denn wie in einer Disputation stellte er formvollendet Ecks Obelisci seine Asterisci gegenüber, dessen Thesen seine Antithesen. Die Strenge der scholastischen Form erinnerte fast schon an eine Parodie. Während Eck ihm vorwarf, in der Philosophie ungebildet zu sein, argwöhnte Luther, dass Eck die »Obelisci« im Karneval beim Klang der Becher und im Volltrunke verfasst habe, und schalt Eck im Brief:

> *»Vollends aber wundere ich mich, dass Du als einziger die Stirn hast, über meine Thesen zu urteilen, bevor Du sie kennengelernt und begriffen hast. Bester Beweis für Dein unüberlegtes Handeln ist, dass Du Dich allein für einen Theologen hältst und für so einzigartig, dass alle Deine Meinung allen anderen vorziehen sollen, dass darüber hinaus alles verdammt ist, was Du an Unverstandenem ver-*

> *dammt hast, weil es Eck nicht gefällt. Ich bitte Dich, lass wenigstens Gott leben und über uns herrschen.«*[86]

Eine Einigung war ausgeschlossen. Eck berief sich auf die scholastischen Autoritäten und Martin auf die Bibel und die Kirchenväter. Wo der eine einen Beweis sah, entdeckte der andere nur Geschwätz. Es ging eben nicht mehr um den Ablass, sondern um den Glauben und um die Kirche selbst. Hart traf Luther Ecks Vorwurf, dass er die Frage des Ablasses vor die Menge und nicht vor die Gelehrten gebracht habe. Denn genau dafür trug er keine Verantwortung; deshalb setzte er im Brief vom 19. Mai fort:

> *»Es sind an mich gewisse ›Obelisci‹ gelangt, in denen Du versucht hast, meine Thesen über den Ablass zu widerlegen. Das ist der Beweis für Deine treue Freundschaft, die Du mir kürzlich angeboten hast, ja für Deine christliche Liebe, der zufolge wir gehalten sind, den Bruder zuerst zu ermahnen, ehe wir ihn verurteilen. Wie sollte ich als aufrechter Mensch glauben oder ahnen können, dass Du so hinter meinem Rücken vorgehen würdest, der Du mir so ins Angesicht hinein geschmeichelt hast? Du erfüllst somit das Wort der Schrift: ›Wer dem Menschen den Friedensgruß entbietet, in seinem Herzen aber Böses sinnt.‹ Ich weiß, dass Du nicht willst, dass Dir so von meiner Seite geschieht; trotzdem tatest Du es und konntest es tun; sieh zu, was Dein Gewissen dazu sagt.«*

Doch noch wollte Luther versuchen, den Streit mit Eck nicht eskalieren zu lassen. Deshalb gab er die »Asterisci« nicht an die Öffentlichkeit, sondern leitete sie Eck nur privat zu. Er fügte hinzu, dass er »sorgfältiger und maßvoller oder auch entschiedener gegen Dich geschrieben« hätte, wenn die Antwort zur Publikation bestimmt gewesen wäre. Allerdings schickte er auch eine unmissverständliche Warnung nach Ingolstadt.

Wenn Eck eine öffentliche Auseinandersetzung haben wolle, so werde er nicht davor zurückschrecken:

> *»Solltest Du an dem Glauben an Deine Nichtigkeiten weiterhin festhalten, schreib es nur nieder; ich werde Dir mit nicht geringerem Glauben entgegentreten. Vielleicht werde ich Dich dann nicht mehr schonen, obgleich, Gott weiß es, ich viel lieber wollte, dass Du zur Einsicht kommst und, wenn Dir etwas an mir missfällt, Du zuerst vertraulich mit mir sprichst, wie es sich – das solltest Du wissen – für einen Theologen gehört. Eine ein wenig in Zorn geratene Dirne würde nicht in solcher Art und Weise ihre Schimpfworte und Ehrabschneidungen ausspeien, wie Du es mir gegenüber getan hast! Und bis jetzt bereust Du nichts, sondern rühmst Dich dessen und meinst, recht getan zu haben.*
> *Du hast jetzt die freie Wahl: wenn Du willst, bewahre ich Dir meine Zuneigung und werde Deinen Angriff fröhlich herunterschlucken; jedoch weißt Du (wie ich sehe) von der Theologie wenig mehr als leere Hülsen von Meinungen der Scholastiker. Was Du gegen mich ausrichten wirst, sollst Du dann erkennen, wenn Du beginnst, dem Frieden Krieg und der Liebe blindes Wüten vorzuziehen.«*[87]

Doch inzwischen hatte sich das Rad ohne Zutun beider weitergedreht. In Luthers Abwesenheit hatte Andreas Bodenstein, genannt Karlstadt, Ecks »Obelisci« gelesen und selbst Thesen gegen Eck verfasst, die er veröffentlichte. Selbst wenn Johannes Eck es gewünscht hätte, dazu konnte er nicht schweigen. Durch Karlstadts öffentliche Intervention ließ sich die Angelegenheit nun nicht mehr im Privaten halten. Während sich Luther in Heidelberg aufhielt, ließ Karlstadt die über 400 Thesen drucken. Ein Viertel der Thesen richtete sich eindeutig gegen den Ingolstädter. Der hatte, als er von Karlstadts Vorhaben erfuhr, noch versucht, ihn davon abzuhalten, einen öffentlichen Streit vom Zaum zu brechen:

> *»Sollte ich erkennen, dass Ihr gegen mich hetzt oder aufwiegelt, werde ich versuchen, mich mit Hilfe guter Gelehrter und Freunde an den angesehensten Universitäten der christlichen Welt zu verteidigen, soweit die Wahrheit es erfordert. Ich möchte aber lieber darauf verzichten. An Dir aber hätte es gelegen, das zu tun Notwendige zu prüfen und dann an die Sache heranzugehen.«*[88]

Martin bat, als er davon erfuhr, Christoph Scheurl um Vermittlung, und beteuerte, dass Karlstadts Publikation ohne sein Wissen geschehen sei. Wollte man die anstehende Auseinandersetzung noch gütlich beilegen, so sehe er nur den Weg, dass Johann Eck »unserem Karlstadt nicht allzu scharf antworte und dass er bedenke, dass er zuallererst schuld daran gewesen sei, dass dies Übel unter Freunden eintrat«[89]. Luther hatte seinerseits angeboten, die »Asterisci« nicht in den Druck zu geben. Eck willigte ein, damit schien die öffentliche Auseinandersetzung noch in letzter Minute vermieden worden zu sein – vorerst zumindest.

Auf den Wittenberger Doktor der Heiligen Schrift jedoch kam eine wesentlich größere Gefahr zu, die seine Standhaftigkeit und Klugheit und die Fähigkeit der kursächsischen Diplomatie auf eine harte Probe stellte.

9.

Seit dem Frühjahr 1518 tagte eine Kommission in Rom, die sich mit der Einleitung eines kanonischen Prozesses gegen Martin Luther beschäftigte. Der Dominikaner Silvestro Mazzolini, wegen seiner Herkunft aus Prierio oft nur Prierias genannt, hatte als Gutachten für diese Kommission, der er als Meister des Heiligen Palastes – also als Cheftheologe des Papstes – angehörte, in großer Eile und Oberflächlichkeit ein Gutachten über Luthers Ablassthesen verfasst: den »Dialogus de potestate papae«. Bereits der Titel wies darauf hin, dass es ihm um die Autorität und Macht des Papstes ging. Bevor er sich mit den Ablassthesen beschäftigte, stellte er vier Fundamentalthesen darüber auf, wie man in Rom die Kirche sah und wer in ihr zu reden und wer zu schweigen hatte: Zwar sei die Gesamtkirche ihrem Wesen nach die Versammlung der Christen zum Gottesdienst, doch die römische Kirche sei das Haupt aller Kirchen und der Papst die höchste Autorität. Weder die Gesamtkirche noch die Konzile oder der Papst könnten irren, wenigstens nicht im Ergebnis, weil der Heilige Geist bei ihnen sei. Darum gelte: »Wer sich nicht an die Lehre der römischen Kirche und des Papstes als die unfehlbare Glaubensregel, von der auch die Heilige Schrift ihre Kraft und ihre Autorität bezieht, hält, ist ein Häretiker.« Prierias setzte noch unmissverständlich hinzu, dass, wer bezüglich der Ablässe behaupte, die römische Kirche dürfe nicht tun, was sie tue, ein Häretiker sei.[90]

Am 7. August 1518 hielt Martin Luther die Vorladung nach Rom und den »Dialogus« des Prierias in seinen Händen. Rom wollte nach dem beliebten Motto »Roma Locuta – Causa finita«

(der Papst hat gesprochen, die Sache ist erledigt) die Angelegenheit ein für allemal beilegen. Was Prierias über Luthers Thesen eilig hingeworfen hatte, war zwar der theologischen Auseinandersetzung nicht wert, ließ ihn aber zum ersten Mal fürchten, dass im Vatikan der Antichrist am Werke sei, der Menschenwort über Gotteswort stelle. An Gott zu glauben, hieß, an den Papst zu glauben, und Gott zu gehorchen hieß, dem Papst zu gehorchen. Den Römischen galt, so hatte es Prierias aus Luthers Sicht formuliert, das Wort des Papstes mehr als das Wort der Schrift. Sie behaupteten sogar, dass die Schrift ihre Kraft und Autorität vom Papst erhalte – als wäre sie irgendein Wisch, dem erst das Siegel des Papstes zu Glanz und Ansehen verhelfe. Prierias hatte brutal und ungeschminkt den römischen Machtanspruch in seiner nackten Totalität formuliert – und damit den Bogen überspannt. Luther wusste nun, mit wem er es zu tun hatte: mit eitlen Menschen, die sich über Christus erhoben. Nicht die Kirche als Gemeinschaft der Heiligen interessierte sie, sondern ihre Macht und ihr Luxus.

Der »Dialogus« des Meisters des Heiligen Palastes provozierte aber nicht nur Luthers Glauben, sondern er erregte auch seine nationalen Gefühle, denn Prierias hatte mit seiner römischen Arroganz die »deutsche Libertet« unterschätzt und gedemütigt. Jetzt allerdings hieß es für den Wittenberger Theologen, klug zu sein, oder wie es in der Bibel hieß: »Siehe, ich sende euch wie Schafe mitten unter die Wölfe. Darum seid klug wie die Schlangen und ohne Falsch wie die Tauben.« Diesen Rat gab Jesus den Jüngern mit auf den Weg, als er sie aussandte »wie Schafe mitten unter die Wölfe«.[91] In Rom, wohin sie ihn geladen hatten, wäre er mitten unter den Wölfen. Immer wieder, dachte er, würde sich die Geschichte wiederholen, immer aufs Neue würde Jesus seine Jünger, die Christen, aussenden – bis zum Tag seiner Wiederkehr, seiner »Parusie«. Platon hatte unter »Parusie« noch die Anwesenheit der Ideen im Gegenwärtigen gesehen. Bei den Christen, die nach dem

Evangelisten Johannes Jesu Geburt als Fleischwerdung des Wortes, des »Logos«, verstanden, wurde daraus die Wiederkehr des Herrn. Niemand wusste, wie fern oder nah der Jüngste Tag war. Darum galt es, bereit zu sein und sich vorzubereiten, Christi Weg zu folgen, sollte er auch nach Golgatha führen.

War die Vorladung nach Rom der erste Schritt dahin? Vielleicht. Dann galt eben: »Wer nun mich bekennt vor den Menschen, zu dem will ich mich auch bekennen vor meinem Vater im Himmel. Wer mich aber verleugnet vor den Menschen, den will ich auch verleugnen vor meinem Vater im Himmel.«[92] Denn: »Wer aber bis an das Ende beharrt, der wird selig.«[93] Martin fürchtete wohl, dass die »Diener der Finsternis« danach trachteten, ihn »vor Statthalter und Könige« um Christi willen zu führen.[94] Aber er wollte sich wehren:

> *»Wenn sie euch aber in einer Stadt verfolgen, so flieht in eine andere. Wahrlich, ich sage euch: Ihr werdet mit den Städten Israels nicht zu Ende kommen, bis der Menschensohn kommt. Der Jünger steht nicht über dem Meister und der Knecht nicht über seinem Herrn. Es ist für den Jünger genug, dass er werde wie sein Meister und der Knecht wie sein Herr. Haben sie den Hausherrn Beelzebul genannt, wie viel mehr werden sie seine Hausgenossen so nennen! Darum fürchtet euch nicht vor ihnen. Denn es ist nichts verborgen, was nicht offenbar wird, und nichts geheim, was man nicht wissen wird.«*[95]

Solche Gedanken beschäftigen Luther schon eine Weile, spätestens seit seiner Rückkehr aus Heidelberg. Während Prierias noch am »Dialogus« im Rom schrieb und die Kommission über die Eröffnung eines Verfahrens gegen Luther beriet, trieb es ihn, in der Marktkirche über den Bann zu predigen, über die Frage der Exkommunikation, über die Wirksamkeit und Natur der Kirchenstrafen, um sich Klarheit zu verschaffen. Er hatte nicht geahnt, welches Aufsehen er damit erregen würde, zumal das Nachdenken über die Exkommunikation notwendig mit der Klärung der Frage der Kommunikation (Empfang des Abendmahles) einherging. Wer gehörte zur Kirche Christi und wer durfte aus ihr verstoßen werden? Exkommunikation bedeutete die soziale Ächtung, die oft die physische Vernichtung nach sich zog. Durfte die Kirche so etwas verfügen? Konnte man Christen ihr Christsein absprechen? Unter den Predigthörern befanden sich auch Leute, die ihm nicht wohlgesonnen waren. Sie hatten das, was sie in der Predigt verstanden zu haben glaubten, eilig mitgeschrieben, dabei aber Sätze eingefügt, die Martin nie gesagt hatte. So wurde ein Text unter seinem Namen fabriziert, der nicht authentisch war und ihm schadete. Deshalb sah er sich im August 1518 genötigt, die Predigt aus der Erinnerung in Thesenform zu publizieren. Der Titel der kleinen Schrift lässt an Deutlichkeit keine Wünsche offen: »Sermon über die Kraft der Exkommunikation, dem Bruder Martin Luther, einem Augustiner, von Schandmäulern schließlich abgenötigt«. Er beklagte, dass seine Worte in viele Ketzereien »schon durch die nächstbesten Mäuler verwandelt werden«.[96] In diesem Sermon verbinden sich Standortbestimmung und Verteidigungsrede, so dass wohl auch dieser Text nicht identisch ist mit der am 16. Mai in der Marktkirche gehaltenen Predigt.

Während Prierias dekretierte, dass die Heilige Schrift ihre »Kraft und Autorität« vom Lehramt des Papstes bezog und die Verfügung des Papstes als Haupt der Kirche als »unfehlbare Glaubensregel« definiere, begann Luther zwischen Christus als dem wahren Haupt der Kirche und dem Papst als Chef der Institution Kirche zu unterscheiden. »Jetzt aber, da mich mein Amt drängt und nötigt, stütze ich mich darauf, dass man Gott mehr als dem Menschen gehorchen muss, und ich bin absolut bereit, Lehramt und Lehrbefugnis aufzugeben, wenn es den Häuptern der Kirche, das heißt, wenn es Christus gefällt.«[97] In dieser Formulierung wurde der Angriff in Demut gehüllt und die Verteidigungslinie unauffällig mit Ausfallpositionen für die Offensive versehen: Natürlich beuge er, Luther, sich dem Papst und zeige sich als demütiger Sohn der Mutter Kirche bereit, Lehramt und Lehrbefugnis aufzugeben. Doch stehe außer Frage, dass man Gott mehr gehorchen solle als den Menschen, denn – hier widersprach er indirekt Prierias – die Menschen, auch der Papst, erhielten ihre Autorität von Gott. Die »unfehlbare Glaubensregel« des Papstes müsse daher von der Heiligen Schrift ausgehen, von daher legitimiere sie sich und nicht umgekehrt. Er, Luther, sei bereit, sich der Kirche zu beugen, indem er sich Christus beuge. Denn der Kirche wahres Haupt sei Christus – nicht der Papst.

Wenn man so will, eröffnete der »Sermon über die Kraft der Exkommunikation ...« die Spannung zwischen Glauben und Institution. Martin Luther bekämpfte hier die umstandslose Ineinssetzung von irdischem und geistlichem Reich, von Kirche und Christus. Er schrieb: »Die Gemeinschaft der Gläubigen ist ... eine zweifache: Die eine ist innerlich und geistlich, die andere ist äußerlich und leiblich.[98] Aus der Gemeinschaft mit Christus oder der Gemeinschaft der Heiligen kann sich der Mensch nur selbst entlassen, indem er sündigt und sich von Gott entfernt. Nur Gott – kein Mensch – kann eine »Seele« in die geistliche Gemeinschaft setzen oder aus ihr entfernen. Deshalb bedeute der Ausschluss aus der Kirche und von den Sakramenten nur einen Entzug der äußerlichen Gemeinschaft, nicht aber der geistlichen Gemeinschaft.[99] Daraus folgte für Luther, dass der Papst sehr sorgsam und zurückhaltend mit der Strafe der Exkommunikation umzugehen habe, denn die Exkommunikation setze voraus, »dass jemand sich im Tode und in der Sünde befindet, das heißt, wahrhaft geistlich ausgeschlossen ist«.[100]

Martin Luther befand deshalb, dass der Bann nicht aus banalen Gründen – wie der Verweigerung von Abgaben an die

Kirche – ausgesprochen und schon gar nicht als politisches Druckmittel eingesetzt werden dürfe. Wie oft bannten Päpste Könige und Kaiser, nur weil sie sich in der Durchsetzung von Herrschaftsansprüchen in Konkurrenz befanden. Peinlich zu beachten war, dass der Kirchenbann nicht gegen, sondern »zugunsten der innerlichen Gemeinschaft« angeordnet werden müsse und er demzufolge auch wieder aufgehoben werden könne. Die äußere, kirchliche Exkommunikation, die er als zeitlich und leiblich verstand, lehnte er nicht ab. Er verstand sie vielmehr als fromme und mütterliche Geißel, mit der die Kirche »diejenigen, die sich auf dem Weg zur Hölle befinden, zurückruft und zum Heil drängt«.[101] Luther warnte so indirekt davor, dass die Kirche die Strafe der Exkommunikation verschlisse, wenn sie den Bann als Mittel zur Durchsetzung wirtschaftlicher oder politischer Interessen einsetze statt für das Seelenheil der Christenmenschen. Deutlich sprach er den häufigen Missbrauch des Banns an, der beispielsweise zu beklagen sei, wenn für »ein Siebtel oder Achtel Florentiner mitunter exkommuniziert wird, während zugleich abscheuliche und haarsträubende Verbrechen ungestraft bleiben, wobei man, um diese Tyrannei schönzufärben, sich eine recht schlaue Auskunft einfallen lässt: dass sie nämlich nicht wegen ihrer Übertretungen, sondern wegen ihrer Widersetzlichkeit ausgeschlossen würden – als ob es nicht schon grausam genug wäre, dass sie einen armen Mann um so geringes Geld willen von so weit her belangen und in solche Folterkammern schleppen«.[102] Die Unterscheidung zwischen innerlicher und geistiger und äußerlicher und leiblicher Gemeinschaft führte unter der Hand zu weitreichenden kirchenrechtlichen und ekklesiologischen Konsequenzen, denn der Primat des Papstes galt nach Luther nur im menschlichen, nicht aber im göttlichen Recht. Martin Luther war sich inzwischen gewiss: Er konnte zwar irren, aber zum Ketzer würde er nur, wenn er gegen sein Gewissen die Ablassthesen widerriefe. Gerade in den

Stunden der Anfechtung und des Zweifels gaben ihm die Worte des Herrn Zuversicht und Kraft:

> *»Und fürchtet euch nicht vor denen, die den Leib töten, doch die Seele nicht töten können; fürchtet viel mehr den, der Leib und Seele verderben kann in der Hölle. Verkauft man nicht zwei Sperlinge für einen Groschen? Dennoch fällt keiner von ihnen auf die Erde ohne euren Vater. Bei euch aber sind sogar die Haare auf dem Haupt alle gezählt. Darum fürchtet euch nicht; ihr seid kostbarer als viele Sperlinge.«*[103]

Darin bestand die Gnade Gottes: in seiner Liebe. Ja, alle Haare waren gezählt. Des Christen Tod war die Unklugheit und die Furcht. Wie Jeremias es sagte, so würde es geschehen: »Fürchtet euch nicht vor dem König von Babel, vor dem ihr euch fürchtet! Fürchtet euch nicht vor ihm, spricht der HERR; denn ich will bei euch sein, dass ich euch helfe und von seiner Hand errette.« (Jeremia 42,11) In der Niederschrift der Predigt als »Sermon über die Kraft der Exkommunikation« hatte er seine Position gefestigt. Das war gut so, denn ihm wurden Fallen gestellt, Spitzel versuchten ihn auszuhorchen. Als Luther am 25. Juli 1518 mit Johann Lang zur Inspektion des Augustinerklosters in Dresden gewesen war, hatte ihn Hieronymus Emser, der damals noch Sekretär und Kaplan Herzog Georgs von Sachsen war, zum Essen eingeladen und in ein Gespräch über die Predigt über den Bann verstrickt. An sich wäre daran nichts ehrenrührig gewesen, wenn nicht ein Dominikaner vor der Tür postiert worden wäre, um Martins Äußerungen, die im guten Glauben an einen freundschaftlichen Disput bei Speis und bei Trank in lockerer Runde fielen, mitzuschreiben.

Nach alledem stand für ihn außer Zweifel, dass er einer Vorladung nach Rom nicht folgen dürfe. Dabei wusste er noch nicht einmal, dass Kaiser Maximilians anfängliches Interesse an seiner Theologie sich in Ablehnung verwandelt und er Rom angeboten hatte, gegen Luther vorzugehen, weil er die Einheit der Kirche gefährdet sah. Die Gefahr war groß. Aber zurückweichen? Das ging nicht. Luther durfte die Hände nicht in den Schoß legen. Deshalb appellierte er über Spalatin, der sich mit dem Kurfürsten auf dem Reichstag in Augsburg befand, bereits am 8. August an Friedrich den Weisen, sich für die Verlegung des Verfahrens gegen ihn nach Deutschland einzusetzen, weil er in Rom kein faires Verfahren erwarten durfte. Am 21. August schrieb er wieder an des Kurfürsten Geheimschreiber Spalatin nach Augsburg, versicherte ihn seiner Standfestigkeit und seines guten Mutes im Kampf gegen die Widersacher und schlug vor, den Kurfürsten zu bitten, ihm die Reise nach Rom zu verbieten.

Und tatsächlich: Friedrichs gewiefte und höchst effiziente Räte wurden tätig. Aber auch Leo X. neigte mit Rücksicht auf den Orden der Augustiner-Eremiten und vielleicht auch, weil er mehr ein Medici denn ein Papst war, nicht dazu, die Sache eskalieren zu lassen. Zudem konsolidierte Leo X. in Rom gerade seine Macht, nachdem er mit viel Glück einem Giftattentat entgangen war und den Rädelsführer Kardinal Petrucci in der Engelsburg hatte erdrosseln lassen. Der reichste Kardinal des Kollegiums, Raffaele Riario, unterwarf sich dem Papst und zog sich zurück. Um dem moralisch schwer angeschlagenen Kardinalskollegium neue Reputation zu verleihen, ernannte er Männer, deren untadelige Lebenshaltung und deren intellektuelles Vermögen über jeden Zweifel erhaben waren: den Ordensgeneral der Dominikaner, Thomas de Vio, genannt Cajetan, und einen der gebildetsten Männer seiner Zeit, den General der Augustiner-Eremiten, Aegidio da Viterbo, der auch als Förderer der Künste hervortrat. Insofern besaß der Papst kein Interesse daran, Aegidio in Verlegenheit zu bringen. Noch schwebte ihm eine gütliche Einigung im Stillen vor, obwohl er mit Blick auf seine Familiengeschichte vor Bußpredigern und eigensinnigen Mönchen hätte gewarnt sein müssen. Schließlich hatte der nachsichtige Umgang mit dem Dominikaner Girolamo Savonarola die vorübergehende Vertreibung der Medici aus Florenz zur Folge gehabt.

Im Juni 1518 begann mit dem Eintreffen der ersten Gesandtschaften allmählich der Reichstag in Augsburg, der Leo X. die Gelegenheit bot, auch die Luthersache zu klären. Sein Hauptziel bestand allerdings darin, den Reichstag zu bewegen, die Erhebung einer Kreuzzugssteuer zu genehmigen. Eigentlich sollte Kardinal Alessandro Farnese, der später als Papst Paul III. ein Meister des Nepotismus werden und am 21. Juli 1542 die »Römische und universale Inquisition« ins Leben rufen sollte, als päpstlicher Legat zum Reichstag nach Augsburg reisen. Sein Auftrag bestand darin, die notwendigen finanziellen Mittel für einen Kreuzzug gegen die Türken aufzutreiben. Seit 1453 Konstantinopel in ihre Hände gefallen war, stießen die Osmanen immer tiefer nach Europa vor. Unvergessen war der blasphemische Plan Sultan Mehmeds II., den Petersdom in einen Stall für seine Pferde zu verwandeln. Papst Leo hatte die Gefahr erkannt, die von den Türken für ganz Europa ausging, und sich so ausdauernd wie vergeblich bemüht, sie einzuhegen oder gar zu bannen.

Bereits am 12. März 1518 hatte der Pontifex in Rom eine Kreuzzugspredigt gehalten, und am 14. März begab er sich barfuß in einer Bittprozession vom Vatikan zur Dominikanerkirche Santa Maria sopra Minerva. Vierzehn Tage später reiste Kardinal Farnese nach Deutschland ab. Doch die bloße Vorstellung, seinen Körper der Unbill des barbarischen Deutschlands auszusetzen, ermattete ihn derart, dass schließlich Cajetan für den »erkrankten« Kardinal, der sich in Rom erstaunlich schnell erholte, die Legation übernahm. Am 5. Mai 1518 brach Cajetan von Rom auf und sah die undankbare Aufgabe vor sich, auf dem Reichstag die konkurrierenden Interessen der Stände in einem gewagten Intrigenspiel, Diplomatie genannt, auszunutzen, um die Deutschen zur Ruhe zu bringen. Die brachten seit

Jahr und Tag aktenkundige Beschwerden gegen die Kurie vor, besonders gegen die Erhebung der Ablässe, die römischen Einflussnahmen auf weltliche Reichsangelegenheiten, die willkürliche Besetzung kirchlicher Ämter in Deutschland durch Rom, die Erhebung der Kirchensteuer und auch gegen die ausufernde Verderbtheit der Kleriker. Cajetan kannte die Gravamina der Deutschen im Allgemeinen und die des Wittenberger Magisters im Besonderen. Im Dezember 1517 hatte er selbst eine theologische Betrachtung zum Ablass verfasst und Änderungen in der Praxis vorgeschlagen, um der Auswüchse des Ablasswesens Herr zu werden. Sein Interesse daran war aber weniger theologischer Natur. Er wollte Ordnung schaffen, bevor der Papst einen neuen Ablass für den Kreuzzug verkündete.

So widmete sich Cajetan in Augsburg zuerst der Kreuzzugsfrage. Er führte in seiner Rede vor dem Reichstag den Ständen die Gefahr vor Augen, die dem christlichen Europa von den Türken drohte, und betonte, dass die Entscheidung des Reichstags den anderen christlichen Nationen zum Beispiel gereichen werde. Das deutsche Engagement für den Kreuzzug fiel umso gewichtiger aus, weil Kardinal Bibbiena in Frankreich kein Erfolg beschieden war, denn Franz I. benötigte selbst Geld, um seine Machtinteressen in Norditalien und im Westen Deutschlands durchzusetzen. Auch Englands Heinrich VIII. fühlte keine Veranlassung, englisches Geld in ein Kreuzzugsabenteuer zu stecken. Diese Konstellation erhöhte den Druck auf die deutschen Fürsten, deren Kaiser sich als Nachfolger der römischen Kaiser verstand, was es schwierig machte, die unersättlichen Finanzforderungen Roms abzulehnen. Und Enea Silvio Piccolomini, nachmaliger Papst Pius II., hatte, um den Gravamina der deutschen Nation den Boden zu entziehen, argumentiert, dass der kulturelle Fortschritt, den die Deutschen seit der Zeit der barbarischen Germanen, wie sie Tacitus beschrieben hatte, erzielt hatten, der Kirche zu verdanken sei. Wie also konnte ein so blühendes Land, das seinen Wohlstand und seine Kultur der Kirche verdankte, so undankbar über dieselbe Kirche klagen? Konkret forderte der Kardinal von San Sixto für die Aufstellung des Heeres eine Einkommensabgabe für den Klerus von 10 %, für die Reichen von 5 % und für die Armen von 2 %, außerdem sollte jeder 50. Mann als Kreuzfahrer im Heer dienen.[104]

Doch Cajetan drang mit dieser Forderung nicht durch. Als zu groß erwiesen sich die Vorbehalte der Reichsstände, weil sie – aus Erfahrung klug geworden – befürchteten, dass es sich bei der Propagierung des Kreuzzuges nur um ein geschicktes Manöver des Medici-Papstes handelte, sich in den Besitz deutscher Gelder zur Finanzierung des eigenen Luxus zu bringen. Jetzt rächte sich, dass die Päpste die Gravamina der Deutschen Nation ignoriert hatten. Und die zweifelhafte Verwendung des Peterspfennigs, der zwar zum Neubau des Petersdomes eingezogen, aber nicht zur Gänze dafür verwandt worden war, verstärkte die Skepsis noch. So hieß es – auch auf Flugblättern –, dass es nicht um die Sache Christi, sondern um die der Florentiner gehe und der »wahre Türke« aus Italien komme.[105] Schließlich überreichten die Stände Cajetan am 27. August ein Schreiben, das gegen die Kreuzugssteuer Stellung bezog und die Gravamina der Deutschen gegen den Heiligen Stuhl erneut auflistete. Sie warnten vor einem drohenden Aufstand, sollte die Steuer eingezogen werden, taten aber ansonsten das, was sie in solchen Situationen am liebsten taten: die endgültige Entscheidung auf den nächsten Reichstag verschieben.

Luthers Landesherr, Friedrich der Weise, gehörte zu den entschiedenen Gegnern der Steuer. Er beriet sich mit Gleichgesinnten, auch geistlichen Fürsten. Als Ergebnis der diplomatischen Bemühungen Friedrichs übergab Erhard von der Mark, Fürstbischof von Lüttich, dem Reichstag im September eine erneuerte Gravaminaliste, die den Protest der Deutschen gegen die Kurie zum Ausdruck brachte. Hinter diesem Protestschreiben stand ein brillanter diplomatischer Schachzug. Wenn die

Frage der Kreuzzugssteuer auf dem nächsten Reichstag abschließend verhandelt werden sollte, musste zuvor die Kurie die Gravamina abarbeiten.

Der alte Kaiser allerdings missbilligte die Gravamina. Zum einen hatte er jeden Grund, dem Papst entgegenzukommen, denn er wollte die Wahl seines Enkels Karl zum deutschen König durchsetzen. Die Kurie hegte jedoch Bedenken gegen diesen Plan, denn dann würden die Habsburger die Gebiete nördlich und südlich des Kirchenstaates beherrschen. Diese sogenannte »spanische Klammer« (die Habsburger regierten auch das Königreich Neapel) wollte man vermeiden. Zum anderen lebte Maximilian, den man auch den letzten Ritter des Reiches nannte, in einer anderen, längst verwehten Zeit. Sein Spott darüber, dass die Erhebung einer Steuer abhängig von der Einwilligung der Untertanen sei, zeigte nur, dass er die wachsende Macht der Landesherrschaften und der Reichsstände kolossal unterschätzte. Allerdings durfte Maximilian es sich auch nicht mit Friedrich dem Weisen verderben, wollte er seinen Enkel zum König wählen lassen, zumal einige lieber den mächtigen sächsischen Kurfürsten als des Kaisers Enkel auf dem deutschen Königsthron sehen wollten. Zu denen, die für Friedrich votierten, gehörte in jenen Tagen noch der Papst. Doch Friedrich besaß nicht die geringsten Ambitionen auf die deutsche Krone.

Martin Luther hatte gehofft, der Kaiser werde sich auf Friedrichs Intervention hin an den Papst wenden, um in der Streitsache zu vermitteln – eine Hoffnung, die durch Pfeffingers Bericht Nahrung erhielt. Doch diese Hoffnung wurde enttäuscht. Die schärfsten Anklagen gegen Luther erhob nun gerade Maximilian in seinem Brief vom 5. August 1518 an Leo X. Hatte der Papst persönlich es in der Luthersache bisher an Tatendrang und Ehrgeiz fehlen lassen, weil er die Dimension von Luthers neuer Theologie unterschätzte und jeden Konflikt mit Friedrich vermeiden wollte, so führte ihm des Kaisers

Brief drastisch vor Augen, dass sich in Deutschland Unheil zusammenbraute und es sogar zu offenem Aufruhr gegen Rom kommen konnte, wenn Luthers Treiben nicht endlich Einhalt geboten würde. Maximilians römischer Eifer erklärt sich auch daher, dass er selbst in einer seiner zahllosen politischen Träumereien mit dem Gedanken gespielt hatte, Papst zu werden, um weltliche und geistliche Macht wie zur Zeit der römischen Kaiser zu vereinen. Seinen Finanzberater Liechtenstein ließ er sogar seinerzeit bei seinen Finanziers, den Fuggern, vorfühlen, ob sie dieses Projekt finanzieren würden – *in vulgo*, ob sie die notwendigen Mittel zur Bestechung der Kardinäle bereitstellten. Doch den kühl rechnenden Fuggern erschien dieses Projekt allzu kühn. Selbst Maximilians Tochter Margarethe, die fähige Statthalterin der Niederlande, alarmierte ein Brief ihres Vaters, den er unterschrieb mit »dein guter Vater, Maximilian, zukünftiger Papst«. Die Ankündigung, dass er nach seiner Wahl sogar das schwere Opfer, nie mehr eine nackte Frau anzuschauen, auf sich nehmen werde, interessierte sie hingegen weniger.

Von der Zuspitzung der Lage in Augsburg bekam Martin Luther im fernen Wittenberg damals kaum etwas mit.

Maximilians Brief bewirkte bei Leo X. einen Stimmungsumschwung. Der Papst wies seinen Legaten Cajetan an, Luther verhaften zu lassen. Sollte Luther vor Cajetan abschwören und um Vergebung bitten, dürfe ihm der Kardinal im Namen der Kirche verzeihen. Andernfalls habe er dafür zu sorgen, dass man den Ketzer in Augsburg inhaftierte, bis weitere Instruktionen aus Rom einträfen. Für den Fall, dass sich Luther einem Verhör in Augsburg verweigerte und die weltliche Macht nicht in der Lage wäre, ihn festzusetzen, sei Cajetan befugt, die Exkommunikation gegen Luther und gegen alle, die ihn unterstützen, zu verhängen, einschließlich des Interdikts gegen Städte, die den Häretiker schützten.

Martins Glück bestand darin, dass Friedrich sofort durchschaute, dass man seinen Professor vor allem auch darum angriff, weil er die Gravamina der Deutschen Nation theologisch verstärkte. Friedrich aber war das Haupt des Widerstandes gegen die Türkensteuer. Zudem war Martin Luther sein Professor. In ihn hatte er investiert, er galt als Zierde seiner jungen Universität. Die Verurteilung eines bedeutenden Professors seiner Universität musste Friedrich der Weise als Eingriff in seine landesherrschaftlichen Rechte werten. Vor aller Welt stünde er gedemütigt dar. Doch auch Friedrich befand sich in einer nicht ungefährlichen Situation, denn Kritik an der römischen Kirche war das eine, offener Aufruhr gegen den Papst und schließlich den Kaiser etwas anderes. Darum blieb Friedrich keine andere Wahl, als mit allen Finessen zu taktieren. Was für Martin zuallererst ein Problem der Frömmigkeit war, stellte sich für Friedrich als politisches Problem dar. Doch in der Frage nach der Verfasstheit der Kirche überlappten sich beide Problemfelder, denn nun ging es eindeutig um die Abgrenzung der geistlichen von der weltlichen Macht und um die wahre Gestalt der Kirche.

Parallel zum Brief des Papstes an den Kaiser sandte der Protomagister der Augustiner-Eremiten, Gabriele della Volta, genannt Venetus, an Gerhard Hecker, den Provinzial des konventualen Zweigs der Augustiner-Eremiten, ein Schreiben, in dem er Hecker beauftragte, Luther festzusetzen und nach Rom zu überstellen. Auch von diesem Schreiben erfuhr Luther nichts, spürte jedoch, dass sich in Rom die Schlinge um seinen Hals zusammenzog.

Noch ein dritter Brief in dieser Angelegenheit verließ Rom. Es liegt im Auge des Betrachters, ob man in ihm einen geschickten Schachzug des Papstes sehen will, um Friedrich dem Weisen eine Brücke zu bauen. Luther wird darin beschuldigt, als Sohn der Bosheit die Lehre der Kirche zu verdunkeln und die Kirche anzugreifen. Der Papst insinuierte, dass ihm bösartige Gerüchte über den Schutz, den Friedrich Luther angedeihen lasse, zu Ohren gekommen seien. Wenn jedoch Friedrich dafür Sorge trage, Luther in Augsburg Cajetan auszuliefern, spreche er Friedrich von jeder Komplizenschaft frei. Den konkreten Stand des Verfahrens gegen Luther verschwieg freilich der Papst im Brief.

Spätestens Anfang September hörte Martin von den Verhandlungen, die der Kurfürst mit dem päpstlichen Legaten in Augsburg in seiner Angelegenheit führte. Spalatin beruhigte ihn. Cajetan unterscheide sich vollkommen von den hiesigen Dominikanern, Tetzel und Wimpina, und sei ein gelehrter Herr. Zudem treffe er in Augsburg viele Männer, die Martins Sache unterstützten. Allerdings solle Luther künftig in seinen Äußerungen sehr vorsichtig sein und »im Predigen oder im Disputieren oder im öffentlichen Lehren jene Wespen« nicht noch heftiger reizen. Luther müsse der Gefahr entgehen, weil seine Weise zu lehren »sowohl heilsam als auch schön und sehr gut sein wird«.[106]

Zwar setzte sich Friedrich mit seiner Forderung nicht durch, den Prozess gegen Luther nach Deutschland zu verlegen, aber er einigte sich mit Cajetan darauf, dass der Kardinal Luther in Augsburg während des Reichstags verhören und die Berechtigung des gegen Luther erhobenen Vorwurfs prüfen solle. Zudem bestand der Kurfürst darauf, dass Luther sich in diesem Verhör verteidigen dürfe und dass es kein abschließendes Urteil gebe. Vor allem dürfe er weder mit Gewalt festgehalten noch nach Rom ausgeliefert werden. Als freier Mann müsse er Augsburg wieder verlassen können – unabhängig vom Ausgang des Gesprächs. So begab sich Luther am Ende des ereignisreichen Jahres 1518 nach Augsburg. Johann von Staupitz fürchtete um Martins Sicherheit und bot seinem Protegé an, zu ihm nach Salzburg zu kommen, »um miteinander zu leben und zu sterben«. Als er aber hörte, dass Luther sich ungeachtet dieses Angebots auf den Weg nach Augsburg macht, brach er von Salzburg auf, um seinem Schüler in Augsburg beizustehen.

Cajetan, ein fleißiger und gründlicher Gelehrter, der führende Thomist seiner Zeit, hatte sich inzwischen in Luthers Schriften eingelesen. Ende September hatte Cajetan an den Papst geschrieben, dass es geboten sei, Luthers Lehre zu verurteilen, weil sie die Verfasstheit der Kirche untergrabe.[107] Während es dem Wittenberger noch um die Überwindung von Missständen in der Kirche ging, sah der Kardinal schon, dass die Konsequenz von Luthers Theologie nicht zu einer Reform der Kirche, sondern zu einer völlig neuen Kirche führen würde. So standen bereits vor dem ersten Treffen die Bedingungen für eine Verständigung schlecht. Dreimal trafen sie sich im Quartier der Fugger, in dem der Legat logierte – der eine, um wie dem Kurfürsten versprochen ein »väterliches, nicht richterliches Verhör« vorzunehmen, das aber den renitenten Mönch zum Widerruf bewegen sollte, der andere um ein Gespräch unter Theologen über die Fragen des Ablasses, der Buße und der Sakramente zu führen. Die Tatsache, dass der Kardinal zugleich als General den Dominikanern vorstand, dem Orden, der Luthers Verurteilung in Rom mit großer Energie betrieb, ließ ihn auf der Hut sein. Er sprach mit einem Feind. Auch ihre grundverschiedene Physiognomie rief von Anfang an zwischen beiden eine körperliche Abneigung hervor. Cajetan legte Wert auf seine äußere Erscheinung. Seine großen Augen verliehen seinem feingeschnittenen Gesicht samt der schmalen und etwas hakenförmigen, aber leicht zu kurz geratenen Nase etwas Edles. Leider aber bog sich der kleine Mund mit den gekräuselten Lippen über dem spitz zulaufenden Kinn in einem edlen Anflug von Geziertheit. Martin Luther, den erst Katharina von Bora für sein Äußeres zu sorgen lehren sollte, erschien dem Römer ungehobelt und grob. Cajetan sollte später die Parallelität von physischer und geistiger Abneigung, die vom ersten Augenblick an geherrscht habe, bestätigen und von

Luther als der Bestie mit tiefliegenden Augen und wunderlichen Spekulationen im Kopf sprechen.

Unterschiedlicher konnten die Erwartungen an das Verhör, dessen erster Gesprächsgang am 12. Oktober stattfand, nicht sein. Zunächst sprang man wild in den Themen hin und her, weil Cajetan nicht wirklich disputieren wollte, Martin Luther dies aber verlangte. Schnell erhitzten sie sich. Der Kardinal, inzwischen erbost über die Respektlosigkeit des kleinen Mönchs, verfiel ins Brüllen. Und der kleine Mönch forderte nicht weniger lautstark, dass man am nächsten Tag konzentrierter über die Themen sprechen solle. Während der Wittenberger Theologe mit der Heiligen Schrift argumentierte, bezog sich Cajetan auf die Bulle des Papstes als Autoritätsbeweis. Deren Autorität erkannte Luther aber nicht an, weil sie zu Aussagen der Bibel im Widerspruch stand. Im Grunde hätte man an dieser Stelle bereits abbrechen können. Es war ziemlich klar, dass keiner ein Jota von seinen Positionen abrücken würde.

In der Nacht beriet sich Luther mit den kurfürstlichen Räten Johann Rühel und Philipp von Feilitzsch und mit seinem Ordensoberen Johann von Staupitz, die ihn am nächsten Tag zum Gespräch begleiteten, denn Martin hatte spätestens jetzt die juristische Dimension der »Gespräche« mit Cajetan erkannt. Zu Beginn drängte der Rat Feilitzsch im Namen des Kurfürsten auf ein faires Verhör. Anschließend verlas Martin eine Erklärung, in der er darstellte, inwiefern die zu den Ablassfragen erlassene Bulle »Unigenitus« von Papst Clemens VI., auf die sich Cajetan berief, in einigen Punkten der Heiligen Schrift widersprach. Da sich selbst Petrus geirrt habe, könne sich auch Petri Nachfolger, der Papst, irren. Damit erkannte Martin Cajetans Autoritätsbeweis nicht an und erklärte, ohne überzeugende Argumente nicht widerrufen zu wollen. Obwohl Cajetan Luther nur verhören und ermahnen, nicht aber mit ihm disputieren sollte, ließ er sich als Gelehrter dann doch zum Streitgespräch verführen. Während Cajetan sich immer wieder auf päpstliche Bullen und auf Zitate aus dem Werk des Thomas von Aquin stützte, konterte Luther mit Bibelstellen und Zitaten aus den Werken der Kirchenväter, insbesondere denen von Augustin und Bernhard von Clairvaux. Gegen die Ablässe brachte er Bernhard in Stellung: »Es ist nämlich notwendig, als erstes von allem zu glauben, dass du die Vergebung der Sünden nur durch das Verzeihen Gottes haben kannst. Doch füge noch hinzu, dass du auch das glaubst, dass dir durch ihn die Sünden vergeben werden. Das ist das Zeugnis, welches der Heilige Geist in deinem Herzen gibt, indem er sagt ›Dir sind deine Sünde vergeben‹.«[108] Der Mensch werde »umsonst« durch den Glauben gerechtfertigt, schlussfolgerte Martin. Immer wieder belegte er, dass es nicht auf das Spenden der Sakramente ankomme, sondern auf den Glauben. Er zitierte Augustin mit dem Satz: »Das Wort tritt zum Element hinzu, und es entsteht das Sakrament, nicht weil es so geschieht, sondern weil es geglaubt wird.«[109] Luther verlangte, seine Position den Universitäten in Basel, Paris, Freiburg und Löwen zur Beurteilung vorzulegen. Davon wollte Cajetan nichts wissen, schließlich führten sie nur einen unverbindlichen Meinungsaustausch. Der Kardinal besann sich schließlich auf das Ziel des Verhörs, zog sich aus dem Disput zurück und forderte den Widerruf des Wittenberger Professors, weil die gültige Rechtsgrundlage nun eben die Bulle »Unigenitus« sei.

Widerrufen wollte Martin Luther aber nur, wenn ihm zuvor Irrtümer aufgezeigt und nachgewiesen würden. Denn ansonsten verliere er sein Seelenheil. Wenn er irrte, so mochten sie es ihm anhand der Heiligen Schrift zeigen, weil sie die höchste Autorität besaß. Die Kirchenväter, Konzilien, Theologen, Kardinäle und selbst der Papst bezögen ihre Autorität erst von der Heiligen Schrift. Für Cajetan aber stand das Wort des Papstes über dem Wort der Schrift. Das Gespräch hatte sich erneut festgefahren. In der allgemeinen Ratlosigkeit schlug

Johann von Staupitz vor, dass Bruder Martinus seine Stellungnahme zu den strittigen Punkten schriftlich vorlegen solle. Nachdem der Legat zugestimmt hatte, zog sich Martin zurück, um die Stellungnahme zu verfassen.

Am 14. Oktober trafen sich der Kardinal und der Doktor der Heiligen Schrift zum dritten Gesprächsgang, an dem die Räte des Kurfürsten, Staupitz, Linck und Urbano da Serralonga teilnahmen. Der Mönch legte dem Kardinal die Stellungnahme vor, in der er noch einmal zum Ausdruck brachte, dass die Bulle »Unigenitus« nicht als bindend angesehen werden konnte. Doch der Kardinal von San Sixto vermochte in der Stellungnahme kein neues Argument zu entdecken. Das Gespräch drehte sich offensichtlich seit drei Tagen im Kreis, ohne dass auch nur ein geringer Fortschritt erreicht worden war. Als sich der Wittenberger schließlich dem geforderten Widerruf kategorisch verweigerte, drohte Cajetan mit dem Bann und der Exkommunikation, versuchte aber dann doch, in seinem Ehrgeiz verletzt, den kleinen Mönch in einer langen »aus den Fabeln des heiligen Thomas abgeleiteten Rede«[110] von dessen Irrtum zu überzeugen. Nachdem es Luther, den die lange Suada ermüdete, nicht gelungen war, den Redefluss des Legaten zu unterbrechen, obwohl er es wohl mehr als zehn Mal versucht hatte, riss ihm der Geduldsfaden und er brüllte Cajetan an: »Wenn gezeigt werden kann, dass jene Extravagante [gemeint ist die Bulle ›Unigenitus‹] lehre, die Verdienste Christi seien der Schatz des Ablasses, so werde ich widerrufen, wie ihr es wollt.«[111] Da entspannten sich die Gesichtszüge des Legaten, ein mildes Lächeln umspielte seine Mundwinkel, denn endlich hatte er den widerspenstigen Mönch genau dort, wo er ihn haben wollte. Cajetan nahm die Bulle zur Hand, denn zum ersten Mal weigerte sich der Mönch nicht, die Bulle als Beweis anzuerkennen, und begann zu lesen. Als er an die Stelle gelangte, in der es hieß, dass Christus durch sein Leiden einen Schatz erworben hat, unterbrach ihn Luther: »Hört, hochwürdigster Vater, erwäget wohl dieses Wort: ›er hat erworben‹. Wenn Christus durch seine Verdienste den Schatz erworben hat, so sind folglich die Verdienste nicht der Schatz, sondern das, was die Verdienste verdient haben, d. h. der Schlüssel der Kirche. Also ist meine These wahr.«[112] Cajetan wurde mit einmal bewusst, dass an der Stelle, an der er ein *est* vermutete, tatsächlich ein *acquisivit* stand. Die Bulle sprach eben nicht davon, dass die Verdienste Christi der Schatz der Kirche *seien*, sondern dass die Verdienste Christi den Schatz *erwürben*. Was man aber erst erwerben würde, konnte man nicht schon verteilen. Damit brach seine Argumentation zusammen. Ihm blieb nur, Luther anzuherrschen: »Gehe und kehre nicht mehr zurück, es sei denn, dass du widerrufen willst.«[113] Staupitz war beeindruckt von seinem Schüler – und besorgt. Der Generalvikar setzte nun alle Energie daran, Geld aufzutreiben, um seinen Schüler und Schützling nach Paris an die Sorbonne zu entsenden, wo er ihn sicher wähnte. Doch weder gelang es Staupitz, die finanziellen Mittel dafür aufzutreiben, noch mochte sich Luther mit der Idee anfreunden, Wittenberg zu verlassen. Noch am 14. Oktober wurden Johann von Staupitz und Wenzeslaus Linck zum päpstlichen Legaten in das Fugger-Haus gerufen. Cajetan hatte sich entschlossen, nur noch auf die Karte der Macht zu setzen. Die Verständigung war gescheitert. Er drängte Staupitz und Linck, ihren Mitbruder zum Widerruf zu veranlassen. Auf Staupitzens Einwand, dass er nicht wisse, wie er Luther widerlegen könne, weshalb Cajetan es noch einmal versuchen solle, antwortete der Legat erzürnt, dass er mit dieser Bestie nicht mehr reden wolle. Letztlich ging es nicht um Theologie, sondern um die Autorität des Lehramtes, nicht um die Frage des Glaubens, sondern um die Frage der Macht. Deshalb erübrigte sich aus Cajetans Sicht jede weitere Disputation. Er erwog nun, Luther – aber auch Staupitz – nach Rom zu überstellen. Nun wurde also auch der Generalvikar verfolgt. Staupitz schrieb am 15. Oktober an den Kurfürsten, dass Cajetan in römischer Manier schöne Worte spreche, die aber leer und eitel seien. »Denn sein Sinn ist allein darauf gerichtet, dass Magister Martin widerrufe, ohne Berücksichtigung, dass Magister Martin gebeten hatte, innezuhalten, und zu Augsburg ordentlich disputieren zu dürfen.«[114] Als Universitätsprofessor und als Doktor der Heiligen Schrift forderte er nur, was recht und billig war, nämlich nach den Regeln der Universität und der Wissenschaft zu disputieren. Eigentlich konnte ihm das Cajetan nicht verweigern. »Aber der ungleiche Richter will nicht, dass er disputiert, sondern dass er widerruft.«[115] Weil Martin Luther schriftlich auf die Punkte der Anklage geantwortet und Cajetan damit in die Enge getrieben hatte, suchte der Legat nach einer Möglichkeit, wie er »das unschuldige Blut vertilgen und ihn zum Widerruf drängen« könne.[116] Martins Sieg war ein Pyrrhussieg. Nach Ansicht der Räte vermochte niemand mehr, für Luthers und Staupitzens Sicherheit zu garantieren. In seinem Brief an den Kurfürsten schilderte Staupitz die brenzlige Situation. »Er sagt auch, dass eine Schrift vom General der Augustiner gegen Magister Martinus im Lande sei. Doktor Peutinger zufolge, richtet sie sich auch gegen mich, dass man uns in den Kerker werfen solle und uns Gewalt antun solle ... Seine Feinde sind seine Richter geworden, die ihn verklagen, fällen dann das Urteil.«[117]

10.

Die Situation hatte sich derart verkompliziert, dass ihr niemand mehr gerechtzuwerden vermochte. Johann von Staupitz als Ordensvikar wusste sich nicht anders zu helfen, als den Mönch Martinus vom Gehorsamsgelübde dem Orden gegenüber zu entbinden, bestärkte ihn aber, in dem Werk, das er begonnen hatte, fortzufahren. Damit endete die disziplinarische Gewalt, die der Orden über ihn besaß. Am nächsten Tag flohen Staupitz und Linck aus der Stadt. Der Generalvikar hatte noch dafür gesorgt, dass auch für Martin ein Pferd für die Flucht bereitstand. Doch Luther appellierte erst einmal am Kardinal vorbei an den Papst, um ihm seine Angelegenheit vorzulegen. Am 16. Oktober setzte er den Punkt unter die Appellation. Die nächsten Tage vergingen quälend langsam. Das Einzige, was sich bewegte und behände von Ort zu Ort, von Ohr zu Ohr sprang, waren die Gerüchte. Luther versuchte sich von ihnen freizuhalten, aber letztlich steckte auch ihn die Nervosität an. Weil er immer noch nichts von Cajetan hörte, schrieb er an den Kardinal und entschuldigte sich für sein heftiges Temperament, machte aber in der Sache keine Zugeständnisse, bat nur, die Sache dem Papst vorzulegen. Doch der Legat antwortete nicht.

Am Abend des 20. Oktobers erreichte Martin Luther die Nachricht, dass man die Augsburger Stadttore vorzeitig schließen werde. Das Bangen um seine Sicherheit schlug in Furcht um. Jetzt hieß es, schnell zu handeln. Seine Freunde eilten mit ihm zu einem Tor auf der Nordseite der Stadt, durch das er entschlüpfte wie weiland der Apostel Paulus aus Damaskus.

Der Prior des Ramsauer Klosters hatte für den Wittenberger Theologen ein von Staupitz bereitgestelltes Pferd besorgt, auf dessen Rücken er mühsam kletterte, um dem sicheren Wittenberg entgegenzueilen – falls das noch sicher war. Ohne Sporen zu reiten, bereitete kein Vergnügen, zumal er das Reiten nicht allzu sehr schätzte und auch nur mäßig beherrschte. Schweigsam wies ihm ein Ortskundiger den Weg, bis sie endlich in Monheim ankamen, wo er sofort ins Stroh fiel und erschöpft einschlief. Danach machte er wieder in Nürnberg Station und übernachtete im Kloster der Augustiner-Eremiten. Willibald Pirckheimer lud ihn zu einem Essen ein, an dem Anton und Endres Tucher, Hieronymus Ebner, Christoph und Siegmund Fürer, Kaspar Nützel, Hieronymus Holzschuher, der Stadtschreiber Lazarus Spengler und Albrecht Dürer teilgenommen haben dürften. Auch wenn sich der Rat der Reichsstadt Nürnberg in der Luthersache noch bedeckt hielt, unterstützten ihn bereits einflussreiche Familien der Stadt.

Im thüringischen Gräfenthal traf er unvermutet auf Graf Albrecht IV. von Mansfeld, den der Anblick des Mehlsacks auf dem Pferd erheiterte. In Leipzig übernachtete er erneut bei dem Buchführer Dittmar auf dem Brühl. In Kemberg las er noch eine Messe, bevor er am 31. Oktober Wittenberg erreichte, just an dem Tag, an dem er ein Jahr zuvor die 95 Thesen hatte an die Tür der Schlosskirche anschlagen lassen. Übrigens wurde seine Appellation an den Papst nach einigem Hin und Her am 22. Oktober an die Tür des Doms zu Augsburg genagelt – damit war sie öffentlich.

Nur sein Glaube blieb Luther noch gewiss, alles andere versank in einem dichten Nebel. Er wusste nur, dass Kardinal Cajetan offiziell in seiner Funktion als Legat des Papstes an Friedrich den Weisen geschrieben und Luther beschuldigt hatte, häretische Ansichten gegenüber der Kirche zu vertreten, weshalb er erneut und nachdrücklich auf seine Inhaftierung und Überstellung nach Rom bestehen müsse, zumindest solle der

»Sohn des Bösen« aus Sachsen vertrieben werden. Schließlich bringe der Kurfürst mit Luthers Schutz auch seinen guten Namen und den seiner Familie in Verruf. Damit drohte Cajetan unterschwellig, notfalls auch gegen den Kurfürsten vorgehen zu müssen. Doch der Papst wollte weiterhin den offenen Konflikt mit dem einflussreichen und mächtigen Fürsten vermeiden.

Ein Kräftemessen mit der römischen Kurie hatte aber auch Friedrich der Weise nicht im Sinn. In den ersten Novemberwochen sah auch er keinen Ausweg mehr aus dem Dilemma und wurde unentschieden in der Luthersache. Allerdings hielten sowohl der treue Spalatin als auch der Rat Fabian von Feilitzsch, der Luther schon in Augsburg so trefflich beigestanden hatte, weiterhin zu ihm. Doch niemand wusste, wie der gordische Knoten durchschlagen werden konnte, in dem landespolitische, reichspolitische, europäische und kirchliche Machtinteressen sowie Fragen der Frömmigkeit und der Glaubensgewissheit ein unentwirrbares Knäuel bildeten.

Nun gab es jedoch zwischen Kursachsen und Nürnberg eine besonders enge Verbindung, deren Fundament in der wirtschaftlichen Verflechtung der Nürnberger Metallurgie mit dem mitteldeutschen Kupferbergbau bestand. So blieb es Friedrich nicht verborgen, dass in der Reichsstadt viele einflussreiche Bürger in Martin Luther den Befreier vom seelischen Druck des römischen Leistungschristentums sahen. Gerade in Nürnberg, in der Stadt, in der auch die Reichsinsignien aufbewahrt wurden, engagierten sich die Humanisten für die deutsche Nation, die aus ihrer Sicht durch die *translatio imperii* (Übertragung der Herrschaft über das Imperium) und die *translatio studii et artium* (Übertragung der Wissenschaft und Kunst) als die wahre Erbin des Imperium Romanum anzusehen war. Aus dieser Perspektive erklärte sich, wie man die Bezeichnung *Heiliges Römisches Reich deutscher Nation* verstanden wissen wollte – eine Idee, die besonders von den Humanisten im Rahmen ihrer Translatio-Idee und von Kaiser Maximilian befördert wurde. Die Unterstützung der tonangebenden Nürnberger Humanisten, von denen einige wie Pirckheimer dem Patriziat der Reichsstadt angehörten, spielte in Friedrichs Überlegungen keine unwesentliche Rolle.

Für die Antwort an den Legaten erbat Friedrich der Weise eine Stellungnahme Martins, die er mit einem Brief vom 19. November auch umgehend erhielt. In seiner Erklärung stellte Martin fest, dass man sich in Augsburg nicht bereitgefunden habe, in seiner Sache zu verhandeln, sondern dass man einzig und allein den Widerruf von ihm erwartet habe. Wenn schon nicht ihm, bat Martin, so sollte der Kardinal wenigstens dem Kurfürsten mitteilen, worin er denn nun konkret geirrt habe, weil er sich erstens keines Irrtums bewusst sei und sich zweitens von der Heiligen Schrift gedeckt sehe, was der Kardinal nicht von sich behaupten könne. In seinem Brief beschwor Luther seinen Landesvater, ihn nicht nach Rom auszuliefern, da er dort mit Sicherheit umkommen werde. Zwar könne niemand Friedrich dem Weisen die Gewissensentscheidung abnehmen oder ihm hierin raten, doch solle er keine Mitschuld am Vergießen unschuldigen Blutes auf seine Seele laden. Aufrichtig bedauere er, dem Kurfürsten Ungelegenheiten zu bereiten. Deshalb erwäge er, Kursachsen zu verlassen, weil er es nicht ertrage, den Kurfürsten in noch größere Schwierigkeiten zu bringen.

Vom 31. Oktober bis zum 2. Dezember saß Martin Luther praktisch auf gepackten Koffern, falls er denn als Bettelmönch selbige benötigt hätte, und lebte in größter Unsicherheit über sein künftiges Schicksal. Die Ungewissheit zerrte an seinen Nerven. Noch richtete er seine Hoffnungen auf den vielleicht schlechtinformierten Papst, an den er appelliert hatte. Eventuell könnte er wirklich nach Paris an die Sorbonne ausweichen, überlegte er, dort hatten sich ebenfalls Gelehrte der Kurie widersetzt und an den Papst appelliert. Aber diese Möglichkeit glich doch eher dem berühmten Strohhalm. Denn die Gefahr, unterwegs gefangengesetzt und nach Rom ausgeliefert zu werden, schwebte auf dem weiten Weg wie ein Damokles-Schwert über seinem Haupt an jedem der 28 bis 30 Tage, die er für den Fußmarsch nach Paris benötigen würde. Die Reise dürfte er zudem nur inkognito und heimlich antreten. Doch würde sich eine falsche Identität auf einem so langen Weg aufrechterhalten lassen? Was war mit den Spitzeln? Den Denunzianten? Den gefährlich Rechtschaffenen, die sich im Besitz des vermeintlich rechten Glaubens wähnten? Den Gehorsamen? Den auf Lob Erpichten?

In Kursachsen unterzutauchen und eine andere Identität anzunehmen, bot sich ebenfalls an. Nur, wie lange ließe sich ein solches Versteckspiel durchhalten? Er fühlte sich wie ein Verurteilter, erwartete jeden Tag die Bannbulle aus Rom, die ihn zum Häretiker erklären würde. Sobald sie in Deutschland publiziert wäre, wozu ein Anschlag an einer Kirchentür im Reich genügte, würde jeder, der ihm half – also ihn versteckte, beschützte oder auch nur beköstigte – selbst als exkommuniziert gelten. Traf die Bulle ein, würde auch sein wirklich frommer Herr Friedrich aus der Kirche und mithin von den Sakramenten ausgeschlossen werden. Seine Untertanen wären nicht mehr an ihre Verpflichtungen ihm gegenüber gebunden, ja schlimmer noch: Wenn sie aus Anhänglichkeit heraus ihrem Herrn weiter zu Diensten blieben, würden auch sie der Exkommunikation verfallen. Wenn dann noch der Kaiser die Reichsacht über ihn verhängte, dürfte ihn jeder ausrauben, festsetzen, foltern und töten – am besten allerdings dem Kaiser ausliefern, damit er in ein Verließ käme, mindestens jedoch unter Hausarrest gestellt würde.

Am 25. November wandte sich Luther in seiner Ratlosigkeit an Staupitz, dem er berichtete: »Der Fürst ist wirklich um mich besorgt, doch wollte er lieber, dass ich anderswo wäre.«[118] Und das entsprach der Wahrheit, denn Friedrich der Weise kannte die Gefahr und ihre möglichen Weiterungen. Aber er machte es sich dennoch nicht leicht. So wies er in der Hoffnung, sein kluger Berater und sein brillanter Professor könnten einen Ausweg finden, Spalatin an, mit Martin im Antoniterkloster in »Lichtenbergk« zusammenzutreffen. Dort berieten die Freunde über Stunden hinweg und spielten alle möglichen und alle unmöglichen Lösungsvarianten durch. Schließlich schloss Martin erschöpft und im Wissen, dass sie vor der Quadratur des Kreises standen: »Wenn der Bann kommt, werde ich nicht bleiben.« Schließlich wollte er Friedrich nicht gefährden. Doch Spalatin riet zur Ruhe, und vor allem warnte er Martin, nicht zu eilig seinen Sinn nach Frankreich zu richten. Martin zweifelte seit Augsburg nicht mehr daran, dass die Römer den »festen Vorsatz« hatten, ihn »zu verdammen«. Gleichzeitig aber befestigte Christus in ihm »den Vorsatz, nicht zu weichen«. Und leise murmelte er Spalatin zu: »Es geschehe, es geschehe sein heiliger und gesegneter Vorsatz. Bete für mich.«[119]

In Wittenberg deutete er der Sankt-Marien-Gemeinde, deren Prediger er war, an, dass er vielleicht eines Tages, unstet wie er nun einmal sei, verschwunden sein könnte, ohne Lebewohl zu sagen. Deshalb wolle er sich für diesen Fall jetzt schon einmal verabschieden. Weder von Spalatin noch vom Kurfürsten erreichte ihn auch nur der geringste Hinweis darauf, was sie in seiner Angelegenheit zu tun gedächten. Ihm war, als liege er auf der Streckbank und der Folterknecht triebe Tag für Tag seine Glieder eine Umdrehung weiter auseinander. Nichts vermochte er in seiner Angelegenheit zu unternehmen. In seinen Träumen sah er sich gelegentlich schon auf dem Scheiterhaufen. Dann wandte er sich nach dem Erwachen in den Stundengebeten an den Herrn und die Jungfrau Maria, dass ihm von dort Hilfe, zumindest jedoch Stärkung käme. Seine Nerven glichen dünnem Papier. Gerüchte aus der Kanzlei des Kurfürsten, die ihn am Monatsende erreichten, interpretierte er als Wink, Wittenberg und Kursachsen endlich zu verlassen.

Deshalb traf er sich am 1. Dezember mit den Freunden in Wittenberg, um Abschied zu nehmen. Doch in den Abschied hinein traf buchstäblich in letzter Sekunde ein Brief von Spalatin ein, der ihn aufforderte, in Wittenberg zu bleiben. Der Kurfürst hatte sich nach und nach zu zwei Positionen in der Luthersache durchgerungen. Erstens stellte er sich hinter seinen Professor und zweitens entschied er abzuwarten, wie sich die Dinge weiterentwickelten, um seine Handlungsfähigkeit zu bewahren. Ein Spiel auf Zeit konnte in dieser Situation nicht schaden, vielleicht beruhigten sich die Gemüter. Friedrich der Weise hatte die Erfahrung gemacht, dass der Fehler der meisten Herrscher darin bestand, zu früh zu agieren. Nichts zu übereilen, war darum seine Regierungsmaxime.

Am 7. Dezember antwortete der Kurfürst endlich auf den Brief des Legaten. In der Hauptsache gab sein Brief die Positionen von Luthers Stellungnahme wieder und machte sie zu seinen eigenen. Der Kurfürst verwies darauf, dass in Luthers Sache noch immer eine offizielle Disputation ausstehe und man ihn daher nicht zum Widerruf zwingen dürfe, zumal Luthers Kollegen im Land ihn nicht für einen Ketzer hielten. Seine Vertreibung aus Sachsen schade, solange keine Häresie belegt sei, der Universität. Deshalb betonte Friedrich noch einmal Luthers Bereitschaft zur Disputation und bat, dass man ihm Luthers Irrtümer mitteilen möge, damit er urteilen könne. Bevor nicht Luthers Häresie bewiesen sei, werde er ihn nicht nach Rom schicken. Sollte ihm aber Luthers Häresie klar belegt werden, dann wolle er mit dem Ketzer nichts mehr zu tun haben und werde ihn sofort nach Rom überstellen. Damit verhärteten sich die Fronten. – Aber Martin Luther wusste nun, dass der Kurfürst hinter ihm stand.

Unter steigendem Ergrimmen hatten sich alle Beteiligten in eine Pattsituation hineinmanövriert. Auf einem eher nebendiplomatischen Weg suchte der Papst erneut, das Problem zu lösen. Oft wurde die Mission des päpstlichen Kammerherrn verspottet, zumindest aber mit leichtem Lächeln darüber erzählt, doch erwies sich bei näherem Hinsehen der geschmeidige Versuch Leos X., aus der für alle heiklen Situation ohne Gesichtsverlust wieder herauszufinden, als geschickt und im gewissen Maße sogar als mit einigem Erfolg belohnt.

In einem Brief vom 20. Dezember erfuhr Luther vom Nürnberger Ratskonsulenten Christoph Scheurl, dass der Papst Karl von Miltitz, einen aus Meißen stammenden Kammerherrn, zur Vermittlung schicke. Miltitz führe einige Briefe des Papsts bei sich und eine Auszeichnung für Friedrich den Weisen, die goldene Tugendrose. Scheurl beschwor Martin, nicht zu heftig, sondern zum Frieden gestimmt zu sein, da Karl von Miltitz ein Mann sei, mit dem man reden könne. Denn nichts, was Menschen betreffe, sei ihm fremd. Scheurl lobte sich selbst und brüstete sich damit, dass er den päpstlichen Kammerherrn schon seit fünf Jahren kenne, auf vertrautem Fuß mit ihm stehe und deshalb zwei volle Tage und Teile der Nacht »sehr vertraulich mit ihm verkehrt« habe.[120] Miltitz zeigte sich sehr gesprächig, nicht aus Geschwätzigkeit, sondern weil er die Nürnberger für seine Mission zu gewinnen trachtete. Leo X. hatte kein Interesse, den Streit zu vertiefen, doch gebot es die Autorität des Papstes, dass sich der Mönch unterwarf. So versuchte Karl von Miltitz bereits im Vorfeld, die Gegensätze so weit einzuebnen, dass eine förmliche Verständigung zustande käme. Auch die Wahl des Ortes, an dem Miltitz und Luther zusammentrafen, wahrte den halboffiziellen Charakter der Mission. Am 4. Januar traf der Wittenberger Theologe in Spalatins Haus in Altenburg den päpstlichen Kammerherrn im Beisein des kurfürstlichen Rats Fabian von Feilitzsch. Luther zeigte sich nur bereit, sich dem Papst zu unterwerfen, weil er zu hitzig und zu scharf agiert habe, doch in der Sache selbst blieb er unbewegt, stellte allerdings in Aussicht, über die Frage der Ablässe eine Weile zu schweigen, damit Ruhe einkehre. An diesem Punkt vertagte man das Gespräch. Miltitz, der ein

Stück vorangekommen war, allerdings nicht weit genug, lud Martin am 6. Januar zum Abendessen ein, lobte ihn und verabschiedete sich ein wenig theatralisch von ihm unter Küssen und Tränen, die Luther aber für »Krokodilstränen« hielt. Schließlich versprach Miltitz dem Kurfürsten, wenn Luther schwiege, bestünden gute Aussichten, den Streit gütlich beizulegen. Der Kammerherr blieb in den Formulierungen – auch an den Papst – so zweideutig, dass sich jeder bestätigt fühlen durfte. Martin Luther würde schweigen und abwarten, bis seine Angelegenheit den Erzbischöfen von Trier und von Salzburg zur Entscheidung vorgelegt wurde. Leo X. entnahm dem Brief, dass der Mönch sich in der Ablassfrage unterwürfe, was nicht der Wahrheit entsprach, aber so aus dem Brief des Kammerherrn herausgelesen werden konnte. Am 29. März schrieb der Papst an den Augustiner-Eremiten, nannte ihn im Brief »geliebter Sohn« und erinnerte ihn daran, nun den bereits in Augsburg geforderten Widerruf auch tatsächlich zu leisten. Doch darauf antwortete Luther nicht mehr, Miltitz hatte ihm Zeit verschafft und die Eskalation erst einmal eingedämmt.

Inzwischen aber drängte eine äußerst wichtige Frage zur Klärung. Am 12. Januar starb Maximilian in Innsbruck. Albrecht Dürer hatte ihn kurz vor dem Tod gemalt: einen alten, ausgemergelten Mann mit eingefallenem Gesicht. So endete eine Epoche.

Bis zur Wahl eines neuen Königs regierten als Reichsvikare der sächsische und der pfälzische Kurfürst. Papst und Kurie bemühten sich, Karl als deutschen König zu verhindern. Cajetan und Miltitz agierten zwar noch in der Luthersache, nur bewegten Leo X. ganz andere Probleme. Er versuchte Friedrich den Weisen zu gewinnen, sich zur Wahl zum König zu stellen, doch der sächsische Kurfürst verspürte keine Neigung, die deutsche Königskrone zu tragen. Auch Leos Versuch, den französischen König Franz I. für die Königwahl ins Spiel zu bringen, scheiterte. Am 28. Juni 1519 wurde der Habsburger, der auch König von Spanien war, in Frankfurt am Main als Karl V. zum römisch-deutschen König gewählt.

Und Martin Luther? Der wurde daran gehindert, weiter zu schweigen und sich zurückzuhalten. Geplant war zu Leipzig eine Disputation zwischen Johann Eck als Herausforderer und Andras Bodenstein, Karlstadt genannt. Die Thesen Ecks richteten sich jedoch hauptsächlich gegen Luther. Im Mittelpunkt standen die Macht und Gewalt des Papstes. Martin fühlte sich nun zu Recht von zwei Seiten angegriffen. Während Cajetan und letztlich auch Militz seine Unterwerfung unter den Papst aus Gründen der lehramtlichen und kirchlichen Autorität des Papstes forderten, die rechtlich, aber nicht biblisch gedeckt war, suchte Eck, Martins Position theologisch zu zerstören. Dazu durfte er nicht schweigen. Eck zielte darauf ab, ihn zum Häretiker zu machen. Damit wäre der Papst von der Forderung befreit, dem kleinen Mönch die Irrtümer seiner Theologie aufzuzeigen, weil Eck ihn bereits als Aufrührer gegen den Papst und als Schismatiker entlarvt hätte. Martin Luther erkannte, dass über den Ablass ein anderes Thema in den Mittelpunkt gerückt war – die Frage nach der Lehrautorität, nach der Unfehlbarkeit, nach der absoluten Macht des Papstes und der römischen Kurie.[121]

11.

Die später unter dem Namen »Leipziger Disputation« berühmt gewordene Auseinandersetzung mit Eck war eine entscheidende Station auf Luthers Weg nach Worms. Mit dem offiziellen Disputanten Andreas Bodenstein, genannt Karlstadt, sowie Nikolaus von Amsdorff und Philipp Melanchthon fuhr Luther pompös in Leipzig ein – begleitet von zweihundert Wittenberger Studenten, bewaffnet mit Schwertern, Spießen und Hellebarden. Im ersten offenen Rollwagen saß Karlstadt mit so vielen Büchern, dass man sich wundern musste, wie er sie alle untergebracht hatte – und das nur für den Fall, dass er etwas nachschlagen musste. Im zweiten Wagen saßen Martin, Amsdorff und Melanchthon. Vor dem Tor des Paulinerkirchhofs brach das Rad von Karlstadts Wagen, er stürzte heraus und schlug mit dem Kopf auf.[122] Viele sahen das als Omen dafür, dass Karlstadt nicht als Sieger aus der Disputation gegen Eck hervorgehen würde.

Von Anfang an stand die Disputation unter keinem guten Stern. Es hatte damit begonnen, dass Martin, obwohl er in Augsburg die Disputation zwischen Karlstadt und Eck vermittelt hatte, plötzlich zur Zielscheibe von Ecks Thesen geworden war, die der Ingolstädter am 29. Dezember 1518 verfasst hatte. Zwar richteten sich Ecks zwölf Thesen dem Namen nach gegen Karlstadt, doch der Sache nach hatten sie neben Luthers Kritik des Ablasses vor allem dessen Vorstellung der Rechtfertigung allein aus dem Glauben im Visier. Aus jedem Wort seines Briefes an Eck vom 18. Februar 1519 sprach seine herbe Enttäuschung:

»Sei gegrüßt und höre damit auf, jemals die Christenheit zu spalten! Es schmerzt mich, mein Eck, am Ende aufgrund so handgreiflicher Beweise feststellen zu müssen, dass Deine Freundschaft mit mir nur gespielt war. Du brüstest Dich, nach Gottes Ruhm, nach der Wahrheit, dem Heil der Seelen und dem Wachstum des Glaubens zu streben, und belehrst mich über den Ablass und Nachlass statt über die Wahrheit, den Glauben, das Heil und Gottes Ruhm! Du hast einen so abgestumpften und nebulösen Kopf, dass Du, gemäß dem Apostel, nicht verstehst, was Du sprichst noch worüber Du Behauptungen aufstellst, und vermagst, um Deine Logik zu benutzen, nicht Prädikat und Subjekt zu unterscheiden. Zu solcher Blindheit oder Hass auf meine Person oder auch Ruhmsucht hat es Dich fortgerissen! Dass Du folglich nun in aller Welt als Kleinigkeitskrämer und Sophist verschrien bist, solltest Du Deiner Unüberlegtheit, nicht mir zuschreiben, der ich bis jetzt Dir so zugetan war, dass ich zunächst meine ›Asterisci‹ Dir zum Gefallen zurückhielt und mich bemühte, KARLSTADT wieder mit Dir auszusöhnen. Du aber, um alles durcheinanderzubringen, vergiltst das listig durch Deine geplante Disputation mit KARLSTADT über die Buße, das heißt in Deinem Fall über die Ablässe, das heißt den Erlass von Buße, und so wütest Du überhaupt gegen meine Person, indem Du das gerade Gegenteil von dem behauptest, was ich denke.«[123]

Bewertete Luther die »Obelisci« als Illoyalität, zeigten ihm die Thesen nun überdeutlich, dass Eck ihn zum Todfeind erkoren hatte und ihn zu vernichten trachtete. Er begriff im Gegensatz zu seinen Gegnern erst nach und nach, wie radikal sein Bruch mit der Machtkirche und dem theologischen System seiner Zeit war, wie sehr er auf eine grundsätzliche und gründliche Reform drängte. In einem offenen Brief, der seine Verletzung nicht verhehlte, warf er Eck vor, Rosstäuscherei zu betreiben, denn er stritt nicht wider Karlstadt in seinen Thesen, sondern wider ihn, ohne ihn jedoch mit Namen zu nennen. Eck, der sich ertappt wusste und zudem darüber ärgerte, dass Martin Luther ihm dies nicht in einem persönlichen Schreiben, sondern vor den Augen der gelehrten Öffentlichkeit Deutschlands vorwarf, suchte den Makel von seiner Schaube zu wischen. Er formulierte eine neue These, die er als 7. These einschob, so dass ein zumindest formaler Unterschied zu den zwölf Thesen bestand und er mithin berechtigt war, erneut vor die Öffentlichkeit zu treten, und zwar am 14. März 1519 mit dreizehn Thesen, die er nun auch deutlich adressierte: »Wider Bruder Luther (Lutter) und D. Bodenstein wird Eck auf der Universität zu Leipzig über diese Thesen disputieren am 27. Juni 1519.«[124] Die neue These richtete sich anscheinend gegen Karlstadt, mit ihrer subtilen Spitze jedoch gegen Luther und bereitete den Boden für die These 12 vor, die nun nach der Einfügung die Nummer 13 trug:

> *»Derjenige irrt, der da leugnet, dass der freie Wille des Menschen der Herr der Handlungen des Menschen sei aus dem Grunde, weil derselbe sich tätig verhalte in Bezug auf das Böse, in Bezug auf das Gute aber nur leidend; wie auch der nicht ohne Irrtum ist, welcher wider die Scholastiker dafürhält, dass der Glaube durch eine jede große Sünde (crimine) vernichtet werde (corrumpi); und der ist nicht ohne sehr großen Irrtum, welcher ohne das Rücksicht genommen wird auf die Reue, frech predigt, jemand werde allein durch den Glauben absolviert.«*[125]

Dass der Christ allein durch den Glauben, der eine Gnade oder ein Geschenk Gottes ist, gerechtfertigt wird, machte aber gerade den Kern von Luthers Einsicht aus, die er bei Paulus mit Hilfe des Augustinus gefunden hatte. Immer wieder hatte Martin über die menschliche Willensfreiheit nachgedacht, darüber, was der Mensch aus eigenem Entschlusse, aus eigenem Willen zu leisten im Stande war und was er leisten musste, um Gottes Vergebung für seine Sünden zu erlangen. Bisher galt als Lehrmeinung, dass Gott in der Taufe im Menschen eine Art Gnadenvorrat deponiere, der sich beim Sündigen verringere und von einer Todsünde vollkommen ausgelöscht werde. Nach der Theologie des Kirchenlehrers Thomas von Aquin wird mit der in der Seele des Menschen deponierten Gnade zugleich eine bestimmte Gnadenfähigkeit verliehen, die es dem Menschen ermöglicht, nach einem gerechten Leben zu streben.

Die Theologie des Thomas von Aquin wird diese Denkschule der *via antiqua* zugerechnet. Doch Martins Ausbildung durch die Humanisten bestimmte der Nominalismus, die sogenannte *via moderna*. Nach Wilhelm von Ockham besaß der Mensch Willensfreiheit. Nicht die prädisponierte oder durch die Taufe erzeugte Gnadenstruktur der Seele befähige den Menschen, sich zu bemühen, die Sünde zu vermeiden und ein möglichst gerechtes Leben zu führen, sondern der Mensch habe vermöge seines freien Willens ständig Sorge zu tragen, nicht zu sündigen. Martins schwere Anfechtungen und Seelennot resultierten aus der Frage, ob seine Bestrebungen zur Sündenvermeidung genügten, um vor Gott zu bestehen. Noch im Wintersemester 1515/16 hatte er sich in der Vorlesung zum Römerbrief mit dem Fragekomplex um Gnade, Buße, Gerechtigkeit und dem freien Willen nach Art der *via moderna* auseinandergesetzt.

Nachdem Luther sich in den Thesen »Wider die scholastische Philosophie« von jeder scholastischen Tradition befreit hatte, begann er, diese Fragen erneut und unter völlig neuen Voraussetzungen oder genauer: voraussetzungslos zu überdenken. Zum Türöffner für sein wirklich neues, Wilhelm von Ockham und die *via moderna* hinter sich lassendes Verständnis von Gnade, Buße, Gerechtigkeit und freiem Willen wurde ihm die grundstürzende Entdeckung, *dass nicht der Mensch, der Gutes tut, gut wird, sondern der gute Mensch Gutes tut.* Nicht die Werke, nicht seine Handlungen rechtfertigen den Menschen vor Gott, sondern der Mensch ist von Anfang gerechtfertigt. Immer wieder hatte Luther neben Paulus auch Augustinus' Schrift »De spiritu et litera liber unus« (Geist und Buchstabe) studiert. Gottes Liebe, nach der er im Turm des Schwarzen Klosters im Studierzimmer über der Kloake Stunde für Stunde gesucht und sich schier den Kopf über ihre Natur zerbrochen hatte, wird nach Augustinus im Herzen der Menschen »durch den Heiligen Geist« ausgegossen und kann »nicht durch den freien Willen, der vom Menschen stammt«, herbeigezwungen werden.[126] Der entscheidende Satz, der Luther die Augen öffnete, lautet: »Denn jene Lehre, in der wir das Gebot zu einem enthaltsamen und überhaupt rechten Leben empfangen, bleibt ja tötender Buchstabe, wenn nicht der lebendig machende Gott hinzutritt.«[127] Mithin schenkt Gott Liebe und rechtfertigt durch seine Liebe. Gottes Gerechtigkeit kann nicht durch Taten manipuliert werden, sondern ist einzig und allein unverdientes Geschenk. Nun stand für Luther fest, dass das Gesetz von Gott gegeben wurde, damit der Mensch im Evangelium die Gnade suche. Das Evangelium aber verkündet die Gnade, damit das Gesetz erfüllt wird. Der Sinn des Gesetzes besteht darin, den Menschen mit seiner Schwachheit zu konfrontierten. Die Verzweiflung darüber jedoch führt zur Reue, die durch die Gnade Gottes Buße und Umkehr ermöglicht. Der Impuls für die Rückkehr auf den Weg zu Gott wird in der Reue frei. Deshalb übersetzt Luther auch *paenitentia* mit Buße. Buße aber leitet sich vom althochdeutschen *buoza* oder *buoz* ab und bedeutete Besserung, Wiedergutmachung, Wiederherstellung. Martin Luther übersetzt *paenitentia* mit Buße, um das Gewicht nicht auf die Strafe, sondern auf die Besserung zu legen. Im Büßen sieht Luther nicht das Erleiden einer Strafe, sondern das Bemühen um Besserung. In dem Bemühen um Besserung drückt sich die Reue über begangene

Sünden aus. Deshalb beginnt er die Ablassthesen mit dem für die Reformation grundlegenden Satz: »Als unser Herr und Meister Jesus Christus sagte: ›Tut Buße, denn das Himmelreich ist nahe herbeigekommen‹, wollte er sagen, dass das ganze Leben Buße sei.«[128] In der Buße nimmt der Mensch die Gnade des Glaubens an, durch die er zum wahren Leben findet, das in Christus vorgeprägt ist. Luther entdeckt den verschütteten Lebensnerv des Christentums: *Jeder* Mensch kann Anteil an Christus gewinnen! Darum war Augustinus nicht müde geworden, immer wieder die berühmte Stelle aus dem Römerbrief zu traktieren: »Der Gerechte wird aus Glauben leben.«[129] Luthers Turmerlebnis, in dem er in seiner Studierstube im Turm des Schwarzen Klosters über der Kloake den Schlüssel zur Rechtfertigung des Menschen vor Gott gefunden zu haben meinte, bestand im Erleben der Lektüre eines von der Scholastik und den Denkkonventionen befreiten Geistes. Nicht was er fand, war spektakulär, sondern die Tatsache, dass er es fand. Auf einmal passte alles zusammen, erschloss sich ihm die berühmte Stelle im Epheserbrief: »Denn aus Gnade seid ihr gerettet durch Glauben, und das nicht aus euch: Gottes Gabe ist es, nicht aus Werken, damit sich nicht jemand rühme. Denn wir sind sein Werk, geschaffen in Christus Jesus zu guten Werken, die Gott zuvor bereitet hat, dass wir darin wandeln sollen.«[130] Der Sinn der ganzen Schöpfung und des menschlichen Lebens ist die Liebe, die Gott ist. Und Gott liebt die Menschen, indem er sie durch den Heiligen Geist dazu befähigt, ihn, Gott, zu lieben. Der Mensch wird durch die Liebe zu Gott, durch den Glauben, der Gnade und Geschenk Gottes ist, gerechtfertigt und erlöst.

Martin Luther widersprach also den Thomisten, weil er die Vorstellung von der Gnadenstruktur der Seele für eine »Fabel« hielt, eine Erfindung scholastischer Philosophen, von der er nichts in der Bibel gefunden hatte. Dadurch war er mit Cajetan in Streit geraten. Zugleich verabschiedete er Aristoteles und brach mit der Vorstellung der Nominalisten vom freien Willen, was ihm wiederum Eck verübelte.

Erasmus nahm bezüglich des freien Willens eine mittlere Position ein, die Martin Luther später hart angreifen sollte. So grundlegende Bedeutung besaß für ihn diese Frage, dass er hier keine Kompromisse zuließ – und es liest sich wie eine nachgeholte Entgegnung auf Eck, wenn er später unmissverständlich klarstellt: »Das freie Willensvermögen ist ein reines Lügengengebilde, wie jenes Beispiel der Frau im Evangelium zeigt, der es, je mehr sie von Ärzten kuriert wird, umso schlechter geht.«[131]

Doch die philosophische und theologische Lehre über den freien Willen besaß eine unmittelbar praktische Konsequenz für den Machtanspruch des römischen Klerus. Wenn nämlich der Mensch allein aus Gnade durch den Glauben gerechtfertigt würde, dann bräuchte es nicht mehr die Absolution durch die Kirche. Ja, sie könnte den Menschen gar nicht von der Sünde freisprechen und die Schlüsselgewalt des Papstes, derzufolge er als Stellvertreter Christi im Himmel und auf Erden verdammen und befreien (binden und lösen) kann, wäre reine Fiktion. Wenn aber der Mensch einen freien Willen besitzt, dann ist das Gewissen nicht im Wort Gottes gefangen, sondern frei und mithin der Beurteilung des Papstes unterworfen, der die oberste Lehrautorität beanspruchte und dessen Wort Prierias über das Wort der Bibel gestellt hatte. Und für Martin gäbe es dann kein Hindernis, sich dem Papst zu unterwerfen und abzuschwören. Das Paradoxon bestand darin, dass die Lehre vom freien Willen den Menschen von Gott befreite, ihn aber abhängig vom Papst machte. Die Vorstellung vom freien Willen führte in die Unfreiheit.

Johann Eck setzte in seiner 13. These der Leipziger Disputation auf machtpolitischer Ebene die Vorstellung seiner 7. These über den freien Willen fort, wenn er behauptete: »Dass die römische Kirche vor den Zeiten des Sylvester nicht höher gewesen sei als andere Kirchen, das leugnen wir; sondern den, der den Stuhl und den Glauben des heiligen Petrus gehabt hat, den haben wir immer für den Nachfolger Petri und den Statthalter Christi anerkannt.«[132] Damit gesteht Eck den Päpsten das Recht zu, den freien Willen zu zwingen, weil der Papst aus göttlicher Vollmacht handelt.

Ecks 13. These zwang Luther, sich gründlich mit der Kirchengeschichte zu beschäftigen. Intensiv studierte er die »Dekrete der Päpste«. In diesen Wochen der historischen Recherche begann er, den wahren Grund zu ahnen, weshalb Cajetan und er sich in Augsburg nicht zu einigen vermocht hatten. Mit jeder Dekretale mehr verlor er an den Illusionen, die er noch über die Kirche als Institution gehegt hatte. Er verlor buchstäblich den Grund unter den Füßen. Der Abgrund der Realgeschichte des Papsttums tat sich auf. Erschüttert über das Bild, das sich ihm immer deutlicher bot, schrieb er mit angehaltenem Atem an Spalatin:

> *»und (ich sage es dir ins Ohr) ich weiß nicht, ob nicht der Papst der Antichrist sei oder sein Apostel, so gar jämmerlich (das ist die Wahrheit) wird von ihm Christus verderbt und in Dekreten gekreuzigt. Es martert mich außerordentlich, dass das Volk Christi durch das Vorgeben der Gesetze und des Namens Christi so getäuscht wird. Ich will dir einmal meine Anmerkungen über die Dekrete mitteilen, damit auch du sehest, was es heiße, Gesetze zu geben mit Beiseitesetzung der Schrift, aus dem Vorhaben, die Gewaltherrschaft an sich zu reißen, die denen des Antichrist ganz ähnlich sind, der römische Hof hervorströmen lässt. Es wächst für mich von Tag zu Tag die Hülfe und der Beistand für die heilige Schrift.«*[133]

Noch weigerte Luther sich, vollends zu glauben, was er las. Das kommt in der Formulierung »ich sage es dir ins Ohr« zum Ausdruck. Damit wird nicht nur Vertraulichkeit angezeigt, sondern auch, dass Martin vor der Konsequenz des Gedachten zurückschrak. War es nicht zu ungeheuerlich anzunehmen, dass der Teufel im Vatikan Hausrecht besaß? Sollte er sich diese Erkenntnis nicht besser vom Halse halten und im Vorzimmer der Ahnung belassen? Doch der Wahrheit zuliebe konnte er gar nicht anders, als in seiner 13. Antithese zu Eck zu behaupten: »Dass die römische Kirche höher sei, als alle anderen, wird aus den kalten Dekreten der römischen Päpste, die in den letzten 400 Jahren aufgekommen sind, bewiesen; wider dieselben sind aber die bewährten Geschichten von 1100 Jahren, der Text der göttlichen Schrift, und der göttlichen Schrift, und der Beschluss des Konzils von Nicäa, welches von allem das heiligste ist.«[134] Unter »kalt« verstand er unwichtig, veraltet, nicht zur Sache gehörend. Das Konzil von Nicäa galt ihm als das heiligste, weil es den Arianismus überwand und die Trinität definierte, wodurch es möglich wurde, endlich das bindende Glaubensbekenntnis zu formulieren, um das die Christenheit fast dreihundert Jahre gerungen hatte. Der Primatsanspruch stand in Nicäa nicht zur Diskussion. Im Gegenteil, der Primat des Papstes setzte sich nur sehr langsam durch – und das auch nur in der sogenannten Westkirche. Letztlich trug er entscheidend bei zum Morgenländischen Schisma, auch Großes Schisma genannt. Im Jahr 1054 spaltete sich die griechische Kirche (die orthodoxe Ostkirche) von der lateinischen Kirche, also von Rom, ab.

Damit war das eigentliche Thema der Leipziger Disputation gestellt: Es ging um die Lehrautorität der Päpste, den Primat des Papstes und damit um die weltliche und geistliche Macht der römischen Kurie. Ohne es zu wollen, hatte Martin mit der Frage nach der Orthopraxie, also nach der rechten Lebensführung im Glauben, die Orthodoxie herausgefordert, oder doch zumindest diejenigen, deren Macht und luxuriöses Leben davon abhing, über den rechten Glauben zu urteilen. Ob er wollte oder nicht, nun führte kein Weg mehr daran vorbei, sich an der Disputation in Leipzig zu beteiligen – jetzt, wo Eck seine Thesen auch an Martin adressiert und aller Welt verkündet hatte, dass er in Leipzig gegen Karlstadt *und* gegen Martin Luther disputieren wolle.

Eck weilte bereits seit dem 22. Juni 1519 in der Stadt, trefflich verköstigt und untergebracht vom Bürgermeister Benedikt Beringershain in dessen Haus Ecke Petersstraße/Thomasgässchen, als Martin mit großen Gefolge zwei Tage später, am Freitag nach dem Fronleichnamsfest, in Leipzig einfuhr. Ob er aber überhaupt mitdisputieren durfte, stand zu diesem Zeitpunkt noch in den Sternen, denn Herzog Georg hatte seine Einwilligung immer noch nicht erteilt. Wenn darauf spekuliert worden war, dass sich Martin deshalb nicht gründlich auf den akademischen Streit vorbereiten werde, dann hatte man sich jedoch gründlich getäuscht.[135]

Die Leipziger Gasthöfe quollen über vor rauflustigen Studenten der Leucorea, die mit ihren nicht friedlicheren Leipziger Kommilitonen an den Wirthaustischen so heftig stritten, dass die Wirte sich gezwungen sahen, mit Hellebarden bewaffnete Aufpasser an die Tische zu stellen. Dass einen Kleriker in der Heftigkeit des Streites der Schlagfluss niederstreckte, vermochten jedoch auch die mit Hellebarden bewehrten Auguren nicht zu verhindern.

Eck hatte zur Fronleichnamsprozession am 23. Juni ein wenig renommiert und sich den Leipziger Honoratioren dargestellt. »Er ging am Festtage in der Prozession, die man da abhielt und sehr herrlich und prächtig war, im Messgewand oder Kasel neben den Theologen mit herum und ließ sich also vor der Disputation wohl sehen, als würde er vor den Wittenbergern nicht erschrecken.«[136] Die Professoren der theologischen Fakultät lebten, abgesehen von Hieronymus Dungersheim, den spätestens die Disputation zu Martins erbittertem Feind machte, intellektuell schafsgenügsam vor sich hin. Deshalb hatten sie sich der Ausrichtung der Disputation verweigert, bis Herzog Georg ein Machtwort sprach, denn die Mediokrität seiner Universität im Vergleich zur Leucorea missfiel ihm sehr. Er wollte seine faulen Professoren auf Trab bringen.

Die Wittenberger bezogen Quartier beim Buchdrucker Melchior Lotter in der Hainstraße. Die Wahl der Quartiere verdeutlichte *en passant*, wo sich die Disputanten verorteten – Eck beim Bürgermeister, Luther bei den Humanisten, der eine also bei den Mächtigen, der andere bei den Gebildeten.

Da die Radikalität von Martins 13. These, in der er dem Papst die Nachfolge Petri und den Vorrang in der Glaubenslehre absprach, seine Freunde erschreckte, sah er sich genötigt, sie zu erläutern und zu begründen. Vom 27. zum 28. Juni verfasste er eine Erklärung zur 13. These, die er im August unter dem Titel »Luthers Erläuterung zu seiner 13. These über die Gewalt des Papstes«[137] in lateinischer Sprache in den Druck gab. Diese Erläuterung half ihm bei der minutiösen Vorbereitung, zu der die philologische Analyse der Texte gehörte, eine Technik, die er bei den Humanisten erlernt hatte. Er ging von der bereits im »Sermon über die Kraft der Exkommunikation« entwickelten Vorstellung von den zwei Kirchen aus, der innerlichen, geistlichen Gemeinschaft und der äußerlichen, körperlichen Kirche. Während die eine auf göttlichem Wort beruhte, wurde die andere vom Menschenwort bestimmt, während die erste auf göttlichem Recht beruhte, fußte die zweite auf menschlichem Recht. Martin leugnete mitnichten, dass dem Papst Macht zukam, nur eben nicht aus göttlichem, sondern aus menschlichem Recht, wie der weltlichen Obrigkeit auch. Beide Obrigkeiten – die weltliche und die geistliche – wurden einzig und allein durch menschliches Recht legitimiert. Zwischen menschlichem und göttlichem Recht bestand aber kein Gegensatz, vielmehr fand menschliches Recht im göttlichen erst seine eigentliche Legitimation – so, wie die innerliche Gemeinschaft nicht im Widerstreit mit der äußerlichen Kirche lag, sondern die äußerliche Kirche die Existenz der innerlichen

Gemeinschaft voraussetzte. Obwohl prinzipiell »Bischöfe und Presbyter untereinander gleich sind«, akzeptierte Martin noch, dass aus Gründen der *conventia,* der Übereinkunft und des Brauchs, »einer dem anderen vorgezogen« wurde, ließ also den Primat des Papstes als menschliche Übereinkunft noch gelten. Doch das hieß aber auch:

> *»Wenn der Primat des Papstes beginnen sollte, zum Schaden für die Kirche auszuschlagen, dann muss er ganz aus der Kirche entfernt werden, da menschliche Rechte und Gepflogenheiten der Kirche dienen müssen und nicht gegen die Kirche streiten dürfen.«*

Und Martin wies darauf hin, auf welch dünnem Eis sich die Päpste mit ihrem Primatsanspruch bewegten:

> *»Wenn das nicht geschieht, dann macht schon vor Gott menschliche Überlieferung Gottes Gebot ungültig. Deshalb sieh, an was für einem dünnen Faden die Tyrannei der römischen Schmeichler hängt, welche, indem sie versucht, sich durch göttliche Autorität zu stabilisieren, sich eben damit zutiefst selbst untergräbt.«*[138]

Am 28. Juni erhielt Martin Luther endlich vom Herzog die Zulassung zum Disput.

12.

Herzog Georg hatte für die Disputation die Hofstube auf der Pleißenburg ausgeräumt und zu einem veritablen Hörsaal herrichten lassen, zwei Katheder einander gegenübergestellt, die auf das Allerlieblichste mit Blumen geschmückt waren. Bänke und Tische für die Notare waren aufgestellt, damit sie die Disputation protokollieren konnten.[139] Ursprünglich wollte Eck auf italienische Art disputieren. Doch wenn schnell Argument auf Argument kam und die Disputation nicht protokolliert wurde, konnte jeder hinterher alles Mögliche behaupten. Deshalb setzten Karlstadt und Luther die deutsche Art zu disputieren durch. Jedes Argument und jedes Gegenargument sollten mitgeschrieben werden und ein Dokument den wahren Disputationsverlauf festhalten. Der Herzog hatte die Katheder und Bänke auch mit Teppichen schmücken lassen. Ecks Katheder wurde mit dem Bildnis Sankt Georgs, des Ritters, verziert, während vom Wittenberger Katheder das Konterfei des Ritters Sankt Martin leuchtete. »Der Doktor Eck meinte wohl, an den Wittenbergern zum Ritter zu werden und also wegen der Wittenberger zum Ritter geschlagen zu werden, wie er dann auch redlich von ihnen geschlagen worden ist, in und nach der Disputation.«[140]

Früh am Morgen begann die Disputation mit der Rede des Juristen Pistoris im Universitätssaal, anschließend fand ein Gottesdienst in der Thomaskirche statt, in dem die wirklich prachtvolle Messe *De sancto spiritu* erklang, die der Kantor Georg Rau eigens zu diesem Anlass für zwölf Stimmen komponiert hatte. Danach ging es zur Pleißenburg. Hätte Herzog

Georg nicht Wachen aufgestellt, die Ordnung schufen, wären in dem Gedränge etliche zu Tode gekommen. Bevor die Disputation begann, sang man das *Veni sancte spiritus.*

Die großen scholastischen Disputationen, aus denen Eck als wahrer Meister und gefürchteter Disputator hervorgegangen war, liefen nach einer ausgefeilten Dramaturgie ab, in der die Disputanten ihre Gegner mit Zitaten und Details zu überwältigen trachteten, um das Publikum zu beeindrucken und den Gegner herabzusetzen. Gleichzeitig suchte man, dem anderen Fallen zu stellen und die ausgelegten Schlingen des Kontrahenten zu umgehen oder sich aus ihnen elegant herauszuwinden.[141] Der großartige Leipziger Humanist Petrus Mosellanus legte in seiner Eröffnungsrede den Disputanten ans Herz, im Disput auf Effekte und rhetorische Tricks zu verzichten, und stattdessen einzig nach der Wahrheit zu suchen. Wie Petrus und Paulus, wie Gregor und Basilius oder wie Erasmus und Faber Stapulensis sollten die Kontrahenten ohne Ehrabschneidung und in größtem Respekt voreinander ihre Argumente vortragen und prüfen, allein der Suche nach der Wahrheit verpflichtet, was schließlich der Zweck des Disputs sei.[142]

In der ersten Runde vom 27. Juni bis zum 3. Juli disputierten Karlstadt und Eck zwei volle und zwei halbe Tage über den freien Willen und über die Mitwirkung des Menschen an der Gnade. Nach der ersten Disputation setzte Eck durch, dass Karlstadt keine Bücher mehr in die Disputation mitbringen durfte.

Der Herr Barnim von Pommern, Rektor der Wittenberger Universität, der mit nach Leipzig gekommen war, bat Martin, am 29. Juni in der Schlosskapelle zu Matthäus 16,18 zu predigen: »Du bist Petrus, und auf diesen Felsen will ich meine Gemeinde bauen«. Doch zur Predigt strömte so viel Volk herbei, dass die Predigt aus der kleineren Kapelle in die größere Disputationsarena verlegt werden musste. Martin gründete sie auf das Bekenntnis des Petrus: »Du bist Christus, des lebendigen Gottes Sohnes« und vor allem auf Jesu Antwort: »Fleisch und Blut hat dir das nicht offenbart, sondern mein Vater im Himmel.« (Matthäus 16 f.) Martins Predigt und das Aufsehen, das sie erregte, ärgerten Eck so sehr, dass er in drei Kirchen Gegenpredigten hielt. Die Stimmung näherte sich dem Siedepunkt.

Am 4. Juli trafen um 7.00 Uhr morgens – mit Spannung erwartet – endlich Luther und Eck in der zur Disputationsarena umgestalteten Hofstube der Pleißenburg aufeinander. Luther, der eigentlich vorhatte, über den Anlass der Disputation – also den Ablass – zu streiten und nicht über die Primatialgewalt des Papstes, sah sich durch Johannes Eck dann doch dazu gezwungen. Er machte Eck den Vorwurf, dieses Thema, das »nicht notwendig und außerordentlich gehässig ist«, auf die Tagesordnung gesetzt zu haben.[143] Routiniert und kaltschnäuzig zugleich verwahrte sich Eck dagegen und stellte sich nun selbst als Opfer dar, da er durch die 13. These des »ehrwürdigen Vaters«, also des Mönchs Martinus, genötigt wurde, aus christlicher Verantwortung über dieses Thema zu streiten. Damit definierte Eck von Anfang an seine Rolle als Verteidiger der Kirche und des Papstes gegen Irrlehren und Häresien. Das war geschickt und perfide. Denn wenn er, Eck, der Verteidiger der Kirche und der wahren Lehre war, konnte der Gegner nur ein Irrlehrer oder Häretiker sein, sonst bestünde keine Notwendigkeit für einen Disput.

Mit seiner ersten Protestation hatte Eck nicht auf der argumentativen Ebene, sondern auf der Metaebene der Moral Martin zum Häretiker erklärt, was es im Folgenden zu beweisen galt. Darin lag von Anfang an Ecks Plan und danach richtete sich seine rhetorische Strategie: Er wollte beweisen, dass Martin Luther ein Häretiker war, um die römischen Vorwürfe zu bestätigen und dem Verfahren gegen Martin Luther eine neue Dynamik durch neue Beweise für die Häresie des Wittenbergers zu verleihen. Gegen Martins Argument, dass Christus das Haupt der Kirche sei, konnte Eck nicht opponieren, so versuchte er unter Heranziehung von Schriftstellen und Väterzitaten darzustellen, dass Christus das Haupt der triumphierenden Kirche sei (*ecclesia triumphans*), aber in der streitenden Kirche (*ecclesia militans*) sei nach dem Vorbild der *ecclesia triumphans* eine entsprechende Hierarchie eingerichtet, eine Allein- oder Oberherrschaft (*monarchia*), die aus göttlichem Recht heraus operiere und an deren Spitze als Oberherrscher der Papst stehe. »Deshalb ist solche Ordnung auch von Christo auf der Erde eingesetzt ...«.[144] Doch genau hier begann der Dissens, denn Martin hatte bereits ausgeführt, dass der Papst das Oberhaupt der Kirche nach menschlichem, nicht aber nach göttlichem Recht sei. Aus göttlichem Recht heraus besitze die Kirche, ob *triumphans* oder *militans*, nur ein Oberhaupt – und zwar Christus. Dass der Primat des Papstes, der durch Übereinkommen oder durch Anmaßung, aus Tradition und Konvention entstanden war, so lange geduldet werden müsse, solange er gut für die Kirche sei, aber in dem Moment, in dem er göttliches Recht, den Glauben und die innerliche Gemeinschaft verletze, aufgegeben werden müsse, hatte er bereits dargelegt. Nun definierte er noch einmal deutlich seine Grundthese: »Eine oberste Herrschaft in der streitenden Kirche gebe ich zu ...« Gegen Eck gerichtet fügte er aber sofort hinzu: »... und dass ihr Haupt nicht ein Mensch sei, sondern Christus selbst, und zwar nach göttlichem Zeugnis«.[145] Ohne es explizit gesagt zu haben, lag die Schlussfolgerung auf der Hand. Nach göttlichem Recht konnte demzufolge der Papst nicht den Anspruch auf die Allein- oder Oberherrschaft in der streitenden Kirche erheben, denn diese Position nahm schon Christus ein. Dafür sprachen alle göttlichen Zeugnisse, die er zur Untermauerung seiner These anführte. Und nicht nur dies, *en passant* zeigte er, dass Ecks Beweise bei näherem Hinsehen entweder Martins Position bewiesen oder nichts zur Sache beitrugen.

In der Argumentation zeigte sich auf faszinierende Weise der Unterschied zwischen der scholastischen und der humanistischen Technik. Während Johann Eck sich auf eine Vielzahl von aus dem Kontext gerissenen Zitaten stützte, gelang es Martin, diesen Zitaten den Wert zu nehmen, indem er sie in den Kontext einordnete, in dem sie geäußert wurden, oder schlicht, indem er Eck nachwies, ihren sprachlichen Gehalt nicht verstanden zu haben. Beispielsweise führte Eck als vierten Beleg ein Zitat des Kirchenvaters Gregor von Nazianz dafür an, dass der Papst von Christus als der Oberherrscher der streitenden Kirche eingesetzt worden sei:

> *»So sagt Gregor von Nazianz in der Verteidigungsschrift (apologetico), dass die heiligen Geheimnisse nach der Gleiche des himmlischen Bildes gefeiert werden, durch welche wir auf Erden schlechterdings den himmlischen Ordnungen beigesellt werden. Denn was für ein Unding wäre es, dass die Kirche ohne Haupt sein sollte.«*[146]

Martin hielt dagegen:

> *»Das vierte Zeugnis, welches aus Gregor von Nazianz angeführt wird, dass wir durch die heiligen Geheimnisse den heiligen himmlischen Ordnungen beigestellt werden, – davon erkennt jeder, der die Grammatik versteht, dass darin nichts, weder von der heiligen Oberherrschaft, noch von dem Haupte gesagt ist. Was er nun hinzugefügt hat, es sei ein Unding, wenn die Kirche ohne Haupt wäre, das gestehe ich zu; aber als dies Haupt könnte selbst der Herr Doctor kein anderes Haupt setzen als Christum.«*[147]

In der Tat stand bei Gregor nichts vom Primat des Papstes und selbst eine Analogie ließ sich nicht bilden, weil Gregor über die Priester oder Theologen im Plural bzw. als Gattung gesprochen hatte.

Nach dem philologischen Treffer schlug Martin noch eine andere verblüffende Volte: Wenn ihr Haupt, »welches er den römischen Papst nennt, stirbt, wie er denn ein Mensch ist, so ist die Kirche schon ohne Haupt; wenn aber Christus unterdessen das Haupt der Kirche ist, bis ein anderer erwählt wird, ist es nicht weniger ein Unding, dass Christus dem lebenden Papste weiche, und dem toten folgte«.[148] Die subtile Konsequenz fiel Eck, der sich in Spott und Großsprecherei erging, nicht auf. Denn indem der Ingolstädter Christus aus der streitenden Kirche drängte und statt seiner den Papst inthronisierte, hatte er die *ecclesia militans* von der *ecclesia triumphans* getrennt, im Grund die Kirche der weltlichen Macht zuliebe säkularisiert. Weil Eck nicht ernsthaft bestreiten konnte, dass Christus das Haupt der Kirche ist, konstruierte er ein Unteroberhaupt, das unter dem Oberhaupt Christus die Kirche leite.[149] Nur bestritt Martin nicht die Möglichkeit eines Unteroberhauptes, allerdings verwahrte er sich dagegen, dass dessen Stellung auf göttlichem Recht fuße, zumal er aus der Schrift gezeigt hatte, dass die Apostel vor Christus gleich seien und Christus allen Aposteln die Nachfolge und damit die Schlüsselgewalt gegeben habe. »Wo auch immer ein Bischof sein mag, sei es zu Rom oder Eugubium oder Konstantinopel oder Regium oder Alexandria oder Thanis, so hat er ebenso viel Geltung und hat dasselbe Priestertum«[150], berief er sich auf den Brief des Heiligen Hieronymus.

Anhand vieler Zitate unternahm Eck den Versuch, das Gegenteil, nämlich den Primat des Papstes, zu bekräftigen. Und wieder kamen Martin die humanistische Bildung, vor allem die philologischen Kenntnisse zustatten, die sich in schöner Form mit seinen theologischen Einsichten, dem Schriftprinzip, vereinigten, wenn er in den Textsorten unterschied und ein hermeneutisches Grundprinzip für jede Disputation, aber auch für jede Textauslegung vertrat: »Ich leide es nicht, dass ich um eines geringeren beigebrachten Zeugnisses willen von einem größeren abstehen sollte, und es ist auch Hieronymus nicht so groß, dass ich um seinetwillen Paulus verlassen sollte ... Denn das Wort Gottes ist über alle Worte der Menschen.«[151] Zum ersten Mal vertrat er in Leipzig das Sola scriptura-Prinzip.

Mit Hilfe der Kirchenväter baute der Ingolstädter eine Gegenargumentation auf, mit der er die Gleichheit der Apostel verneinte und darauf setzte, dass Petrus den anderen Aposteln gegenüber einen Vorrang besitze. Denn verfügte Petrus über den Vorrang allen anderen Aposteln gegenüber, dann genössen diesen Vorrang natürlich auch alle Päpste gegenüber allen anderen Bischöfen. Davon fand Martin jedoch nichts in der Schrift und auch nichts in der frühen Geschichte. Er verwies auf die griechische Kirche, die christlich war und sich dennoch dem Papst zu Rom nicht unterworfen hatte, was zum Großen Morgenländischen Schisma geführt hatte. Nicht einmal Eck könne das Christentum der griechischen Kirche bestreiten. Das tat Eck auch nicht, sondern er baute jetzt die Falle auf, die er minutiös geplant hatte. Ausgehend von der berühmten Stelle in Matthäus 16,18: »Du bist Petrus, und auf diesen Felsen will ich meine Gemeinde bauen, und die Pforten der Hölle sollen sie nicht überwältigen«, behauptete Eck, dass »alle Heiligen« darin übereinstimmten, dass Petrus von Christus »die Oberherrschaft über die Kirche erhalten habe«.[152] Aus diesem Grund wurde, wie es im bereits zitierten Protokoll der Disputation weiter heißt, »unter den verdammten und verderblichen Irrtümern des Johann Wiclef auch dieser verdammt: Es ist nicht vonnöten zur Seligkeit, zu glauben, dass die römische Kirche die oberste sei unter den anderen. So wird unter den schädlichen Irrtümern des Johann Hus auch dieser erwähnt: Petrus ist nicht und war auch nicht das Haupt der heiligen römischen katholischen Kirche. Und ein anderer: Es ist nicht ein Fünklein eines Beweises da, dass Ein Haupt da sein müsse, welches die Kirche in geistlichen Dingen regiert, welches immer in der streitenden Kirche sein Wesen habe.« Genau diesen Standpunkt hatte für alle hörbar Martin vertreten – Vorstellungen, die von den Ketzern Wiclef und Hus gepredigt worden waren. Jetzt hatte Eck ihn dort, wo er ihn haben wollte: in der Ketzerecke.

Hatte Martin nach dem Gespräch mit Cajetan vor einem knappen dreiviertel Jahr noch an ein Konzil appelliert, so vertrat er nun – sogar von den Notaren protokolliert – Auffassungen, die ein vom Konzil zu Konstanz verurteilter Häretiker geäußert hatte. Ganz klar stand im Raum: Wer den Primat des Papstes nicht akzeptiert, ist ein Häretiker, ein Hussit. Deshalb hatte sich Eck in dem Disput mit Martin nicht um die Ablässe geschert, sondern hatte die 13. These, in der Martin unmissverständlich behauptet hatte, dass entgegen der Meinung, die römische Kirche sei höher als alle anderen, »die bewährten Geschichten von 1100 Jahren, der Text der göttlichen Schrift und der Beschluss des Konzils von Nicäa, welches von allem das heiligste ist« stünden, in den Mittelpunkt der Auseinandersetzung gestellt, um ihm einen Strick daraus zu drehen. Triumphierend maß Eck Martin: Wollte er sich von dem Verdacht der Häresie reinigen, würde er sich von seiner These distanzieren müssen. Der Ingolstädter strahlte seinem glanzvollen Sieg im Disput entgegen, denn gewinnen würde er auf jeden Fall. Entweder gab Luther seinen Irrtum zu oder Johann Eck würde als derjenige in die Geschichte eingehen, der diesen Häretiker überführt und unschädlich gemacht hatte. Sich eins mit der Macht zu wissen, auf der richtigen Seite zu stehen, zahlte sich immer aus.

Doch Martin, der inzwischen die Skrupellosigkeit seines Gegenübers kannte, nutzte die Zeit, die Ecks Redekränze ihm verschafften, für eine Entgegnung und fand sie. Mit fester und ruhiger Stimme distanzierte er sich von den »Anhängern der böhmischen Rotte« und warf Eck vor, dass er ihn nicht widerlege, sondern ihn lediglich verleumde, um sogleich den Spieß umzudrehen, denn schließlich bedeute Ecks Behauptung, der Primat des Papstes leite sich aus göttlichem Recht her, eine »unverschämte Gottlosigkeit«, weil er damit »so viele Tausende von Märtyrern und Heiligen, die man vierzehnhundert Jahre in der griechischen Kirche gehabt hat, aus der Kirche hinausstoße und jetzt nun gar auch die, welche im Himmel herrschen, hinunterzustürzen«[153] würde. Wenn der Primat tatsächlich ein göttliches Recht wäre, dann »wären alle Bischöfe von Alexandria, Konstantinopel, etliche der allerheiligsten Leute, als Gregor von Nazianz und sehr viele andere, verdammt, ketzerisch und böhmisch«.[154] Damit hatte Martin einen Punkt gemacht und den Kontrahenten der Blasphemie beschuldigt. Aber er verabscheute es, sich mit einem Trick aus der Affäre zu ziehen. Ob der Artikel, dass der Glaube an den Primat der Päpste nichts zur Seligkeit beitrage, von Wiclef oder Hus geäußert wurde, gehe ihn nichts an, denn Gregor von Nazianz oder Basilius der Große, die nicht an den Primat des Papstes geglaubt hatten, seien doch selig geworden. Oder wolle Eck das etwa bestreiten? Das Wahre wird nicht dadurch falsch, weil es die Falschen äußern. Die Aussage gilt, nicht das *argumentum ad hominem*, wodurch die Aussage durch die Person des Aussagenden an Wahrheitswert verliert. Eck brauche ihm nicht mit mittelalterlichen Dekreten zu kommen, denn kein Papst und kein Ketzermeister vermag »neue Artikel des Glaubens zu setzen«, sondern er kann einzig »nach den schon gegebenen« urteilen. Und dann warf er Eck den geistigen Fehdehandschuh hin: »Es kann auch ein gläubiger Christ nicht über die heilige Schrift hinaus gezwungen werden, welche eigentlich das göttliche Recht ist, wenn nicht eine neue und bewährte Offenbarung kommt.«[155] Doch nicht in dieser Äußerung sollte der Skandal bestehen, sondern in dem Satz und in dem Nachweis, dass sich unter den Artikeln des Johann Hus allerchristlichste und evangelische Artikel fänden und sie deshalb nicht alle ketzerisch seien. Auf den Einwand, sie seien vom Konzil in Konstanz verdammt worden, vergrößerte Martin den Skandal noch mit dem Satz: »Allein das behalte ich mir vor, was auch vorbehalten werden muss, das ein Concilium bisweilen geirrt habe und bisweilen irren könne, zumal in den Dingen, die nicht den Glauben betreffen. Auch hat ein Concilium nicht die Macht, neue Artikel im Glauben zu machen; sonst würden wir endlich so viele Artikel haben als Meinungen der Menschen.«[156] Da hielt es Eck, weil er glaubte, Martin als Häretiker, als Hussit zu entlarven, nicht länger auf seinem Platz. Er brüllte, dass er darauf antworten wolle, doch ließ das Martin nicht zu, weil Eck noch nicht an der Reihe war. Außer sich hielt der Ingolstädter, als er dann endlich opponieren durfte, dagegen: »Das sage ich euch, ehrwürdiger Vater, wenn ihr glaubt, ein rechtmäßig versammeltes Concilium könne irren und habe geirrt, so seid ihr mir wie ein Heide oder ein Zöllner. Was ein Ketzer ist, will ich jetzt nicht erörtern.«[157]

Luthers Worte klangen in der Tat unerhört, denn wenn einige Artikel von Johann Hus christlich waren und er für diese verurteilt worden war, dann hatte das Konzil zu Konstanz nicht nur geirrt, sondern einen Christen ermordet – und folglich eine Märtyrer erschaffen, doch so weit dachte Martin noch nicht. Da er inzwischen wusste, dass Eck seine Anschuldigungen verbreiten ließ, wagte Martin ein Novum, er wandte sich einmal in deutscher Sprache an das Publikum, weil er vernehme, dass er »bei dem gemeinen Manne ein sehr übles Gerücht habe«, nämlich, dass er es mit den hussitischen Ketzern hielte. Nicht den Primat verwerfe er, sondern die Behauptung, dass er aus göttlichem Recht bestehe.

Leipzig hatte in Martins Denken eine neue Dynamik entfaltet – wie zwei Jahre zuvor die Thesen »Wider die scholastische Philosophie«, die zu den Ablassthesen führte. Zwar disputierten Eck und er nach diesem Eklat noch brav über das Fegefeuer und es schloss sich ihrem Streitgespräch eine zweite, recht sophistische Diskussion zwischen Karlstadt und Eck an, doch hatte die Redeschlacht ihren Zenit überschritten und erschöpfte sich in Nachhutgefechten. Wahrscheinlich hätte sich die Disputation trotzdem noch eine Weile hingezogen, wenn nicht Kurfürst Joachim von Brandenburg sich angekündigt hätte, um mit seinem Gefolge in der Pleißenburg zu übernachten. Flugs wurde die Disputation für beendet erklärt und aus der Disputationsarena wieder die Hofstube. Kurfürst Joachim befand sich auf der Durchreise von Frankfurt am Main nach Berlin. Mit seinen Kollegen hatte er den Enkel Maximilians, den spanischen Karl, zum deutschen König gewählt. Ihm sollte Luther bald gegenüberstehen – in Worms.

13.

Die Leipziger Disputation behielt Martin Luther in schlechter Erinnerung. Leipzigs Theologen und Stadtobere, auch eine große Zahl von Studenten, hatten sich von Eck beeindrucken lassen, was auch damit zusammenhing, dass sie mit Ecks scholastischem Renommiertheater schon aus Gewohnheit mehr anzufangen wussten als mit Luthers humanistischer Methode. Mit der Kontroverse zwischen Jacob van Hoogstraten und Johannes Reuchlin, dem bedeutenden Hebraisten, Humanisten, Juristen und Diplomaten – zudem ein Verwandter Philipp Melanchthons –, war spätestens um 1510 an den Universitäten und in der gelehrten Öffentlichkeit Deutschlands der offene Kampf zwischen den Humanisten und den Scholastikern ausgebrochen.

»Die Leipziger haben uns in der Tat weder gegrüßt noch besucht und uns als ihre verhassten Feinde gehalten; ihn (Eck) begleiteten sie, hingen an ihm, gaben ihm Gastmähler, luden ihn ein, ja, beschenkten ihn mit einem Rock und haben den Camelot (feines Kammgarngewebe aus Ziegen- oder Kamelhaar) dazugegeben, ritten mit ihm spazieren, kurz alles, was sie erdenken konnten, haben sie vorgenommen, um uns zu beleidigen.«[158] So schrieb Martin, kaum in Wittenberg zurück, an Freund Spalatin. Die Parteinahme des einflussreichen Cäsar Pflug, seit 1502 Herzog Georgs Hofrat, und der Leipziger Theologen für Eck zeigte Wirkung. Pflug hatte an den Universitäten von Leipzig und Bologna studiert. Letztere galt auf juristischem Gebiet als führend. Seine Beherrschung der lateinischen und der griechischen Sprache trug ihm Anerkennung und Autorität ein. Konsequent hatte er seit 1493, als er den Prinzen

Friedrich, nachmaligen sächsischen Kurfürsten, auf dessen Pilgerreise nach Jerusalem begleitete, ein weit verzweigtes Verbindungsnetz geknüpft. Von seinem Vater hatte er umfangreiche Besitzungen geerbt, die er noch vergrößerte. Es fiel also ins Gewicht, dass Pflug es mit Eck hielt und Herzog Georg gegen die Wittenberger Theologie einnahm. Das gelang umso leichter, als Eck Martin Luther in die hussitische Ecke gedrängt hatte. Die »böhmische Häresie« war für Herzog Georg zu einem sehr persönlichen Trauma geworden, das einen bestimmenden Einfluss auf seine Erziehung ausgeübt hatte. Kurz vor seiner Geburt starb sein Großvater, der böhmische König Georg von Podiebrad, im Zustand der Exkommunikation. Papst Pius II. hatte ihn 1464 zum hussitischen Ketzer erklärt. Georgs Mutter, die Herzogin Sidonia von Sachsen, bemühte sich durch Buße, wozu der Erwerb von Ablässen und Reliquien gehörte, für ihren Vater die Strafen im Jenseits zu mildern. Sie soll nach seinem Tod sogar geschworen haben, wenn das Kind, das sie im Mutterleibe trug, ein Junge werde, ihn Georg zu nennen und ihn zum treuen Diener der Kirche zu erziehen – in der Hoffnung, dass der zweite Georg Vergebung für den ersten Georg erwirke. Vor den Augen des von seiner Mutter in heftiger Abneigung gegen alles, was nach Hussitentum aussah, erzogenen Fürsten erhob sich auf einmal mitten in dem von ihm ermöglichten Disput das Schreckensbild der hussitischen Ketzerei. Nach einem Essen, zu dem Martin Luther vom Herzog geladen worden war, stellte er nüchtern fest, dass der Herzog zwar über eine natürliche und lobenswerte Frömmigkeit verfüge, leider aber weniger seinem eigenen Urteil denn dem seiner Berater trauen würde. Damit war Pflug gemeint.

Johannes Eck nun tat nach der Leipziger Disputation alles, um der Fama seines Sieges aufzuhelfen. Gleichzeitig ließ er es sich noch eine Weile gut gehen in Leipzig. In einem Brief an die befreundeten Theologieprofessoren Georg Hauer und Franz Burkhard in Ingolstadt schwärmte er von den »Venereae Veneres«, den Venus-Priesterinnen, womit er wohl höflich Leipzigs Prostituierte umschrieb, und lobte die »omnino charitum civitas«, die überaus liebliche Stadt Leipzig. Neben solchen Vergnügungen fand er aber auch noch Zeit für eine weitere, kleine Disputation, die von den Leipziger Theologen ihm zuliebe ausgerichtet wurde und in der er seinem Kontrahenten, Magister Georg Held aus Forchheim, vorwarf, er »rieche nach Martin Luther«[159] – als wäre die Häresie Luthers erwiesen und der Magister würde sich mit seinen Ansichten in die Nähe eines Ketzers begeben. Im allgemeinen Verständnis gehörte übler Geruch zu den Attributen des Teufels.

Zeit fand sich auch für zwei handfeste und von großem Vernichtungswillen getriebene Angriffe auf Luther, ermächtigt dadurch, dass sich Johann Eck auf der Seite der Guten und Rechtgläubigen wähnte. An Kurfürst Friedrich den Weisen schrieb er über Luther:

> *»Es kommt bei den Christen übel an, wenn ein Einzelner sich anmaßt, den Sinn der Heiligen Schrift besser zu verstehen als sämtliche Kirchenväter zusammengenommen. Es ist auch schwer zu ertragen, dass er auch im Verlauf der Disputation betont hat, zahlreiche Artikel des JOHANNES HUS und der Böhmen, die durch das Konstanzer Konzil verdammt sind, seien sehr christlich und entsprächen dem Evangelium. Man kann sich vorstellen, wie das die Ketzer freut. Dass er mit vielen anderen leugnet, Petrus habe von Christus vor allen anderen Aposteln den Primat übertragen bekommen: hier mag Eure Kurfürstliche Gnaden als christlicher Fürst wohl abwägen, ob solche Auffassung in der Christenheit geduldet werden kann.«*

Damit fragte Eck, ob Friedrich der Weise, wenn er denn ein christlicher Fürst sein wolle, solche Auffassungen dulden könne und nicht stattdessen eifrig verfolgen müsse. Obwohl Eck seinen Gegner Luther bei dessen Landesherrn als Ketzer verdächtigt gemacht und den Fürsten aufgerufen hatte, gegen dessen angebliche Häresie vorzugehen, beteuerte er, nicht »den Doktor LUTHER verunglimpft und zu seinem Nachteil geschrieben haben« zu wollen.[160] Ja, was denn sonst? Allerdings hütete sich Eck hier noch, allzu deutlich zu werden. Noch hoffte er, den bedeutenden und mächtigen Kurfürsten auf seine Seite zu ziehen, die ja auch die Seite des Papstes und des römischen Klerus war. Nur zu gut wusste er allerdings auch, wie weit er davon entfernt war, hatte er sich doch schon in Augsburg im Jahr zuvor mehrmals vergeblich um eine Audienz beim Kurfürsten bemüht.

Ein zweiter Brief, ungleich schärfer im Ton, ging an den Prior des Kölner Dominikanerklosters, an den Inquisitor Jacob van Hoogstraten. In dem von Selbstlob triefenden Brief charakterisierte er Luther als »das Haupt dieses Skandals«, der das Volk »verführt und vergiftet«, und zwar »durch Druckschriften in der Volkssprache«. Derselbe Vorwurf war bereits zwei Jahrhunderte zuvor gegen einen anderen Mönch aus Erfurt erhoben worden, der »hauptsächlich vor dem einfachen Volke in seinen Predigten lehrte« und seine Ansichten »auch in Schriften niedergelegt hat.«[161] Und zwar auf Deutsch. Papst Johannes XXII. hatte ihm in der Bannbulle »In agro domenico« vorgeworfen, dass er »mehr wissen wollte, als nötig war, und nicht entsprechend der Besonnenheit und nach der Richtschnur des Glaubens« handele, weil er »sein Ohr von der Wahrheit abkehre und sich ›Erdichtungen‹ zuwende«.[162] In seiner vielleicht letzten Predigt entgegnete Meister Eckart:

> *»Auch wird man sagen, dass man solche Lehren nicht für Ungelehrte sprechen und schreiben solle. Dazu sage ich: Soll man nicht ungelehrte Leute lehren, so wird niemals wer gelehrt, und so kann niemand dann lehren oder schreiben. Denn darum belehrt man die Ungelehrten, dass sie aus Ungelehrten zu Gelehrten werden. Gäbe es nichts*

Neues, so würde nichts Altes. Die gesund sind, sagt unser Herr, bedürfen der Arznei nicht. Dazu ist der Arzt da, dass er die Kranken gesund mache. Ist aber jemand, der diese Worte unrecht versteht, was kann der Mensch dafür, der dieses Wort, das recht ist, recht äußert?«[163]

Eckart argumentierte mit der Verpflichtung, die Christen im Glauben zu unterweisen. Und Martin Luther sah es als seine Verantwortung an, allen Menschen das Wort Gottes zu bringen. Mehr und mehr ging er zur Verärgerung Roms, aber auch der Scholastiker, die sich dünkten, exklusiv zu sein, dazu über, seine Schriften in deutscher Sprache abzufassen, so dass sie von weiten Teilen des Bürgertums gelesen werden konnten – beispielsweise von einflussreichen Handwerksmeistern wie Albrecht Dürer oder Lucas Cranach. Und auch Martin wollte mehr wissen, als »nötig« war. Deshalb wunderte er sich über Eck, der zum Volk in den Predigten anders sprach, ja sogar gelegentlich das Gegenteil von dem sagte, was er in den Gelehrtenzirkeln und den Disputen äußerte. Von Karlstadt deswegen zur Rede gestellt, antwortete Eck, vollkommen mit sich im Reinen, dass man das gemeine Volk nicht lehren müsse, was sie, die Gelehrten, disputierten.

Aber der Vorwurf der Volksverhetzung präludierte erst die Anschuldigungen des Ingolstädters. Denn nun zählte er juristisch genau Luthers »Verbrechen« auf, die darin bestünden, dass er den Primat des Papstes aus göttlichem Recht leugne, einige Artikel des vom Konzil zum Ketzer erklärten Johann Hus für christlich hielte und behaupte, dass die Existenz des Fegefeuers nicht aus der Heiligen Schrift erwiesen werden könne. Von den Ablassthesen und den damit zusammenhängenden Fragen, die den Disput veranlasst hatten, war auch in diesem Brief keine Rede mehr. Ecks Versuche, das Fegefeuer, das in der Bibel wirklich nicht vorkommt, mit Bibelzitaten zu rechtfertigen, die mit dem Purgatorium so viel gemein hatten wie der Kaffeesatz mit dem Satz des Pythagoras, grenzten ans Hanebüchene und Lächerliche. Im Großen und Ganzen, auch wenn Papst Gregor der Große sich um das Fegefeuer bemüht hatte, hatte die Lehre vom Purgatorium mit der Alten Kirche kaum etwas zu tun, sondern wurde eigentlich erst im Mittelalter zum Lehr- und Glaubensinhalt.

Doch Eck wollte den Inquisitor Hoogstraten nicht nur auf der theologischen Ebene anspornen, gegen Luther vorzugehen, sondern es ging ihm auch darum, persönlichen Hass zu schüren. Was nicht schwerfiel. Nicht zufällig erwähnte er in seinem Brief, dass Luther die Bettelorden ablehne – also auch die Dominikaner, um anschließend Hoogstraten maliziös an eine weitaus tiefere Verletzung zu erinnern. An Eitelkeit stand der Inquisitor dem Ingolstädter Theologen in nichts nach. Doch verblüfft es, mit welchem Hass Eck ebenso über die Humanisten, die zu dieser Zeit auch Grammatiker genannt wurden, herfiel. Sie wurden zu den Hauptschuldigen, zu den Verursachern von Ungemach, Boshaftigkeit und Ketzerei hochstilisiert. Die Humanisten, die ihn bis zur Leipziger Disputation noch für einen der Ihren gehalten hatten, traf Ecks ganzer Hass. Für ihn war es »ganz sicher, dass die Horde der Grammatiker diese Irrtümer in die Kirche« hineintrug. Hoogstraten, der sich im Krieg gegen die Humanisten befand, behauptete in der Schrift gegen Johannes Reuchlin »Destructio Cabale«, dass Luther es niemals gewagt hätte, den Primat des Papstes in Frage zu stellen, wenn der Papst zuvor Reuchlins Umtrieben ein Ende gesetzt hätte. In der großen Auseinandersetzung zwischen Humanisten und Scholastikern im Dezennium von 1510 bis 1520 stellte sich Eck auf die Seite der herrschenden Scholastik. Noch 1517, vor den Ablassthesen und dem Streit zwischen Eck und Luther, nannte der Nürnberger Humanist und Patrizier Willibald Pirckheimer Luther und Eck in einem Atemzug und lobte sie als hervorragende Theologen in einer Schrift, die Reuchlin gegen Hoogstraten verteidigte.

Der Ingolstädter Theologe fühlte sich jedoch von den Humanisten zu wenig anerkannt. Und nach der Leipziger Disputation brach ihr Spott mit voller Wucht über Eck herein: Sie fanden, Eck habe sich bis auf die Knochen blamiert. Hatten auch die Leipziger Theologen, von denen der hochgebildete Mosellanus eine niederschmetternde Meinung hatte, Eck zum Sieger der Disputation erklärt, nützte das dem Ingolstädter wenig, denn die Wirkung ihrer Worte endete an Leipzigs Stadtgrenzen, ganz im Unterschied zur weitreichenden und vielfältigen Vernetzung unter den tonangebenden Humanisten, denen der Buchdruck als ideales Medium diente. Mosellanus und vor allem Melanchthons Schilderung der Disputation verbreiteten sich in ganz Deutschland. So wurde Eck zur Zielscheibe des Spotts. Um den Humanisten entgegenzutreten und Ecks Stern zum Leuchten zu bringen, verfasste Hieronymus Emser, inzwischen Hofgeistlicher, einen Bericht über die Leipziger Disputation und die böhmische Häresie, der in einer hohen Auflage gedruckt wurde. Auch Emser bestand auf dem Primat aus göttlichem Recht, ließ jedoch eine gewisse Offenheit und Versöhnungsbereitschaft durchblicken. Immer noch voller Ärger über den unklaren Ausgang der Disputation, verletzt vom Vorwurf der hussitischen Ketzerei und durch Ecks inquisitorisches Gebaren, polemisierte Martin scharf gegen Emser im »Zusatz zum Emserschen Steinbock«, worauf er auf Emsers Wappen anspielte. An das Essen mit Emser in Dresden ein Jahr zuvor, bei dem ein vor der Tür lauschender Dominikaner seine Worte über die Exkommunikationskraft des Papstes mitgeschrieben hatte, erinnerte er sich noch lebhaft, was die Heftigkeit der Entgegnung erklärt. Ausgelöscht schien hingegen die Erinnerung daran zu sein, dass Martin ausgerechnet Emser die erste Begegnung mit dem Werk Reuchlins verdankte. *Tempi passati.* In Humanistenkreisen hieß nach Martins heftiger Polemik der Dresdener fortan nur noch »Bock Emser«. Emsers Reaktion ließ nicht auf sich warten. Er nannte Luther einen hündischen Theologen. Martin, dem langsam bewusst wurde, dass diese Art der Polemik sich vom Gegenstand weit entfernt hatte, verzichtete auf eine Antwort. Allerdings stieg nun Johann Eck, dem es immer noch darum zu tun war, in der Propagandaschlacht um die Deutung der Disputation zu siegen, in den Zwist zwischen Luther und Emser ein und verfasste eine Polemik unter dem Titel: »Antwort für Emser gegen Luthers bösartige Jagd«, in der er allen Ernstes behauptete, dass ihm abgesehen von einigen »ungelehrten Kanonikern« alle Gelehrten zustimmten. Johannes Oekolampad publizierte daraufhin gegen Eck eine Philippika unter dem Titel »Antwort der ungelehrten Kanoniker an Eck«, die in ihrem ironischen Duktus an antike Vorbilder wie Cicero oder auch Juvenal oder Petronius, aber vor allem an die Narrenrede des Paulus im zweiten Brief an die Korinther (11,16–12,13) erinnerte: »Wir sind ungelehrt, denn wir dringen nicht in die allerinnerlichste Verborgenheit der göttlichen Majestät. Aber der große Apostel Paulus schämt sich auch nicht, dass er das nicht weiß, was du in deinem Buch Chrysopassus zusammenträgst.«[164] Oekolampad bezeichnete sich als Lutheraner, eine Bezeichnung, die künftig Martins Anhänger für sich reklamierten und die auch Martins Feinde gegen seine Freunde benutzten. Die evangelische Kirche wurde aus dem Geist des Luthertums geboren. Oekolampad erledigte Ecks Eitelkeit in einem Satz von ausgesuchter Boshaftigkeit: »Denn wie unglücklich es dir geht, wenn du dich mit gelehrten Leuten in Streit begibst, das ist daraus zu ermessen, dass sich auch die Ungelehrten nicht mehr vor dir fürchten.«[165] Mit anderen Worten: Eck hatte sich lächerlich gemacht und vermochte nicht einmal mehr, die Ungelehrten zu beeindrucken. Oekolampad, der bestens mit Ecks Feind, dem Domherrn Bernhard von Adelmann, bekannt war, beendete die Schrift mit der geharnischten Warnung, dass sich Eck nicht der trügerischen Hoffnung hingeben solle, den Sieg zu erlangen, denn »unser, der Ungelehrten, sind viel, und wie wohl wir nicht alle mit sophistischem Geschoss zu streiten vermögen, so können doch nicht wenige Gelehrte starke Spieße schleudern.«[166]

Eck hatte in seinem Brief an Hoogstraten bereits prophezeit, dass die Humanisten, »die Grammatiker«, Spott über ihn ergießen würden, wie sie es seit nunmehr neun Jahren mit Hoogstraten hielten. Mitten ins Herz von Ecks Eitelkeit traf der Vorwurf der »Grammatiker«, dass Eck nicht ein »Büchlein« verfasst habe, in dem ein elegantes Latein zu finden sei. Oekolampad scheute den Ausdruck »gröbste Barbarei« nicht. Auf gleicher Ebene hatten Crotus Rubeanus und Ulrich von Hutten die Kölner Scholastiker um Ortwin Gratius und Jacob van Hoogstraten in den Dunkelmännerbriefen verspottet, in denen sie ein barbarisches Latein parodierten und den Kölnern und ihren Anhängern unterstellten. Immer stärker geriet nun auch der Ingolstädter ins Visier der Spottlust der Humanisten. Lazarus Spengler publizierte die »Schutzrede für Luthers Lehre«.[167] In Erfurt und in Basel erschien die Satire »Eccius dedolatus« (Der enteckte Eck) unter dem Pseudonym Joannes Franciscus Cottalambergius Poeta Laureatus. Als Verfasser wurde der berühmte und allseits geachtete Nürnberger Patrizier und Humanist Willibald Pirckheimer vermutet, der in dieser Satire Eck dem sardonischen Gelächter preisgab. Der Eindruck drängt sich auf, dass diese Satire während eines feucht-fröhlichen Kolloquiums nach Humanistenart entstand. Eck sei nach seiner Rückkehr aus Leipzig erkrankt und habe daher Heilung in exzessivem Weingenuss gesucht. Die Hexe Canarias wurde beauftragt, den Theologen zu Leipzig einen Brief zu überbringen. Dort löste die Schilderung der Eckschen Unpässlichkeiten Mitleid aus, so dass sie einen Chirurgen auf einem fliegenden Ziegenbock nach Ingolstadt schickten. Der Arzt sah nur in einer höchst riskanten Operation, die Ent-Eckung genannt wurde, die Rettung. Dabei wurde der arme Eck mit Knüppeln geprügelt, ein Hundezahn wurde ihm ausgerissen. Man schor ihn, dann verabreichte man ihm einen Schlaftrunk und band ihn ans Bett. Nun erbrach er sich und schied theologische Schriften aus, auch seine Doktorwürde, und natürlich die Gelder, die er von den Fuggern im Zinsstreit kassiert hatte, nebst den Ablässen. Nachdem er enthäutet worden war, Geschwüre herausgeschnitten oder ausgebrannt waren, schritt man erfolgreich zur Entmannung und zur Bestreichung der Wunden mit Pech. All das verschaffte schließlich dem »enteckten« Eck Heilung. Ja, die Sitten waren rau! Verständlich, dass Johann Eck sich bemühte, Luther der Ketzerei zu überführen. Aber der Prozess gegen Luther war in Rom zum Erliegen gekommen und im Reich vergrößerte sich Luthers Anhängerschaft. Ecks Bruch mit den Humanisten war offenbar geworden, selbst der irenische Erasmus zeigte sich nun Eck gegenüber reserviert und Luther gegenüber freundlich. Der Ingolstädter befürchtete zudem, dass Leo X. einen »mittleren Weg«, also einen Kompromiss suchen würde, der am Ende Luther auf Kosten seines Renommees stärken würde. Die Feindschaft war in Todfeindschaft umgeschlagen.

Die Chronik der Ereignisse belegt, dass es Johann Eck spätestens seit der Publikation der zwölf Thesen gegen Karlstadt, die sich eigentlich gegen Luther richteten, darum ging, Ansehen zu erwerben und womöglich ein höheres Amt in der Kirche zu erlangen, indem er Luthers scharfen Ankläger gab. So diente ihm Jacob van Hoogstraten als Vorbild, der hatte seiner Karriere bereits in frühen Jahren mit großem Erfolg einen enormen Aufschwung verliehen durch den Kampf gegen Petrus von Ravenna und schließlich gegen Johannes Reuchlin. Hoogstratens Beispiel muss deshalb für Johann Eck allzu verlockend gewesen sein. Insofern war es nur folgerichtig und entsprach seinem Plan, dass er sich im Anschluss nach Rom begab, um dort dem Prozess gegen Luther eine neue Dynamik zu verleihen. Wollte er den Ketzer brennen sehen? Ja. Von hier aus gesehen wird der Brief an Hoogstraten zu einem außergewöhnlichen Dokument.

Damit der Kampf gegen das »Untier« in Deutschland nicht erlahmte, während er in Rom weilte, benötigte Eck jemanden, der den Kampf gegen Luther in Deutschland weiterführte. Keine bessere Besetzung für diese Aufgabe fand sich als Hoogstraten. Vorderhand bot der Kölner Inquisitor den Vorteil, dass er im Gegensatz zu Eck, der »die Pariser Hochschule nicht recht einschätzen konnte«, gute Beziehungen zur Sorbonne unterhielt, die ein Urteil über die Disputation fällen sollte. Deshalb drängte Eck ihn, seine Beziehungen zu Ecks Gunsten spielen zu lassen. »Die Sache selbst halte ich für so klar, dass es einer langen Diskussion nicht bedarf. Daher sollen die Pariser ohne Säumen auf die Eingabe des Fürsten hin entscheiden und beschließen, dass sie mit unserer Auffassung übereinstimmen.«[168] Nicht weniger wichtig war es für Eck, den mächtigen Inquisitor, der nicht nur zur Pariser, sondern auch zur Löwener Universität beste Beziehungen unterhielt, für die Jagd auf Martin zu gewinnen. Hoogstraten selbst befand sich zu dieser Zeit noch im Reuchlinstreit, der erst ein Jahr später beigelegt wurde. Wie schon berichtet, verband sich aus Sicht des päpstlichen Inquisitors die Causa Reuchlini mit der Causa Lutheri und wäre ohne Reuchlins milde und nachsichtige Behandlung seitens der römischen Kurie Luthers Angriff auf den Primat des Papstes gar nicht möglich gewesen. Hoogstraten hielt Reuchlin und Luther gleichermaßen für Häretiker. In der Tat lassen sich der Ablassstreit und die Leipziger Disputation nicht voneinander trennen, denn darin irrte Hoogstraten nicht, dass die gleichen Kräfte, die Reuchlin schützten und unterstützen, Luther ihre Hilfe angedeihen ließen. Was der Kölner indes nicht wissen konnte, war, dass Martin mit seinem wichtigsten Unterstützer am Hofe Friedrichs des Weisen, Georg Spalatin, über die Causa Reuchlini in Verbindung gekommen war.

Als Autor lernte Martin Johannes Reuchlin spätestens im Jahr 1504 kennen, als er Hieronymus Emser in einem der Vorlesungssäle des Collegium maius zuhörte, der über Reuchlins Drama »Sergius« sprach.[169] Reuchlin, der sich bereits in diesen Tagen einer soliden Berühmtheit unter den Humanisten erfreute, lobte man dafür, dass er das beste Latein diesseits der Alpen sprach, das selbst italienische Humanisten vor Neid erblassen ließ. Er stellte das Ideal klassischer Dreisprachigkeit dar, indem er Latein, Griechisch und Hebräisch perfekt beherrschte. Im »Sergius« verspottete Reuchlin den Augustinermönch und Ratgeber des württembergischen Herzogs Konrad Holzinger. Aus dessen Kopf wurde eine Reliquie hergestellt, die schon bald so große Macht über ihren Fürsten gewann, dass der Erlauchte dem Kopf jeden Wunsch erfüllte. Der heilige Kopf liebte Prostituierte. Das Wortspiel lag auf der Hand, dass der Kopf zum »Haupt jeder Zügellosigkeit« wurde, »das den Schwelgern, Schlemmern, Fressern und unwürdigen Menschen einen Schutz« bot.[170] Gegenstand von Reuchlins Spott wurden der ausufernde Reliquienkult und die Gier der Mönche. Doch gab er nicht der Kirche die Schuld, sondern einzelnen schlechten Menschen. Die Reform der Kirche wurde seit 1417 mit weitreichenden Vorschlägen diskutiert, wie sie beispielsweise in der *reformatio sigismundi* zum Ausdruck kamen. Doch sie kam nicht recht voran, was den Missständen immer neuen Raum eröffnete. So wurde die Reform Jahr für Jahr drängender.

Der große Streit, der sogar das Kunststück vollbrachte, die Humanisten im Kampf für eine gewisse Zeit zu vereinen, und in dem auch Martin Luther Position bezog, wurde von dem Kölner Juden Johannes Pfefferkorn, der zum Christentum übertrat, vom Zaun gebrochen. Pfefferkorns Missionsversuchen unter seinen ehemaligen Glaubensbrüdern, in die er sich mit wahrem Konvertiteneifer stürzte, blieb der Erfolg versagt. Ihre »Verstocktheit« führte er auf die jüdischen Bücher zurück und forderte deshalb in seinen Schriften die Juden auf, sich von ihren Büchern zu trennen. Diese Schriften, der »Juden Spiegel« 1507, die »Juden Beicht« 1508, das »Osternbuch« 1509 und der »Juden veindt«, ebenfalls 1509, erschienen auch auf Lateinisch.

Über Maximilians Schwester, Kunigunde von Bayern, fand Pfefferkorn das Gehör des Kaisers, den er in Padua traf, da Maximilian gerade einen Feldzug in Italien führte. Am 19. August 1509 ermächtigte der Kaiser Pfefferkorn, die Bücher der Juden zu konfiszieren, wenn sie die christliche Religion beleidigten oder im Widerspruch zum Gesetz des Mose oder der Propheten standen. Von Padua reiste Pfefferkorn nach Frankfurt am Main. In dieser Stadt, die unter der Hoheit des Mainzer Erzbischofs und Erzkanzlers des Reiches stand, existierte eine große und bedeutende jüdische Gemeinde. Die Frankfurter Juden beschwerten sich beim Erzbischof Uriel von Gemmingen, einem Fürsten, der eine gewisse Sympathie für die Humanisten hegte. Auf Veranlassung des Erzbischofs brach Pfefferkorn die Konfiskation der Bücher ab. Sowohl Uriel von Gemmingen, der monierte, dass Pfefferkorns Kenntnisse nicht für diese Aufgabe ausreichten, als auch die jüdische Gemeinde unterbreiteten ihre Beschwerde gegen Pfefferkorns Vorgehen dem Kaiser. Maximilian bevollmächtigte Uriel von Gemmingen, eine Kommission zu berufen, zu der Vertreter der Universitäten Erfurt, Mainz, Heidelberg und Köln gehörten. Außerdem wurden Jacob van Hoogstraten, der konvertierte ehemalige Rabbiner Victor von Carben und Johannes Reuchlin in das Gremium berufen. Allerdings wurden Pfefferkorn keine Beschränkungen auferlegt, so dass er munter weiter jüdische Bücher konfiszierte. Im Juni 1510, nachdem die Frankfurter Juden dem Kaiser versprochen hatten, dem Herzog von Braunschweig einen Kredit einzuräumen, ordnete Maximilian I. die Rückgabe aller konfiszierten Bücher an. Pfefferkorn wurde beim Kaiser erneut vorstellig, musste sich aber damit zufriedengeben, dass der Kaiser seine Entscheidung vom Votum der Kommission abhängig machte. Die Universität Heidelberg enthielt sich eines Urteils, die Mainzer gingen noch einen Schritt weiter, indem sie forderten, dass nicht nur der Talmud, sondern auch die Hebräische Bibel konfisziert werden müsse, weil nicht auszuschließen sei, dass die Juden den Text der Heiligen Schrift in diesen Ausgaben verfälscht hätten. Carbens Gutachten und das der Erfurter ist nicht bekannt.[171]

Über das Gutachten der Kölner Universität braucht hier nicht extra gehandelt werden, da es eine große Ähnlichkeit mit Hoogstraten Gutachten aufweist. Jacob van Hoogstraten stellte in seinem Gutachten klar, dass er in seiner Eigenschaft als päpstlicher Inquisitor urteile. Er votierte unter dem sprechenden Titel »Consulatio contra immundos libros Iudaeorum« dafür, gegen den Talmud vorzugehen, weil er Irrtümer, Lügen und Blasphemien enthalte, die sich gegen Christus und gegen das Gesetz des Mose richteten. Er legte dem Gutachten ein Exzerpt aus einem Traktat des Talmuds bei, um seine Behauptung zu belegen. Nicht nur den Talmud, sondern auch andere Schriften der Juden empfahl er einzuziehen und zu verbrennen. Dabei berief er sich auf die Urteile der Päpste Gregor IX. (1227–1241) und Innozenz IV. (1243–1254). Gregor hatte das Kirchenrecht mit der »Nova Compilatio Decretalium« erneuern lassen, die Eck auch in Leipzig für seine Argumentation heranzog und die Martin Luther als Beweis in der Frage des Primats verwarf. In den Dekretalien Gregors wurden die Bestimmungen gegen Ketzer verschärft und teilweise neuformuliert. Für Deutschland hatte Gregor als Inquisitor einen Psychopathen namens Konrad von Marburg eingesetzt, der von ein paar beherzten Adligen erschlagen wurde, weil das Ausmaß der Verfolgungen zu erheblicher Unruhe unter der Bevölkerung führte. Sich auf diese beiden Päpste stützend, forderte Hoogstraten, dass die Inquisition bei der Begutachtung der jüdischen Bücher sozusagen als Zensur hinzugezogen werde.

Um seinen Forderungen Nachdruck zu verleihen, führte er dem Kaiser anschaulich die negativen Folgen vor Augen, wenn man den Talmud nicht konfiszierte: Die Juden würden in ihrer *perfidia* – in ihrer Glaubenslosigkeit oder Gottlosigkeit – verharren und die Christen verwirren.[172]

Nur Reuchlin wandte sich eindeutig gegen die pauschale Beschlagnahmung hebräischer Literatur. Er gab zu bedenken, dass sowohl der Talmud als auch das kabbalistische Schrifttum die Wahrheit der christlichen Glaubenslehre bestätigten. Mehr noch, für ihn stellten gerade Kabbala und Talmud Brücken für die Juden zur Konversion zum Christentum dar. Juristisch wandte er ein, dass die Juden Mitbürger der Christen seien und deshalb der Talmud nur nach einem Gerichtsbeschluss konfisziert werden könne. Gegen die Bezeichnung Ketzer oder ketzerisch für die Juden oder für hebräische Bücher machte er geltend, dass die Juden schon deshalb keine Ketzer sein könnten, weil unter Ketzertum rechtlich der Abfall vom christlichen Glauben verstanden werde. Da aber die Juden zu keinem Zeitpunkt Christen gewesen seien, hätten sie folglich nicht vom christlichen Glauben abfallen können, mithin seien sie keine Ketzer und ihre Bücher nicht ketzerisch. Die Beschlagnahmung der Bücher sei schon deshalb nicht zu rechtfertigen, weil Pfefferkorns Kenntnis des Hebräischen zu große Mängel aufweise, als dass er überhaupt für diese Aufgabe in Betracht komme. Reuchlin unterschied zwischen jüdischen Propagandaschriften gegen das Christentum, die man einziehen dürfe, und dem Talmud, den Kommentaren und den Büchern, in denen es Hinweise auf Jesus gab; darunter befand sich eine große Gruppe von Schriften der jüdischen Mystik, die man den Juden lassen müsse.

Maximilian untersagte daraufhin weitere Konfiskationen und gab zu verstehen, dass er erst auf dem nächsten Reichstag eine Entscheidung in dieser Angelegenheit treffen werde. Der Jurist und Humanist Reuchlin stand beim Kaiser, der selbst im

Rahmen seiner Reichspropaganda enge Beziehungen zu den Humanisten unterhielt, im hohen Ansehen. Das Studium des Hebräischen hatte nicht nur innerhalb der Ad-Fontes-Bewegung (Bewegung zurück zu den Quellen) der Humanisten an Bedeutung gewonnen, sondern es versprach auch, in die Geheimnisse Gottes einzudringen. In den letzten Dezennien des 15. Jahrhunderts war in Verbindung mit dem Florentiner Neuplatonismus eine verstärkte Beschäftigung mit der Kabbala aufgekommen. Zu den großen Anregern gehörte der Philosoph Graf Pico della Mirandola, dessen Werke von den deutschen Humanisten eifrig rezipiert worden waren. Pico drang mit Hilfe eines getauften Juden in die Kabbala ein und stieß damit die Verwandlung der jüdischen Kabbala in eine christliche Kabbala an. Dabei ging er von der Vorstellung aus, dass die göttlichen Namen die Welt erschufen, weil sie Gestaltwerdungen Gottes waren. Gottes Sprache galt als Paradigma, seine Worte symbolisierten die Kräfte der Schöpfung, die Buchstaben die Elemente, und die Grammatik stand für die Architektur der Welt. Diese Sprache Gottes wurde auch »lingua adamica« genannt, die Sprache Adams. Denn in der Bibel heißt es, dass Gott Adam erstens zu seinem Ebenbilde schuf und zweitens alle Tiere zu ihm brachte, damit er ihnen Namen gebe. Durch den Sündenfall ging Adam dieser göttlichen Sprache verlustig. Die Kabbala bot Methoden an, wie die heiligen Zeichen Gottes zu entschlüsseln wären. Grob gesagt wies die Kabbala nun auch als christliche Kabbala den Weg zu Gott durch die Erkenntnis Gottes. Dass sich mit der Kenntnis der Mittel, mit denen es gelang, Gottes wirkmächtige Buchstaben zu entschlüsseln seien – immer unter der Voraussetzung, dass Gott durch die Sprache schuf –, auch die Wirklichkeit beeinflussen ließ und der Weg zur Weißen und auch zur Schwarzen Magie offenstand, versteht sich von selbst. Mose war von Gott in dieser Sprache unterrichtet worden. Und es kam noch besser: Er schrieb sie nieder in den Büchern Mose. Die hebräischen

Buchstaben der fünf Bücher Mose – Gnostiker wollten dann noch ein sechstes, siebtes und ein achtes Buch gefunden haben – stellten nach dieser Vorstellung auf einer verborgenen Ebene die Sprache Gottes dar. Pico vertrat die Ansicht, dass alle Theologien, auch die jüdische und die muslimische, sowie die Konzepte der heidnischen Philosophen letztendlich vom christlichen Gott sprachen – freilich in ihrer Sprache. Deshalb riet er nachdrücklich dazu, diese Anschauungen nicht zu verdammen, sondern ihnen geduldig zuzuhören, weil sie auf ihre eigene Weise von Gott sprächen. Im ausgehenden 15. und im 16. Jahrhundert kam es zu Übersetzungen kabbalistischer Texte aus dem Hebräischen ins Lateinische, die vor allem von Juden angefertigt wurden, die zum Christentum konvertierten. Bahnbrechend war die Veröffentlichung des kabbalistischen Werkes von Josef Gikatilla (1247–1305), der ein Zeitgenosse von Moses de León und Abraham Abulafia war, als dessen Schüler er gilt. Die Übersetzung stammte von Paulus Ricius, der es zum Leibarzt Kaiser Maximilians I. brachte und dafür geadelt wurde, so dass er hoch angesehen als ein Baron von Ritzenstein verstarb.

In Jahr 1494 hatte Johannes Reuchlin Pico in Florenz besucht. Von diesem Besuch brachte er ein lebenslanges Interesse für die Kabbala mit, wie sie sich in seinen Werken »De verbo mirifico« und »De arte cabbalistica« niederschlug. Martin Luther hatte sich in den ersten Jahren in Wittenberg gründlich mit diesem Werk auseinandergesetzt, ohne allerdings dessen waghalsigen Spekulationen viel abgewinnen zu können. Johannes Reuchlin ging äußerst kreativ zu Werke, als er die magische Vorstellung des Pentagramms aus der Kabbala entwickelte, indem er den Buchstaben *Shin,* der die Mitte des Namens Jesu bildete, in das Tetragramm JHWH hineinkomponierte, so dass daraus das Pentagramm JHSWH wurde. In seiner Schrift »De arte cabbalistica« schrieb Reuchlin, der Engel Raziel habe verkündet, dass der kommende Erlöser als

Mensch geboren werde und dass in seinem Namen i.e.u.h. (Jesu) das *Shin* als Buchstabe des Erbarmens in der Mitte erscheinen werde. Dadurch werde aus dem Tetragramm das Pentagramm, ein fünfzackiger Stern, dessen Zacken aus Dreiecken bestehen, die wiederum die Trinität symbolisierten.[173] In Deutschland – und nach Picos frühem Tod auch in Italien – ließ sich kein größerer Fachmann für die hebräische Literatur finden. Ohne Reuchlins hebräische Sprachlehre wäre Martin an der Übersetzung der Bibel verzweifelt.

Hoogstraten machte Reuchlins Gutachten Pfefferkorn zugänglich, der erbost über die Zweifel an seiner Kompetenz und verärgert über den Einbruch seiner Einnahmen im Jahr 1511 eine wüste Polemik gegen Reuchlin unter dem Titel »Handspiegel« publizierte. Noch im gleichen Jahr schrieb Reuchlin mit der Streitschrift »Augenspiegel« eine Replik darauf, die, kaum erschienen, dienstbeflissen mit dem Hinweis auf ihren ketzerischen Inhalt von dem Frankfurter Stadtpfarrer Petrus Meyer an Hoogstraten geschickt wurde. Der Inquisitor beauftragte die beiden Kölner Theologen Konrad Köllin und Arnold von Tongern mit der Prüfung des »Augenspiegels«. Natürlich ergab die Prüfung, dass Reuchlins Werk ketzerischen Inhaltes sei, und Hoogstraten intrigierte hinter den Kulissen mit Erfolg beim Kaiser gegen den Schwaben. Maximilian verbot am 7. Oktober 1512 Reuchlins »Augenspiegel«. Das versetzte den eigentlich maßvollen Reuchlin so in Zorn, dass er ein feuriges Pamphlet veröffentlichte, das im Juli 1513 ebenfalls vom Kaiser verboten wurde. Von den theologischen Fakultäten der Universitäten Löwen, Köln, Paris, Erfurt und Mainz trafen die erwünschten Gutachten gegen den »Augenspiegel« ein. Auf Hoogstratens Erfolg in Paris im Jahr 1513 spielte Eck an, wenn er den Inquisitor bat, an der Sorbonne tätig zu werden, damit die »Pariser Hochschule« im Urteil über die Leipziger Disputation für Eck entscheide.

Hoogstraten forderte in seiner Eigenschaft als Inquisitor Johannes Reuchlin auf, sich einem Tribunal in Mainz zu stellen. Doch Reuchlin hatte Glück: Giovanni de Medici, ein Florentiner, ging kurz zuvor als Papst Leo X. aus dem Konklave hervor und in Florenz, bei den Medici, besaß Reuchlins Name einen guten Klang. Giovannis Hauslehrer war Angelo Poliziano gewesen, ein Freund Marsilio Ficinos und Giovanni Pico della Mirandolas. Leo X. übertrug die Angelegenheit dem Bischof von Speyer, der seinen Generalvikar Thomas Truchseß von Wetzhausen, einen ehemaligen Schüler Reuchlins und Mann mit großer Bildung, mit der Prüfung beauftragte. Das bischöfliche Gericht in Speyer sprach Johannes Reuchlin am 29. März 1514 frei, verurteilte Hoogstraten zur Zahlung der Prozesskosten und gebot ihm ewiges Stillschweigen. Aber inzwischen traten auch die Humanisten mit ihren Beziehungen und Schriften für Johannes Reuchlin ein. In den sogenannten Dunkelmännerbriefen wurden die Kölner böse, derb, aber auch subtil von Crotus Rubeanus und Ulrich von Hutten verspottet, unter Pseudonym versteht sich, denn die Briefeschreiber – *vir obscuri* – schrieben unablässig ihren Idolen, Gratius, Jacob van Hoogstraten und Arnold von Tongern in so großer Einfalt und so banausischem Latein, dass sie dadurch die Adressaten der Briefe lächerlich machten. Sogar Hoogstratens Grabinschrift fand sich in einem, natürlich fingierten, Brief von Hoogstraten an Gratius, die der Inquisitor anlässlich eines Spaziergangs auf einem absichtlich von einem Passanten verlorenen Zettel gefunden hatte. Darin hieß es in einem banausischen Latein:

> *»Hier ruhet Hochstratus,/Ihn konnten im Leben ertragen nur die Bösen,/Nicht so die Guten:/Als er nun unwillig musste das Leben verlassen,/Da war er betrübt,/Dass er nicht Ärgeres Unheil gestiftet.«*[174]

In der Parodie fragte Hoogstraten Ortwin Gratius um Rat, ob er in der Grabinschrift gemeint sei, weil etwas von Hochstratus im Text stehe, denn er heiße auf Latein nicht Hochstratus sondern Jacobus de Altaplatea oder auf Deutsch Jacobus Hochstraten.[175]

Die Vorgänge um Johannes Reuchlin erfüllten bald schon Friedrich den Weisen mit Sorge, denn wenn sich die Kölner durchsetzten, dann wäre kein Professor einer Universität mehr sicher.

Auf andere, unvermutete Art bildete der Reuchlinstreit das Präludium einer großen Freundschaft. Der Kurfürst wünschte ein Gutachten in der Reuchlinsache. Über Johannes Lang, mit dem der Privatsekretär des Kurfürsten freundschaftlich verbunden war, wandte sich Georg Spalatin an den vom Kurfürsten gerade gelobten Bibelprofessor der Leucorea. Er bat Luther um seine Meinung, ob Johannes Reuchlin im Ruch der Ketzerei stehe. Reuchlins Hebräischlehrbuch hatte Luther in der Erforschung des Bibeltextes unverzichtbare Dienste geleistet und blieb unentbehrlich. Rundheraus erklärte er sich als nicht neutral, denn er schätzte Johannes Reuchlin und hielt ihn für ebenso unschuldig wie hochgelehrt. Ohne Zaudern werde er für den gelehrten Mann eintreten. Dann brachte er seine große Verwunderung über die Kölner zum Ausdruck, die anscheinend nichts Wichtigeres zu tun hätten, als einen »noch verwickelteren Knoten als den Gordischen in einer so glatten Binse« zu suchen. Im Vorgehen der Kölner identifizierte er die große Gefahr, die alle Humanisten aufgeschreckt und zur Parteinahme für Reuchlin bewogen hatte, auch wenn sie mit den Positionen des »Augenspiegels« nicht übereinstimmten. Hier ging es um Grundsätzliches, um die Freiheit der Meinungsäußerung: »Denn wenn solche Protestationen und Meinungen nicht von Gefahr frei sind, so werden wir fürchten müssen, diese Inquisitoren möchten etwa nach Belieben anfangen, Kamele zu verschlucken und Mücken zu seihen und die Rechtgläubigen für Ketzer zu erklären.«[176]

Im Jahr 1520 fand die Causa Reuchlini ihren formalen Abschluss. Nach einem langen Hin und Her wurde das Speyer-Urteil am 23. Juni 1520 vom Papst aufgehoben, aber Reuchlins »Augenspiegel« verboten.

Luther gehörte im Reuchlinstreit zu Hoogstratens Feinden und wurde eindeutig zu den Humanisten gezählt, von denen auch die Dunkelmännerbriefe verfasst worden waren. Was lag also für Eck näher, als sich nach der Disputation an den Kölner Inquisitor zu wenden? Und der Kölner Inquisitor verlor keine Zeit. Zustatten kam ihm, dass die Kölner Theologen bereits anhand der im Herbst 1518 bei Froben in Basel erschienenen Ausgabe mit Schriften von Martin Luther an der Verurteilung der Irrtümer des Wittenbergers saßen. Am 30. August 1519 lag ihre Verurteilung lutherischer Sätze vor. Hoogstraten begab sich im Oktober 1519 nach Löwen, um mit dem Bischof von Lüttich, Erhard von der Mark, der als luthernah galt, zu reden. Außerdem lebte in dieser Zeit Erasmus noch in Löwen, bevor er dann nach Basel ging. Sowohl der Bischof als auch Erasmus distanzierten sich von Luther, wobei Erasmus gerade an einer Schrift gegen Luthers Auffassung vom freien Willen saß. In der Tat barg die Frage des freien Willens ungeheure Sprengkraft und sollte zum Zerbrechen des fragilen Bündnisses zwischen lutherischer Theologie und erasmischem Humanismus führen. Der Lütticher Bischof empfahl Hoogstraten, sich an den Kardinal von Tortosa, Adrian von Utrecht, den früheren Erzieher Karls, zu wenden. Mit Adrians Vorwort erschien am 7. November die Verurteilung der Irrtümer Luthers, doch machte keine der beiden Stellungnahmen auf ihn den geringsten Eindruck. Aus seiner Sicht gaben sie nur ein trauriges Beispiel der geistigen Verwahrlosung der Universitäten ab, die sich in einem Labyrinth von Irrtümern befanden.

Er atmete erleichtert auf, als er Leipzig Richtung Worms verließ.

14.

Auf dem Weg nach Naumburg hatte sie die Kunde ihres Kommens überholt. Einige Bürger eilten der kleinen Reisegesellschaft entgegen, andere säumten die Straßen. Auf dem Marktplatz hielt die Kutsche vor einer großen Baustelle. Die Größe, Pracht und Lage des Gebäudes, das in seinen Ausmaßen schon Gestalt angenommen hatte, verrieten Martin, dass sich die Naumburger ein neues Rathaus gönnten, so ganz und gar im Stil der neuen Zeit. Über Naumburg wachte der Dom und über dem Dom die Stifterfiguren, vor allem aber das Bildnis der Uta, die wie keine Zweite den mitteldeutschen Eigensinn repräsentierte. Bürgermeister Grässler empfing die Gäste in seiner pelzbesetzten Prachtschaube, über die sich die große Amtskette legte und sich im Amulett vor der Brust schloss. Inmitten seiner Ratsherren ehrte er die Gäste nicht nur mit dem üblichen Weingeschenk, sondern lud sie auch zum Essen ein. Nachdem der Bürgermeister geredet und Martin und der Reichsherold sich artig für den freundlichen Empfang bedankt hatten, kämpfte sich ein Priester aus der Menge der Schaulustigen, hielt auf Martin zu und stellte sich als Johann Langer vor. Er beschwor Martin, bei der erkannten Wahrheit auf breitem Fuße auszuhalten, denn sein Gott werde auch in diesem Fall mit ihm sein und fest zu ihm stehen. Dann schenkte er ihm einen Holzschnitt, auf dem der Prediger Savonarola zu sehen war.[177] Der einflussreiche Florentiner Bußprediger starb auf Befehl Papst Alexander VI. im Mai 1498 in den Flammen des Scheiterhaufens.

Das als Bestärkung gedachte Geschenk rief jedoch in Martin eine zwiespältige Wirkung hervor. Es erinnerte ihn daran, dass sowohl Johann Hus als auch Girolamo Savonarola, die sich gegenüber dem Papst auf ihren Glauben berufen hatten, letztlich den Feuertod gefunden hatten. War es richtig, der Einladung des Kaisers zu folgen? Erst am Ende des Weges würde er das wissen. Vor dem Essen zog er sich von den Freunden zurück. Vielleicht ging er durch den sonnigen Frühlingstag, in den sich die erste Kühle des Abends mischte, zum Dom, dessen vier Türme sich selbstbewusst in den Himmel reckten, zog sich in eine Ecke zurück und dachte womöglich an eine Stelle in der Passion des Matthäus, in der von Jesus im Garten Gethsemane berichtet wird: »Da kam Jesus mit ihnen zu einem Garten, der hieß Gethsemane, und sprach zu den Jüngern: Setzt euch hierher, solange ich dorthin gehe und bete. Und er nahm mit sich Petrus und die zwei Söhne des Zebedäus und fing an zu trauern und zu zagen. Da sprach Jesus zu ihnen: Meine Seele ist betrübt bis an den Tod; bleibt hier und wachet mit mir!«[178] Denkbar, dass er im Gebet an Christi Worte dachte, als der Herr allein war, weil Petrus und die beiden Söhne des Zebedäus der Schlaf übermannt hatte: »Und er ging ein wenig weiter, fiel nieder auf sein Angesicht und betete und sprach: Mein Vater, ist's möglich, so gehe dieser Kelch an mir vorüber; doch nicht, wie ich will, sondern wie du willst! Und er kam zu seinen Jüngern und fand sie schlafend und sprach zu Petrus: Konntet ihr denn nicht eine Stunde mit mir wachen?«[179] Ihm dürfte in seinem Winkel im großen Dom bewusst gewesen sein, dass die Freunde ihn auf seinem Weg begleiten konnten, nicht jedoch in seiner Passion. Am Ende bleibt der Mensch allein, man stirbt nicht in Gesellschaft, sondern immer nur für sich. Die Ängste drückten auf seinen Magen, aufs Gedärm – dorthin, wo der Teufel saß, der von den Ängsten und den Sorgen der Menschen lebte, die ihn fett und vergnügt machten. Wohin der Heilige Geist den Menschen führt und welche Mittel er dabei anzuwenden pflegt, ist schon oft sehr wundersam. Der Ingolstädter Theologe hatte ihm die letzten Illusionen über den Papst genommen und ihm die Augen darüber geöffnet, wie sehr er in seinen Anschauungen über die Kirche Johann Hus ähnelte.

Überdies erreichten die Nachrichten über die Disputation zu Leipzig, besonders über Luthers Ansichten zum Konzil zu Konstanz Böhmen und stießen dort auf lebhaftestes Interesse. Den Brief, den der Propst des karolinischen Kollegs in Prag, Wenzel von Rozdalowski, und der Priester der Kirche der Jungfrau Maria vor dem Teyn, Johann Poduska, an ihn schrieben, erhielt er zwar erst im Oktober, aber der böhmische Orgelbauer Jakubek, der zu dieser Zeit in Leipzig wirkte und Zeuge der Disputation geworden war, teilte Rozdalowsky mit, dass Luther kein Buch von Johann Hus besitze. Daraufhin sandte der Prager Propst das Hauptwerk des Johann Hus »Über die Kirche« an Martin, der es sofort mit angehaltenem Atem las. Jetzt erst begriff er, worauf Eck anspielte, weil er durch die Lektüre des Böhmen erkannte, wie nahe sie einander in manchem standen. Eck hatte ihn erst auf die Werke des Böhmen, die Luther nur aus den Konzilsakten kannte, gestoßen. Und der rieb sich bei der Lektüre heftig die Augen: »Ich habe bisher unbewusst alle Dinge des Johann Hus gelehrt und gehalten; auch Johann Staupitz hat sie in derselben Unwissenheit gelehrt.« Die große Überraschung springt aus Martins Zeilen an Freund Spalatin: »Kurz, wir alle sind unbewusst Hussiten«. Damit nicht genug, das große Staunen ließ ihn ausrufen: »Ja, Paulus und Augustinus sind ganz richtige Hussiten.«[180] Luther nannte ihn den »böhmischen Führer und Lehrer«.[181] In diesem Brief vom Februar 1520 ist Luthers Bruch mit der römischen Kirche und dem Papst dokumentiert: »Ich weiß vor Staunen nicht, was ich denken soll, indem ich so schreckliche Gerichte Gottes an den Menschen sehe, dass die ganze offenbare evangelische Wahrheit, nun schon vor mehr als hundert Jahren öffentlich verbrannt, für verdammt gehalten wird, und man diese nicht bekennen darf.«[182] Doch Martin Luther träumte nicht, noch schwelgte er in Verbalradikalismen, auch machte er sich nun keine Illusionen mehr über den schweren Weg, der ihm bevorstand – und übrigens auch allen, die mit ihm gingen und ihn unterstützten. Es würde ein erbitterter Kampf werden: »Du hüte dich daher, dass du nicht glaubst, dass Christus auf Erden mit Frieden und Annehmlichkeit gefördert werde, da du siehst, dass er mit seinem eigenen Blute gekämpft habe, und nach ihm alle Märtyrer.« Innerlich identifizierte er sich in diesen Wochen und Monaten mit den Jüngern Jesu, den Aposteln. Dabei kam ihm Jesu Wort in der Sinn: »Ihr sollt nicht meinen, dass ich gekommen bin, Frieden zu bringen auf die Erde. Ich bin nicht gekommen, Frieden zu bringen, sondern das Schwert.«[183] Ja, das erfuhr er nun. Jesus nachzufolgen war keine bequeme Sache.

Am 5. April traf Martin Luther in Weimar ein, wieder begrüßt vom Volk, aber auch von seines Kurfürsten Bruder Johann, für dessen Sohn Johann Friedrich er das Magnifikat übersetzt und kommentiert hatte. Doch die Nachrichten, die dort die Reisegesellschaft erwarteten, riefen tiefe Beunruhigung hervor. In Weimar drang das »Geschrei« an seine Ohren, »Doctor Martinus sei bereits zu Worms, und seine Bücher verdammt«.[184] In der Tat hatte des jungen Kaisers Großkanzler, der Piemonteser Marchese Mercurino Arborio di Gattinara, im Einklang mit dem Hofrat Kaiser Karls V. am 26. oder 27. März 1521 das sogenannte Sequestrationsmandat veröffentlich – einen Verwaltungserlass mit der Anweisung, alle Bücher Martin Luthers einzuziehen und zu verbrennen, da der Papst Luthers Lehre schon verworfen habe. Damit nicht genug, verkündete Gattinara, dass der Reichstag keinerlei Reform im Glauben akzeptieren werde und Luther daher nur zum Widerruf nach Worms komme. Das hatte in der Einladung des Kaisers noch anders geklungen, da wünschte man noch Aufklärung vom Wittenberger Theologen. Nun wollte man ihn plötzlich nicht mehr befragen, sondern nur noch seinen Widerruf entgegennehmen. Jetzt wurde deutlich – auch für Luther –, dass es nicht allein um die Erneuerung im Glauben ging, sondern auch um die deutsche Sache – darum, dass sich die Nation bilden wollte und sich gegen die Ausplünderung einer sie beherrschenden europäischen Zentralgewalt wehrte. Gattinara, der Großkanzler aller Länder und Königreiche, träumte hingegen von einer universellen Monarchie – einem Kaiser, der sich um deutsche Befindlichkeiten nicht scherte, sondern lediglich an der Höhe der Steuergelder aus Deutschland interessiert war. Im Rahmen einer *iura imperialia* beabsichtigte der Großkanzler aller Länder und Königreiche, Karl zum Weltenherrscher, zum Kaiser des Dominium Mundi zu erheben. Ein paar Monate später, im August, sollte Hernandez Cortez Mexiko unterwerfen und beginnen, die Neue Welt zu erobern. Insofern beschränkte sich Karls Herrschaft nicht auf Europa. In Europa galt Karl bereits als der Erste Fürst. Er herrschte über das Reich, über Spanien, über die Niederlande, über Teile Polens, wurde aber in der Entfaltung seiner Macht empfindlich von den Königen vor allem Frankreichs, aber auch Englands gehindert. In diesen Ländern hatte sich ein Nationalkönigtum herausbildete und der Prozess der Entstehung der Nationen nahm rasant an Fahrt auf. Die Modernisierung, die einsetzte, bedeutete einen Bruch, einen Paradigmenwechsel. In Europa konkurrierten die entstehenden Nationen mit der paneuropäischen Herrschaft des Imperiums. In Deutschland blieb das Konzept der Nation, das wesentlich zum Aufstieg Europas in der Neuzeit beitrug, auf der intellektuellen Ebene stecken, fand aber in gewissem Maße in der alten »deutschen Libertet«, die sich schließlich in den Föderalismus übersetzen sollte, seine Entsprechung. Den Großkanzler Gattinara leiteten weniger religiöse Motive im Kampf gegen Luther, sondern politische, denn er erkannte in Luthers Reform das Potential der Sezession der »guten Deutschen«.

Die Nachrichten meldeten, dass über Martin Luther der Stab schon gebrochen war: Widerruf oder Feuertod. In diesem Fall würde ihn auch Friedrich der Weise nicht mehr schützen können. Im Kreis der Freunde, der sich vergrößert hatte, weil Justus Jonas, damals noch Jurist, aus Erfurt zu ihnen gestoßen war, herrschte Ratlosigkeit. In das Schweigen hinein stellte schließlich der Reichsherold, die entscheidende Frage: »Herr Doctor, wollt ihr fortziehen?«[185]

Inzwischen hatten sich nach der Wahl Karls zum römisch-deutschen König am 28. Juni 1519 und seiner Kaiserkrönung am 23. Oktober 1520 die diplomatischen Bemühungen der Kurie um Friedrich den Weisen erledigt. Man musste in dieser Sache nicht mehr auf den sächsischen Kurfürsten Rücksicht nehmen. Darum drängte nun der einflussreiche Kardinal Giulio de Medici – ein Vetter von Leo X. und Vizekanzler der Kirche sowie Kämmerer des Heiligen Kollegiums – auf den Abschluss der Luthersache. Man durfte dem Treiben des Mönchs nicht weiter tatenlos zuschauen. Am 9. Januar 1520 hatte der Papst in einem öffentlichen Konsistorium die Wiederaufnahme des Prozesses gegen Luther befohlen. Neu war, dass es nun nicht nur gegen Luther, sondern auch gegen dessen Schutzherrn Friedrich den Weisen gehen sollte. Ein Kurialer warf dem sächsischen Kurfürsten vor, dass seine »Hartnäckigkeit, Grausamkeit und Tyrannei ein schwer zu löschendes Feuer entzünde. Es sei zu fürchten, dass der Kurfürst in Verbindung mit den Todfeinden der Priester und des Heiligen Stuhles durch deren Irrtümer ganz Deutschland verführen werde.«[186] Es galt jetzt, gegen die Hydra einzuschreiten.[187] Nun geriet der Kurfürst in das Visier der Kurie,[188] und das nicht nur, weil er Luther schützte, was aus römischer Sicht schon schlimm genug war, sondern auch, weil er den römischen Zentralisationsgelüsten und den römischen Geldforderungen, wie sie die projektierte Türkensteuer darstellte, ablehnend gegenüberstand. Überdies wollte er die Gravamina der deutschen Nation von Rom beantwortet wissen, wie er auf dem Reichstag zu Augsburg deutlich gezeigt hatte. Das Wachsen des deutschen Nationalbewusstseins, von den Humanisten befördert, verband sich mit der Frage der Freiheit des Christenmenschen und der Sezession von Rom. Auch wenn Friedrich keinen Bruch mit der römischen Kurie anstrebte, besaß er doch ein untrügliches Gespür für seine Pflicht als Landesvater, der sein Volk vor römischer Ausplünderung zu schützen hatte. Und als Christ stand für ihn nicht die Institution Kirche, sondern der Glaube im Mittelpunkt.

Aber noch etwas anderes spielte in der komplexen Gemengelage eine Rolle. Sowohl Friedrich als auch Albrecht von Mainz sowie der Medici Leo X. gehörten einer Elite an, die über vergleichbare Bildung verfügten. Friedrichs jüngerer Bruder war bis zu seinem frühen Tod 1513 Erzbischof von Magdeburg und Administrator von Halberstadt – und in beidem der Vorgänger Albrechts von Mainz. Es hing lediglich an der Reihenfolge der Geburt, ob die geistliche oder die weltliche Laufbahn verfolgt wurde, ob man – wie im Fall der beiden Ernestiner – Kurfürst oder Erzbischof wurde. Folglich agierten die Vertreter beider Ämter – des weltlichen und des geistlichen – politisch. Selbst der Papst handelte nicht nur als geistlicher Führer, sondern als Oberhaupt des Kirchenstaates auch als weltlicher Feudalherr. An Julius II., der sich in den Raufereien im Latium, in den Marken, in der Emiglia Romagna, in der Toskana und in Venetien handgemein mit den weltlichen Mächten gemacht hatte, war das in militanter Weise deutlich geworden. Luther hatte den *nervus rerum* getroffen, als er den Päpsten das Recht absprach, sich zur Durchsetzung ihrer weltlichen Interessen geistlicher Strafen wie der Exkommunikation zu bedienen. Darum war die Causa Lutheri von Anfang an für Friedrich auch eine Frage sächsischer Souveränität und für

Rom ein durchaus ganz weltlicher Machtstreit. Allerdings war ein offener Konflikt mit dem Kurfürsten letztlich nicht ratsam, weil der zu ungeahnten Solidarisierungseffekten unter den Deutschen führen konnte. Also hatte man beschlossen, auf unterschiedlichen Wegen gegen den Kurfürsten und gegen den eigensinnigen Mönch vorzugehen. Doch eines wurde immer klarer: dass sich das ganze Problem in der Person Luthers, die zum Symbol der deutschen Libertet wurde, zuspitzte.

Die erste Kommission, die vor allem aus Franziskanern bestand, hatte im Eifer die Angelegenheit überstürzt, zumal sie sich allein auf die Gutachten aus Löwen und Köln stützte. Am 11. Februar war deshalb eine zweite Kommission, die personell weiter gefasst war, gebildet worden. Diese Kommission, die wieder unter dem Vorsitz der Kardinäle Accolti und Cajetan stand, ging zurückhaltender zu Werke und versuchte sich differenziert mit Luthers Theologie auseinanderzusetzen. Pietro Accolti, wie der Papst und Kardinal Giulio de Medici ein Florentiner, hatte in Pisa und in Bologna die Rechte studiert und galt als im Kirchenrecht versiert. So standen der Kommission ein Theologe und eine Kanoniker vor.

Cajetan hatte zur Mäßigung aufgerufen, indem er warnte, dass ein Irrtum noch nicht den Tatbestand der Häresie erfülle. Der exzellente Thomist pochte auf die Verhältnismäßigkeit und auf ein gründlich abgewogenes Urteil. Von jeher wertete man zumindest in Rom die Rückführung des verlorenen, nun aber reuigen Schafes als Sieg, die Hinrichtung des verstockten Ketzers, den man nicht zur Umkehr zu bewegen vermocht hatte, dementsprechend als Niederlage. Man wollte mit Luther keinen Märtyrer schaffen, nur zu gut erinnerte man sich daran, dass die Exekution des Johann Hus auf dem Scheiterhaufen zu Konstanz den »Ketzer« zum böhmischen Nationalheiligen gemacht und die Hussitenbewegung, die nach ganz Mitteleuropa ausstrahlte, erst hervorbracht hatte. Deshalb beschloss man, die Person Luthers zu schonen, stattdessen seine Theologie zu beurteilen und sie hinsichtlich ihrer Verwerflichkeit zu graduieren – also zwischen verderblich und häretisch zu unterscheiden. Damit hatte die Kommission ein sehr niedrigschwelliges Verfahren gewählt. Luther hätte dabei mit einem Widerruf sogar sein Gesicht wahren können, denn Widerrufe galten nicht als ehrenrührig, sondern wurden von den meisten Betroffenen eher als formale Angelegenheit betrachtet.

Parallel zur Arbeit der Kommission zur Bewertung von Luthers Theologie hatte sich Gabrielle della Volta, Generalprior der Augustiner-Eremiten, an Johann von Staupitz gewandt, um die ordensinternen Verhandlungen über Martin Luther wieder aufzunehmen. Die Botschaft lautete: Wenn Luther künftig schweige, vor allem zum Primat des Papstes, könne die Angelegenheit aus der Welt geschafft werden. Weil Luthers Äußerungen dem Orden schwer geschadet und ihn mit dem Makel der Ketzerei befleckt haben, solle Johann von Staupitz, von dem bekannt war, dass er großen Einfluss auf Luther besaß, seinen Schützling zum Einlenken bewegen. Andernfalls könnten die deutschen Observanten des Ordens ihrer Privilegien verlustig gehen. Staupitz wusste aber wohl, dass er Martin nicht würde umstimmen können. Im Grunde saß er zwischen den Stühlen: Einerseits teilte er viele Vorstellungen seines Schülers, andererseits schreckte ihn dessen Kompromisslosigkeit – vor allem im Hinblick auf das Papstamt, denn es lag ihm bei aller Kritik fern, die Einheit der Kirche zu gefährden. In dieser ausweglosen Situation trat er als Generalvikar zurück. Noch ging es um möglichst geräuschlose Schadensbegrenzung. Die Kommission empfahl eine Bulle gegen Luthers Lehren zu publizieren. Da der Medici-Papst wie schon erwähnt inzwischen von politischen Rücksichten befreit war, hatte sich seine Beurteilung der Situation völlig geändert. Das behutsame Vorgehen der Kommission missfiel ihm – und in dieser Unzufriedenheit wurde er von seinem Vetter noch bestärkt. In einem Gemälde von Raffael steht rechts neben dem Papst der Kardinal Giulio de Medici, den Kopf leicht zu seinem Vetter gewandt – so, als spreche er ihm etwas ins Ohr.

Leo X. hatte schließlich Johannes Eck, der so sehr auf sich aufmerksam gemacht hatte, zum Protonotar berufen und nach Rom gebeten. – Ein Protonotar stand eigentlich einer päpstlichen Kanzlei vor, aber der Titel des Protonotars wurde auch als Ehrentitel verliehen, um einen Prälaten auszuzeichnen. – Befriedigt, dass seine Berichte und Warnungen in der Ewigen Stadt endlich Gehör fanden und er nun die Rolle spielen durfte, die er seiner Bedeutung für angemessen hielt, war er am 18. Januar aus Ingolstadt nach Rom abgereist.[189] Ins Reisegepäck legte er das Manuskript seiner voluminösen Schrift: »De primatu Petri«, worin er noch einmal versuchte, was ihm in der Disputation versagte geblieben war: zu siegen. Inhaltlich bot sie nichts Neues und hätte deshalb auch den Titel tragen können: »Was ich zur Leipziger Disputation gegen Luther gesagt habe und was ich gesagt haben wollte«. Am 3. Mai schrieb er aus Rom an Johann Fabri: »Es war gut, zum jetzigen Zeitpunkt nach Rom zu kommen, da andere die lutherischen Irrtümer zu wenig kennen.«[190] Der Ingolstädter schilderte die Gefahr, die sich in Deutschland zusammenbraute, mit drastischen Worten und warnte vor einem neuen Böhmen, denn Luther trage die hussitische Häresie in die deutschen Lande. Heute schon seien nur allzu viele bereit, ihm zu folgen, morgen aber noch weit mehr. Stündlich gewinne die lutherische Häresie weitere Anhänger. Die Macht der römischen Kirche in Deutschland bröckele. Eck fühlte sich, wenn er so redete, ganz in seinem Element. Gefahr war in Verzug und daher höchste Eile geboten.

Leo X. bildete eine Kommission, die er persönlich leitete und der die Kardinäle Aleander und Accolti, der Theologieprofessor und Augustinermönch Johannes Hispanus, der an der römischen Universität lehrte, und natürlich Eck angehörten. Auf Ecks Drängen verwarf man das maßvolle Gutachten. In wesentlichen Teilen ging die Bulle, die jetzt entstand, auf Eck zurück. Er hatte sich von allen Beteiligten am intensivsten mit Luther beschäftigt, zumal er auch mit ihm disputiert hatte. Die Disputation zu Leipzig, aber auch die Ablassthesen, die »Resolutiones disputationum de indulgentiarum virtute«, »Ein Sermon vom Ablass und der Gnade«, der »Sermo de poenitentia« und die Heidelberger Disputation dienten als Grundlage der Bulle »Exsurge domini«.

Hatte Eck gleich nach der Disputation an Hoogstraten geschrieben, so trug die Bitte um Unterstützung jetzt Früchte, denn die päpstliche Kommission konnte sich auf die Verurteilungen von Luthers Schriften durch die Universitäten Köln und Löwen stützen. Dabei nahm sich Eck Adrian von Utrechts Rat zu Herzen, so genau wie möglich aus Luthers Schriften zu zitieren, um dem Ketzer jede Hintertür zu verschließen und jede Ausflucht zu versperren. Aus Rom berichtete Eck renommierend weiter an Fabri: »Neulich verbrachten wir, der Papst, zwei Kardinäle, der Doktor Hispanus und ich, fünf Stunden mit der Beratung über die Bulle; einzeln wurden wir gebeten, unsere Meinung vorzutragen.« Nicht nur, dass sich Eck in der Gunst der Mächtigen sonnte und gar nicht genug seine Wichtigkeit anklingen lassen konnte, sondern er wusste auch erfreut zu vermelden, dass man schon 38 Irrtümer gefunden habe. Am Ende sollte man 41 Artikel Luthers verurteilen. Die Hoffnung, dass »sämtliche Kardinäle und Bischöfe die Bulle unterzeichnen« werden, erfüllte sich indes nicht. Doch noch weilte Eck fern der deutschen Realität. Von Rom sah alles einfach aus. Am 2. Mai gewährte der Papst Eck eine Audienz in seinem Jagdschloss Magliana in der Nähe Roms, denn Leo liebte die Wildschweinjagd über alles. Dort unterrichtete Eck den Papst über Luthers Häresie und verderbliche Wirkung in Deutschland und überreichte Leo X. seine Schrift »De primatu Petri«. Die Widmung an den Papst sprach Bände: »Als ich, höchster Bischof, über die Schriften LUTHERS zur Gewalt des Papstes nachsann und mich den alten Geschichtsquellen und den Aussagen der Kirchenväter zuwandte, erkannte ich, dass LUTHER Sammlungen von Bosheiten und den Bodensatz aller Irrtümer zusammengetragen hat.« Um zu belegen, dass es auch »alle Irrtümer« waren, wobei im Gegensatz zu Cajetan Eck den Begriff Irrtümer zum Begriff Häresie synonym gebrauchte, nannte er eine stattliche Anzahl von Ketzern aus der Kirchengeschichte, als deren Vollender er Luther bezeichnete: Was »überhaupt sämtliche Häretiker aller Jahrhunderte gegen den hl. apostolischen Stuhl und dessen Anhänger ausgespieen haben, das alles hat LUTHER noch unverschämter gesammelt«. In der Widmung benutzte Eck einen Topos, der in der Bulle wieder auftauchen sollte, indem er den Papst aufrief: »Müsst Ihr doch Häresien, die im ›Weinberg des Herrn‹ entstehen, kraft Eures Hirtenamtes verhindern.«[191]

Die Viererkommission arbeitete fieberhaft an der Bulle gegen Luther. Am 20. Mai drängte Leo X. über den Agenten Valentin von Teutleben Friedrich den Weisen mit drohendem Unterton, Luther zum Widerruf zu zwingen. Einen Tag später begann das Konsistorium mit der Lesung des Entwurfs der Bulle und der Protokolle der Leipziger Disputation als Beweis dafür, dass Luther ein notorischer Ketzer sei. Im Anschluss diskutierten die Kardinäle und Eck mit dem Papst darüber, ob Luther unter Vorlage der inkriminierten Artikel unter Setzung einer Frist zum Widerruf aufzufordern und bei Verweigerung des Widerrufs als Ketzer zu verurteilen sei und seine Schriften einzuziehen und zu verbrennen seien. Eck und Cajetan unterschieden sich in der Frage, ob Luthers Artikel ohne Unterscheidung in Bausch und Bogen zu verwerfen seien, wofür Eck plädierte, oder ob die einzelnen Artikel darin zu spezifizieren seien, ob sie als »ketzerisch«, »ärgerlich« oder nur »für fromme Ohren anstößig« seien, wofür der gelehrte Thomist Cajetan eintrat. Der Papst beauftragte den versierten Juristen Pietro Accolti mit einem Gutachten. In den Konsistorien am 21., 23.,

24. Mai und am 1. Juni wurde ungewöhnlich lange über die Bulle gesprochen. Dem Rat Adrians von Utrecht folgend wurden alle zu verdammenden 41 Lehrsätze Luthers aufgeführt. Entgegen Cajetans Auffassung setzte sich Ecks Vorschlag durch, die 41 Artikel ohne Kategorisierung insgesamt als ketzerisch«, »ärgerlich« und »für fromme Ohren anstößig« zu verurteilen, weil das andere Verfahren zu zeitaufwendig gewesen sei. Zusätzliche Dynamik erhielt der Abschluss der Textfassung der Bulle durch beunruhigende Nachrichten aus Deutschland, denen zufolge immer mehr hohe Herren mit Luther sympathisierten. Sogar Erzbischof Albrecht von Mainz geriet in Verdacht, es heimlich eher mit Luther als mit Rom zu halten.[192]

Am 1. Juni wurde die Endversion der Bulle gegen den aufsässigen Theologen noch einmal im Konsistorium gelesen und beschlossen und am 15. Juni in der päpstlichen Kanzlei fertiggestellt. Doch fehlten die Unterschriften Leos X. und der Kardinäle. Das nahm der Bulle die letzte Entschiedenheit. Auch Leos Brief an den Kurfürsten, in dem er Friedrich den Weisen von der Publikation der Bulle in Rom durch Anschlag an die Türen des Petersdomes und der päpstlichen Kanzlei auf dem Campo de Fiori informierte und ihn bat, Luther zum Widerruf zu zwingen oder in Haft zu nehmen, war in freundlich-zuckersüßem Ton gehalten. So entschieden die Kurie gegen Luther vorgehen wollte, so sehr wollte man sich doch alle Wege offenhalten und es zu keinem offenen Affront mit dem Kurfürsten kommen lassen. Letztlich fürchtete man einen antirömischen Solidarisierungseffekt unter den deutschen Reichsfürsten.

Innerhalb von sechzig Tagen nach Veröffentlichung der Bulle hatte Martin zu widerrufen, wenn er nicht exkommuniziert und als Ketzer verurteilt werden wollte. Dann hätte jeder Christ, hätten alle Fürsten, Ratsherren, alle Institutionen und auch die Mönchsorden die Pflicht, Luther gefangen zu setzen und nach Rom zu schicken. Und alle, die Luther beiständen, verfielen dem Interdikt und würden gleichfalls als exkommuniziert gelten. Damit baute man den stärksten Druck auf den Kurfürsten und die Stadt Wittenberg auf, über den die römische Kurie verfügte. Im Klartext hieß das: In Wittenberg dürften keine Messen und Taufen mehr gefeiert und auch kein Abendmahl gespendet werden. Und wenn doch, galten sie nicht. Martin Luther allerdings hatte bereits ein Jahr zuvor dem Papst das Recht abgesprochen, aus göttlichem Recht zu exkommunizieren sowie aus politischen Gründen den Kirchenbann anzuwenden, und sogar postuliert, dass man die äußere Exkommunikation willig zu erleiden habe, wenn es gelte, das Seelenheil zu bewahren. Auf die Verbundenheit mit Christus kam es an, nicht auf den Gehorsam dem Papst gegenüber. Wenn der Papst verlangte, aus Gehorsamkeitsgründen die Verbundenheit mit Christus aufzulösen, dann handelte er wider Christus, aber nur der Widerchrist oder der Antichrist stellte sich gegen Christus und verleitete oder zwang die Christen, ihm zu folgen und es ihm gleichzutun.

Johann Eck war gemeinsam mit dem päpstlichen Bibliothekar Hieronymus Aleander zum päpstlichen Nuntius ernannt und mit der Publikation der Bulle in Deutschland beauftragt worden. Zwar gelang es Eck, die Bulle im September in Meißen, in Merseburg und in Brandenburg anzuschlagen, wodurch sie in Deutschland zu gelten und die Frist für Luther zu laufen begann, doch in Leipzig stieß er auf eine feindselige Stimmung, obwohl ihm Herzog Georg für seine Bemühungen einen goldenen, mit Gulden gefüllten Kelch geschenkt hatte, und in Erfurt misslang der Anschlag der Bulle. Dort kam es zu Tumulten und Eck rettete sein Leben nur dadurch, dass es ihm gelang, noch rechtzeitig Zuflucht im Dominikanerkloster zu finden. Überhaupt folgten Eck Abneigung, Hass und versteckter oder offener Widerstand. Einige Kirchenfürsten fürchteten, dass mit dem Anschlag der Bulle in ihrem Machtbereich Aufruhr provoziert werden könnte. Aleander, der mit ähnlichen Schwierigkeiten kämpfte, erwog sogar, Militär gegen die widerborstigen lutherischen Ketzer einzusetzen, um sie »mit eisernem Besen und mit Feuer« zu züchtigen, damit »sie an ihren Leib den Tod erleiden«, ihre Seelen aber gerettet würden.[193] Zudem erwies Eck aus Eitelkeit der Kurie noch einen Bärendienst, indem er nicht der Versuchung widerstand, von seinem Recht Gebrauch zu machen und weitere Personen der Bannandrohung zuzufügen, um persönliche Rechnungen zu begleichen. So wurden nun neben dem Wittenberger Professor Doeltsch und dem Zwickauer Prediger Egranus auch noch die Nürnberger Lazaraus Spengler und Willibald Pirckheimer – Letzteren hielt Eck für den Verfasser der Satire *»Eccius dedolatus«* (Der enteckte Eck) – sowie sein Augsburger Intimfeind, der Domherr Bernhard Adelmann, mit dem Bann bedroht. An den Herzog von Bayern schrieb er: »So sind mir glaubhaft die Namen WILLIBALD PIRCKHEIMER und LAZARUS SPENGLER genannt worden: dass nämlich beispielsweise dieser LAZARUS SPENGLER vor kurzem eine ›Schutzrede‹ für LUTHERS Lehre hat drucken und in der Stadt verbreiten lassen, aus der deutlich erkennbar ist, dass erwähnter SPENGLER sich bemüht, LUTHERS unchristliche Lehre zu verteidigen und zu beschützen.«[194] Linguistisch fällt die Text-Perspektive auf, in der sich Eck nur als der Exekutor ausgibt, der aufgrund seines Amtes Anschuldigungen ernst zu nehmen habe. Dabei war der Beschuldigende niemand anderer als er selbst.

Doch inzwischen kam Martin von weiterer Seite Hilfe. In seinem Kampf gegen die römische Fremdherrschaft gab der Reichsritter Ulrich von Hutten eine Schrift des italienischen Humanisten Lorenzo Valla heraus. Sie hieß »De donatione Constantini« und wirkte wie Zunder. Martin sah sich durch sie in seiner grundsätzlichen Kritik am Machtanspruch der »Römlinge«, die eine große »Finsternis« in ihrer »Nichtswürdigkeit« verbreiteten, bestätigt. Schon in der Disputation gegen Eck hatte er auf die Unzuverlässigkeit und Fragwürdigkeit der mittelalterlichen Dekretalien, die als Rechtsaussagen des Papstes zu den Quellen des kanonischen Rechts gehörten, verwiesen. Man dürfe sie schlechterdings nicht zum Beweis heranziehen, weil sich unter ihnen »unreine«, »grobe« und »unverschämte« Lügen befänden. Diesen Befund belegte Huttens Publikation von Vallas Schrift in schlagender Weise. Nichts, aber auch gar nichts blieb von dem, was Martin einmal demütig mit dem Wort Papst in Verbindung gebracht hatte. So schrieb er nun: »Ich werde so in die Enge getrieben, dass ich fast nicht zweifle, dass der Papst recht eigentlich der Antichrist sei ...«.[195]

So weit, so gut – oder besser: so schlecht. Denn wie sollte es nun politisch weitergehen? Spalatin empfahl dem Kurfürsten, weiterhin darauf zu bestehen, als Laie nicht über Luthers theologische Ansichten richten zu können. Er solle eine öffentliche Untersuchung vor unparteiischen Richtern verlangen – und zwar in Deutschland, damit Luthers Lehren entweder widerlegt oder anerkannt würden. Ohne ein solches Urteil verständiger Richter könne der Kurfürst Luther weder ausliefern noch bestrafen – es sei denn, die Römer verlangten von ihm, den Menschen mehr zu gehorchen als Gott. Er, Friedrich, könne nicht gegen einen Menschen vorgehen, ohne zu wissen, ob er schuldig oder unschuldig sei. Dazu könne er »durch keine Gebote, nicht einmal durch göttliche, gezwungen werden«.[196] Und Martin hatte inzwischen seine Bastion gefunden im Gewissen, das im Wort Gottes gefangen war. Gegen das Gewissen zu handeln, bedeutete, sich gegen Gott zu wenden, ja sich sogar von Gott abzukehren und die innerliche, die geistige Kirche zu verlassen. Nicht Menschen galten ihm als letzte Instanz, sondern Gott. Nicht der Papst war sein Herr, sondern Christus. Von dieser Position rückte er trotz aller Anfechtungen nicht mehr ab. Weder Drohungen noch Versprechungen, schrieb er Spalatin, brächten ihn von dieser Gewissheit ab.

Diese theologische Auseinandersetzung wurde nun aber eben vom politischen Konflikt zwischen den Römern und den Deutschen begleitet. Dessen war sich Martin inzwischen –

auch dank Eck – bewusst geworden. Er beendete einen Brief an Spalatin damit: »Übrigens hoffe ich, der durchlauchtigste Fürst werde so schreiben, dass diese römischen Häupter verstehen mögen, Deutschland sei bisher nicht durch seinen Mangel an wissenschaftlicher Bildung (ruditate), sondern den der Italiener, durch Gottes geheimen Ratschluss unterdrückt gewesen.«[197] Mit dieser Bemerkung spielte er auf die Gravamina der deutschen Nation an, genauer auf die Antwort, die der italienische Humanist Enea Silvio Piccolomini, nachmaliger Papst Pius II., auf die Beschwerden der deutschen Nation gegeben hatte. Feinsinnig hatte er als Antwort eine Schrift über Deutschland verfasst, in der er den Kulturfortschritt der Deutschen seit den Tagen der Germanen lobte und Tacitus' Germanien mit dem Deutschland verglich, das sich ihm zeigte, um zu verdeutlichen, wie viel geschafft worden sei. Das Lob mündete in einen Tadel: Wie könne ein so blühendes Land, das seinen Wohlstand und seine Kultur der Kirche verdanke, so undankbar über dieselbe Kirche klagen, zumal viel Geld dank dieser von Rom angestoßenen Entwicklung erwirtschaftet werde? Deshalb, schlussfolgerte Enea, entbehrten die Gravamina jeglicher Grundlage, denn die vor allem finanziellen Leistungen, die Deutschland für die europäische Zentrale zu erbringen habe, entsprängen allein der Dankesschuld Deutschlands. Deutsche Humanisten widersprachen auf ihre Art. Zum einen wies Conrad Celtis beträchtliche Lücken in Eneas' Deutschland-Beschreibung auf und setzte ein eigenes Werk »Germania generalis« dagegen. Angeregt von Tacitus und von Flavio Biondo arbeitete er an einer enzyklopädischen und philosophischen Deutschlanddichtung: die »Germania illustrata«, die er jedoch nicht vollendete. In diesem Deutschland-Projekt sah Celtis sich als Philosophen und Dichter, ja als Pythagoras und Orpheus der Deutschen in einer Person, während er Albrecht Dürer die wichtige Funktion des Malers oder Maler-Philosophen zuwies.

Es ging dem Erzhumanisten Celtis um die intellektuelle Emanzipation der deutschen Nation von Italien.

Dem Kreis um den 1508 verstorbenen Celtis gehörten Dürer, aber auch Willibald Pirckheimer und weitere Nürnberger Humanisten an. Ein Teil des früheren Freundeskreises von Celtis bildete die Sodalitas Staupitiana, den Freundeskreis von Johann von Staupitz, der nach 1518 zum Freundeskreis von Martin Luther, der Sodalitas Martiniana, wurde. Zu diesem Kreis unterhielt auch Kurfürst Friedrich der Weise Beziehungen, der zu den frühen Förderern des Malers Albrecht Dürer zählte. Friedrich der Weise wusste, dass Celtis Eneas Einforderung der Dankesschuld unterlief, indem er – wie auch andere deutsche Humanisten – behauptete, dass die großen Leistungen der Antike in Dichtung, Wissenschaft, Technik und Staatskunst unter Umgehung der Italiener direkt auf die Deutschen durch Translation (heilige Übertragung als Erbe) übergegangen seien. Die Deutschen hätten den antiken Römern alles, den Italienern, die sich deren Nachfolge anmaßten, nichts zu verdanken. Durch die drei Translationen, die *translatio imperii*, die *translatio studii* und die *translatio artium* nämlich, seien das Wissen, das Können, die Kultur und die Herrschaft direkt vom Imperium Romanum auf Deutschland übergangen. Als veredelnde Kraft sei das Christentum hinzugetreten, was im Namen Heiliges Römisches Reich deutscher Nation juristisch wirksam geworden sei. In der *translatio imperii* sei die universelle Herrschergewalt vom römischen Kaiser Augustus auf die deutschen Kaiser übergegangen und die *translatio studii et artium* sei durch Gutenberg, durch Celtis selbst und durch Albrecht Dürer verwirklicht worden. Im dritten Buch seiner Oden besingt er Johann Gutenberg:

»Was lärmt Griechenland mit so großem Selbstlob und tönt, durch seine hochbegabten Kenner habe es gefunden, nach welchem Gesetz die Natur die strahlenden Gestirne

des Himmels lenke? Nicht geringer als Dädalus, glaubt mir, oder als Kekrops, der die Buchstaben fand, ist der, der von Mainzer Bürgern stammt, der Ruhm unseres Namens. Er goss in kurzer Zeit feste Typen aus Erz und lehrte, mit beweglichen Lettern zu drucken. Nichts Nützlicheres, glaubt mir, konnte in allen Jahrhunderten erfunden werden! Nunmehr werden endlich die Italiener die Deutschen nicht mehr stumpfer Trägheit zeihen können, da sie sehen, dass durch unsere Kunstfertigkeit der römischen Literatur vieler Jahrhunderte Dauer zuwächst.«[198]

Gutenbergs Erfindung des Buchdrucks mit beweglichen Lettern verglich Celtis mit der mythischen Erschaffung des Alphabetes durch den legendären König von Athen Kekrops, dem die Einführung des Alphabets, der Monogamie, der ersten Gesetze und die Durchführung der Volkszählung zugeschrieben wurde. Aufgrund göttlicher Übertragung ging Celtis zufolge die Herrschaft von den Römern auf die Deutschen über. Und wie Vergil von Kaiser Augustus zum *poeta laureatus* gekrönt wurde, zeichnete der Nachfahre des Augustus, Kaiser Friedrich III., Conrad Celtis mit dem Dichterlorbeer aus. Damit vermochte sich nicht einmal Petrarca zu messen, dessen Dichterkrönung in Rom von einem windigen Stellvertreter des Stellvertreters in unfreiwilliger Komik zur Posse geriet. Über Dürer dichtete Celtis die Epigramme Nr. 62,69–71:

»Keinen wie dich hat Italien oder das feuchte Frankreich je gesehen, nie wird man einen solchen Künstler wie dich in Spanien erblicken, Du übertriffst die ungarischen und heutigen deutschen Maler. Und die, die man in Polen verehrt. Mach dich ans Werk, male unsere Philosophie, die dir alles Wissen der Welt vermittelt.«

Des lorbeerbekränzten Dichters Schluss zielte mit scharfer Logik auf die Vorstellung, dass er, Celtis, das Wissen der Welt vermittele und Albrecht Dürer es male. Die künstlerische Sukzession verdeutlichte er in den Versen: »Albrecht, hochberühmter Maler in deutschen Landen, dort, wo Nürnberg sein hohes Haupt in den Himmel erhebt, Du bist uns ein zweiter Phidias und zweiter Apelles, oder wie einer der anderen, welche im gelehrten Griechenland für ihre Künstlerhand bewundert.« Dürer wurde durch Celtis nobilitiert, indem er ihn mit den großen antiken Malern Appelles und Zeuxis verglich und schrieb, dass »Albrecht die Körper mit solch künstlerischem Geschick« male, dass er sie für lebendig hielte, wenn sie zu ihm sprächen.

Niemals hätten Martins theologische Vorstellungen einen so starken Rückhalt in Deutschland gefunden, wenn sie nicht durch die politischen Auseinandersetzungen zwischen den italienischen und den deutschen Landen, zwischen den Römern und den deutsche Fürsten unterstützt worden wären. Doch über wie viel Macht verfügte Rom noch? Und: Würde der Kurfürst auch zu Martin halten, wenn es zum Schwure käme?

15.

Martin Luther hatte Kaspar Sturms Frage: »Herr Doctor, wollt ihr fortziehen?« noch nicht beantwortet. Von seiner Antwort hing ab, ob sie von Weimar nach Wittenberg zurückkehren oder nach Erfurt weiterziehen sollten. Doch eigentlich beinhaltete sie weit mehr – nämlich, ob er Kurs halten oder umkehren und sich in Wittenberg verkriechen sollte. Martin beriet sich mit Justus Jonas, der ihm aus Erfurt entgegengeeilt war. In Worms, hatte ihm der Kaiser signalisiert, würde man nun nur seinen Widerruf erwarten, den zu leisten er bisher abgelehnt hatte. Nicht zu erscheinen würde jedoch bedeuten, sich dem Kaiser zu widersetzen. Dann würde vermutlich auch Friedrich ihn nicht mehr schützen, sondern fallen lassen. Aleander hatte in seinem Schreiben an Eck noch darüber geklagt, dass der Kaiser die Publikation der Bulle nicht unterstütze, und auf dem Reichstag eine beeindruckende Rede gehalten, in der er Kaiser Karl V. und die Reichsstände aufforderte, gegen den Häretiker Luther und dessen Anhang vorzugehen. Die Reichsstände verhielten sich in ihrer Gesamtheit uneindeutig, während der Kaiser, von seinem Beichtvater Glapion aus religiösen und von seinem Großkanzler Gattinara aus politischen Interessen angetrieben, sich nun auf die Seite des Papstes schlug.

Was Martin in Weimar noch nicht wissen konnte, war allerdings, dass damit keinesfalls Kirche, Kaiser und Reichsstände in einer Front gegen ihn standen, denn weder hatte Karl das freie Geleit zurückgezogen noch hatte er über Luther die Reichsacht verhängt, was er eigentlich bei einem Ketzer hätte tun müssen. Martin schaute in die Runde. Ihm wurde bewusst, dass es auf das freie Geleit ankam. »Darauf muss ich mich bis zum Schluss berufen«, sagte er. Im Zweifelsfall müsse der Kaiser wortbrüchig werden und diese Schande vor Gott und den Menschen auf sich nehmen. Bisher hatte Martin in allem peinlich darauf geachtet, formaljuristisch keine Fehler zu begehen, um seinem Kurfürsten und den Reichsständen, die ihn unterstützten, das Argument des Rechts nicht aus der Hand zu schlagen. Fortzulaufen ergab also keinen Sinn. Die Sache musste jetzt ausgefochten und entschieden werden. Also sagte er in die Runde: »Ja, unangesehen, dass man mich hätte in den Bann getan, und dass in allen Städten publiziert, so wollte ich doch fortziehen, um mich des Kaiserlichen Geleits zu erhalten.«[199] Sich des kaiserlichen Geleits, also des Rechtstitels, unter dem er stand, zu erhalten, darum ging es nun. Göttliches und menschliches Recht standen auf seiner Seite. Wie hieß es doch bei Sueton, als Cäsar unschlüssig am Rubikon saß und einer seiner Männer das Angriffssignal auf der Tuba blies und auf das gegenüberliegende Ufer sprang, wodurch der Punkt erreicht wurde, von dem aus es keine Rückkehr mehr gab: »Eatur quo deorum ostenta et inimicorum iniquitas vocat. Iacta alea est.« (Gehen wir, wohin der Götter Zeichen und der Gegner Ungerechtigkeit rufen. Der Würfel ist geworfen.)[200] Der Würfel war gefallen und drehte sich noch in der Luft. Welche Zahl er bei seinem Aufprall zeigen würde, wusste nur Gott allein. – Bei diesem Gedanken ging ein gelöstes Lächeln über Martins Lippen: Gott würfelt nicht. In dieser Zuversicht brachen sie am Samstag, den 6. April, verstärkt durch Justus Jonas nach Erfurt auf.

Das Jahr 1520 war für Martin Luther zum Schlüsseljahr geraten. Eine Welt war in ihm zerbrochen, eine Welt musste neu entstehen – und den Weg zu ihr konnte er nur durch Gott finden, der durch die Heilige Schrift zu ihm sprach. Darin allein fand Martin Gewissheit, wo doch alle Gewissheiten schwanden.

In Rom hatte man inzwischen die Bannandrohungsbulle gegen Martin Luther ausgestellt und die Arbeit an der Bannbulle begonnen, für den Fall, dass er sich nicht zum Widerruf bereitfände. Spiegelverkehrt unterbreitete Luther hingegen über Spalatin seinem Kurfürsten immer wieder Vorschläge, auf welche Positionen sich Friedrich der Weise zurückziehen könne. Die religiöse Auseinandersetzung hatte sich unauflösbar mit Machtpolitik vermischt. Im Grunde ging es nach der Disputation in Leipzig auch um die deutsche Sezession, um die Loslösung von Rom, um die deutsche Libertet. Luthers Vorstellung, dass jeder Einzelne sich vor Gott zu rechtfertigen habe und jedem Einzelnen Gottes Gnade zuteilwerden könne – ohne Vermittlung der Kirche als »Heilsanstalt« –, legte den *nervus rerum* der Zeit frei. Plötzlich galt das Individuum etwas, nicht nur die Gemeinschaft. Das übertrug sich auf das politische Feld – der Bürger wurde entdeckt. Daraus ergab sich ein ganz grundsätzlicher Perspektivenwechsel, der nicht ohne große Verwerfungen abgehen konnte. Die individuelle Person Martin Luther trat aus der Reihe. Das rief die Wut hervor, vor allem bei all den »Reihenmenschen«, die nie ein persönliches Gewissen gehabt, sondern Wohlstand gegen Servilität getauscht hatten.

Der Leipziger Franziskaner Augustinus aus Alfeld veröffentlichte Anfang 1520 zwei Schriften gegen Luther, in denen er den Primat des Papstes verteidigte, indem er mit »sieben Schwertern« Luthers Häresie zerhauen wollte und sich hierbei auf Aussagen der Bibel stützte. Doch tat er dies scholastisch, was Luther dazu brachte, mit der Formulierung hermeneutischer (oder besser philologischer) Regeln der Bibelauslegung zu kontern, denn die bloße Anhäufung von sich teils widersprechenden Bibelstellen half hier nicht weiter. Vielmehr kam es jetzt darauf an, diese Bibelstellen in einen Kontext zu setzen, Auswahl und Interpretation nach einer methodisch einsehbaren Argumentation durchzuführen, wozu Textkritik, Grammatik, Lexikologie, Semiotik, Semantik und Etymologie zu Hilfe genommen wurden. Über seine Gegner spottete Luther in der Schrift »Vom Papsttum in Rom: Gegen den Hochberühmten Römling in Leipzig«:

> *»Die Helme haben sie an den Füßen, das Schwert auf dem Kopf, Schild und Brustpanzer hängen auf dem Rücken, die Spieße halten sie an der Schneide, und der ganze Harnisch steht ihnen nach dieser neuen Mode höchst ritterlich … Nun denn, damit ihnen nicht alle Dinge misslingen, will ich mich so stellen, als verstünde ich das Spiel nicht, und bitte, sie möchten im Gegenzug, wenn ich auf den Sack schlagen werde, nicht merken, das ich den Esel habe treffen wollen.«*[201]

In dieser Schrift zeigte Martin in lückenloser Argumentation, dass der Kirche Haupt weder der Papst noch Petrus, sondern Christus ist und dass der himmlische Christus keinen irdischen Stellvertreter besitzt, ihn auch nicht benötigt. Göttliches Recht bezieht sich s.E. allein auf die Sakramente Taufe und Abendmahl. Christus habe die Vollmacht für die äußerliche Kirche Petrus stellvertretend oder besser symbolisch für alle Christen übertragen, doch Rechtsansprüche und Rechtsgewalt verbinden sich damit nicht. Luther duldete damit das Papsttum noch, allerdings nur aus Zweckmäßigkeit und auch nur dann, wenn es mit der Heiligen Schrift im Einklang handele. Denn: »Niemand soll so närrisch sein zu glauben, der Papst und all seine Römlinge und Schmeichler meinten ernsthaft, seine gewaltige Obrigkeit entstamme göttlicher Ordnung.« Schließlich »wird in Rom nicht der allerkleinste Buchstabe eingehalten«, was göttliche Ordnung ist, »ja es ist offensichtlich, dass es als eine Torheit verspottet wird, wenn sich jemand danach richtet«.[202] Wenn die Pfarrer, die Bischöfe und die Päpste Christus nicht lieben und ihm nicht folgen, wenn sie nicht »Gott gehorsam und gläubig« sind, dann erfüllen sie nicht Christi Auftrag, der in dem Satz gipfelt: »Weide meine Schafe«.[203]

Martin griff in einem munter polemischen Stil in dieser seiner grundlegenden ekklesiologischen Schrift seine Gegner in dreifacher Hinsicht an. Erstens stellte er klar, dass zweierlei Regiment existiere, das geistliche und das weltliche – und beide auf weltlichem Gesetz fußten. Die weltliche Obrigkeit nannte Martin mit Petrus Obrigkeiten menschlicher Ordnung, »weil sie ohne Gottes Wort, aber nicht ohne Gottes Rat regieren; darum ist es auch nicht nötig, dass sie gläubig sind.«[204] Doch das geistliche Regiment bekam von Gott den Auftrag: Weide meine Schafe. Zweitens definierte Martin, dass die geistliche Obrigkeit nur Obrigkeit sei, wenn sie ihren Auftrag auch erfülle – und keinen anderen, weltlichen. Das Papsttum müsse Liebe sein, sonst könne es nicht weiden, die weltliche Obrigkeit habe hingegen die menschliche Ordnung aufrechterhalten, wozu es keiner Liebe, sondern nur juristischer Korrektheit und Gerechtigkeit bedürfe. Drittens komme aber genau dieser Aufgabe das Papsttum nicht nach, weil es danach strebe, weltliche Obrigkeit zu sein, und darüber den eigentlichen Dienst vergesse. Usurpatio statt Caritas. Machtanmaßung statt Liebe.

Seine Analyse warf die Frage auf, wie die Kirche reformiert werden könne, wenn die geistliche Obrigkeit ihre Aufgabe nicht mehr erfüllt. Wenn der Papst und die Kurie die Missstände nicht abschafften, weil sie selbst die Quelle des Missstände waren, wer würde dann den Augiasstall ausmisten? Die Beantwortung dieser Frage wurde immer drängender. Woher sollte die gesellschaftliche Kraft zur Änderung kommen?

Als Luther noch eine Ermahnung des päpstlichen Nuntius in Polen, Zacharias Ferreri, erreichte, umzukehren und sich dem Papst zu unterwerfen, und ihm zu allem Überfluss noch eine Schrift des Dominikaners Isidor Isolani von 1519 unter die Augen kam, wurde ihm die Notwendigkeit bewusst, nicht länger Flickschusterei zu betreiben, sondern gründlich die Fragen der Kirchenreform und des christlichen Selbstverständnisses der Freiheit im Glauben an Christus anzugehen. Wie sehr wünschte er, sich in den hintersten Winkel eines Klosters zu verkriechen! Wie wenig Neigung spürte er in sich, den Kampf aufzunehmen! Doch durfte er seiner Bestimmung ausweichen? Schließlich war auch keiner der alttestamentlichen Propheten gern und freiwillig Prophet geworden! Wie seine alttestamentlichen Vorbilder war auch Martin Luther nicht gerade handzahm. Sein mitteldeutscher Geist neigte zum Poltern. Aber immerhin verfügte er über Geist.

Am 5. August schrieb Luther an Freund Spalatin über die Notwendigkeit, »die Tyrannei des römischen Antichrist anzugreifen, welche die Seelen der ganzen Welt verderbt«. Auch wenn seine Kriegsposaune von niemandem gutgeheißen werde, bleibe ihm doch keine andere Wahl, denn auch die Propheten lösten mit ihren harschen Worten kein Wohlgefallen aus: »Aber wir sind zu unserer Zeit dessen so entwöhnt, die Wahrheit zu hören, die wider uns ist.«[205] Luther wollte nun den Bruch mit Rom wagen, wollte, dass Gottes Ordnung in die Welt zurückkehre. Dazu bedurfte es einer *renovatia ad integrum*, einer *re-formatio*. Inzwischen hatte Martin mehr als nur einen Rubikon überschritten. Mochten in Rom die Toten ihre Toten begraben, ihm ging es um Christus und den Glauben an ihn, aber auch um Deutschland und »seine Deutschen«.

Mitte August erschien die Programmschrift »An den Christlichen Adel deutscher Nation von des christlichen Standes Besserung« in der ungewöhnlich großen Auflage von 4000 Exemplaren, die bereits nach einer Woche vergriffen war. Deutschland litt unter der Verwahrlosung und der Ausplünderung durch Rom, unter dem Zusammenbruch der christlichen Ordnung, für die Luther den geistlichen Stand allgemein, insbesondere aber den Papst und die römische Kurie verantwortlich machte. Ja, er identifizierte Rom als das neue Babylon, »die

Mutter der Hurer und aller Gräuel auf Erden«[206], und den Papst mit dem Antichrist in der Bedeutung des Widerchrists: »Er ist der Widersacher, der sich erhebt über alles, was Gott oder Heiligtum heißt, sodass er sich in den Tempel Gottes setzt und vorgibt, er sei Gott.«[207] Als der Tempel Gottes galt aber der Petersdom in Rom, die wichtigste Kirche der Christenheit. Da die schlimmste Sünde für Luther darin bestand, die Seelen zum Abfall von Christus und dadurch zur ewigen Verdammnis zu verführen, galt es, dem unchristlichen Treiben Einhalt zu gebieten. Was der Apostel Paulus prophezeit hatte, war eingetreten: »Der Frevler aber wird kommen durch das Wirken des Satans mit großer Kraft und lügenhaften Zeichen und Wundern und mit jeglicher Verführung zur Ungerechtigkeit bei denen, die verloren werden. Denn sie haben die Liebe zur Wahrheit nicht angenommen, dass sie gerettet würden.«[208] Nicht weniger stand auf dem Spiel, als die christliche Ordnung wieder aufzurichten und die Herrschaft des Antichrists zu beenden.

Es ist eines, Notwendigkeit, Richtung und Inhalt der Änderung, der Reform zu beschreiben, ein anderes, den Reformator zu finden, und wieder ein anderes, diejenigen zu finden, auf die er sich stützen konnte, weil sie ihn unterstützten. Der Reformator, der mit sich und der Wahrheit allein blieb, zu dem nur wenige standen, endete auf dem Scheiterhaufen. Auch Jesus versammelte um sich nur eine überschaubare Zahl von Jüngern, aber von dem Christus am Kreuz ging eine mächtige Bewegung aus; die Schmerzensschreie des Johann Hus, die er in Konstanz ausstieß, bevor die Flamme in seinen geöffneten Mund schlug, verklangen nicht ungehört. Wodurch also konnte Besserung kommen, durch wen konnte sie geschehen? Wessen Erhebung gegen den mächtigen Antichrist würde bestehen? In wem fand sich der Gegner des Antichrists?

Der berühmte Theologe Adso von Montier-en-Der hatte im 10. Jahrhundert die Frage in seiner Geschichtsphilosophie beantwortet und als Todfeind des Antichrists den Friedenskaiser ausgemacht. In der alttestamentarischen Ankündigung der Geburt des Messias bei Jesaja 9,5 wird das Kind, das geboren wird, »Friede-Fürst« genannt. Für Adso stand fest, dass der Friedenskaiser ein Franke sein werde. In der Rezeption des Werkes, das der Abt des Klosters Montier-en-Der im Auftrag der Schwester Ottos des Großen, der westfränkischen Königin Gerberga, verfasste, durften sowohl die Deutschen als auch die Franzosen sich schmeicheln, dass einer ihrer Herrscher der End- oder Friedenskaiser sein werde, der den Antichrist besiegen und damit das Tor zum himmlischen Jerusalem aufstoßen wird. Gerade in den ersten beiden Dezennien des 16. Jahrhunderts erlebte die Vision vom Friedenskaiser einen unerhörten Aufschwung. Doch Luther erhob weder den Anspruch, der kommende Engelspapst zu sein, wie der Benediktiner Teodoro, der in Florenz der Kongregation von Monte Oliveto angehörte und vorgab, dass ihm Savonarola im Traum erschienen sei und ihn approbiert habe, noch trieb es ihn zur ekstatischen Predigt von Visionen. Luthers Vorstellung vom Friedenskaiser entsprang eindeutig der humanistischen Tradition der Deutschen und stellte ein politisches Programm dar, wie es Conrad Celtis im Konzept der drei Translationen begründet hatte und wie es seinen bildnerischen Ausdruck in der Ehrenpforte Kaiser Maximilians I. gefunden hatte. Versagte die geistliche Obrigkeit, kam es auf die weltliche an, sie zu bessern. Alle Ordnung begann hier. Und so wandte Martin Luther sich in seiner großen Reformschrift, seiner »Kriegsposaune«, die alle Bereiche des gesellschaftlichen Lebens umfasste, an »die allerdurchlauchtigste, großmächtigste Kaiserliche Majestät und den Christlichen Adel deutscher Nation«[209] Große Hoffnungen richtete er auf den jungen Kaiser. Man hoffte, dass der Habsburger die Rolle des Friedenskaisers annähme und sich so als wahrer Nachfahre Karls des Großen, des Ur-Kaisers der Deutschen, erwiese. Da Martin kein Illusionist, sondern ein Realist war, setzte er nicht alle Hoffnung auf den jungen Kaiser, der nicht einmal deutsch sprach, sondern mindestens ebenso viel auf den christlichen Adel deutscher Nation. Der müsse den geistlichen Stand reformieren, notfalls allein, wenn der Kaiser sich dieser Aufgabe entziehe.

Den Fall von Konstantinopel 1453 hatten viele als den Anbruch der Endzeit identifiziert und der Antichrist war für sie der türkische Sultan. Doch Luther sah in dem Türken nicht den Antichrist, sondern nur einen Ungläubigen. Der eigentliche Antichrist erhob für ihn vielmehr sein Haupt mitten unter den Christen. Und so veränderte der Wittenberger nachhaltig die Perspektive: »Wollen wir gegen die Türken streiten, so lasst uns hier anfangen, wo sie am allerschlimmsten sind! Hängen wir mit Recht die Diebe und köpfen die Räuber, warum sollten wir die römische Habgier ungeschoren lassen, die der größte Dieb und Räuber ist, der auf die Erde gekommen ist oder kommen kann – und das alles in Christi und Petri heiligem Namen?«[210] Hatte nicht der Papst von den Deutschen für einen Kreuzzug gegen die Türken Geld erpresst, einen Kreuzzug, für den die gottesfürchtigen Deutschen in ihrer Naivität auch gezahlt hatten? Der Kreuzzug kam nicht zustande, doch die Abgaben für ihn finanzierten den römischen Luxus, rechnete Martin Luther vor, um dann aufzuzeigen, dass Gewohnheit und Dreistigkeit aus der Einnahme eine Steuer werden ließen, »eine geschuldete, pflichtgemäße Abgabe«, die von den »dummen Deutschen«, den »Erzdummköpfen« an Rom so oft zu entrichten war, so oft man einen Anlass erfand. Doch wurde weder »vom Ablassgeld noch von allem anderen ein Heller gegen den Türken gebraucht«, sondern alles kam in den Sack, »dem der Boden fehlt«.[211] Während sich die klugen Franzosen und die klugen Engländer einen schlanken Fuß machten, klebte an den Deutschen das Pech, den Kaiser zu stellen und dadurch Roms Beute geworden zu sein. Was es nun brauchte, war die Wiederkehr des Friedenskaisers, der gegen den Antichrist in Rom zu Felde zog. Luther sah Kaiser Karl V. diesbezüglich skeptisch und richtete seine Hoffnungen auf den deutschen Adel, vor allem auf einen der wichtigsten deutschen Fürsten, seinem Landesherrn Friedrich den Weisen.

Vorbildhaft als Friedenskaiser leuchtete aus der Geschichte der Staufer Friedrich II. hervor. Doch wirkungsvoller war schließlich dessen Großvater Friedrich Barbarossa gewesen. Beide Kaiser hatten gegen den Machtanspruch der hochmittelalterlichen Päpste gekämpft. Innozenz III. (1198–1216) begründete den päpstlichen Primat mit den Worten: »Den anderen Aposteln aber wurde beschieden, sich die Macht zu teilen, Petrus aber, die ganze Macht auszuüben. Von ihm erhielt ich die Mitra meines Priesteramtes und die Krone meiner Königswürde; er machte mich zum Stellvertreter dessen, auf dessen Gewand geschrieben steht: König der Könige.«[212] Innozenz III. schloss die Beteiligung der Könige und Fürsten an den Bischofswahlen aus. Die Priester und Mönche entzog er der weltlichen Gerichtsbarkeit. Als Papst beanspruchte er als oberster Richter das Recht, jeden Rechtsfall an sich zu ziehen, weil ihm Gott die »plenitudo potestatis«, die Fülle der Gewalt, übergeben habe. Folgerichtig beschrieb Innozenz die Position des Papstes »als Mittler zwischen Gott und den Menschen, diesseits von Gott doch jenseits des Menschen, geringer als Gott doch mehr als der Mensch«.[213] Zunehmend empörte Luther diese Usurpation von Macht, das Verlangen der Päpste, nicht mehr Knecht der Knechte, sondern Könige der Könige zu sein. Einen größeren Abstand der Päpste zu Christus ließ sich für ihn nicht vorstellen. Am weitesten von Christus entfernt stand jedoch der Antichristus. Friedrich Barbarossa nun war auf einem Kreuzzug ertrunken, im wahrsten Sinne des Wortes untergetaucht. Im Laufe der Zeit entstand die Sage, dass er eines Tages wiederkehren und das Reich ordnen, den Antichrist stürzen und der Nation ein neues Recht und eine neue Gerechtigkeit bringen werde. Künftig waren alle Fürsten mit Namen Friedrich potentielle Kandidaten für den wiedergekehrten Barbarossa. So ergriff auch Martin die Chance, die sich aus der Etymologie des Namens seines Landesherrn ergab. In ihm verband sich das althochdeutsche Wort *fridu* (Schutz vor Waffengewalt) mit *rihi* (reich, mächtig, hoch) – Eigenschaften, die den Friedenskaiser ausmachten. Auch wenn Friedrich nicht der Kaiser war, schien es ihm zur Erfüllung der Prophezeiung ausreichend, »dass er in Frankfurt von den Kurfürsten einmütig zum Kaiser erwählt worden ist und er auch tatsächlich Kaiser wäre, wenn er gewollt hätte.«[214] Zum einen würde der Friedenskaiser den Christen die heiligen Stätten im Libanon zurückbringen, zum anderen aber würde er vor allem Deutschland reformieren und Roms Primat beenden. Unter dem Heiligen Grab, das es dem Mythos zufolge zu befreien galt, »in dem die Wahrheit Christi, von den Papisten getötet, begraben gelegen hat«, verstand Martin die Heilige Schrift.[215] Aber unter der Herrschaft des Friedenskaisers Friedrich des Weisen würde die lebendige Wahrheit des Evangeliums wieder ans Licht kommen. Diese mythische Identifizierung verstärkte Luther, indem er Wittenberg als das neue Jerusalem bezeichnete – er war keiner, der klein dachte –, weil die Orte um Wittenberg herum biblische Namen trügen und »Wittenberg« nicht anders als Libanon hieße, denn Wittenberg (»Weißenberg«) sei nichts anderes als der Berg Libanon (*libanus* bedeute nun einmal weiß). Am Ende richtete es also die Philologie.

16.

In der Adelsschrift fand Martin Luther zu seiner Rolle. Auf die bohrende Frage, wer er denn sei, dass er – ein »verachteter, ins Kloster gegangener Mensch« – es wage, die Großen dieser Welt »in so gewaltigen, großen Sachen anzureden«, verweigerte er die Antwort. Es solle ihm das verübeln, wer wolle.[216] Die Welt mochte es als Torheit ansehen, dass ausgerechnet der kleine Doktor Luther sich zu Wort meldet, um den hohen Herrn zu sagen, was sie zu tun haben. Aber diese Torheit war er seinem Gott schuldig. Die Anspielung auf die Narrenrede des Paulus – »Wir sind Narren um Christi willen …«[217] – war unübersehbar, der Anspruch, den er damit erhob, auch. Denn so wie Paulus sah sich auch Luther gezwungen, zum Narren zu werden, um die Torheit zu begehen, die Wahrheit zu verkünden. Paulus bezeugt:

> *»Dass Christus gestorben ist für unsre Sünden nach der Schrift; und dass er begraben worden ist; und dass er auferweckt worden ist am dritten Tage nach der Schrift; und dass er gesehen worden ist von Kephas, danach von den Zwölfen. Danach ist er gesehen worden von mehr als fünfhundert Brüdern auf einmal, von denen die meisten noch heute leben, einige aber sind entschlafen. Danach ist er gesehen worden von Jakobus, danach von allen Aposteln. Zuletzt von allen ist er auch von mir als einer unzeitigen Geburt gesehen worden. Denn ich bin der geringste unter den Aposteln, der ich nicht wert bin, dass ich ein Apostel heiße, weil ich die Gemeinde Gottes verfolgt habe. Aber durch Gottes Gnade bin ich, was ich bin.«*[218]

Wenn Paulus sich als »unzeitige Geburt« bezeichnet, gesteht er zu, deutlich später als die Jünger Christi ansichtig geworden zu sein, dass aber jeder Christus begegnen und ihn bezeugen könne. Das Evangelium zu bezeugen, bei Christi Wahrheit auszuharren, auch wenn das in der Welt als Narretei galt, dazu fühlte sich Martin verpflichtet. Wenn er also als »geschworener Doktor der Heiligen Schrift« nur auf Narrenweise seinen Eid erfüllen konnte, so wollte er das tun.[219] In der Nachfolge des Apostels und der Propheten – sozusagen als ein zweiter Jesaja – wolle er wirken. Und so beginnt Luthers Adelsschrift im Duktus des Propheten: »Die Not und Last, die alle Stände der Christenheit, vor allem im deutschen Land, bedrückt ... hat jetzt auch mich gezwungen, zu schreien und zu rufen, dass Gott jemandem Geist geben wolle, dieser elenden Nation seine Hand zu reichen.«[220] Das klang sehr nach der Rede des Jesaja: »Euer Land ist verwüstet, eure Städte sind mit Feuer verbrannt; Fremde verzehren eure Äcker vor euren Augen; alles ist verwüstet wie durch Fremde verheert. Übrig geblieben ist allein die Tochter Zion wie ein Häuslein im Weinberg, wie eine Nachthütte im Gurkenfeld, wie eine belagerte Stadt.«[221] – Die Aufgabe, die Luther Kaiser und Adel stellte, umfasste eine tiefgreifende Reform der Gesellschaft und die Entmachtung Roms, die strikte Trennung zwischen der weltlichen und der geistlichen Obrigkeit und die Aufrichtung der deutschen Libertet als christliche Freiheit der deutschen Nation.

Die Programmschrift an den deutschen Adel gliederte Luther in drei Teile. Zunächst legte er dar, weshalb die weltliche Obrigkeit legitimiert sei, in den geistlichen Bereich einzugreifen und die Kirche zu reformieren. Die weltliche Obrigkeit erfülle dabei nur ihre von Gott gestellte Aufgabe, da die Verwahrlosung des geistlichen Standes ein Ausmaß erreicht habe, dass jede Reform innerhalb der Geistlichkeit selbst verhindere. Seit dem Konzil von Konstanz wisse jeder neue Papst, dass die wachsenden Missstände in der Kirche abgestellt werden müssen und eine tiefgreifende Reform nötig sei. Doch jeder neue Papst wisse auch, dass er unter dem großen Reformwerk, das er beginne, begraben werden könne. Am weitesten gediehen die Reformvorstellungen unter Pius II., ehemals Enea Silvio Piccolomini, der als Papst seine Anfänge als Humanist gern dem Vergessen anheimgestellt hätte. In seinem Auftrag hatte der deutsche Kardinal Nikolaus von Kues den Plan einer Generalreform erarbeitet, die am Ende jedoch von der Kurie behindert wurde und im Sande verlief, was zu einer Abkühlung des ehemals freundschaftlichen Verhältnisses zwischen dem hochgebildeten Papst und dem nicht weniger gebildeten Kardinal und bedeutenden Philosophen führte. Allein die Episode aus der Mitte des 15. Jahrhunderts bewies hinlänglich, dass Besserung nur von außen zu bewerkstelligen war, denn die Vertreter der römischen Kirche haben »drei Mauern mit großer Geschicklichkeit um sich gezogen, durch die sie sich bisher geschützt haben ..., wodurch die ganze Christenheit grauenvoll gefallen ist«[222], resümierte Martin Luther.

Die erste Schutzmauer bildete die Behauptung, dass die geistliche Gewalt über der weltlichen Gewalt stehe, so, wie es die hochmittelalterlichen Päpste exekutierten, allen voran Innozenz III. und Innozenz IV. und schließlich Bonifatius VIII. In der Bulle »Unam Sanctam« hatte Bonifatius den Vorrang der geistlichen vor der weltlichen Macht definiert und mit der Zwei-Schwerter-Theorie begründet, nach der die weltliche Macht ihr Schwert von der geistlichen Obrigkeit erhalten habe, um selbige zu beschützen und ihr zu dienen. Dem Vorrang des geistlichen Standes begegnete Martin mit dem Priestertum aller Gläubigen unter Hinweis auf 1. Petrus 2,9: »Ihr aber seid ein auserwähltes Geschlecht, ein königliches Priestertum, ein heiliges Volk, ein Volk zum Eigentum, dass ihr verkündigen sollt die Wohltaten dessen, der euch berufen hat aus der Finsternis in sein wunderbares Licht.« Alle Christen gehören durch die »große Gnade und Vollmacht der Taufe«

dem geistlichen Stand an, denn »was aus der Taufe gekrochen ist, das kann sich rühmen, dass es schon zum Priester, Bischof und Papst geweiht ist, obwohl es nicht jedem ziemt, ein solches Amt auszuüben.«[223] Mithin waren alle Christen vor Gott gleich und es bestand ein Unterschied zwischen ihnen nur im Amt, nicht aber im Stand. Da aber die weltliche Obrigkeit das Schwert von Gott erhielt, um die Verbrecher zu bestrafen und die Rechtschaffenen zu schützen, so stand sie in der Verpflichtung, ihr Amt »im ganzen Körper der Christenheit« auszuüben.[224] Mit dieser Forderung ging er das Kirchenrecht und die Jurisdiktionsgewalt des Papstes frontal an. Empört fragte er und bestand zugleich auf der Gleichheit aller Christen vor dem Gesetz:

> *»Warum ist dein Leib, Leben, Gut und Ehre so frei und nicht das meine, obwohl wir doch gleichermaßen Christen sind, Taufe, Glauben, Geist und alle Dinge gleich haben? Wird ein Priester erschlagen, so liegt ein Land im Interdikt, warum nicht auch, wenn ein Bauer erschlagen wird? Woher kommt ein so großer Unterschied zwischen den gleichen Christen? Allein aus menschlichen Gesetzen und Erfindungen!«*[225]

Die zweite Mauer stütze sich auf das Monopol der Schriftauslegung durch den Papst. Dagegen stellte Luther seine Überzeugung, dass jeder Christ in der Bibel lesen solle und dass er Gottes Wort frei zu verstehen habe. Als Beleg zog er Christi Wort im Evangelium des Johannes 6,45 heran: »Es steht geschrieben in den Propheten (Jesaja 54,13): ›Sie werden alle von Gott gelehrt sein.‹ Wer es vom Vater hört und lernt, der kommt zu mir.« Unter Christen existiere keine Ungleichheit vor Gottes Wort. Das Priestertum aller Gläubigen berechtige, wie bereits dargelegt, alle zur Lektüre und zum eigenen Verständnis der Heiligen Schrift. Die Päpste verfügen – als Menschen, die sie sind – nicht über Unfehlbarkeit, zumal es historisch als erwiesen galt, dass sie sich oftmals geirrt haben. Auch befinde sich der Papst im Irrtum, wenn er anführe, durch die Apostolische Sukzession die Schlüsselgewalt von Petrus übernommen zu haben, die Christus ihm verliehen habe. Denn Petrus habe die Schlüsselgewalt nicht anstatt, sondern nur stellvertretend für alle Christen entgegengenommen. Vor allem aber sei die Schlüsselgewalt nicht zur Lehre und zur Regierung verliehen worden, sondern allein zum Binden oder Lösen der Sünde. »Überdies sind wir ja alle Priester, wie oben gesagt ist, haben alle einen Glauben, ein Evangelium, ein und dasselbe Sakrament.«[226] Daher war jeder Christ, wenn der Papst gegen die Schrift handelte, verpflichtet, ihn zurechtzuweisen, womit denn auch die dritte Mauer in sich zusammenfiel: das angemaßte Recht des Papstes, nur er allein dürfe ein Konzil einberufen. Wenn große Missstände in der Kirche ein Konzil erzwingen sollten, der Papst sich aber weigere, es einzuberufen, dann obliege es der weltlichen Obrigkeit, ja im Grunde sogar jedem Christen, ein Konzil einzuberufen. Wenn der Papst auf seinem alleinigen Recht, ein Konzil einzuberufen, beharre, dann handele er mit der »Vollmacht des Teufels und des Antichrists«,[227] meinte Luther.

Mit der Ermahnung an seine »lieben Deutschen«, Gott mehr zu fürchten als die Menschen, ging er zum zweiten Teil der Schrift über, um die Notwendigkeit eines Allgemeinen Konzils zu verdeutlichen. Der ersten Grund für ein Konzil fand sich in der Hybris der Macht und des Wohllebens des Papstes, der sich mit der Tiara schmückte – mit den dreifachen Kronenreifen, die seine absolute Herrschaft über die Weihe, die Rechtsprechung und die christliche Lehre symbolisierten –, obwohl doch Christus nur die Dornenkrone getragen habe. Die Gegenüberstellung des dienenden und armen Christus und des herrschenden und reichen Papstes gewann beeindruckende Bildkraft in dem von Lucas Cranach in Zusammenarbeit mit Luther und Melanchthon 1521 herausgebrachten »Passional Christi und

Antichristi«. Auf jeder Doppelseite des Druckes erblickte der Leser einen Holzschnitt, der eine Episode aus dem Leben Jesu zeigte, während auf der rechten Seite das Wohlleben des Papstes dargestellt war. Martin erinnerte mit Inbrunst daran, dass der Papst nicht der Staathalter des erhöhten, sondern des gekreuzigten Christus sei, der vor Pilatus gesagt habe: »Mein Reich ist nicht von dieser Welt.« Als zweiten Grund für ein Konzil sah Luther die Notwendigkeit, der Ausplünderung der Deutschen durch die »Römer« – »bis sie kein Bistum, kein Kloster, Pfarrei, Lehen, Heller oder Pfennig mehr haben«[228] – einen Riegel vorzuschieben. Und er fragte: »Hat das Königreich Frankreich sich dagegen gewehrt, warum lassen wir Deutschen uns so narren und täuschen?«[229] Vor allem aber werde zum Dritten nur Besserung eintreten, wenn man die wuchernde Bürokratie in Rom konsequent zurückschnitte, die unnütz und schädlich war, weil sie mit vielen Regelungen und »Erfindungen« das Leben schwer machte, sogar die Seligkeit gefährdete: »Wenn man dem päpstlichen Hof nur das hundertste Teil übrig ließe und neunundneunzig Teile wegnähme, wäre er dennoch groß genug, um in Glaubenssachen Antwort zu geben«,[230] denn darin besteht seine Aufgabe, in nichts anderem sonst. Doch statt sich um den Glauben zu kümmern, sei die Bürokratie in Rom fleißig im »Kaufen, Verkaufen, Wechseln, Tauschen, Lärmen, Lügen, Betrügen, Rauben, Stehlen, [in] Prachtentfaltung, Hurerei, Unzucht, Gottesverachtung« – und zwar so, dass es »dem Antichrist nicht möglich ist, lasterhafter zu regieren«.[231] Luther sprach von über 3000 Papstschreibern, von der gewaltigen Summe von über 300000 Gulden, die jährlich aus deutschen Landen nach Rom floss. Schwer wog der Vorwurf, dass die Römer ihre eigene Legitimität in Frage stellten, weil »sie ihr eigenes erdichtetes, geistliches Recht nicht halten, das doch selbst schon eher reine Tyrannei, Habgier und weltlicher Prunk ist als Recht.«[232] Herrschaften und Regime geraten in der Regel aus zwei Gründen ins Wanken:

erstens wenn sie den Interessensausgleich zwischen wichtigen Schichten und Gruppen der Bevölkerung nicht mehr zu organisieren vermögen oder das nicht für nötig erachten; zweitens wenn sie sich nicht an das eigene Recht halten, das ihre Herrschaft legitimiert. An einem Interessenausgleich mit den Reichsständen war der Kurie nicht gelegen, und was das Recht betraf, so galt als oberster Rechtsgrundsatz der eigene Nutzen. Ein Jurist, der den Rechtsbruch legitimierte, fand sich allemal, notfalls setzte man eine Kommission ein. Weil die römische »Räuberei, Betrügerei und Tyrannei« die Christenheit an Leib und Seele verderbe, ergab sich Luther zufolge daraus sogar die Pflicht zum Konzil, um die »Zerstörung der Christenheit abzuwehren«.[233]

Nachdem Martin Luther erstens dargelegt hatte, dass der Papst keinerlei Recht besaß, die Einberufung eines Konzils zu verhindern, ihm auch kein Veto zustand, und zweitens die Gründe für die Einberufung des Konzils aufgezählt hatte, benannte er im dritten Teil nicht nur die einzelnen Themen, die Gegenstand der Verhandlungen zu sein hatten, sondern unterbreitete auch Lösungsvorschläge. Die zu verhandelnden Themen entsprachen weithin den Gravamina der deutschen Nation und berührten daher die vitalen Interessen der Reichsstände und des Reiches insgesamt.

Kurz nach dem Konzil von Konstanz entwickelte der Lübecker Bischof Johannes Scheele in Zusammenarbeit mit Kaiser Sigismund einen Reformplan – die »Avisamenta reformationis in curia et extra«. Einen Teil der Themen griff ein weiterer Reformplan auf, der nach dem Tod des Kaisers von einem anonymen Autor während des Konzils von Basel unter dem programmatischen Titel »Reformation Kaiser Sigismunds« verfasst wurde. Diese Reformschrift ging von der Freiheit der Bürger und ihrem unveräußerlichen Bürgerrecht aus. Zu diesem Zweck sollten die Rechtsbücher den Bürgern in jeder Stadt zugänglich sein. Die Reformschrift widmete sich nach einer

Vorrede den Vorschlägen für eine geistliche und weltliche Erneuerung und mündete in eine Vision Kaiser Sigismunds. Manches von dem, was Martin forderte, fand sich schon in dieser Schrift von 1437: so die Förderung gebildeter, vom Zölibat befreiter Weltgeistlicher, die Reduktion der Anzahl der Klöster und die Trennung von weltlicher und geistlicher Gewalt. In den Mittelpunkt der Aufgaben der Kirche stellte diese Schrift die Seelsorge. Der Habsburger Friedrich III., der nach einem kurzen Intermezzo seines Vetters Albrecht im Februar 1440 Sigismund als Friedrich III. auf dem deutschen Königsthron folgte und in dem manche Zeitgenosse den wiedergekehrten Friedrich Barbarossa sahen, nahm die Reformbemühungen seines Vorgängers auf, allerdings ohne durchschlagenden Erfolg.

Im Jahr 1448 schlossen König Friedrich III., der 1452 Kaiser wurde, und Papst Nikolaus V. das Wiener Konkordat ab, an dem die Reichsstände nicht beteiligt waren und das die päpstlichen Rechte etwa bei der Investitur kirchlicher Ämter im Reich, bei der Vergabe von Pfründen und der Erhebung von Geldern regelte. Das brachte die Reichsstände auf den Plan. Bis 1456 erschienen verschiedene Protestschriften. In den Frankfurter »Avisamenta«, einer Vorläuferschrift zu den Gravamina, wurden die Beschwerden schließlich in 13 Artikeln als »Gravamina nationis germanicae« benannt und dem Papst unterbreitet. Durch die Dickfälligkeit und Arroganz der Päpste in dieser Frage wuchs sich der Ärger der Deutschen zu einer antirömischen Stimmung aus. Kaiser Maximilian I. beauftragte den Humanisten Jacob Wimpferling 1510 mit der Ausarbeitung der Gravamina, die eine ausgesprochen romkritische Stoßrichtung verfolgten und auf dem Reichstag zu Augsburg zur Ablehnung der Türkensteuer führten. Der Bischof von Lüttich, Erhard von der Mark, ließ ebenfalls eine Gravamina-Liste erstellen, die 1519 sogar Eingang in die Wahlkapitulation Karls V. fand. Insofern konnte Martin Luther mit seinem Aufruf an die Gravamina anschließen, zu deren Beachtung sich Karl in seiner Wahlkapitulation verpflichtet hatte, stimmten sie doch in den wirtschaftlichen und fiskalischen Fragen überein.

So forderte Luther im Einklang mit den Gravamina die Abschaffung der Annaten, der Abgaben, die mit der Besetzung einer Pfründe an den Papst fällig werden, häufig ein halber Jahresertrag der Pfründe, und der Palliengelder, die bei der Einsetzung eines Erzbischofs an den Papst gezahlt werden müssen, sowie der Ablassgelder. Zudem sollte Rom nicht mehr deutsche Bischofsämter, Prälatenstellen oder auch Abtsstellen besetzen dürfen und die Lehen sollten nicht mehr an Rom zurückfallen und nicht mehr von Rom vergeben werden. Ferner wurde die Zuständigkeit des Papstes als letzte oder höchste Instanz für Rechtsfälle in Deutschland bestritten. Der römische Finanzbedarf sollte durch eine rigorose Verkleinerung des päpstlichen Hofes deutlich vermindert werden. Fürderhin sollten dem Papst keine Eide mehr geleistet werden dürfen und der angemaßte Vorrang des Papstes vor dem Kaiser sollte fallen. Auf Erden entspreche dem dienenden Christus der dienende Papst.

Mit Blick auf die Fälschung der Konstantinischen Schenkung stellte Luther das geistliche Recht generell in Frage. Den Primat des Papstes auch in weltlichen Angelegenheiten leiteten die Päpste von der Behauptung ab, dass Kaiser Konstantin der Große das Imperium Romanum Papst Sylvester als Erbe übergeben habe. Allerdings stellte sich heraus, dass die Schenkungsurkunde eine mittelalterliche Fälschung war.

Der Papst solle sich künftig von weltlichen Händeln fernhalten und nicht mit den weltlichen Fürsten um weltlicher Herrschaft streiten, sondern »die Hand aus der Suppe ziehen«.[234] Und er sollte sich nicht länger die Füße küssen lassen, fand Luther, da doch Christus seinen Jüngern die Füße gewaschen habe und nicht umgekehrt. Wallfahrten nach Rom lehnte er mit dem Argument ab, dass es besser sei, wenn sich ein

Mann um seine Frau und seine Kinder sorgte und sich vor Ort um die Armen kümmerte, als sich in Gefahr zu bringen und in Rom mit viel Geld den römischen Klerus reich zu machen. Auch dem Übel der Bettelei sagte er den Kampf an. Zum einen empfahl er, keine neuen Klöster für Bettelmönche zu errichten und die bestehenden zu reduzieren. Außerdem sollte man die Bettelmönche vom Predigen und Beichtehören entbinden und dieses Feld den Weltgeistlichen überlassen, um den enormen Hass und den Neid zwischen Bettelmönchen und Weltgeistlichen beizulegen. Bei dieser Gelegenheit schlug er vor, den Zölibat abzuschaffen, da er nur das Gewissen beschwere, auch das der illegitimen Frauen und Kinder, und doch weder den Geistlichen besser mache noch seinem Seelenheil zuträglich sei: »Ich empfehle, man mache es wieder frei und lasse jedem seine freie Entscheidung, ehelich oder nicht ehelich zu werden.«[235] Voller Menschenkenntnis schrieb er: »Man findet manchen rechtschaffenen Pfarrer, der sonst keinen Tadel verdient hat, außer dass er schwach ist und mit einer Frau in Schande gekommen ist, obwohl doch beide im Grunde ihres Herzens so gesinnt sind, dass sie gerne immer beieinander bleiben wollten in wahrer ehelicher Treue, wenn sie das nur mit einem guten Gewissen tun könnten.«[236] Zum anderen schlug er vor, dass die Städte und Dörfer jeweils ihre eigenen Bettler mit dem Lebensnotwendigen wie Obdach, Kost und Kleidung versorgen, fremde Bettler aber abweisen sollten. Und wer mehr als das Nötigste wolle, müsse arbeiten. Dies entsprach der These 46 der »Disputation zur Klärung der Kraft der Ablässe«: »Man muss die Christen lehren: Wenn sie nicht im Überfluss schwimmen, sind sie verpflichtet, das für ihre Haushaltung Notwendige aufzubewahren und keinesfalls für Ablässe zu vergeuden.«[237] Schließlich sollte die Bettelei in der ganzen Christenheit abgeschafft werden. »Unter den Christen sollte wahrlich niemand betteln gehen. Es wäre auch leicht eine Ordnung dafür zu machen, wenn wir den Mut und den ernsthaften Willen dazu hätten.« Würde eine Stadt nur ihre eigenen Bettler ernähren und nicht »so viele Landstreicher und böse Buben im Rahmen des Bettelwesens«, wüsste sie auch, »welche tatsächlich arm sind und welche nicht«.[238] Zur Regelung dieser sozialen Fragen schlug Luther einen Verwalter oder Vormund vor, der alle Armen kennt und mit den Gemeindepfarrern zusammenarbeitet. Wie er im sozialen Bereich so etwas wie ein informelles Sozialamt zu schaffen gedachte, strebte er auch eine Bildungsreform an, die sowohl die Schulen, nebst Schulpflicht für Jungen und Mädchen, als auch die Universitäten bedachte.

Als Sohn eines Unternehmers entging ihm auch nicht, welches wirtschaftliche Problem die Unmenge kirchlicher Feiertage darstellte. Er schlug vor, die Jahrestage, Begängnisse und Seelenmessen ersatzlos zu streichen. Auch alle Feste empfahl er bis auf den Sonntag abzuschaffen oder sie auf einen Sonntag zu legen. Sowohl das Interdikt (Gläubige zu strafen, indem man sie von gottesdienstlichen Handlungen ausschloss) als auch der Bann sollten fürderhin nicht mehr angewendet werden. Neue Wallfahrtsorte sollten verhindert, alte reduziert werden. Auf Johann Hus anspielend verwarf er die Mittel der Justiz in Glaubensfragen. »Man sollte dann die Ketzer mit Schriften und nicht mit Feuer überwinden, wie es die alten Väter getan haben. Wenn es eine Kunst wäre, die Ketzer mit Feuer zu überwinden, wären die Henker die gelehrtesten Doktoren auf Erden, wir müssten auch nicht mehrt studieren, sondern wer den anderen mit Gewalt überwindet, kann ihn verbrennen.«[239] Dieser Satz gehört wohl zu den hellsten und besten, die zur Freiheit und zur freien Meinungsäußerung bis dahin geschrieben worden waren. Wie in ahnender Voraussicht gebot er, dass der Bruch des freien Geleits der Aufkündigung von Gottes Gebot gleichkam, denn: »Das Halten des Geleits hat Gott geboten; das muss man halten, auch wenn die Welt unterginge, geschweige denn ein Ketzer freikäme.«[240] Die

Gültigkeit der päpstlichen Rechtssprüche, der Dekretalen, verwarf er. Er widersprach der Vorstellung, dass die Kirche das alte Reich vom römischen Kaiser übernommen und an die Deutschen weitergegeben habe, weshalb ihr Dank und Abgaben zustünden. Die Bosheit der Päpste, so Martin, zwänge die Deutschen, ein zweites Römisches Reich – allerdings deutscher Nation – aufzurichten. Damit erweiterte er die Translatio-Idee der Humanisten, die er nun aber auf etwas Neues ausrichtete. Zum Schluss unterbreitete er noch Vorschläge zur Verbesserung der Sitten.

Luthers Schrift traf den Nerv der Zeit und begeisterte. Aber sie verunsicherte auch – beispielsweise seinen Landesherrn Friedrich den Weisen, der sich fragte, ob die Schrift Besserung oder Zwietracht bringen werde. Doch man würde sehen.

17

Am 5. April 1521 begaben sich der Kammerherr des Kaisers, Paul von Armerstorff, und Karls Beichtvater, der Franziskaner-Observante Jean Glapion, zu Franz von Sickingen auf die Ebernburg, die eine Tagesreise von Worms entfernt lag. Der Reichsritter Franz von Sickingen besaß unter der Ritterschaft, die neben den Fürsten und Städten einen eigenen Reichsstand bildete, eine hohe Autorität. Sickingen und Schaumburg hatten bereits ein Jahr zuvor Martin ihre Unterstützung zugesagt, was auch den Schutz mit Waffengewalt einschloss. Vordergründig ging es in dem Gespräch darum, ob Sickingen als Kriegsherr in den Dienst des Kaisers träte, in Wahrheit aber nutzten Glapion und Armerstorff das Treffen, um in der Causa Lutheri einen Kompromiss zu finden.

Die Lage stellte sich für alle Beteiligten verzwickt dar. Am Gespräch nahmen außer Glapion, Armerstorff und Sickingen noch der Reichsritter Ulrich von Hutten und Sickingens Kaplan Martin Bucer teil, der als junger Theologe die Heidelberger Disputation erlebt hatte und seitdem Luther verehrte. Man diskutierte sehr lange und am Ende gingen alle zufrieden nach Hause. Man hatte sich gründlich missverstanden und wohl gerade darum Kompromisse erzielt.

Nachdem die von den Reichsständen durchgesetzte Einladung Luthers vom Kaiser akzeptiert und mit der Zusicherung des freien Geleits unterstützt worden war, versuchte der päpstliche Legat Hieronymus Aleander in Zusammenarbeit mit dem Hofrat des Kaisers, wenigstens zu verhindern, dass Luther auf dem Reichstag sprechen könne – außer zum Zwecke des Widerrufs. Der Hofrat stellte keine feste Einrichtung dar, sondern war eher ein lockerer Personenkreis, der sich vor allem aus Vertretern der Ratskollegien der einzelnen Länder, über die Karl herrschte, zusammensetzte. Er wurde von Burgundern, Spaniern und Italienern beherrscht, während ihm auf deutscher Seite allenfalls die alten Räte Maximilians wie etwa der Salzburger Erzbischof Matthäus Lang oder der Erfinder der Schweizer Garden, der Bischof von Sitten, aber auch die Bischöfe von Trient und Triest angehörten – alles Leute, die den Reichsständen verhasst waren.[241] Trotz anfänglicher Erfolge blieben Aleanders Bemühungen letztlich erfolglos. Der Kaiser, der zuerst der verschärften Gangart gegen Luther zugestimmt hatte, stand zwischen dem Papst und den Reichsständen, von denen einige offen mit dem Wittenberger sympathisierten, andere sich abwartend verhielten. Da Karl die Reichsstände benötigte, war ihm daran gelegen, das Verhältnis zu ihnen nicht durch den Streit über die theologischen Ansichten eines Mönchs zu trüben. Zudem hatten die Drohungen gegen Luther nicht die erhoffte abschreckende Wirkung entfaltet. Luther hatte sich nicht von der Weiterreise nach Worms abbringen lassen, im Gegenteil. In Worms nahm man mit Erschrecken wahr, dass sich der Wittenberger sogar im Triumphzug dem Reichstag näherte, um aufzutreten und gehört zu werden.

Hutten und Sickingen hofften immer noch, der Kaiser werde sich gegen Rom wenden und sich für die deutsche Nation einsetzen, indem er Rom zur Anerkennung der Gravamina zwänge. Inzwischen hatte eine Kommission unter Herzog Georg von Sachsen die Liste der Gravamina überarbeitet und wesentlich erweitert. Diese erweiterte Liste lag nun dem Reichstag vor. Man sieht allein schon daran, wie kompliziert die Gemengelage war. Der Albertiner hielt Martin seit der Leipziger Disputation für einen Ketzer und sah sich als treuen Diener der Kirche, in der Frage der Gravamina allerdings agierte er als deutscher Fürst. Die Unterstützung der Reichsritter für Martin beruhte auf seiner Ablehnung des Primats des Papstes. Sie unterstützten Luther weniger um seiner Theologie willen, sondern vielmehr wegen der politischen Konsequenzen, die die lutherische Reform haben würde – die Sezession der deutschen Nation. In der Frage der Nation überlappten sich die Interessen Herzog Georgs und der Reichsritter, in der Beurteilung der Theologie und Person Luthers trennte sie Welten. Aus diesem Grunde konnte niemand vorhersagen, wie die Sache ausgehen würde. Hutten und Bucer fürchteten wirklich um Martins Leben, wenn er in Worms Einzug hielte.

Martin Luther brach inzwischen – am 6. April – mit Peter von Suaven, Nikolaus von Amsdorff, Johann Petzensteiner, seinem Bruder Jacob, dem Reichsherold Kaspar Sturm, mit dem in Weimar zu ihnen gestoßenen Justus Jonas und den Dienern zu seiner nächsten Station auf der Reise zum Reichstag auf: nach Erfurt. Was ihn erwartete, schien ihm nach den erschreckenden Nachrichten aus Worms und dem Sequestrationsmandat ungewisser denn je. Unterwegs legte Martin der Reisegesellschaft das Buch Josua aus, in dem es um die Landnahme der Israeliten geht (Josua 1,1–9). Das Land aber, das es galt, von Luther und seinen Freunden in Besitz genommen zu werden, war Deutschland.

Unterschied sich schon der Empfang in Weimar von dem in Leipzig, so geriet die Ankunft in der Universitätsstadt Erfurt zu einem wahren Triumph für Martin. An der Spitze von vierzig Reitern, allesamt Magister, Bakkalaren und Studenten erwartete ihn – so wie es alter Brauch des Ehrengeleites war – beim Dorf Nohra, wo das Erfurter Territorium begann, der Rektor der Universität, sein Studienfreund, der Humanist und Professor der Theologie Crotus Rubeanus, der einst den ersten Teil der Dunkelmännerbriefe verfasst hatte, um ihn feierlich in die Stadt einzuholen. Ihn begleitete das Haupt der Artistenfakultät, Helius Eobanus Hessus, ebenfalls ein alter Freund. Crotus legte sein ganzes rhetorisches Können in die Begrüßungsrede. Ihm folgte mit einer nicht weniger eloquenten Rede der Dichter Eobanus Hessus. Martins schlichte Schläfen wünschte sich der Humanist vom Lorbeer des Sieges umkränzt.[242] Selbst der Flussgott der durch Erfurt fließenden Gera stimmte Martins Lobesgedicht an: »Dieser Mann hat als erstes in Angriff genommen, den Schafstall Christi zu säubern, und er hat aufgedeckt, dass die Hirten der Schafe Wölfe sind.«[243] Herkulische Kräfte dichtete er ihm damit an, doch herkulische Kräfte benötigte der Mönch und Doktor der Heiligen Schrift auch.

Möglich, dass Martin Luther in dieser Stunde, in der er im Flecken Nohra den Begrüßungsreden der Freunde lauschte, an den ebenfalls sonnigen Frühlingstag vor zwanzig Jahren dachte, an dem er Erfurt zum ersten Mal durch das trutzige Kämpfertor betrat – die staunenswert schöne Stadt, die auch an Größe alle Städte übertraf, die er bis dahin in seinem noch jungen Leben gesehen hatte. Zwei Mächte kämpften und stritten um die Stadt an der Gera, eine der größten Städte des Reiches, größer noch als Magdeburg: der Erzbischof von Mainz, dem die Stadt gehörte, und der Kurfürst von Sachsen, auf dessen Gebiet die Stadt lag. Die Bevölkerung war gespalten in Mainzer und kursächsische Parteigänger, die um Macht und Einfluss in der Stadt kämpften, jeweils eigene Klientel bevorzugten und die Berufung der Gegner in öffentliche Ämter mit allen Mitteln zu verhindern trachteten.

Zwischen den gelben, blauen und roten Wämsern der Händler, den schwarzen, pelzbesetzten Schauben der Patrizier und Professoren tauchten in großer Zahl die Bettelmönche in ihren schmutzigen Kutten auf, aber auch in billiges Leinen gekleidet die Gaukler und Musikanten. Nicht zu überriechen waren die Werkstätten der Kürschner am Fluss. Man verwendete beißenden Urin zum Gerben des Leders.

Am 23. April 1501 hatte Luthers Studium, das regulär mit den *septem artes liberales* startete, in Erfurt begonnen. Nach dem Propädeutikum in der Artistenfakultät sollte sich nachdem Willen des Vaters das Studium der Rechtswissenschaft anschließen. Weil der jüngere Bruder die Firma erben sollte, sollte aus seinem begabten älteren Sohn ein hochangesehener Jurist werden. In Martins Ausbildung investierte der sehr sparsame Vater großzügig. Der einzige Luxus, den sich der fleißige Unternehmer leistete, bestand in der exzellenten Schulbildung des Filius. Nie würde Martin Luther vergessen, wie er, begleitet von den guten Wünschen des Vaters, damals den inneren Wehrgraben mit den beiden Mauerringen durchquert hatte und an der Kaufmannskirche, an Fachwerkhäusern und Höfen vorbei über die Krämerbrücke schließlich in das Innere der Stadt gelangte. Vom Benediktplatz, der bei den Erfurtern nur »bei Sankt Benedicti« hieß, führte eine lange Straße zur Michaeliskirche. Vor der Michaeliskirche lag der mächtige Gebäudekomplex der Burse Amploniana, auch »Zur Himmelspforte« genannt. In der Burse wohnten und aßen die Studenten nicht nur, sondern hier wurden auch Vorlesungen und Seminare gehalten. Sein Eisenacher Mentor, Johannes Braun, hatte ihm diese Burse empfohlen, die der Medizinprofessor Amplonius Rating de Bercka 1412 als Stiftung gegründet hatte. Die Sterne standen damals günstig für Martin, denn der angesehene Philosoph Jodocus Trutfetter führte gerade als Rektor die Belange der Universität. Trutfetter stammte nicht nur aus Eisenach, sondern hielt zudem engen Kontakt zu seiner Heimatstadt, so dass Martins Eisenacher Großonkel, Conradus Hutter, ihm durch Fürsprache bei Trutfetter die Aufnahme in die feinste Burse Erfurts geebnet haben dürfte. Der berühmte Philosoph schien von Anfang an sein Interesse auf den wissbegierigen jungen Mann gerichtet zu haben. Der Rektor der Burse, der Philosoph Johannes Knaes, wurde seinerzeit von Conrad Celtis für den Humanismus gewonnen.

In gewissem Sinne unterschied sich das Leben in der Burse nicht vom Klosterleben, denn man wurde um vier Uhr morgens geweckt, um Andacht zu halten und den Gottesdienst zu besuchen. In drei Wochen betete Luther den Psalter herunter, der ihn durch den Reichtum an Bildern und an Weisheit in Bann schlug. Der Psalter prägte seinen Stil. Um sechs Uhr startete das Studium mit den Seminaren. Gegen zehn Uhr gab es endlich Frühstück, um fünf Uhr Abendbrot, das er mit den Kommilitonen gemeinsam einnahm. Dazwischen fanden Vorlesungen und Seminare statt.[244]

Crotus nannte Martin Luther in der Begrüßungsrede am 6. April vor den Toren Erfurts den »einzigen Rächer der großen Lüge der Zeiten,/Die uns den Glauben geraubt, ja ihn beinah vertilgt … Ewig ist Martins Ruhm, für Ehre errungen,/…«[245] Vielleicht erinnerte Luther sich beim Zuhören daran, dass er diesen Johannes Jäger in der Burse kennengelernt hatte, der sich guthumanistisch Crotus Rubeanus nannte. Hatten sie damals nicht im Dichten gewetteifert, Rubeanus und Martin?

Als Luther Crotus so zuhörte, entsann er sich womöglich auch noch einer anderen, nicht ganz ungefährlichen Episode: Er vermochte weder ein Schwert noch einen Degen zu führen, und obwohl er nach dem bestandenen Baccalarexamen eine Waffe tragen durfte und auch musste, wollte er sich nicht lächerlich machen. Freund Rubeanus zog mit ihm vor die Stadt hinaus, um den Waffengebrauch zu üben. Wahrscheinlich gerieten die Studenten in Eifer und Crotus Rubeanus traf versehentlich Martins Hauptschlagader am Schenkel. Crotus Rubeanus stürmte ins nächste Dorf und holte Hilfe. Luther wurde in die Burse zurücktransportiert und die Geschichte erfunden, Martin habe sich mit der Waffe selbst die Ader geritzt, damit man die Übungen, die hätten als Duell ausgelegt werden können, verschweigen konnte. Die schwere Verletzung zwang ihn, längere Zeit das Bett zu hüten. Das freilich hatte auch sein Gutes. Martin Luther nutzte die Zeit, sich das Lautenspiel beizubringen. Und darin wurde er ein Meister. Schon damals deutete sich an, dass Martin nicht für das Schwert geschaffen war, sondern mit Worten und Melodien zu kämpfen wusste.

Nun, bald zwei Jahrzehnte später, zog er mit stattlichem Gefolge in die Stadt ein, in der er die »Sieben freien Künste« studiert hatte und danach – im Jahr 1504 – in das Kloster der Augustiner-Eremiten eingetreten war, weil er sich – zum Leidwesen des Vaters – nicht zur Juristerei berufen fühlte. Dem Kloster stand inzwischen sein Freund Johann Lang als Prior vor. An jene Zeit erinnerte er sich nicht gern, denn er hatte sich mit dem Vater verstritten, der seine erheblichen Investitionen in die Ausbildung des Sohnes in den Rauch zu schreiben vermeinte. Nachdem Martin am Sonntag in Mansfeld noch die Messe gefeiert hatte, war er am Montag in aller Frühe aufgebrochen. Er befand sich in einem Zwiespalt. An sich war es seine Pflicht als Sohn, dem Vater zu gehorchen, so stand es in den Zehn Geboten. Und der Vater wünschte, dass er sich zum Juristen ausbilden ließ. Doch er sehnte sich danach, »der Welt zu ersterben« und Mönch zu werden, um so Gott zu dienen. In die Kämpfe seines Herzens versunken, geriet er auf dem Weg in der Nähe eines Dorfes namens Stotternheim – zwei Tagesreisen von Mansfeld und zwei Wegstunden von Erfurt entfernt – am 2. Juli 1505 in ein heftiges Gewitter. Ähnlich düster, wie es in ihm aussah, hatten auch schwarze, tiefhängende Wolken seinen Weg verfinstert. Ein heftiger Blitz, der neben ihm in die Erde schlug, schreckte ihn auf. Ein Unwetter brach über ihn herein. Hatte die Hölle ihre Pforten geöffnet? In Ewigkeitsfurcht brüllte er: »Sancta Anna, hilf, ich werd ein Mönch!« Paulus wurde von einem Blitz zu Boden geworfen, Augustinus auf die für ihn entscheidende Schriftstelle durch einen scheinbaren Zufall gestoßen, und ihm hatte die heilige Anna eingegeben, Mönch zu werden. In dem Zwiespalt, Gottes Gebot zu übertreten und nicht dem Willen des Vaters zu gehorchen oder das Gelübde, das er der heiligen Anna gegenüber abgelegt hatte, zu brechen, riet ihm der väterliche Freund Johannes Braun dazu, sich für die Einhaltung des Gelübdes zu entscheiden. Allerdings brauchte es Jahre, bis der Vater ihm verzieh. Es dauerte, bis der Vater sah, dass der Sohn seinen eigenen, erfolgreichen Weg gefunden hatte und nicht als Bettelmönch im hintersten Winkel eines Klosters versauerte, sondern als Universitätsprofessor seinen Weg gehen würde. Dennoch litt Luther ein Leben lang darunter, dem Vater den schuldigen Gehorsam verweigert zu haben. Zwar hätte er Franziskaner oder Dominikaner werden können, aber seine Lektüre und die Beschäftigung mit Augustinus führten ihn zum Orden der Augustiner, die behaupteten, ihre Regel von Augustinus erhalten zu haben. Die Augustiner-Eremiten engagierten sich für die Bildung und die Wissenschaft, zudem unterhielten sie in Erfurt eine Ordenshochschule, die mit der Universität zusammenarbeitete. In Erfurt hatte sich überdies eine Elite des Ordens versammelt. Dort studierte Martin Luther nicht nur Theologie, sondern im Kloster der Augustiner-Eremiten wurde auch Johann von Staupitz, der Generalvikar des observanten Zweiges des Ordens, auf ihn aufmerksam. Staupitz förderte ihn und befreite ihn schließlich aus der schrecklichen Angst vor dem harten Weltenrichter, indem er ihm den Weg zum liebenden Christus, dem Christus der Gnade, eröffnete.

Das alles lag um die zwanzig Jahre zurück. Nun, am 6. April 1521, überraschte ihn Erfurt, denn »bei seinem Einzug waren alle Straßen und Gassen voll Zuschauer, welche D. Luthern von Person zu kennen sehnliches Verlangen trugen«. Luther »kehrte im Augustinerkloster ein, woselbst er zwar von D. Barthol. Arnoldi von Usingen, der mit ihm in der Lehre nicht einig war, ziemlich scheel, aber von dem Prior D. Johann Langen desto freundlicher aufgenommen wurde«.[246] Für den nächsten Tag, den ersten Sonntag nach Ostern, bat ihn Johann Lang, in der Augustiner-Kirche die Predigt zu halten, was ihm Martin nicht abschlagen konnte.

Die Neugier, die Bewunderung, die Hoffnung, den Weg zum Seelenheil zu finden, trieb die Erfurter in die Kirche der Augustiner-Eremiten – in die Kirche, in der Martin vor knapp siebzehn Jahren zum Mönch geweiht worden war und in der er seine Priesterweihe erhalten hatte. Wie ein Lauffeuer eilte die Kunde, dass der berühmte und für manche auch berüchtigte Doktor Martin Luther predigen werde, durch Erfurt. So groß war der Andrang, dass viele vor den geöffneten Kirchentüren stehen blieben, weil sie trotz Schieben und Schubsen nicht den kleinsten Platz mehr im Gotteshaus fanden. Wie ein Zeichen des Himmels gab das Tagesevangelium eine Stelle des Johannesevangeliums vor, nämlich als Jesus nach Tod am Kreuz und Erhöhung den verängstigten Jüngern erschien, um ihren Glauben zu stärken und selbst den skeptischen Thomas zu überzeugen, denn »selig sind, die nicht sehen und doch glauben« (Johannes 20,26–29). In der Predigt sprach Luther vom Seelenheil, von der rechten Frömmigkeit, der richtigen Art zu glauben. Er erinnerte daran, dass die Sünde von Adam kam, dass aber Christus sie auf sich genommen und dem Tod die Macht entrissen habe, damit die Menschen nicht, wie der Papst irrlehrte, durch eigene, sondern durch Christi Werk selig werden. Nicht durch ihre Werke erlangten die Heiligen die Seligkeit – selbst die Gottesmutter nicht, so fromm oder heilig sie gewesen sein mochte –, »sondern durch den Willen des Glaubens und durch die Werke Gottes«, nicht des Menschen.[247] Aber diese Wahrheit sei in Vergessenheit geraten, weil »kein rechter Prediger lange Zeit gewesen ist«. Schlimmer noch: »Es sind wohl dreitausend Pfaffen, unter denen man vier rechte nicht findet.«[248] Durch die Werkerei werde man nicht fromm, sondern nur, wenn man fromm sei, würde man fromme Werke verrichten durch den Glauben. Eine gewisse Ironie lag in dem Zufall, dass er ausgerechnet an dem Ort von seiner harten Suche nach Frömmigkeit berichtete, von dem ruhelosen Tun guter Werke, an dem sich die Suche auch zugetragen hatte, nämlich hier im Kloster der Augustiner-Eremiten, in dem er darunter gelitten hatte, Christus nicht genügen zu können, ganz gleich, welchen Kasteiungen er sich auch unterzog. Den liebenden Christus, dessen Wesen Erbarmen ist, hatte er erst durch Johann von Staupitz kennengelernt: »Wenn eine rechte christliche Liebe und Glaube vorhanden ist, so ist alles, das der Mensch tut, verdienstlich.« Es mag ein jeder tun, was er will – aber »in der Meinung, dass er die Werke für nichts achte; denn sie können ihn nicht selig machen«.[249] Als Luther so predigte und eine Pause des Nachdenkens einlegte, krachte es in der plötzlichen Stille vernehmlich im Kirchengebälk. Die Holzemporen drohten, aus Überlastung zu bersten. Unruhe entstand und Panik ergriff Männer, Frauen und Kinder. Mit beiden Händen umfasste er die Kanzel und rief mit lauter Stimme in das Kirchenschiff, zu den Menschen auf den Emporen: »Haltet, haltet ein! Und fürchtet euch nicht! Auch wenn der Teufel am Gebälk zerrt, so schert euch nicht um ihn. Er wills nicht leiden, dass wir vom Glauben reden – und muss es doch dulden.« Dann setzte er die Predigt fort und ermahnte die Gemeinde, die sich unter seinen Worten beruhigt hatte, dass ein jeglicher sein Werk verrichten solle – so, dass es nicht ihm allein, sondern auch seinem Nächsten nützlich sei. Deshalb gelte es, den Glauben zu stärken und sein Tun daran zu messen, ob Gott Gefallen an ihm habe. Durch den Glauben empfangen wir den Frieden Gottes, nicht aus den vermeintlich guten Werken. Die Predigt geriet zum Ereignis und Erfurt zu einem Triumph, doch auch zu einem anstrengenden, kräftezehrenden Sieg. Die Gespräche mit den Erfurtern, mit Crotus Rubeanus, Hessus und Lang, ließen Martin keinen Zweifel daran, dass die Sache Gottes sich mit der christlichen Patria deutscher Nation verbunden hatte, die ihren Anker in der christlichen Freiheit fand. Zumindest spielte Eobanus Hessus darauf an, wenn er in seiner vierten Luther-Elegie Christi Sache mit der Emanzipation der deutschen Nation von der römischen Fremdherrschaft verband: »Das große Deutschland wird für dich fromm in Waffen stehen; was zweifelst du daran, dass der Erdkreis auf die Seite gezogen wird, der jenes anheimfällt.« Und zugleich stellte Eobanus Martin in die Nachfolge Christi: Zwar sei es niemandem »gegeben, Christus vom Himmel hinabzustürzen«, doch er zweifele nicht, dass auch Martin Luther Kriege bevorstünden, dass »auch um deinetwillen ... Kriege zu führen« sind und Luthers Seite die bessere sei.[250] Eobanus erging sich mit solchen Worten nicht in Großsprecherei, denn sein ehemaliger Mitautor der Dunkelmännerbriefe, der Reichsritter Ulrich von Hutten, hatte den einflussreichen Franz von Sickingen auf Luthers Seite gezogen – und mit ihm die Reichsritterschaft.

An Melanchthon schrieb Luther, kaum in Gotha angekommen, seiner nächsten Station, dass der feierliche Einzug in Erfurt sein Palmsonntag gewesen sei. Das freilich war eine zweischneidige Sache. Jesus war unter dem großen Jubel des Volkes in Jerusalem eingezogen. Mit den Wedeln der für heilig gehaltenen Palme hatten die Jerusalemer ihn als König begrüßt. Gleichzeitig aber begann mit dem feierlichen Einzug in Davids Stadt Jesu Leidensweg, der am Kreuz auf Golgatha enden sollte. Immer stärker quälten Martin Luther die Ungewissheit und das Bewusstsein der Gefahr – und damit die Angst zu versagen. Ging er dem sicheren Tod entgegen? Würde er Christus im letzten Augenblick doch verraten? Was ist der Mensch? Ist er genug? Kann er genügen, wenn die Welt gegen ihn steht?

In Gotha war er am 8. April angekommen. Wieder hatte ihn eine unüberschaubare Menschenmenge begrüßt – und wieder hatte er in einem überfüllten Gotteshaus gepredigt, einer Kirche der Augustiner. Währenddessen hatten sich etliche Steine vom Giebel der Kirche gelöst und waren heruntergestürzt, ohne dass jemand zu Schaden kam. Luther machte den Teufel dafür verantwortlich, der seine Ankunft in Worms zu hintertreiben suche. Noch am selben Tag reiste er zum nahegelegenen Reinhardsbrunn weiter, um im dortigen Benediktiner-Kloster mit den Gefährten zu nächtigen. Als der Vikar ihn eindringlich vor den Ränken der »Welschen« und der Spanier in Worms warnte, antwortete ihm Luther: »Bittet ihr Gott, dass er Christo seinem Sohn günstig sei. Wenn dessen Sache in Sicherheit stehet, so ist die meine auch sicher.«[251]

Nicht, dass Martin Luther sich mit Christus verwechselte. Aber ein jeder Christ sollte Christus nachfolgen und damit stand jedem gegebenenfalls seine eigene Passion bevor. »De imitatione Christi« bedeutet Christi Nachfolge – notfalls auch mit Dornenkrone und Geißelung.

18.

Von dort, wo eigentlich das Heil herkommen sollte, kam das Unheil. Aus Luthers Sicht ging es vom Papst aus, von der Kurie, vom Hof des Antichrists. Worauf stützte sich ihre Macht? Auf die Sakramente. Wo hatte also die Reform der Kirche anzusetzen? Bei den Sakramenten. So erstaunte es nicht, dass sich seit den Kirchenvätern eine reiche Literatur zu den Sakramenten entfaltet hatte, die im Mittelalter von der scholastischen Theologie intensiv bearbeitet und verfeinert worden war.

Eine der schönsten Darstellungen der Sakramente findet sich im Altarbild des Rogier van der Weiden, der die sieben Sakramente in ihrer Bedeutung und Beziehung zueinander paradigmatisch anordnete. Während die linkte Tafel Taufe, Firmung und Bußsakrament versinnbildlicht, beschäftigt die rechte sich mit Ehe, Weihesakrament und letzter Ölung. Der Mittelteil bleibt natürlich dem Altarsakrament, dem Abendmahl, vorbehalten. In den Sakramenten versinnbildlicht sich die Wirklichkeit Gottes, die als sichtbare Handlung oder als sichtbares Zeichen für den Menschen erfahrbar und erfassbar wird. Ein Blick auf die einzelnen Sakramente offenbart, dass sie die wichtigen Etappen im Leben der Menschen begleiten. Wie Torhüter bewachen sie die Stadien des menschlichen Lebens, die existentiellen Grundtatsachen: Geburt, Pubertät, Eheschließung, Krankheit und Tod.

Mit der Taufe trat zu Luthers Zeit der Mensch in die christliche Gemeinschaft ein, und das so radikal, dass von ihr auch das ewige Leben im Paradies abhing. Deshalb wurden Neugeborene, von denen man annahm, dass sie ihr Geburt nur um ein Weniges überleben würden, notgetauft. Ohne die letzte Ölung, die mit einer Beichte verbunden war, blieb in der Regel ebenfalls der Weg ins Paradies versperrt. Wer die Sakramente spendete, besaß mithin eine große Macht. Verhängte der Papst über eine Stadt oder ein Dorf oder einen Landstrich oder sogar über ein Reich das Interdikt, durften die Sakramente dort nicht mehr gespendet werden. Das hieß, selbst die ungetauften Kinder und die Sterbenden traten den Weg in die Hölle an. Das galt ohnehin für Personen, die im Zustand des Banns verstarben, wie der Großvater des sächsischen Herzogs Georg. Deshalb mühten sich der Herzog und dessen Mutter, den Vater und Großvater aus der Hölle oder dem Fegefeuer durch gute Werke in den Himmel zu versetzen. Und da Georg von Podiebrad sein Engagement für die Hussiten in diese missliche Lage gebracht hatte, bekämpfte sein Enkel, Herzog Georg von Sachsen, alles, was auch nur im Entferntesten nach Hussitentum roch – also auch Martin Luther.

Mit dem Weihesakrament sicherte die römische Kirche ihre Hierarchie ab und definierte, wer überhaupt Zugang zu den Sakramenten hatte. Im Abendmahl wurde die Kirche eins mit Christus. In diesem immer wieder Einswerden mit Christus fanden sich das Fundament der Kirche und der Schutz der Menschen durch Gott. Spenden durfte das Abendmahl nur der geweihte Priester, da nur er nach der Transsubstantiationslehre, die vom vierten Laterankonzil 1215 als orthodox eingestuft worden war, die Verwandlung von Wein in Blut Christi und von Brot in Leib Christi gewährleisten konnte. Es galt als eine der schlimmsten Gotteslästerungen, geweihte Hostien wegzuwerfen, die in der Eucharistie übriggeblieben waren. Den Juden wurde, wenn man ein Pogrom veranstalten und sich ihres Besitzes bemächtigen wollte, gern vorgeworfen, dass sie geweihte Hostien zu Blasphemien und Ritualmorden verwandten, um Jesus Christus abermals zu töten.

Doch wie ließ sich Luthers Vorstellung vom Priestertum aller Gläubigen durchhalten, wenn nur bestimmten Menschen, den geweihten Priestern, das Spenden der Sakramente vorbehalten blieb? Begründeten die Sakramente nicht den Primat des Papstes? Durfte derjenige, der Sakramente spendete, nicht auch Ablässe herausgeben, wo sich doch im Bußsakrament Ablässe und Buße begegneten? Nichts weniger stand zur Diskussion als die Frage, wie sich Gottes Heilshandeln konkret vollzog. Das Innerste der Kirche, Gottes Werk und des Menschen Beitrag, hatte nun von den gewonnenen Positionen seiner Rechtfertigungslehren aus überdacht zu werden. Wer die Herrschaft über die Sakramente hatte, besaß die Herrschaft über die Kirche – und zu einem nicht geringen Teil über Europa und die Neue Welt, über Deutschland allzumal. Nach der Ohrfeige von Anagni 1303 hatte sich der französische König des Papstes bemächtigt und die Kurie nach Avignon entführt. Die Zeit des Avignoner Exils wurde unter Anspielung auf das Alte Testament auch als babylonische Gefangenschaft bezeichnet. Nachdem 70 Jahre später die Päpste nach Rom zurückkehrten, kam es zum Großen Abendländischen Schisma, aus dem erst zwei, dann drei Gegenpäpste hervorgingen. Dieser zerstörerische Zustand konnte erst im Konzil zu Konstanz beendet werden. Zwar war die Kirche nun wieder geeint, reformiert hingegen war sie nicht. Der Papst führte die Kirche durch seine Herrschaft über die Sakramente in eine neue babylonische Gefangenschaft. Es stellten sich dem Wittenberger Theologen zwei drängende Fragen. Erstens: Durften alle Sakramente zu Recht als Sakramente gelten? Zweitens: Besaßen allein die geweihten Priester das Recht, die Sakramente zu spenden?

Von seinem neuen Verständnis der Rechtfertigung, von seiner Erkenntnis der wahren Gerechtigkeit Gottes, führte ihn der Weg von den Ablässen zur wirklichen Buße und Reue und von dort zum Sakrament. Unmittelbar nach der Leipziger

Disputation hatte Luther sich in einer ersten Annäherung mit der Frage der Sakramente beschäftigt. So entstanden ein Sermon über die Taufe und einer über die Buße. Spalatin unterrichtete er im Brief vom 18. Dezember 1519 darüber, dass er keinen Sermon über die Sakramente verfassen werde, weil er zu ihnen keine Schriftstelle finde und sie daher »erfabelt« seien. Er benötigte also ein neues Verständnis vom Sakrament. »Denn für mich ist kein Sakrament mehr übrig, weil kein Sakrament da sein kann, wenn nicht eine ausdrückliche göttliche Verheißung gegeben wird, welche den Glauben übe, da wir, ohne das Wort des Verheißenden und den Glauben des Annehmenden, mit Gott nichts zu schaffen haben können.«[252] Die Verheißung Gottes findet sich in der Heiligen Schrift, zu der nun der Glauben treten muss. »Ohne Verheißung nämlich kann man an nichts glauben. Ohne den Glauben aber ist die Verheißung nutzlos, denn durch ihn wird sie gekräftigt und erfüllt.«[253] Das Sakrament verstand Luther als das äußere Zeichen der Verheißung Gottes. Ein Sakrament wird also bestimmt durch zwei Dinge: durch die Verheißung und das äußere Zeichen. Tritt zur Verheißung kein Zeichen, bleibt sie Verheißung, das Zeichen aber ist, da es nur äußerlich ist, von geringerem Wert als die Sache selbst. In der Taufe geht der Mensch den Bund mit Gott ein und das ewige Leben wird ihm in ihr verheißen, ihr äußeres Zeichen findet das Sakrament im Taufritus. Nach genauer Prüfung unter den von ihm zugrunde gelegten, neuen Maßstäben bleiben für ihn nur zwei Sakramente übrig: Taufe und Abendmahl. Die Buße hatte er als drittes Sakrament im Blick, aber ihr ermangelte es an einem Zeichen. Darum blieb er letztlich bei zwei Sakramenten. Auch die Ehe sah er nicht als Sakrament an und hielt Scheidung für möglich. Darum wandte sich gegen das Verbot der Wiederverheiratung von Geschiedenen, weil er nicht einsah, weshalb Geschiedene für den Rest ihres Lebens im Zölibat leben sollten.

Um die von ihm verworfenen Sakramente brauchte er sich nicht mehr zu kümmern, obwohl er in seinem Text kurz begründete, weshalb Weihe, letzte Ölung, Ehe und Firmung für ihn keine Sakramente mehr darstellten. Die Buße hatte für ihn an sakramentalem Charakter eingebüßt, weil sie, statt ein Dienst zu sein, zu einem Mittel kirchlicher Macht wurde, denn aus der Buße entwickelte sich die Reue, die Beichte und die Genugtuung. Während die Reue in römischer Sicht als Verdienst des Menschen gesehen wurde und mithin als ein gutes Werk, mit dem man sich die Seligkeit verdienen konnte, verwarf er zwar nicht die Ohrenbeichte, aber die Praxis, Absolution bei besonders schwerwiegenden oder bei »geheimen Sünden« für Geldzahlungen zu erteilen. Besonders harsch kritisierte er die Genugtuung, die in Werken der Selbstkasteiung ausartete. »Die Reue war jedoch weniger der Tyrannei und der Geldgier, sondern ganz und gar der Gottlosigkeit und verderbenbringenden Lehren ausgeliefert. Die Beichte dagegen und die Genugtuung sind zu besonders geeigneten Werkstätten für Geld- und Machtgewinn geworden.«[254] Und das Weihesakrament sah Luther als pures Mittel der Macht.

An den beiden anderen Sakramenten aber, Taufe und Abendmahl, also am Eintritt in die Gemeinschaft mit Christus zur Vergebung der Sünden samt der Verheißung des ewigen Lebens, hing alles, der gesamte christliche Glauben. Jeder Christ durfte sie spenden, weil jeder Christ auch Priester war, so hatte er es in der Adelsschrift definiert. In der Praxis blieb das Spenden der Sakramente allerdings auch bei den Evangelischen letztlich den Pfarrern vorbehalten, doch im Notfall, wenn kein Pfarrer verfügbar war, hatte jeder Christ das Recht, die Sakramente zu spenden. Die Transsubstantiationslehre, die Vorstellung einer realen Verwandlung von Brot und Wein in Leib und Blut Christi während der Messe durch den geweihten Priester, drängte Luther zurück. Sie war für ihn nur eine Lehrmeinung ohne dogmatische Verbindlichkeit. An der Realpräsenz aber, der Vorstellung, dass Christus in Brot und Wein im Abendmahl real gegenwärtig ist, hielt Luther gegen ein rein symbolisches Verständnis, wie es sich später bei den Schweizer Reformatoren Zwingli und Bullinger fand, fest.

Indem er auf die biblische Szene im Garten Gethsemane zurückging und sich mit der Szenerie der Einsetzungsworte beschäftigte, wurde ihm bewusst, dass es keiner Transsubstantiation bedurfte. Denn in der Bibel stand eindeutig:

> *»Und er nahm den Kelch, dankte und sprach: Nehmt ihn und teilt ihn unter euch; denn ich sage euch: Ich werde von nun an nicht trinken von dem Gewächs des Weinstocks, bis das Reich Gottes kommt. Und er nahm das Brot, dankte und brach's und gab's ihnen und sprach: Das ist mein Leib, der für euch gegeben wird; das tut zu meinem Gedächtnis. Desgleichen auch den Kelch nach dem Mahl und sprach: Dieser Kelch ist der neue Bund in meinem Blut, das für euch vergossen wird!«*[255]

Und Paulus erläuterte den Korinthern:

> *»Der Herr Jesus, in der Nacht, da er verraten ward, nahm er das Brot, dankte und brach's und sprach: Das ist mein Leib für euch; das tut zu meinem Gedächtnis. Desgleichen nahm er auch den Kelch nach dem Mahl und sprach: Dieser Kelch ist der neue Bund in meinem Blut; das tut, sooft ihr daraus trinkt, zu meinem Gedächtnis. Denn sooft ihr von diesem Brot esst und von dem Kelch trinkt, verkündigt ihr den Tod des Herrn, bis er kommt.«*[256]

Nach Luther bleibt Brot Brot und Wein bleibt Wein, aber etwas viel Besseres wird verheißen, nämlich Christi wirkliche Anwesenheit im Abendmahl, bei dem der Gläubige seinen Bund mit Christus immer wieder erneuert.

»Die Messe ist also, was ihr Wesen betrifft, eigentlich nichts anderes als die zitierten Worte Christi: ›Nehmet hin und esset‹ usw. – als ob er sagen würde: Sieh doch, du sündiger und verdammter Mensch! Aus reiner und frei gewährter Liebe, mit der ich dich liebe, weil der Vater der Barmherzigkeit es so will, verspreche ich dir mit diesen Worten – vor allem Verdienst, und ohne dass du etwas darbringst – die Vergebung aller deiner Sünden und das ewige Leben! Und damit du dieser meiner unwiderruflichen Verheißung absolut gewiss sein kannst, werde ich meinen Leib hingeben und mein Blut vergießen, um diese Verheißung durch den Tod selbst zu bekräftigen und dir beides (Leib und Blut) zum Zeichen und zum Gedächtnis dieser Verheißung zu hinterlassen.«[257]

Die Messe ist nicht Opfer, sondern das Testament Christi, die Realität des neuen Bundes. Das Testament, die Versprechung des Erbes, besiegelt Christus mit seinem Tod, mit Leib und Blut. »Ein Testament ist nun ohne Zweifel das Versprechen eines Sterbenden, durch das er sein Erbe benennt und seine Erben einsetzt.«[258] Die Benennung der Erben erfordert keine große Mühe, denn all diejenigen erben, die das Testament annehmen und der Verheißung glauben. So ergab sich aus der Rechtfertigung allein aus Glauben die Verheißung der Sündenvergebung und des ewigen Lebens. »Der Glaube nämlich macht hier die Erben …«.[259] Die Taufe aber verheißt die Seligkeit, nur bedarf es auch hier des Glaubens daran, dass die Taufe selig macht. Wo der Glaube fehlt, bleibt die Taufe unnütz und kann sogar schaden, weil sie Gottes Verheißung als Lüge ansieht. Sich im Glauben zu üben, ist das Schwerste, denn es bedeutet, immer wieder in seiner Schwachheit mit der Sünde konfrontiert zu werden. Wie aber kann der Mensch angesichts der Sünde ernsthaft daran glauben, selig zu werden, also Vergebung und das ewige Leben zu empfangen? Durch die Buße.

Die Buße gehört zur Taufe und befähigt dazu, aus der Sünde aufzustehen, zu bereuen und zurückzukehren zur »Taufe und zu dem Glauben, von dem wir abgefallen waren«.[260] Der Sinn der Sakramente liegt für Luther darin, den Glauben zu stärken. Mehr noch, die Taufe als Zeichen nützte niemandem und wäre mithin vollkommen überflüssig, wenn der Glaube an das Wort der Verheißung nicht hinzutreten würde. Der Glaube erst macht den Menschen gerecht »und erfüllt, was die Taufe bedeutet. Denn Glaube heißt: Der alte Mensch taucht unter und der neue Mensch taucht auf.«[261] Das Zeichen der Taufe steht für Tod und Auferstehung, d.h. für die »Rechtfertigung in vollständiger und vollendeter Form«.[262] Letztlich zielt die Taufe darauf, dass wir sterben und wieder auferstehen in das Reich Gottes hinein, das in der Welt beginnt, seine Vollendung aber erst im neuen Sein bei Gott erfährt.

Die Kirche begreift Luther als »Leib vieler Glieder«. In ihr kommt es auf jeden einzelnen Christen an. Da die Rechtfertigung durch Gott Gnade ist, die im Glauben angenommen werden soll, liegt alle Verantwortung beim einzelnen Menschen. Er wohnt nicht einer bloßen Inszenierung bei, wenn die Sakramente gespendet werden, sondern ist im Akt der Annahme von Gottes Gabe persönlich und unmittelbar beteiligt. Genau hier findet sich die Geburtsstunde des Individuums, der Beginn der Neuzeit. »Wer könnte nämlich eine Verheißung Gottes, die den persönlichen Glauben eines jeden Menschen verlangt, für einen anderen empfangen oder sie ihm zuwenden?« Grundstürzend folgte daraus: »Wo eine Verheißung Gottes ist, da steht ein jeder Mensch für sich! Da wird sein eigener Glaube verlangt! Da gibt jeder für sich selbst Rechenschaft und trägt seine eigene Last ...«.[263] Und da der Glaube zur Verheißung tritt, kann jeder Gläubige sooft, wann und wo er will, das Abendmahl feiern, auch allein. Kein Priester besitzt auch nur das geringste Recht, jemandem das Sakrament vorzuenthalten, denn es gehört ihm nicht und er verwaltet es auch nicht. Der Priester ist nach Luther zum Empfang des Sakraments nicht einmal notwendig. Wenn also die römische Kirche die Sakramente, Taufe und Abendmahl, die anderen hatte er ja ohnehin verworfen, nicht spendet, weil sie einen Menschen exkommuniziert oder die Stadt, das Dorf, die Herrschaft mit einem Interdikt belegt hat, so verfällt sie Luther zufolge selbst der Häresie, weil sie die Sakramente vom Glauben trennt und in babylonischer Gefangenschaft hält. Deshalb galt es, sie aus dieser institutionellen Gefangenschaft zu befreien. Der Macht des Apparates stand die Freiheit des einzelnen Christenmenschen entgegen. Mithin sah Martin in der christlichen Freiheit das Bollwerk gegen Rom. Die Freiheit aber hängt am Glauben. Ohne Glauben keine Freiheit und ohne Freiheit kein Glaube, denn Glaube ist letztlich etwas zutiefst Persönliches. Und Gott wendet sich auch jedem einzelnen Menschen zu. Zwar bleibt Kirche als Institution nötig, um christliche Erziehung zu gewährleisten und den rechten Gebrauch von Wort und Sakrament anzuleiten, aber »Heilsmittlerin« ist sie nicht, sie steht nicht zwischen Gott und dem Gläubigen. Das eben ist die umstürzende Erkenntnis Luthers, die die Erfindung des Individuums in der Philosophie und Kunst der Renaissance theologisch umsetzt und das neue Europa hervorbringt.

Mit der Kritik am Sakramentsverständnis legte Martin Luther die Axt an die Wurzel der Macht der römischen Kurie. Gegen die europäische Zentrale stellte er den einzelnen Christen und dessen Freiheit, an der die Macht zuschanden werden musste, wenn nicht die Freiheit des Christen zerstört werden sollte und damit zugleich der christliche Glaube, denn »zur Freiheit hat uns Christus befreit! So steht nun fest und lasst euch nicht wieder das Joch der Knechtschaft auflegen!«[264] Deshalb schlussfolgerte er: »Weder der Papst noch ein Bischof noch sonst irgendwer hat das Recht, über einen Christen auch nur eine einzige Silbe zu erlassen, außer mit dessen Zustimmung.

Und was auch immer auf andere Weise geschieht, das geschieht im Geist der Tyrannei.«[265] Er sah keinen anderen Weg mehr, als die beiden Sakramente, Taufe und Abendmahl, sowie die Buße aus der babylonischen Gefangenschaft zu befreien, indem er sie als das verstanden wissen wollte, was sie sind: als Verheißungen, die von Christen geglaubt werden, und zwar in christlicher und aus christlicher Freiheit heraus. Dort, wo Zwang herrscht, ist kein Glaube, sondern nur Lippenbekenntnis und Götzendienst.

Und weil er solchen Götzendienst nicht länger zu dulden wollte, befand Luther sich nun auf dem Weg nach Worms. Die schlechten Wege, das Gerumpel des Wagens, aber auch der enorme Druck, unter dem er stand, setzten seinem empfindlichen Magen erheblich zu, so dass er mehr tot als lebendig in Eisenach, der Stadt seiner frühen Jugend, ankam. Dort hatte er auf Geheiß seiner Eltern die hervorragende Lateinschule von Sankt Georg besucht. Martins Mutter hatte sich daran erinnert, dass schon ihre Brüder dort guten Unterricht erhalten hatten. Das Eisenacher Bürgertum war sowohl dem Humanismus als auch den neuen Frömmigkeitsbewegungen gegenüber aufgeschlossen. Die Lehrer der Schule von Sankt Georg bemühten sich um sehr gute Sprachkenntnisse und übten sich in der Wissenschaft der Philologie. Im Frühjahr 1498 war Martin Luther also von Magdeburg, wo er eine kurze, aber ergiebige Zeit bei den Brüdern vom gemeinsamen Leben zugebracht und die Wissenslücken der Mansfelder Lateinschule geschlossen hatte, nach Eisenach gewechselt. – In diesem Jahr übrigens wurde Girolamo Savonarola in Florenz als Häretiker verbrannt.

Martin aber lernte in Magenburg und Eisenach in offenerer Atmosphäre. Er kam, wie schon gesagt, mit der *devotio moderna* in Berührung – mit dem Denken Geert Grootes, mit dem »Tractatus devotus« des Florentius Radewijns, mit der »Epistel vom Leben und Leiden unseres Herrn« von Johannes

Vos van Heusden, vor allem aber mit dem grundlegenden Werk »De imitatione Christi« von Thomas a Kempis und dem »Rosetum exercitiorum spiritualium et sacrarum meditationum« des Johannes Mauburnus. In der Elbemetropole war er der Kraft des Wortes begegnet, in der Stadt unterhalb der Wartburg begann er zu lernen, wie das Wort in seinen tiefsten Bedeutungen zu erkunden war.

Eisenach mit seinen 4000 Einwohnern überraschte ihn mit seinen drei Pfarrkirchen, die über beinahe 50 Altäre verfügten, und den großen Klöstern der Franziskaner, Kartäuser und Dominikaner. Zunächst kam der begabte Junge bei seinen Verwandten unter, bevor ihn bald schon Ursula Cotta, die Tochter Heinrich Schalbes, der als Bürgermeister dem Magistrat der Stadt vorstand, zu sich nahm. Die Verwandten entlastete es und Ursula Cotta tat nicht nur ein gutes Werk, sondern hatte für ihren Sohn Caspar einen hervorragenden Nachhilfelehrer gefunden. Martins Musikalität und Frömmigkeit mit ihrer sehr konsequenten Ausrichtung auf Christus gefielen ihr, denn die Familie Schalbe gehörte zu den großen Förderern des hiesigen Franziskanerklosters, in dem der berühmt-berüchtigte Prediger Johannes Hilten seine letzten Jahre zubrachte. Wegen seiner Bußpredigten vom Weltuntergang und seiner schonungslosen Kritik an der Verdorbenheit des Klerus hatte er lange in Klosterhaft gesessen.

In Eisenach fand Luther Zugang zu Schalbes Kollegium, einem Kreis von Männern, die über die Frömmigkeit und den Glauben nachdachten, sich hierbei sehr für den Neuplatonismus und die auf ihm beruhenden mystischen Theologie des Dionysius Areopagita interessierten. Martins Distanz zum Aristotelismus geht auf die frühe Bekanntschaft mit dem Neuplatonismus in Eisenach zurück. Bevor er überhaupt mit dem aristotelischen Denken als Methode konfrontiert wurde, sammelte er erste, und zwar praktische Erfahrungen mit dem Neuplatonismus. In der Georgenschule traf er auf Lehrer und ältere Schüler, die sich in einer humanistischen Sodalitas versammelt hatten, deren Seele der Vikar der Marienkirche, der Priester Johannes Braun, war. Johannes Braun wurde schließlich Martins väterlicher Freund und geistiger Führer in Eisenach. Er lebte in einem Kreis von Leuten, deren Ehrgeiz darin bestand, Latein so mustergültig zu beherrschen, dass sie lateinische Dichtung rezipieren und sogar Gedichte in Latein verfassen konnten. Zuweilen wurden Gedichte vertont und Lieder geschrieben. Als höchstes Vorbild galt Francesco Petrarca, dessen Brief an Dionigi di Borgo San Sepolcro, der von der Besteigung des Mont Ventoux handelte, man möglicherweise las. Im Brief berichtete der Dichter über eine »zufällig« aufgeschlagene Seite in den »Bekenntnissen« des Augustinus, der, wie er in den Bekenntnissen erzählte, eine ebenso »zufällig« aufgeschlagene Seite im Römerbrief des Paulus entsprach, die ihn zum Christentum geführt hatte: »Lasst uns ehrbar leben wie am Tage, nicht in Fressen und Saufen, nicht in Unzucht und Ausschweifung, nicht in Hader und Neid; sondern zieht an den Herrn Jesus Christus und sorgt für den Leib nicht so, dass ihr den Begierden verfallt.« (Römer 13,13–14) Petrarca kam in dem Brief zu der Erkenntnis, dass nichts auf der Welt außer der Seele bewundernswert sei, dem Ort Gottes im Menschen.[266] Darin schwang das alte *gnothi seauton* (erkenn dich selbst) mit, das als Inschrift den Apollontempel in Delphi zierte. Schon Augustinus riet: »Geh nicht nach draußen, geh in dich zurück, im inneren Menschen wohnt die Wahrheit.«[267] Auch bei Meister Eckhart fanden sich die Worte: »Die Leute sagen oft zu mir: ›Bittet für mich!‹ Dann denke ich: ›Warum geht ihr aus? Warum bleibt ihr nicht in euch selbst und greift in euer eigenes Gut? Ihr tragt doch alle Wahrheit wesenhaft in euch.‹«[268] In der Sodalitas erfuhr Martin Luther von Nikolaus von Lyras »Postillae perpetuae«, der sich mit den Kommentaren zum Alten Testament des jüdischen Gelehrten Raschi beschäftigte, weil er um ein wörtliches Verständnis der Heiligen Schrift rang. Bereits als Schüler wurde Martin mit den philologischen Methoden der Humanisten konfrontiert und bekam eine erste Ahnung von der Bedeutung des Lateinischen, des Griechischen und des Hebräischen, um die Heilige Schrift verstehen zu können. Da jede Übersetzung sich vom Wort wegbewegte, weil sie nicht anders konnte, als in der Verdolmetschung bereits zu interpretieren, setzte jede ernste Auseinandersetzung voraus, zum Wort in der ursprünglichen Sprache und sogar in die Zeitform der Sprache zum Zeitpunkte der Entstehung des Textes zurückzukehren. Jedes Wort existierte zugleich im Heute und im Gestern, trug seine eigene Geschichte auf den Buckel, war in seiner Struktur eingelagert. Dieser Spannung von Heute und Gestern, von Synchronität und Diachronität gerecht zu werden, stellte die philologische Grundforderung der Humanisten dar, die sich gegen die Scholastik und die herrschende Lehre vom vierfachen Wortsinn richtete. Martin Luther lernte das Denken und das wirkliche Lesen mit der Philologie zusammen. Übrigens hatte Johannes Hilten unter anderen Prophetien auch vorausgesagt, dass ein Mönch im Jahr 1516 mit der grundstürzenden Reform der Kirche beginnen werde. 1517 veröffentlichte der Mönch Martin Luther die Ablassthesen.

19.

Seit der Weiterfahrt von Eisenach ließen ihn die mal heftiger, mal weniger heftig auftretenden Magenkrämpfe und Unterleibsschmerzen, die von Verstopfungen herrührten, nicht mehr los. Die harten Fastenübungen in seiner Jugend, Werke, mit denen er sich Gott angenehm machen wollte, hatten seinem Magen hart zugesetzt, eine nicht optimale Ernährung dürfte dazu beigetragen haben, seine Verdauung rebellisch zu machen. Er war schlicht nicht reisefähig. Würde ihn nun die Krankheit daran hindern, nach Worms zu kommen, würden seine Gegner triumphieren, weil der Teufel ihn mit der Verstopfung schlug? Vielleicht erinnerte er sich an die lebensbedrohliche Episode in Magdeburg im Brüderhaus, als er mit einem hitzigen Fieber, das stieg und stieg, das Bett hütete. Da nach landläufiger Ansicht das Trinken bei Fieber schädlich war, gab man ihm auch kein Wasser oder andere Flüssigkeiten zu trinken. Als die Brüder in der Sankt Ambrosius-Kirche Fürbitte für ihn hielten und er allein im Brüderhaus war, kroch er delirierend, als hätte ihm Gott das befohlen, auf allen vieren die Treppen herunter über den feuchtkalten Stein in die Küche und trank einen Tonkrug Wasser auf einmal aus. Zurück in seinem Zimmer fiel er sofort in einen todesähnlichen Schlaf. Als er Stunden später erwachte, war das Fieber gesunken und er fühlte sich schon sehr viel besser.

Nach dem Aderlass verlangte er nach Wasser. Der Schultheiß verabreichte ihm ein heilendes Wasser, möglicherweise ein salzhaltiges Quellwasser mit stark abführender Wirkung. Obwohl nicht vollständig genesen, setzte er die Reise fort und wurde überall bejubelt. Inzwischen hatte sich ein ansehnlicher Zug gebildet. Vorn ritt in seiner ganzen Pracht der Reichsherold, dann folgte der Rollwagen mit Martin Luther und den Freunden. Den Schluss bildeten Justus Jonas und die Diener zu Pferde. Vor den Städten stießen Bürger zu Pferde, aber auch zu Fuß zum Zug, um ihn in die Stadt einzuholen. Die Kunde von Luther eilte ihm voraus, was in Worms Aleander und der Kaiser mit Schrecken und die Reichsstände entweder mit Interesse oder gar mit Begeisterung verfolgten. Luthers Handeln bestimmte nunmehr die Freiheit eines Christenmenschen.

Im Sommer 1520 wusste er, dass die Bannandrohungsbulle sich auf dem Weg zur Publikation in Deutschland befand. Wie sich die Verhältnisse entwickeln würden, vermochte niemand vorauszusagen. Die kursächsische Diplomatie entwickelte beeindruckende Aktivitäten zu seinem Schutz. Aber würde das reichen? Anlässlich der Krönung Karls V. zum »König der Römer, erwählten römischer Kaiser, immer Augustus« am 23. Oktober 1520 in Aachen traf Friedrich der Weise den frisch gekürten Kaiser in Köln. Zuvor hatten bereits die Räte beider Fürsten verhandelt. Martin Luther erklärte sich in seinem »Öffentlichen Anerbieten« vom 30. August und in einem Brief an den Kaiser bereit, einem neutralen Schiedsgericht in Deutschland seine Anschauungen vorzustellen. Diesen Vorschlag machte sich Friedrich der Weise zu eigen und wünschte als Vorsitzenden des Schiedsgerichts den Trierer Erzbischof Richard von Greiffenklau, dem er freundschaftlich verbunden war. Der junge Kaiser wurde präzise in seiner Rolle als Schützer des Rechst seiner Untertanen angesprochen. Es scheint, dass beide Schriftstücke dem Kaiser in Köln nicht vorgelegt wurden und das Gespräch zwischen dem Kaiser und dem Kurfürsten auf der Ebene freundlicher und unverbindlicher Sondierungen blieb. In dem Gespräch dürfte der Kurfürst dem Kaiser vorgeschlagen haben, seinen Wittenberger auf den Reichstag mitzubringen. Diese Idee besaß den Charme, dass die Causa Lutheri dem Papst aus den Händen genommen und zu einer Angelegenheit der Reichsstände würde. Martin aber drängte es, die Grundzüge seiner Theologie darzulegen, falls es am Ende zu seiner Hinrichtung kommen sollte. Dann wäre wenigstens sein Vermächtnis bekannt. Hatte Martin Luther 1520 in der Adelsschrift die Verantwortung für die dringend erforderliche Reform der Kirche, aber auch für die politische und gesellschaftliche Erneuerung in die Hände der weltlichen Obrigkeit gelegt und in der Schrift über die babylonische Gefangenschaft kurz darauf eine neue Ekklesiologie konzipiert, stellte er nun in einer dritten Schrift die Frage nach dem Christen selbst, nach seiner Existenz in der Welt. Welche Auswirkung hatte seine neue Lehre von der Rechtfertigung allein aus Glauben durch die Gnade Gottes auf das Leben des Christen?

An diesem Punkt gelangte die Theologie- und Philosophiegeschichte Europas an eine wichtige Kreuzung. Luther und die Renaissancehumanisten verband die Kritik an den Missständen in der Kirche und der römisch-kurialen Herrschaft insgesamt. Sie verband auch das Ernstnehmen der Würde des Menschen, der nach Psalm 8,6 nur wenig niedriger ist als Gott. Pico und die Florentiner Philosophie mit den Adepten der mystischen und hermetischen neuplatonischen Philosophie beschritten den Weg eines spekulativen Allwelteinheitsdenkens, der Pansophie, mit dem Magier als Prototyp und höchster Vollendung des Menschen. Martin Luther hingegen lag alle okkulte Philosophie, wie sie von Pico della Mirandola, Trithemius oder Johannes Reuchlin und anderen Humanisten vertreten wurde, fern. Demgegenüber kann man ihn fast als Rationalisten bezeichnen. Beide Denkrichtungen bereiteten die große europäische Idee der Höchstgeltung des Individuums vor, wie sie nicht zuletzt von Leibniz weiterentwickelt wurde und in der Aufklärungsphilosophie einen Höhepunkt fand. Entscheidend aber ist ein Unterschied. Luther bestand auf der Sünde als *conditio humana*, als Bedingung des Menschseins. Er hielt daran fest, dass letztlich nur Gott Gutes bewirken kann und nicht der Mensch aus sich selbst heraus. Auch kann der Mensch sich nicht selbst vergeben. Der Mensch hat sich um das Gute zu bemühen, sein Erfolg dabei aber hängt an der Gnade Gottes. Letztlich ist das die Grundaussage seine späteren Streitschrift »De servo arbitrio«. In Blick auf Vergebung und Gnade ist der Mensch nicht selbsttätig frei, sondern radikal abhängig von Gott – mag er sonst auch noch so große und nützliche Leistungen vollbringen können.

Luthers Festhalten an der *conditio humana* ist die anthropologische Grundlage seiner dritten großen Schrift des Jahres 1520 »Von der Freiheit eines Christenmenschen«. Die Geburtsurkunde des modernen Europas setzt mit einem wuchtigen Paradoxon ein: »Ein Christenmensch ist ein freier Herr über alle Dinge und niemandem untertan.« Und: »Ein Christenmensch ist ein dienstbarer Knecht aller Dinge und jedermann untertan.«[269] Die Grundlage von Martins Lehre vom Menschen, die er bereits früher schon im Ansatz entwickelt hatte, liegt in der Vorstellung von den zwei Naturen des Menschen, nach der er aus einem geistlichen, innerlichen oder inneren neuen Menschen der Seele nach und einem leiblichen, äußerlichen oder äußeren alten Menschen dem Fleische nach besteht. Der innere geistliche Mensch gehört der inneren, der geistlichen Kirche an, der äußerliche Mensch der äußeren, der Institution Kirche. Zum einen wird dem inneren Menschen, der im Bunde mit Christus steht, Anteil am Reich Gottes verheißen, zum anderen existiert er in der äußeren Welt mit ihren mannigfaltigen Zwängen. Keinerlei Äußerlichkeit hilft der Seele, auch wenn der Leib heilige Kleider wie die des Priesters in der Messe anzieht oder fastet und dergleichen mehr guter Werke verrichtet. Er bleibt in der äußeren Welt gefangen. Da böse Menschen heucheln und die anderen blenden, sich sogar mit dem Flitterkleid des Guten bekleiden können, verhilft das eben der Seele gerade nicht zur Freiheit, sondern verschärft nur die Gefangenschaft im Äußerlichen, in der *vanitas* der Welt. Die wahre Gestalt des propagierten Guten ist daher oft nur das verkleidete Böse. Diese »Guten« bringen nichts anderes hervor als »ein Volk von lauter Heuchlern«.[270] Wenn also der Mensch nicht durch Äußerlichkeiten und lauter »Guterei« frei und gerecht werden kann, wodurch dann? Luthers Antwort lautete einfach, aber folgenreich: »Es hat die Seele nichts anderes, weder im Himmel noch auf Erden, worin sie leben kann, recht, frei und Christ sei, als das heilige Evangelium, das Wort Gottes von Christus gepredigt.«[271] Die beunruhigende politische Konsequenz der Vorstellung wird sofort deutlich: Nicht überall reicht der Arm der Herrschenden hin, es existiert ein Ort, an dem Tyrannen kein Hausrecht besitzen, mochten sie sich auch noch so anstrengen und, wie Martin Luther so schön sagt, »zerreißen«.

Leider »zerriss« sich auch die Kirche um der Macht und des Ruhmes, um der Pracht und des Reichtums willen. Sie schien vergessen zu haben, was Jesus im Verhör zu Pontius Pilatus sagte: »Mein Reich ist nicht von dieser Welt. Wäre mein Reich von dieser Welt, meine Diener würden darum kämpfen, dass ich den Juden nicht überantwortet würde; aber nun ist mein Reich nicht von hier. Da sprach Pilatus zu ihm: So bist du dennoch ein König? Jesus antwortete: Du sagst es: Ich bin ein König. Ich bin dazu geboren und in die Welt gekommen, dass ich die Wahrheit bezeuge. Wer aus der Wahrheit ist, der hört meine Stimme.«[272] Zur Wahrheit aber, die Jesus Christus repräsentiert, gehören Gesetz und Evangelium. Das Gesetz lehrt den Menschen, an sich selbst zu verzweifeln, und wirkt so der größten Gefahr des Menschen für sich selbst und seine Zukunft entgegen – *nämlich* seiner Hybris, die ihn zum »Zauberlehrling« macht. Der Glaube an Christus hingegen eröffnet den Weg, die eigene Begierde und Sünde immer wieder zu überwinden. Sündlos wird der Mensch nicht, aber es kommt darauf an, auf dem Weg dorthin zu sein. »Daher geben die Zusagen Gottes, was die Gebote fordern, und vollbringen, was die Gebote befehlen, auf dass alles bei Gott steht, Gebot und Erfüllung: Er befiehlt allein, er erfüllt auch allein.«[273] Der Christenmensch bedarf keiner Werke, so er den Glauben besitzt, um gerecht zu werden. Um die Wirkung des Glaubens zu beschreiben, griff Martin auf die vom Mittelalter bis weit in die Neuzeit hineinreichende Brautmystik zurück, denn der Glauben vereinigte die Seele mit Christus wie die Braut mit dem Bräutigam. Die Mystikerin Mechthild von Magdeburg, die ihre letzten Lebensjahre im Kloster Helfta vor den Toren von Martins Geburtsort Eisleben zubrachte, fasste diese Vereinigung in die eindrucksvollen Worte: »O Herr, liebe mich leidenschaftlich und liebe mich oft und lange! Denn je häufiger du mich liebst, desto reiner werde ich; je leidenschaftlicher du mich liebst, desto schöner werde ich; je länger du mich liebst, desto mehr werde ich geheiligt hier auf Erden.«[274]

Im sündenlosen Christus, der Gott und Mensch ist, werden die Sünden der Menschen ertränkt, indem Christus »die Sünde der gläubigen Seele durch ihren Brautring, den Glauben, sich zu eigen macht …«.[275] In Christus gibt Gott den Gläubigen Anteil an seiner Ehre und Würde, indem er ihr irdisches Leben teilt und ihnen ewiges Leben verheißt. Von hier aus definiert Martin die Freiheit des Christen, die von keinem Menschen gewährt, aber auch von keinem Menschen genommen werden kann. Diese Freiheit wird durch Gott garantiert, weil alle Christen »durch den Glauben auch alle Könige und Priester mit Christus sind.«[276] So hat kein Mensch ein Recht über den anderen, mag er Priester, Kardinal, Papst oder Kaiser sein. Es ist der innere Mensch, der sich durch den Glauben mit Christus verbindet und dadurch frei wird, niemandem untertan zu sein, denn mit Christus ist er König. Da aber alle gleich zu Christus sind, sind auch alle Christen prinzipiell gleich untereinander, unabhängig davon, welchen Beruf sie ausüben und wie viel Geld sie verdienen. Doch jeder Christ ist nicht nur König, sondern auch Priester. »Das ist noch viel mehr als König zu sein, weil uns das Priestertum würdig macht, vor Gott zu treten und für andere zu bitten.«[277] Dieser Satz schrillte in den Ohren der geistlichen Obrigkeit, erwirtschaftete sie doch sehr viel Geld damit, dass Mönche, Priester, Bischöfe, Kardinäle und auch der Papst sich die Fürbitten für verstorbene Familienangehörige gut bezahlen ließen. Wenn nun aber jeder Christ Priester ist und unmittelbar zu Gott steht, dann benötigt er keine Vermittlung durch eine kirchliche Heilsanstalt mehr. Im Gegenteil, demjenigen, der nicht an Christus glaubt, dient »kein Ding zum Guten«, mag er auch noch so viele Messen feiern lassen und Ablässe zahlen.

Nun korrespondiert die Freiheit jedes einzelnen Christenmenschen aber mit dessen »Knechtsein«. Luther setzt damit erneut Maßstäbe für die Denktradition im modernen Europa. Wenn nämlich jeder unmittelbar zu Gott steht, ist er Gott gegenüber auch unmittelbar verantwortlich – für sich und andere. Frei ist der Mensch nur, indem er Verantwortung übernimmt – entsprechend seinen Möglichkeiten nach Bildungs- und Berufsstand. Vorgeformt ist dieser Gedanke natürlich schon im Neuen Testament bei Paulus. Dort wird von den verschiedenen Charismen – Gaben – gesprochen, die jeder Mensch hat, aber auch einsetzen muss. Dabei ist es egal, ob einer Fürst oder Bauer ist, Theologe, Lehrer oder Tagelöhner, Bäcker oder Arzt – die unterschiedlichen Berufe und Begabungen ändern nichts am gleichen geistlichen Stand aller Christen. Bei aller Ermahnung zur Verantwortung und zum Tun des Seinen bleibt für Luther freilich klar, dass kein Christ, gleich welchen Berufs, auf Erden ein vollkommen innerlicher und geistlicher Mensch werden wird. Aber es genügt, wenn er sich auf Erden darum bemüht und damit beginnt, denn: »Es ist und bleibt auf Erden nur ein Anfangen und Zunehmen, dass erst in jener Welt vollendet wird.«[278]

Der innere Mensch, der mit Gott einig ist, lebt in dieser Welt, und so sehr er auch »Gott in freier Liebe« dienen will, so wird der äußere Mensch durch »sein Fleisch« zur Sünde verlockt. Sicher kann der Mensch mit guten Werken dagegensteuern, doch dürfen sie niemals in der Hoffnung geschehen, dass sie vor Gott gerecht machen, sondern können sie nur dazu dienen, den Leib von seinen sündigen Gelüsten zu reinigen, denn ob man »gerecht oder böse wird, das gründet sich nicht auf die Werke, sondern auf den Glauben«.[279] Deshalb müssen die Gebote gepredigt werden, um die Sünder zu erschrecken, damit sie erkennen, dass sie sündigen, und Reue empfinden, die dann zur Buße führt und die Buße zur Umkehr. Entsteht die Reue aus den Geboten, so der Glaube aus den Verheißungen, aus der Zusage Gottes. Alles Leben auf Erden ist ein Anfang des Weges, den jeder Christ zu gehen hat, nicht sein Ziel. Doch wenn Christus aus seiner Freiheit zur Liebe heraus den Menschen zum Knecht geworden ist, dann hat ihm hierin jeder Christ zu folgen und allen untertan zu sein, indem er allen dient. »Aus dem allen ergibt sich die Folgerung, dass ein Christenmensch nicht in sich selbst lebt, sondern in Christus und seinem Nächsten. In Christus durch den Glauben, im Nächsten durch die Liebe. Durch den Glauben fährt er über sich in Gott. Aus Gott fährt er wieder unter sich durch die Liebe und bleibt doch immer in Gott und in göttlicher Liebe.«[280]

Früheste Erfahrung hatte Luther für den Zusammenhang von Freiheit und Verantwortung sensibilisiert. Als Kind hatte er erlebt, wie sein Vater als freier Unternehmer arbeitete, in keine Zünfte oder Gilden eingebunden, sondern für Gewinn und Verlust, für Erfolg oder Misserfolg allein verantwortlich war. Sollte so ein Mann nicht auch seine Angelegenheiten mit Gott persönlich regeln? Zum ersten Mal wurden Freiheit und Verantwortung miteinander ausbalanciert. Wir sind nicht nur frei von etwas, sondern auch frei für etwas. Für den zum Ebenbild Gottes geschaffenen Menschen ist Freiheit unveräußerliches Grundrecht. Doch gerade die Rede von der Ebenbildlichkeit verlangt nach Verantwortung. Freiheit ohne Verantwortung führt zu Verwahrlosung, Verantwortung ohne Freiheit zu Tyrannei. Es kommt auf die Balance an.

Während Martin Luther an der Schrift über die »Freiheit eines Christenmenschen« arbeitete, mühte sich Johannes Eck ab, die Bannandrohungsbulle »Exsurge domini« in Deutschland zu publizieren. Weil er sich nicht nach Wittenberg traute, ließe er eine Kopie der Bulle durch einen Boten dem Rektor »diebisch und mit bübischen Listen« zustellen, wie sich Dr. med. Peter Burchard, der in dieser Zeit der Universität vorstand, beklagte. Eck hätte sie eigentlich, wie es Brauch war, selbst an die Tür der Schlosskirche anschlagen müssen. Trotzdem galt die Bulle mit der Zustellung als veröffentlicht. Umso mehr ärgerte sich Burchard über den Befehlston, mit dem er aufgefordert wurde, die Bulle zu exekutieren und dafür zu sorgen, dass niemand an der Universität die in der Bulle inkriminierten Aussagen Luthers lehre oder diskutiere. Bei Zuwiderhandlung drohte Eck dem Wittenberger Rektor damit, dafür zu sorgen, dass der Universität die ihr vom Heiligen Stuhl verliehenen Rechte entzogen würden, wodurch sie praktisch ihre Approbation verlöre. Er konnte auch nicht der Eitelkeit widerstehen, sich damit zu brüsten, die Wittenberger Professoren Karlstadt und Döltsch mit auf die Liste gesetzt zu haben. Großmütig wolle er aber diesen beiden Professoren die Absolution erteilen, wenn sie sich unterwürfen und der Ketzerei abschwörten. Burchard setzte Lazarus Spengler, den Eck ebenfalls auf die Bulle gesetzt hatte, in Kenntnis und unterrichtete den Kurfürsten, weil er ohne dessen Rückendeckung nichts unternehmen wollte. Doch Friedrich der Weise, der gerade in Köln weilte, äußerte sich zunächst nicht. Martin, der natürlich auch sofort in Kenntnis gesetzt worden war, fühlte sich befreit. Endlich war das schwelende Unwetter losgebrochen und er konnte reagieren. Allerdings kam er zunächst er nicht dazu, weil er auf Veranlassung des kursächsischen Rats Fabian von Feilitzsch, beschützt von einem Edelmann und vier Reisigen (berittenen Begleitpersonen) am 11. Oktober nach Lichtenberg aufbrach, um dort mit dem päpstlichen Kammerherrn Karl von Miltitz, der immer noch auf eine gütliche Einigung setzte, erneut zusammenzutreffen. Ohne miteinander konferiert zu haben, verhielt sich Friedrich der Weise so, wie ihm auch Martin geraten hätte, nämlich gar nicht. Er ignorierte die Bulle noch nicht einmal. Der Kurfürst und sein Professor stimmten darin überein, dass man die Bulle nicht wichtiger machen solle, als sie tatsächlich war. Vielleicht erledigte sie sich von selbst. Jedenfalls riet Martin, kurz bevor er nach Lichtenberg aufbrach, in einem Brief an Spalatin, die Bedeutung der Bulle herunterzuspielen; auch wenn er glaubte, dass sie echt und vom Papst erlassen war, wollte er »unter Verschweigung des Namens des Papstes« den Eindruck erwecken, als hätten Eck und Aleander die Bulle erfunden. Inständig hoffte er, dass Kaiser Karl »ein Mann wäre, und für Christum diese Teufel angriffe!«[281] Aber daran glauben mochte er nicht, da Erasmus geschrieben hatte, dass am Hof des Kaisers die Bettelmönche über viel Einfluss verfügten. Aus dem Psalter wusste er ja: »Verlasset euch nicht auf Fürsten; sie sind Menschen, die können ja nicht helfen.« (Psalm 146,3)

In Lichtenberg einigte sich Luther mit Miltitz darauf, dass er ein Werk herausbringen würde, das er dem Papst widmen und dem er einen Brief beifügen würde, in dem er versicherte, den Papst niemals persönlich angegriffen zu haben. Das Sendschreiben sollte auf den 6. September zurückdatiert werden, also auf ein Datum, das noch vor der Publikation der Bannandrohungsbulle lag. Im Sendbrief an den Papst ging er nach dem Muster vor, das er Spalatin brieflich mitgeteilt hatte, indem er wiederum den Papst heraushielt und alle Schlechtigkeit auf Eck, Aleander und auf die Kurie schob. Unter dem Deckmantel, für den einsamen Papst gegen den römischen Hof, den

»Heuchler, Blinde, Teufelskinder« bevölkerten, einzutreten, griff er mit der Sprachgewalt eines alttestamentlichen Propheten die Kurie an: »Ich habe den römischen Thron mutig angegriffen, den man auch den römischen Hof nennt, von dem auch weder du selbst noch sonst jemand auf Erden etwas anderes eingestehen kann, als dass er ärger und schändlicher ist als es Sodom und Gomorrha oder Babylon je gewesen sind. Und soweit ich sehe, ist seiner Bosheit künftig weder zu raten noch aufzuhelfen.«[282] Das Bild vom unschuldigen Papst trieb er fast bis zur Persiflage, wenn er suggerierte, dass der heilige Vater Leo »wie ein Schaf unter den Wölfen, gleich wie Daniel unter den Löwen«[283] sei. Im Umkehrschluss hieß das: Wenn Leo nicht ein Heuchler, Blinder, ein Teufelskind, ein Wolf oder Löwe sein wolle, müsse er aufstehen und wie Herkules den Augiasstall des römischen Hofs ausmisten. Doch die Brücke, die Martin Luther Leo X. im Sendbrief baute, konnte der Papst aus zwei Gründen nicht betreten – und das wusste er. Natürlich entsprach die idealtypische Darstellung des Papstes nicht dem realen Papst. Der Leo des Briefes verfügte über keine Gemeinsamkeit mit dem realen Leo. Darüber hinaus hatte Martin Luther in der »Freiheit eines Christenmenschen«, die er dem Sendbrief beilegte, seine Theologie weiterentwickelt, die in Rom als häretisch galt. Papst Leo X. hätte also die Kurie auflösen und die Bannandrohungsbulle widerrufen müssen, wenn er denn der im Sendbrief angesprochene Papst gewesen wäre. In einer rhetorischen Meisterleistung drehte derjenige, der zum Widerruf gezwungen wurde, den Spieß herum und verlangte nun vom Papst, dass der widerriefe. Der Wittenberger Theologe sicherte seine Position sogar doppelt ab. Indem er als Doktor der Heiligen Schrift sprach und sich auch noch in die Tradition der Propheten stellte, suggerierte er Augenhöhe mit dem Papst. Zudem schleifte er die römische Hierarchie im beigefügten Werk, indem er sich dort auf die Vollmacht berief, die aus der Freiheit eines Christenmenschen folgte, der sich zum Knecht machte, um Leo aus Nächstenliebe zu dienen. Die Verpflichtung zur Nächstenliebe »lässt uns nicht auf Würde oder Unwürde achten, so sehr nimmt sie des Nächsten Gefahr und Wohl wahr«.[284]

20.

Die Wirkung der Bulle hielt sich in überschaubaren Grenzen. Der Propst von Leitzkau, Georg Mascov, der als Archidiakon auch für Wittenberg verantwortlich war, weigerte sich, die Bannandrohungsbulle durchzusetzen, auch wenn ihm diese Unterlassung die Stellung kostete. Auch sonst drängte es niemanden in Wittenbergs Nachbarschaft, die Bulle zu exekutieren. Selbst der Abzug von Studenten aus Wittenberg erwies sich als vorübergehend, denn bald schon strömten mehr Studenten als zuvor an die Leucorea. Wenn Martin Luther predigte, platzte die Klosterkapelle oder die Stadtkirche ohnehin aus allen Nähten.

Der sechzigste Tag, nachdem Luther in Wittenberg Kenntnis von der Bulle erhalten hatte, fiel auf einen Montag. In der Bannandrohungsbulle stand es klar und deutlich, dass er dem Kirchenbann verfiel, wenn er nicht binnen sechzig Tagen seinen Widerruf erklärte und sich unterwarf. Ausgeschlossen, dass er das Ultimatum ohne Kommentar verstreichen lassen durfte. Deshalb kam er mit seinen Freunden überein, dass es einer Demonstration bedurfte. Weil er auf Christi Seite stand, war klar, dass diejenigen, die ihn zum Widerruf, also zum Abfall von Christus zwingen wollten, dem Antichrist dienten, was nun öffentlich gemacht werden musste. Es ging um die christliche Freiheit. Luther unterrichtete den Kurfürsten von der geplanten Aktion, doch der hüllte sich in Schweigen, hieß die Demonstration weder gut, noch untersagte er sie. Philipp Melanchthon ließ, wahrscheinlich am Sonntag, den 10. Dezember, ein Plakat, auf dem er sich auf die gerade erschienene

Freiheitsschrift bezog, mit folgender Aufforderung an die Tür der Marienkirche anschlagen:

> *»Gleich welchen Standes du bist, wenn du dich zur Evangelisch Wahrheit hältst, sei um die neunte Stunde an der Heilig-Kreuz-Kirche außerhalb der Stadtmauern unserer Stadt, wo die der alten apostolischen Lehre zuwiderlaufenden unfrommen päpstlichen Festlegungen und theologischen Bücher verbrannt werden. So weit ist freilich die Frechheit der Feinde des Evangeliums gegangen, dass sie die frommen und evangelischen Bücher Luthers verbrannt haben. Handle, fromme und fleißige Jugend! Sei dabei bei diesem frommen und ehrwürdigen Schauspiel: Vielleicht ist nun die Zeit gekommen, in der der Antichrist enthüllt werden muss.«*[285]

Melanchthon spielte darauf an, dass am 28. September der päpstliche Legat Hieronymus Aleander in seiner ersten Audienz beim jungen Kaiser in Antwerpen die Vernichtung der Bücher Luthers gefordert hatte. Karl V. erließ daraufhin ein Edikt, wonach die lutherischen Publikationen einzuziehen und zu vernichten waren, allerdings nicht für das Reich, sondern nur für sein Stammland Burgund, denn ihm lag daran, nicht schon vor dem Beginn seines ersten Reichstages einen Konfliktstoff mit den Reichsständen zu schaffen. Die Kuriosa des kleinen Mönchs sollten ihm nicht den Reichstag verderben. In seinen spanischen Landen tobten die Aufstände der Comuneros, die seinen kastilischen Thron gefährdeten, und die Germanías belehrten ihn, dass ein allzu forsches Vorgehen des Kaisers die nationalen Befindlichkeiten reizen könnte. In Löwen aber wurden Luthers Bücher am 8. Oktober, da hatte er noch nicht einmal die Bulle gesehen, verbrannt, danach in Köln und in Mainz. Auf Feuer antwortete er nun mit Feuer. Die Wittenberger wollten nun eben auch die Bücher der Gegner verbrennen. So hatte sich Magister Johann Agricola bemüht, auch die Summa des Thomas von Aquin und Duns Scotus' Sentenzenkommentar aus der Bibliothek zu bekommen, um die scholastische Philosophie symbolisch zu vernichten, doch weigerten sich die Theologieprofessoren, die kostbaren Bücher herauszugeben.

Als Martin Luther vor das Tor trat, hatte Agricola bereits ein veritables Feuer entfacht und sehr viele Studenten, Magister, Doktoren und Professoren der Leucorea hatten sich eingefunden. Jetzt, da Martin in ihre Mitte trat, begann die Zeremonie. Zunächst wurden die Schriften von Eck und Emser, die sich gegen Martin richteten, und das Beichtbuch des Angelus de Clavasio in die Flammen geworfen. Es folgten mehrere Bände des kanonischen Rechts. Schließlich trat er betend an das Feuer heran. Er hatte jetzt ganz die Rolle des Propheten angenommen und bezog sich auf Josua, als er sagte: »Weil du den Heiligen des Herrn betrübt hast, so betrübe und verzehre dich das ewige Feuer«[286], denn bei dem Propheten des Alten Testaments hieß es: »Weil du uns betrübt hast, so betrübe dich der HERR an diesem Tage. Und ganz Israel steinigte ihn und verbrannte sie mit Feuer.« (Josua 7,25) Dann warf er die Bulle in die verzehrenden Flammen. Nur zu gut wusste er, dass dieses Bild Furore machen würde, und nicht weniger gewiss war er, dass er auf großer Bühne stand und die Menge für sich einnehmen musste, weil davon die Zukunft seiner Sache und seine persönliche Sicherheit abhingen. Nicht umsonst hatte er seine theologischen Reformforderungen mit der Sache des Reiches und den Gravamina der deutschen Nation in der Adelsschrift verbunden. Genial und wirkmächtig nutzte er die Möglichkeiten des modernsten Mediums, des Buchdrucks, für Kampfschriften. Die Drucker liebten ihn, denn seine Texte versprachen reißenden Absatz. Es war, wenn er sprach oder schrieb, als ob Daniel oder Haggai, Jeremia oder Jesaja predigten – oder Jesus die Wechsler aus dem Tempel jagte. Hatte er vor dem Elstertor bei den Flammen, die die Bücher seiner

Feinde verzehrten, auch leise gesprochen, so machte die Botschaft, die von Wittenberg ausging, doch die Runde – erstaunte, erfreute, erschreckte und erzürnte im ganzen Reich und ließ in Rom die Sturmglocken tönen. Tags drauf erklärte Martin Luther im Anschluss an die reguläre Vorlesung zum Psalter, die er im Herbst 1519 begonnen hatte, unmissverständlich im guten Prophetentone: »Wo ihr nicht von ganzem Herzen des Papstes lästerlichem Regiment widersprecht, könnet ihr nicht selig werden. Denn des Papstes Reich ist so gar dem Reich Christi und christlichem Leben zuwider, dass besser und sicherer wäre, in einer Einöde, da kein Mensch zu sehen, zu leben, denn in und unter dem antichristlichen Reich zu wohnen.« Keiner der Zuhörer zweifelte daran, dass Luther die Wahrheit verkündete, nicht wenige sahen in ihm einen »Engel des lebendigen Gottes«.[287]

Hatte Friedrich der Weise seinen Professor an der Bücherverbrennung nicht gehindert, so konnte ihm andererseits die Eskalation nicht recht sein. Mit viel Geschick arbeitete er daran, die Causa Lutheri dem Papst zu entwinden und sie zu einer Reichsangelegenheit zu machen, indem er ein unabhängiges Gericht in Deutschland forderte und damit auf seine Art die Bannandrohungsbulle nicht anerkannte. Luthers allzu deutliche Absage an den geforderten Widerruf führte zur Exkommunikation, die am 3. Januar 1521 durch die Bannbulle »Decet Romanum Pontificem« rechtskräftig wurde. Nun galt er kirchenrechtlich als aus der Kirche ausgeschlossen und es oblag daraufhin der weltlichen Obrigkeit, den Häretiker zu ergreifen und zu bestrafen. Wer dem Gebannten half und nichts zu seiner Auslieferung unternahm, verfiel ebenfalls dem Bann, und die Städte, die ihn beherbergten, dem Interdikt. Was Exkommunikation und Interdikt allerdings wirklich wert waren, hatte er dargelegt – und viele und täglich mehr in Deutschland glaubten ihm. Mit der Verbrennung des kanonischen Rechts hatte er nur exekutiert, was er in der Adelsschrift und in der

Schrift über die Babylonische Gefangenschaft der Kirche theologisch und staatsphilosophisch begründet hatte. Das Kirchenrecht galt für ihn nicht mehr.

Eigentlich hätte der erste Reichstag eines neuen Königs in Nürnberg stattfinden müssen, wo auch die Reichsinsignien verwahrt wurden. Aber dort wütete eine schwere Infektionskrankheit, so dass Karl sich nach einigem Hin und Her für Worms entschied. Wann der Reichstag wirklich beginnen würde, konnte niemand voraussagen, da die Teilnehmer höchst unterschiedlich anreisten. Trafen die Vertreter der Städte und die Räte der Grafen und der Fürsten recht pünktlich ein, ließen sich die ganz hohen Herren in der Regel Zeit. Ständig anwesend waren ohnehin nur die Juristen, bei den Reichsständen herrschte ein ständiges Kommen und Gehen. Doch Friedrich der Weise betrat mit seinen Räten schon am 5. Januar Worms. Nicht nur in der Angelegenheit seines Professors gab es eine Menge für ihn zu tun, auch die offenen und drängenden Fragen der Reichsreform – das eigentliche Thema des Reichstages – und das Austarieren des Verhältnisses zwischen dem neuen Kaiser, den Kurfürsten und Reichsständen harrten ihrer Lösung. Man könnte es auf die Formel bringen: mehr deutsche Libertet oder eine stärkere monarchische Macht des Kaisers. Was die Causa Lutheri betraf, bezogen einzig die Vertreter des Papstes, die Nuntien Hieronymus Aleander und Marino Caracciolo eine eindeutige und kohärente Position. Der sächsische Kurfürst besaß zwar ein klares Ziel, doch ließ sich das »fette Murmeltier«, wie ihn Aleander hasserfüllt nannte, nicht in die Karten schauen. Friedrichs Vorteil war Aleanders Nachteil, der Kurfürst kannte die deutschen Verhältnisse und die Befindlichkeit der Stände. Eigentlich stimmte der Kaiser mit Aleander in der Beurteilung Luthers überein, doch lagen hier die Dinge ungleich komplizierter, weshalb er eine inkonsequente Politik verfolgte. Leo X. drängte über Aleander darauf, dass der Kaiser als Beschützer der Kirche als Werkzeug des Papstes über Luther die Reichsacht verhänge, ihn ergreife und bestrafe. Karls monarchischer Stolz ließ das jedoch nicht zu. Als plumpes Werkzeug sah er, der Herrscher eines Weltreiches, das sich nun auch über Amerika erstreckte, sich nicht. Seine Räte sahen in dem Wittenberger Mönch ein Druckmittel in der Beziehung zum Papst, das sie nicht leichtsinnig und vorschnell aus der Hand geben würden. Die Verhängung der Reichsacht machte die Causa Lutheri zu einer Angelegenheit von Kaiser und Reichsständen. Letztere waren aus politischen Gründen antirömisch eingestellt und gleichzeitig saß ihnen ihre Bevölkerung im Nacken. Viele Bauern, Bürger, Handwerker und Adlige hatte Martin inzwischen für seine Sache, die Reform der Kirche und die Stärkung der deutschen Nation, gewonnen. Darum fürchteten die Reichsstände, dass Aufstände ausbrechen könnten, wenn sie der Verurteilung Luthers und seiner Auslieferung nach Rom zustimmten. Das Reich war unruhig. Aus den kleinen Feuerchen konnte schnell ein Flächenbrand werden, wozu es dann ja 1524/25 auch kam, als die Bauern und auch Bürger sich erhoben und es in Mitteldeutschland zu einer Reihe von Aufständen kam, die als Bauernkrieg oder »frühbürgerliche Revolution« in die Geschichte eingingen.

Ursprünglich wollte der Kurfürst seinen Professor mit auf den Reichstag nehmen. Nach der Verbrennung der Bulle nahm er Abstand von dieser Idee. Im ersten Gespräch zwischen Kaiser und Kurfürst zu Beginn des Reichstages akzeptierte Karl V. in der Causa Lutheri ein unabhängiges Gericht in Deutschland. Ausdrücklich sicherte der Kaiser zu, dass keine Gewalt gegen Luther angewandt werde. Damit rief er den päpstlichen Nuntius auf den Plan, der auf das kanonische Recht pochte, wonach einem rechtmäßig Exkommunizierten keine Anhörung vor einem anderen Gremium zustand. Die Räte des Kaisers suchten den Nuntius dadurch zu beschwichtigen, dass damit lediglich der Widerruf gemeint sei, man beabsichtige nicht, mit ihm zu disputieren. Martin Luthers »Öffentliches

Anerbieten«, vor einer neutralen Jury seine Theologie darzulegen und sich dort widerlegen zu lassen, wo er irre, zerriss der Kaiser in einem demonstrativen Akt im Februar. Doch auch Aleander spürte die Unruhe im Land und schrieb nach Rom, Deutschland sei in Aufruhr. Er sah die Gefahr, dass sich Deutschland von Rom lösen könnte. So stark nahm er die antirömische Stimmung in Deutschland wahr, dass er um sein Leben fürchtete. Des Kaisers Beichtvater Jean Glapion, Aleanders ständiger Ansprechpartner, bemühte sich um einen Kompromiss und verhandelte mit dem Rat des Kurfürsten, Dr. Gregor Brück. Doch Glapion kam nicht weiter. Einerseits existierte das kaiserliche Versprechen des Verhörs, andererseits wollte man Luther vom Reichstag fernhalten. In dieser Pattsituation bat Karl V. den Nuntius, vor dem Reichstag die Causa Lutheri darzulegen, in der Hoffnung, dass Aleander die Reichsstände überzeugte und dass sie das Vorgehen gegen Luther billigten. Am Aschermittwoch, dem 13. Februar, trat der Nuntius vor den Reichstag, verlas zu Beginn ein Schreiben Leos, in dem er den Kaiser aufforderte, in der Causa Lutheri als Schutzvogt der Kirche aufzutreten. Die nächsten Stunden wollte er dazu nutzen, den Standpunkt der römischen Kirche darzustellen, um schließlich den Reichstag zu bewegen, Luther zu bestrafen, seine Schriften zu vernichten und die Herstellung und den Verkauf von Nachdrucken streng zu verbieten. Dabei ging er von der Rechtsposition aus, dass weder der Kaiser noch der Reichstag in Glaubenssachen als Richter auftreten könnten. Karl zeigte sich bereit, ein Edikt mit diesem Inhalt zu erlassen, und einen Tag später wurde der Entwurf den Reichsständen übergeben. In diesem Edikt wurde zudem festgelegt, dass Martins Anhänger und Förderer sich des *crimen majestatis*, des Majestätsverbrechens, schuldig machten, auf das seit Kaiser Friedrich Babarossa der Tod stand. Aber wieder zeigte sich die Unentschlossenheit des Kaisers. Einerseits behauptete er, als Vogt der Kirche ohne die Beteiligung der Stände die Reichsacht verhängen zu können, andererseits erließ er das Edikt nicht, sondern beriet es mit den Reichsständen, die er für die Reform der Reichsregierung benötigte. Würde er in diesem Punkt die Stände ignorieren, müssten die Stände befürchten, dass der Kaiser sie auch in allen anderen Fragen ignorieren würde. Auf ihre Entmachtung hätten sie mit Widerstand geantwortet. Die Stände aber lehnten das Edikt ab, weil sie den Aufruhr des »gemeinen Mannes« fürchteten, wenn man mit Gewalt gegen Luther vorging. Im Gegenzug schlugen sie vor, dass Luther auf dem Reichstag angehört werde – allerdings, so lenkten sie ein, solle mit Luther nicht disputiert werden, sondern er dürfe lediglich Fragen beantworten. Konkret sollte er befragt werden, ob er auf den Artikeln bestehe, die vom Papst als häretisch eingestuft worden waren, denn nicht alle Forderungen und Ansichten lehnten sie ab, keinesfalls diejenigen, die sich mit den Gravamina der deutschen Nation deckten. Denn wie hätten sie von Luther verlangen können, dass er widerriefe, was auch sie vertraten?

Die Debatte um den Primat des Papstes und um die Rechte der deutschen Nation sowie die Propagierung der Freiheit eines Christenmenschen barg enormes Explosionspotential. Niemand, selbst Luther nicht, ahnte, wie epochal die Auswirkungen der neuen Theologie, die ein neues Weltverständnis hervorbrachte, am Ende sein sollten. Die Widersprüche im Reich hatten einen Grad erreicht, an dem keine Vermittlung mehr möglich war.

Die Verhängung der Reichsacht ohne Zustimmung der Stände schien dazu angetan, den Reichstag zu sprengen. Die Stände jedenfalls banden ihre Zustimmung zur Verhängung der Reichsacht an die Bedingung, dass der Wittenberger Professor zuvor angehört werde. Erwogen wurde, dass Martin einen Teil seiner Ansichten widerrief, besonders die ekklesiologischen, die den Primat des Papstes in Frage stellten, über andere, wie einige Fragen der Ablasstheologie, zeigte man sich gesprächsbereit. Man versuchte einen Kompromiss auszuloten und hoffte, das ein Teilwiderspruch in der Glaubenslehre den Weg zum Disput über die Reichsreform freimachen konnte, die letztlich zur Annahme der Gravamina führen würde, verbunden mit der Möglichkeit der Investitur, der Einsetzung von Prälaten durch die Bischöfe in Deutschland und der Reduzierung der Abgabenlast.

Der päpstliche Nuntius Aleander hingegen stellte sich auf den Rechtsgrundsatz, dass der Kaiser über einen Ketzer, den der Papst gebannt hatte, die Reichsacht verhängen müsse. Zwar konnte sich der Kaiser – und er tat es auch – auf seine Rolle als »Defensor et Advocatus Ecclesiae« (Beschützer und Anwalt der Kirche) berufen, doch hatte Luther den Spieß umgedreht, indem er immer wieder, zuletzt in der Adelsschrift, gerade damit argumentiert hatte, dass der Kaiser als »Defensor et Advocatus Ecclesiae« verpflichtet sei, ein allgemeines Konzil einzuberufen und die Missstände in der Kirche zu beseitigen, weil aus dem geistlichen Stand heraus keine Besserung mehr zu erwarten sei. Indem Aleander sich vom Kaiser verführen ließ, anstelle des Kaisers über die Causa Lutheri vor dem Reichstag zu reden, hatte er entgegen seiner Absicht einmal mehr die »Causa Lutheri« zu einer Angelegenheit des Reichstages gemacht. In der Hoffnung, die deutschen Reichsstände zu einer energischen Reaktion auf Luthers Ketzerei zu veranlassen, hatte er den römischen Grundsatz aufgeweicht, dass die Luthersache in die Kompetenz des kanonischen Rechts falle und weltliche Instanzen nicht über die Rechtsprechung des Papstes und der Kurie in einem rechtmäßigen Häresieverfahren zu urteilen haben. In Rom zeigte man sich unzufrieden mit Aleanders Agieren und überlegte, ihn zu ersetzen. Doch im Grunde handelte der Nuntius geschickt im Rahmen seiner Möglichkeiten, denn die alte Ketzerverordnung von Kaiser Friedrich Barbarossa aus dem 12. Jahrhundert hatte sich längst überlebt. So kam es zu einer vollkommen undurchsichtigen

Gemengelage, in der alle Beteiligten wie durch einen dicken Nebel irrten.

Am 2. März 1521 gab der Kaiser dann dem Drängen der Stände nach und lud Martin zum Reichstag nach Worms. Die Berufung ging von den Ständen aus, der Kaiser bewilligte sie lediglich. Am 10. März erließ Karls Großkanzler das sogenannte Sequestrationsmandat, das, wie schon erklärt, die Vernichtung von Luthers Schriften anwies und Luther damit praktisch vorverurteilte. Auf dem Reichstag erwartete man von Luther nur noch den Akt des Widerrufs. Laut Mandat lehnte man generell jede Erneuerung der christlichen Lehre ab, da Irrtümer ausgeschlossen seien. Allerdings wurde das Mandat lediglich ausgefertigt, aber nicht sofort publiziert. Und bereits am 6. März stellte die kaiserliche Regierung entsprechend der Vereinbarung mit den Ständen ein Geleitschreiben für Luther aus, das auch Aleander zufriedenstellte. Er hatte den Eindruck, dass die Formulierungen des Geleitschreibens Luther eher davon abhalten würden, auf dem Reichstag zu erscheinen.[288] Aber auf Druck des Kurfürsten und der Stände fertigte dann die kaiserliche Kanzlei die berühmte Zitation aus, die mit der Anrede »Ersamer, lieber, andechtiger«[289] beginnt, die Aleander so sehr in Harnisch versetzte. Zitation und Geleitbrief wurden am 10. März ausgefertigt und auf den 6. März vordatiert. In der Zitation wurde nicht der Widerruf, sondern eine Anhörung als Grund der Vorladung genannt (»Leeren und Bücher halben, so ein zeither von dir ausgegangen sein, erkundigung von dir zuemphahen«[290]). Das klang schon besser für Martin Luther. Allerdings war eine Anhörung kein Disput. Die Reichsstände akzeptierten diese Fassung des Geleitbriefes und der Zitation. Der Reichsherold wurde am 15. März in Marsch gesetzt, um Luther Zitation und Geleitbrief zu überstellen und ihn sicher nach Worms zu bringen. Gegenüber Aleander redeten sich der Kaiser, der Großkanzler und Glapion damit heraus, dass die »Erkundigung« zum Zweck des Widerrufs erfolge oder – im Weigerungsfalle – zum Zweck der Verurteilung des hartnäckigen und halsstarrigen Ketzers. Der Nuntius blieb skeptisch. Dass ein durch die Kirche nach kanonischem Recht Verurteilter vor dem Reichstag auftreten dürfte, blieb für ihn unvorstellbar, ein Rechtsbruch ohne Vorbild. Darum blieb nur noch der Versuch, die Ankunft Martin Luthers in Worms zu verhindern. Sollte es ihm gelingen, den frechen Mönch vom Reichstag fernzuhalten, indem er ihm Angst einjagte, fiele Luther beim Kaiser in Ungnade und verlöre die Unterstützung der Reichsstände. Also tat Aleander alles, damit das Sequestrationsmandat, auf das er seine Hoffnungen setzte, am 26. März publiziert wurde. Doch es verfehlte, wie der Nuntius bald zu seiner tiefen Enttäuschung erfuhr, seine Wirkung auf Luther. Der näherte sich scheinbar unbeeindruckt Meile für Meile Worms. Um das Unvermeidliche doch noch zu verhindern, ersann Aleander mit Glapion, seinem treuen Gesprächspartner und Verbündeten, eine feingesponnene List.

Glapion schlug Franz von Sickingen, Ulrich von Hutten und Martin Bucer einen Kompromiss vor, der eigentlich keiner war, sondern nur ein Ziel beinhaltete: Martin Luther von der Weiterreise nach Worms abzuhalten. Von Sickingen, von Hutten und Bucer ließen sich tatsächlich täuschen und einspannen. Als der Wittenberger Theologe am 15. April in Oppenheim ankam, erwartete ihn dort schon Martin Bucer, den er von der Heidelberger Disputation her kannte. Bucer redete mit Engelszungen auf Luther ein, ihn auf die Ebernburg zu begleiten, um dort mit Glapion über einen Kompromiss zu verhandeln. Es müsse zu keinem Konflikt und zu keiner Konfrontation kommen, an der niemand – mit Ausnahme der Römischen – interessiert sein könne. Bucer, hierin von Glapion getäuscht, versicherte, dass der Beichtvater die ehrlichsten Absichten hege. Während des Gesprächs mit Bucer erreichte Luther ein Brief von Spalatin, der ihm abriet, sich in Gefahr zu begeben und nach Worms zu kommen. Offensichtlich herrschte im kursächsischen Lager Unklarheit darüber, ob es nach dem Sequestrationsmandat klug sei, wenn Martin Luther auf dem Reichstag erscheine. Und was dachte Luther? Dem Freund Spalatin hatte er noch von Frankfurt am Main aus gestanden, dass er von Eisenach an unter heftigen Schmerzen gelitten habe und noch krank sei – und zwar »auf eine mir bis dahin unbekannte Weise«.[291] Zum letzten Mal stand er vor der Entscheidung, wirklich nach Worms zu ziehen oder zurückzukehren. Es drängte ihn nicht auf die große Bühne. Aber womöglich war es der Teufel, der ihn davon abhalten wollte, auf dem Reichstag für Christi Sache zu streiten? Und was hatte er gestern noch Freund Spalatin angekündigt? – »Aber Christus lebt, und wir werden in Worms einziehen, sollten sich auch alle Pforten der Hölle und die Gewaltigen, die in der Luft herrschen, dawidersetzen.«[292]

Nun war er aber Bucer noch eine Antwort auf die Frage schuldig, ob er sich mit Glapion treffen möchte. Das Sequestrationsmandat Karls V. bewies ihm, dass die Kaiserlichen alles unternahmen, um ihn von der Weiterreise abzubringen. Da sie das aber mit der Peitsche nicht erreicht hatten, zogen sie ihre letzte Karte aus dem Ärmel und versuchten es mit Zuckerbrot. Doch wozu sollte er mit des Kaisers Pfaffen disputieren – im hintersten Winkel einer Burg, wo er doch vor der Öffentlichkeit des Reiches seinen Glauben bekennen wollte. Nein, auch wenn die Welt voll Teufel wär', wenn der alt böse Feind seine Pforten öffnete und alle seine Diener gegen ihn losschickte, so fürchtete Martin den Teufel jetzt nicht mehr. Denn was auch immer der ausheckte, es würde ihm nichts nützen, denn »ein Wörtlein kann ihn fällen«. Dieses Wörtlein aber musste Luther zu allen sprechen – und zwar in Worms. Die Sache war entschieden. Bucer wurde abschlägig beschieden. Wenn der Herr Glapion mit ihm zu sprechen wünsche, könne er das auch in Worms tun, so sich Zeit finde. Luther brauchte kein Gespräch auf der Ebernburg, keinen Schutz und keinen Kompromiss, denn er besaß eine viel bessere Wehr, eine viel bessere Burg. »Ein feste Burg ist unser Gott/ein gute Wehr und Waffen./Er hilft uns frei aus aller Not,/die uns itzt hat betroffen.«[293] In Frankfurt soll er dieses Lied ersonnen haben. Brachte er es dort auch nicht zu Papier, so hatte er es seitdem im Kopf. Die Reise nach Worms schuf die Bilder, die Worte, die Melodie in ihrer trotzigen Zuversicht.

Spalatin ließ er ausrichten: »Wenn so viel Teufel zu Worms wären als Ziegel auf den Dächern, noch wollte ich hinein.«[294]

Spalatin solle sich um eine Herberge kümmern.

III
Im Wort Gottes gefangen

»Stoßen können sie, fällen können sie mich nicht; martern können sie, ausrotten können sie (mich) nicht; ins Gefängnis bringen können sie, zwingen können sie (mich) nicht; hindern können sie, wehren können sie (mir) nicht; Zähne blecken können sie, fressen können sie (mich) nicht; morden, brennen, henken und ertränken können sie, dämpfen können sie (mich) nicht; verjagen, rauben, nehmen können sie, zum Schweigen bringen können sie (mich) nicht. Und in summa: Etwas sollen sie tun, aber ihr Ziel sollen sie nicht erreichen. Denn da hat es ein Ende, der Herr hilft mir«

MARTIN LUTHER

21.

Weder wurde der Reichstag wegen der Causa Lutheri einberufen noch zählte die Luthersache zu den wichtigen Verhandlungsgegenständen der Reichsversammlung. Im Mittelpunkt standen die Fragen der Reichsreform, die vom Reformreichstag 1495 ebenfalls in Worms angestoßen worden, aber entweder gescheitert oder noch unbestimmt geblieben waren. Es wurde immer noch darum gerungen, ob das Reich eher monarchisch durch den Kaiser, der während seiner Abwesenheit von einer Reichsregierung vertreten werden sollte, oder von der Versammlung der Reichsstände in Zusammenarbeit mit dem Kaiser regiert werden sollte. Die rasante wirtschaftliche Entwicklung, aber auch die politischen Umbrüche – starke Landesherrschaften bildeten sich – bedurften dringend neuer Strukturen.

Maximilian I. hatte 1495 in Worms den Ewigen Landfrieden verkündet, der das mittelalterliche Fehdewesen verbot. Das war nicht nur allgemein zu einer Geißel geworden, sondern auch zu einem Hemmnis der wirtschaftlichen Entwicklung, deren Erfolg gerade nicht auf dem Faustrecht beruhte. Als besonders fehdewillig erwiesen sich die Reichsritter, die als soziale Kaste in die Krise geraten waren, weil sie im modernen Kriegswesen nicht mehr benötigt wurden. So nutzten sie Fehden, die sie auch gern mutwillig vom Zaun brachen, um ihren Unterhalt zu »erstreiten«. Nun blieb ihnen nur, entweder als Landsknechtsführer oder Condottiere (Söldnerführer) Kriegsunternehmer zu werden und die Söhne möglichst studieren zu lassen, damit sie in den wachsenden Verwaltungen

Lohn und Brot bei einem Landesherrn fänden. Viele widmete sich aber auch intensiv der Landwirtschaft.

Die 1495 in Worms angeschobene Reichsreform legte die Grundlagen für ein modernes Staatswesen. Mit dem »gemeinen Pfennig« wurde versucht, eine Finanzverwaltung zur Finanzierung des Staates zu schaffen. Der Ewige Landfrieden und das Reichskammergericht sorgten für Rechtssicherheit, während die Fragen um das Zusammenwirken von und die Kompetenzverteilung zwischen Reichsregierung (Reichsregiment) und Reichstag das spätere System von Exekutive und Legislative, von Regierung und Parlament vorformten, freilich noch auf ständischer Grundlage. So stellte es gewiss keinen Zufall dar, dass Karl V., als Nürnberg als Tagungsort ausfiel, sich für Worms entschied. In Worms sollte vollendet werden, was in Worms begonnen wurde.

Dementsprechend erging sich der Reichstag nicht in Erwartung des Wittenberger Mönchs, sondern befand sich geschäftsmäßig in Verhandlung über die Ungarnfrage. Allerdings berieten sich die päpstlichen Nuntien, Glapion und die Räte des Kaisers, was nun zu tun sei, wo doch Glapions List, Luther von Worms fernzuhalten, gescheitert war. Hieronymus Aleander schlug vor, Luthers Begleitung nicht in die Stadt zu lassen. Schließlich befand sie sich kirchenrechtlich wie Luther im Zustand der Exkommunikation, da sie den der Häresie Bezichtigten unterstützte. Diesen Vorschlag aber verwarf man, weil man damit Absprachen brechen und deshalb den Widerstand der Reichsstände und das Misslingen des Reichstages provozieren würde. Blieb nur, Luther abzufangen und ihn in die Residenz des Kaisers zu bringen, um ihn unter Kontrolle zu haben und von seinen Unterstützern zu trennen. Doch nachdem die Trompeter von den Türmen des Domes Luthers Nahen verkündet hatten, bevölkerten die Vertreter der Stände, die Gäste des Reichstages und die Wormser die Straßen, drückten sich an die Fenster und saßen auf den Dächern.

Einige Gäste, Adlige und Diener der Fürsten, ritten Martin entgegen, um ihn in die Stadt einzuholen. Gegen 10.00 Uhr erreichte Martin im offenen Rollwagen in Begleitung seiner Reisegesellschaft durch das wuchtige Mainzertor die Große Kämmerergasse. Bis zu 2000 Menschen begleiteten ihn. Angesichts dieses Empfangs hatte der Plan der kaiserlichen Räte, Glapions und Aleanders nicht den Hauch einer Chance auf Verwirklichung. Zudem standen die Bürger der Reichsstadt zu einem Großteil auf Martin Luthers Seite, während die Abgesandten der römischen Kurie mit Argwohn und mit Feindseligkeit betrachtet wurden. Erbitterung rief in der Stadt auch die Arroganz von Karls spanischer Garde hervor. Die Gardisten sahen auf die Deutschen herab und drohten, dass der Ketzer brennen werde. Das brachte ihnen keine Freunde ein. Zweihundert bewaffnete Reiter, die Franz von Sickingen vorsorglich geschickt hatte, eskortierten Martin zum Stadttor. Hätte auch nur ein Spanier sich an Martin Luther vergriffen, hätten die Reichsritter zugeschlagen. Ulrich von Hutten hatte Luther am Tag zuvor, nachdem der es abgelehnt hatte, auf der Ebernburg Glapion zu treffen, seines Beistandes bis in den Tod versichert. Blutstimmung lag in der Luft. Jahrzehntelange Erbitterung brach sich Bahn.

Aber auch vor Luthers Ankunft glich Worms schon einem Ameisenhaufen. Kein Zimmer war zu muffig, keine Dachkammer zu zugig, als dass sie nicht meistbietend vermietet werden konnte. Hohe Herren, die sonst in Palästen lebten und in weichen Betten schliefen, hausten in Verschlägen und ruhten auf harten Pritschen mit fauligem Stroh. Von Glück konnte der sprechen, der sich das Zimmer nicht zu teilen brauchte. Selbst der päpstliche Nuntius Hieronymus Aleander, wahrlich nicht der unbedeutendste Mann auf dem Reichstag, nahm schließlich mit einer schmutzigen Dachkammer vorlieb. Wenn man bedenkt, dass allein der Landgraf von Hessen ein Gefolge von 200 Adligen und Bediensteten besaß und ihn 400 Reiter zum

Reichstag eskortiert hatten, versteht man, dass Worms mit seinen etwa 7000 Einwohnern von den über 10000 Gästen überfordert war. Um die 40 Fürsten und 130 Grafen rückten mit ihrem Gefolge an, hinzu kamen die Abgesandten der Städte. Zum Glück schwankte die Zahl der Anwesenden. Da der Reichstag sich über vier Monate erstreckte (27. Januar bis 26. Mai 1521), verteilten sich die Menschenmassen etwas, sonst wäre es gar nicht gegangen. Dietrich Butzbach berichtete über den Reichstag:

> *»Hier in Worms ist es nicht ratsam, nachts auf die Straße zu gehen, denn es werden jede Nacht drei bis vier Menschen ermordet. Es hat der Kaiser einen Scharfrichter angestellt, der hat schon über hundert Menschen (zur Strafe) ertränkt, erhängt und ermordet. Es geht hier ganz und gar römisch zu mit Morden, Stehlen und schönen Frauen auf den Gassen; es findet kein Fest statt, auf dem man nicht nach dem Messer greift, nicht hurt, Fleisch frisst, Hühner, Tauben, Eier, Milch, Käse und es geht zu wie in Frau Venus Berg … Auch wisst, dass viele Herren und fremde Leute hier sterben, die sich hier alle zu Tode trinken an dem starken Wein.«*[295]

Unterdessen berieten die Nuntien erneut mit den Männern des Kaisers, wie es nun weitergehen solle, da der Ketzer es doch gewagt hatte zu erscheinen und sie seiner nicht habhaft geworden waren. Gab es vielleicht doch noch eine Möglichkeit, um zu verhindern, dass er zum Kaiser und zu den Reichsständen sprach? Spalatin hatte vorgesorgt, hatte nicht nur eine Herberge für Martin Luther organisiert, sondern dabei die Frage der Sicherheit mit bedacht. Durch die Kämmerergasse rumpelte Luthers Wagen bis zum Johanniterhof, in dem Angehörige der kursächsischen Delegation nächtigten. Setzte Luthers Freund, Johannes Lang, in Erfurt noch gegen das Missfallen Bartholomäus' von Usingen durch, dass der exkommunizierte Mönch bei seinen Brüdern im Kloster der Augustiner-Eremiten übernachtete, so wollte und konnte man das in Worms nicht wagen. Darum bekam Luther im Johanniterhof eine Kammer zugewiesen, die er mit den kursächsischen Beamten Hans Schott und Bernhard von Hirschfeld teilte – auch das eine Maßnahme zu seiner Sicherheit. Im Johanniterhof wohnten auch Friedrichs Räte Friedrich von Thun und Philipp von Feilitzsch, der nun Luthers Beschützer und Freund wurde, nachdem sein Cousin Fabian 1520 verstorben war. Ebenfalls im Johanniterhof wohnte auch der Erbmarschall des Reiches Ulrich von Pappenheim. Kaum angekommen, setzte auch schon der Strom der Besucher ein, zu denen neben anderen Grafen und Fürsten der junge Landgraf Philipp von Hessen zählte. Da Philipp in einer Ehe- und Erbschaftsangelegenheit auf dem Reichstag verhandelte, sprach er den Wittenberger Theologen und Doktor der Heiligen Schrift auf den Passus in der Schrift »Von der babylonischen Gefangenschaft der Kirche« an, nach der eine Frau einen anderen Mann heiraten dürfe, wenn der erste sich als impotent erwies. Doch nach solchen Themen stand Luther wahrlich nicht der Sinn. Herzog Wilhelm von Braunschweig, Graf Wilhelm von Henneberg, aber auch Cochläus als Spion und *agent provocateur* der römischen Kurie und der Augsburger Stadtschreiber Conrad Peutinger, den Luther gut kannte, suchten ihn auf. Zwischen ihm und Glapion kam es noch zu einem knappen Schriftwechsel. Der Beichtvater des Kaisers bot Martin an, dass man, vorausgesetzt er wiederriefe die in der Bulle inkriminierten theologischen Lehraussagen, zur Klärung der übrigen Punkte ein späteres Konzil einberufen werde. Doch Luther lehnte mit dem Hinweis ab, dass auch Konzile oft geirrt hätten.

Während er am Morgen des 17. April zu dem kranken kursächsischen Ritter Hans von Minkwitz gerufen wurde, um ihm die Beichte abzunehmen, das Abendmahl zu geben und ihn zu segnen, berieten Glapion, Aleander, Cracciolo, der Großkanzler Gattinara und weitere Räte des Kaisers über die Dramaturgie des Verhörs. Man stimmte darüber überein, dass es sich nicht um eine Anhörung im Sinne der Stände handeln solle, sondern um die erste Phase des Verfahrens zur Verhängung der Reichsacht. Vielleicht fand deshalb die Sitzung des Reichstages nicht im Bürgerhof (dem Rathaus) statt, sondern in Karls Residenz, im Bischofshof. Tunlichst sollte eine Disputation vermieden werden. Auch zeigte man sich nicht geneigt, lange Erklärungen entgegenzunehmen, kurz und knapp sollte der Häretiker befragt werden, ob er widerriefe. Im Weigerungsfall war die Reichsacht über ihn zu verhängen. Im Grunde wollte man die Stände überrumpeln. Wenigstens einen der weltlichen Kurfürsten wussten die Römischen voll und ganz auf ihrer Seite, nämlich Joachim von Brandenburg, Friedrichs des Weisen Konkurrent und Intimfeind. Der Reichstag hatte sogar mit einem handfesten Krach beider Kurfürsten über die Frage, wer den Vorsitz im Ausschuss führen solle, begonnen. Nur mühsam konnte ein Kompromiss ausgehandelt werden. Während sich Albrecht von Mainz in der Causa Lutheri zurückhielt und die Exekution der Bulle gegen Luther, zu der er von Rom beauftragt worden war, weitgehend unterließ, wurde der Brandenburger Kurfürst Joachim, Albrechts Bruder, zur treibenden Kraft in der Koalition gegen Luther. Der bedächtige, aus Sicht Caracciolos und Aleanders »feige« Erzbischof Albrecht spürte die Erregung im Land und fürchtete, Unruhen zu provozieren. Außerdem übte sein ihm nahestehender Rat, der Humanist Wolfgang Capito, einen mäßigenden Einfluss auf ihn aus. Aleander hasste Capito und hielt ihn für einen verkappten Lutheraner. Nachdem Luther von dem siechen Minkwitz zurückgekehrt war, beriet er sich erneut mit den Räten des Kurfürsten, die ihn über die Gepflogenheiten auf dem Reichstag in Kenntnis setzten. Am späten Vormittag überbrachte ihm der kaiserliche Erbmarschall Ulrich von Pappenheim die Vorladung für 16.00 Uhr.

Da inzwischen nicht nur die kaiserlichen Räte empfahlen, das Geleit nicht zu halten und Martin in Gewahrsam zu nehmen, anstatt ihn auf dem Reichstag anzuhören, sondern auch der Kurfürst von Brandenburg dafür votierte, kam es darüber zu einem Streit bis aufs Messer mit dem Grafen bei Rhein und dem Kurfürsten von der Pfalz. Die spanische Garde sprühte vor Zorn, sie wollte den Häretiker brennen sehen und war nur mit Mühe zurückzuhalten. Doch in Worms überwogen die Anhänger Luthers. Von Sickingen hielt sich mit nicht wenigen Reichsrittern in Bereitschaft, während von Hutten in der Reichsstadt Ohren und Augen offenhielt. Als die Stunde, da Martin Luther auf dem Reichstag erscheinen sollte, näherrückte, versammelten sich viele Bürger vor dem Johanniterhof und säumten den Weg bis zum Bischofshof neben dem Dom. Die Stimmung war so aufgeheizt, dass ein Blatt Papier, wäre es durch die Luft gesegelt, Feuer gefangen hätte. Die Hoffnung der Menge, Luther zu sehen, wurde indes enttäuscht. In Anbetracht der unübersichtlichen Situation führten Ulrich von Pappenheim und der umsichtige Kaspar Sturm Luther auf verschlungenen Pfaden durch den Garten des Johanniterhofes über einige kleine Gassen zum Hintereingang des Bischofshofes. Doch ein paar besonders pfiffige Bürger entdeckten ihn auf diesem Weg – und so bildete sich auch hier schnell ein Spalier. Seit Erfurt hatte sich Martin Luthers Weg durch Mitteldeutschland nach Oberdeutschland zu einem wahren Triumphzug gestaltet. Doch Martin schöpfte aus dem Zuspruch keine Kraft, sondern das Vertrauen so vieler Christenmenschen machte die Bürde, an der er trug, noch bedrückender. Und die Krankheit, an der er seit Erfurt litt, tat ihr Übriges. Ihm war das Herz schwer und er dachte an Johannes Hus, der sein Festhalten an der Wahrheit Christi mit dem Leben bezahlt hatte.

Vieles allerdings unterschied Martin Luthers Situation von der des Böhmen ein reichliches Jahrhundert zuvor. Es ging längst nicht mehr nur um eine innerkirchliche Angelegenheit, nicht nur um ein geistliches Konzil, vor das er zu treten hatte, sondern er war zu einer Anhörung vor die maßgebliche Instanz des Heiligen Römischen Reiches deutscher Nation geladen worden. Kaum hatten er und seine beiden Begleiter den Bischofshof betreten, befanden sie sich auch schon in einem Gewühl von Menschen, Sekretären und Dienern, die hier warteten, um ihren Herren jederzeit beispringen zu können oder Aufträge für sie zu erledigen. Die emsige, teils leere, teils eitle Geschäftigkeit irritierte ihn, er fühlte sich nicht wohl im lauten Gedränge. Pappenheim und Sturm, die dergleichen Menschenansammlungen gewohnt waren, bahnten Martin einen Weg in den niedrigen Saal. Der Status der Anwesenden wuchs, wie unschwer an der Kostbarkeit ihrer Kleidung zu erkennen war, je näher Martin dem Kaiser kam. Er nahm sich seltsam aus zwischen all den nobel gekleideten Männern in seiner schlichten Kutte der Augustiner-Eremiten, der frisch geschnittenen Tonsur und dem streng gekürzten Haupthaar. Aus dem beschaulichen Wittenberg gefallen, fand er sich plötzlich inmitten der großen Welt und großen Politik wieder. Meinetwegen, dachte er, die vielen Menschen sind meinetwegen hierher gekommen. Seine Kehle war trocken und Heiserkeit lag auf seiner Stimme. Er suchte Sammlung in sich. Da erkannte er in dem niedrigen und unter dem mächtigen Andrang schier berstenden Saal den Augsburger Stadtschreiber. Dankbar für das vertraute Gesicht, wandte er sich an ihn: »Doktor Peutinger, seid auch Ihr hier?«

Doch da fuhr ihn schon der Erbmarschall an. »Rede nicht in Gegenwart des Kaisers, wenn Du nicht gefragt wirst!« Es gelang Luther nicht, eine Ordnung im Saal festzustellen. Alles wirkte kunterbunt zusammengewürfelt: einige saßen, andere standen, denn außer dass den Kurfürsten ein Platz zugewiesen wurde, hatte man sich wegen der Animositäten zwischen dem Kursachsen und dem Brandenburger auf keine Sitzordnung einigen können. Für die Vertreter der Städte, der Herren und

Grafen waren ohnehin nur Stehplätze vorgesehen. Doch jetzt entdeckte er ihn, den Kaiser: eine junge, lange und schlanke Gestalt mit dem Zepter in der Hand, roten dünnen Haaren, die wie Spinnweben den schmalen Kopf umflusten, und einem weit nach vorn überstehenden Unterkiefer, der ihm beim Kauen arge Probleme bereitete, da Unterkiefer und Oberkiefer nicht richtig zueinander standen. Karl saß inmitten der Kurfürsten, Fürsten, Bischöfe und Prälaten des Reiches, während die Ritter, Herren und auch die Grafen standen. Für eine Moment kreuzten sich ihre Blicke, doch schnell wandte sich der Kaiser an Gattinara und sagte auf Französisch zu ihm: »Das Mönchlein soll mich nicht zum Ketzer machen.« Karl V. war sichtlich enttäuscht, dass dieser ungehobelte Mann mit dem groben Körperbau und dem derben Antlitz, dem allzu unbeherrschten Mienenspiel ihm so viel Schwierigkeiten bereitet hatte. Als Martin Luther befohlen wurde vorzutreten, entstand sofort ein Gedränge, denn man wollte den berühmt-berüchtigten Mann wie ein exotisches Tier von Nahem sehen. Die Wache des Kaiser bahnte dem Mönch mit Hellebarden den Weg. Ulrich von Pappenheim wandte sich noch einmal mit strenger Stimme an Martin Luther: »Merkt es Euch, Herr Doktor: Redet nur, wenn Ihr gefragt werdet und antwortet auch nur auf die Frage einfach und deutlich und ohne Kommentar und ohne Abschweifung!«

Hieronymus Aleander hatte keinen Zutritt zu den Verhandlungen auf dem Reichstag, doch er zeigte sich damit zufrieden, dass der Offizial des Trierer Erzbischofs Richard von Greiffenklau, Johann von der Ecken – nicht mit Johann Eck zu verwechseln –, das Verhör führen sollte. Von der Ecken war nicht zufällig Aleanders Herbergsgenosse, sondern er galt als Musterbild des zuverlässigen Beamten, der jeden Auftrag mit großem Fleiß ausführte. Er hatte in Siena und in Bologna beiderlei Rechte, also weltliches und kirchliches Recht, studiert, war promoviert und zum Priester geweiht worden. Inzwischen lehrte er als Professor in Trier und war Vorsitzender des höchsten geistlichen Gerichts des Kurfürstentums Trier. Als Offizial fiel ihm die Durchsetzung des Sequestrationsmandates zu, die er mit einer großen Akribie betrieb, damit, wie Aleander es lobte, nicht eines von Luthers Büchern in Trier unverbrannt bliebe. Aleander brüstete sich später damit, dass er und Glapion auf Befehl des Kaisers Dr. Johannes von der Ecken mit dem Verhör beauftragt und ihn eingehend instruiert hätten, was man von ihm erwarte – nämlich Luthers Widerruf, und das so schnell wie möglich. Der Auftritt des Ketzers auf dem Reichstag stellte schon Ärgernis genug dar, es musste nicht länger als nötig dauern.

Obwohl Richard von Greiffenklau nicht zu den Scharfmachern zählte, sondern als maßvoll und klug galt und sogar von Friedrich dem Weisen als unparteiischer Richter für ein deutsches Gericht über den Wittenberger Professor vorgeschlagen worden war, ließ sich diese Tugend der Zurückhaltung bei seinem Offizial von der Ecken nicht feststellen. Dass Martin Luther das Kirchenrecht verworfen und kanonische Bücher verbrannt hatte, erhöhte den Hass des Trierers auf den Häretiker. Darum fügte er sich nur allzu freudig und gewissenhaft in die ihm zugefallene Aufgabe, den Ketzer zum Widerruf zu treiben.

Nach der Ankündigung Luthers durch Pappenheim traten sowohl der Erbmarschall als auch der Reichsherold zurück, und der kursächsische Jurist Hieronymus Schurff trat hinter ihn, während sich von der Ecken vor ihm aufbaute. Dem Verhör selbst wohnte eine gewisse Schwerfälligkeit inne, da die lateinisch gehaltenen Fragen und Antworten vom Trierer Offizial und von Luther noch einmal auf Deutsch wiederholt wurden, damit auch den nicht oder nur schlecht Latein verstehenden Reichsständen nichts entging. Jeder sollte alles, was geredet wurde, verstehen.

Johannes von der Ecken wies auf eine Bank, auf der eine ansehnliche Anzahl von Luthers Büchern ausgestellt war. Luther wunderte sich, dass es ihnen gelungen war, sogar Bücher, die in Basel erschienen waren, habhaft geworden zu sein. Dann hob von der Ecken trocken und schmallippig an: »Martin Luther, die kaiserliche Majestät hat Dich aus zwei Gründen hierher kommen lassen, zuvorderst um zu erfahren, ob Du Dich hier öffentlich zu den Büchern bekennst, die bisher unter Deinem Namen verbreitet worden sind. Tust Du das, so sollst Du zweitens erklären, ob Du ihren Inhalt aufrechterhalten oder etwas davon widerrufen willst.«[296] Durchdringend sah der Offizial den Mönch an, denn der Verhandlungsgegenstand musste geklärt werden. Luther fühlte sich durch die Eile etwas überrumpelt, war schon geneigt zu antworten, doch da rief laut und vernehmlich im erprobten selbstbewussten Bass Hieronymus Schurff als Luthers Rechtsbeistand in den Saal: »Legantur tituli librorum! Man lese die Titel der Bücher vor!« Während die Titel der ausgestellten vierzig Bücher vorgelesen wurden, überraschte Luther deren Menge. Noch nie hatte er seine Werke auf einem Haufen gesehen. Aber auch der Kaiser und der Nuntius Hieronymus Aleander, der einmal päpstlicher Bibliothekar gewesen war, wunderten sich doch sehr darüber, wie ein einzelner Mensch in so kurzer Zeit so viel hatte schreiben können. Dabei lagen auf der Bank noch nicht einmal alle. So sehr sich Aleander seit seiner Ankunft in Worms bemüht hatte, durch bezahlte Spione Luthers Bücher als Beweis für dessen Häresie aufzuspüren, war er doch nicht aller Publikationen Luthers habhaft geworden.

Wie es bei Disputationen und auch solchen Verfahren üblich war, wiederholte Martin Luther, nachdem alle Titel vorgelesen worden waren, die Frage von der Eckens, bevor er zunächst auf Latein, dann auf Deutsch antwortete:

»Die genannten Bücher muss ich als meine bezeichnen und werde niemals eines erleugnen. Wenn es dann heißt, ich soll sie alle in gleicher Weise aufrechterhalten oder widerrufen, was man mit dem Zeugnis der Schrift für unvereinbar hält, so antworte ich: Weil es sich hierbei um den Glauben und das Seelenheil handelt und das Größte im Himmel und auf Erden, das Wort Gottes, betrifft, vor dem wir uns alle in Ehrfurcht beugen sollen, so darf ich mich nicht dreist der Gefahr aussetzen, dass ich ohne Vorbereitung etwas behaupte, wodurch ich entweder meiner Sache oder aber der Wahrheit etwas vergeben könnte, denn beides würde mich in das Wort Christi verstricken, wo er sagt: Wer mich vor den Menschen verleugnet, den will auch ich verleugnen vor meinem himmlischen Vater (Matthäus 10,33). Deshalb bitte ich in Demut Eure kaiserliche Majestät um Bedenkzeit, damit ich, ohne das Wort Gottes zu verletzen und meine Seele zu gefährden, die rechte Antwort auf die Frage geben möge.«[297]

Martin Luther hatte sehr leise, mit belegter Stimme und niedergeschlagenem Blick gesprochen, so dass ihn nicht alle im Saal hörten. Seine vorgespielte Demut wurde von einigen für Angst gehalten, und Aleander, dem Johannes von der Ecken über den Verlauf von Luthers Auftritt berichtete, schlug mit einem »Gottlob« die Hände zusammen, denn er gab sich der Hoffnung hin, dass der kleine Mönch doch vor der Autorität des Kaisers einknicke. Und in der Tat enttäuschte Luthers Auftritt viele. War diese unsichere Gestalt wirklich der Mann, der durch seine Thesen und Ansichten die Deutschen aufwiegelte und das Reich und die römischen Kurie so anhaltend beschäftigte? Luthers Bitte um Bedenkzeit wurde von den Ständen beraten. Anschließend hielt der Trierer Offizial wieder im strengen Ton einer längere Rede, in der er zunächst die Einheit der Kirche und den Frieden im Reich als hohe Güter pries, die Luther durch seine persönlichen Meinungen und durch das Verdrehen der Schriftstellen in Gefahr bringe und zudem fromme Seelen verführe und abtrünnig mache. Deshalb solle er endlich seine Irrtümer widerrufen und Buße tun. Dann stellte er – und das war das Angebot, das Martin unterbreitet wurde – in Aussicht, dass sich im Falle von Luthers Widerruf der Kaiser beim Papst dafür einsetzen werde, ihm zu verzeihen. Wiederriefe Martin jetzt, so gehe alles glimpflich für ihn aus. Wenn er aber halsstarrig bleibe und auf seinen Irrtümern beharre, werde der Kaiser als Schutzvogt der Kirche gegen ihn vorgehen. Luther solle bedenken, welche Strafen ihn in diesem Fall erwarteten. Vor Luthers innerem Auge stand der brennende Johannes Hus. Unmissverständlich hatte ihm der Kaiser mitgeteilt, dass er ihn, wenn er nicht widerriefe, auf dem Scheiterhaufen schicken werde. Konstanz schien sich zu wiederholen. Doch vorerst erklärte von der Ecken, dass der Kaiser ihm aus angeborener Milde einen Tag Bedenkzeit gewähre, obwohl er eigentlich kein Recht darauf habe, da er, Luther, ja wisse, weshalb er vorgeladen sei. Aber man erwarte, dass er sich morgen mündlich – keinesfalls schriftlich – zu der aufgeworfenen Frage äußere.

Weniger aus »angeborener Milde« denn vielmehr, um die Drohung wirken zu lassen, hatte man ihm diesen geringfügigen Aufschub eingeräumt. Wenn Johannes von der Ecken erklärte, dass die Gewährung der Bedenkzeit ihm eigentlich rechtlich nicht zustände, spiegelte sich darin die unterschiedliche Interpretation der kaiserlichen Zitation wider. Martin Luther hatte sich nicht auf die Reise nach Worms begeben, um den von Rom geforderten Widerruf zu leisten und sich dem Papst zu unterwerfen, sondern um seinen Standpunkt in einer Anhörung darzulegen. Dass ihn der Trierer Offizial nun so harsch mit der Alternative »Vogel, friss oder stirb« konfrontierte, überraschte ihn doch. Ein letztes Mal stand die Frage vor ihm, wie weit zu gehen er bereit sei. Vierundzwanzig

Stunden trennten ihn von dem Moment, an dem es keine Ausflucht mehr gab. Dann würde über Tod oder Leben entschieden.

Auch der sächsische Kurfürst – ganz Politiker – hielt sich mehrere Türen offen. Gegenüber dem ihm vertrauten Richard von Greiffenklau äußerte er, dass der Mönch ihm mit seinen schwärmerischen Ansichten Beschwernisse bereite. Martin Luther beschritt einen schmalen Grat.

22.

Sturm und Pappenheim hatten Luther in seine Unterkunft zurückgebracht, doch an Ruhe war nicht zu denken, denn die Besucher gaben sich die Klinke in die Hand. Martin Luther hatte die Entscheidung, nicht zu widerrufen, nicht erst in Worms gefällt. Aber der Konflikt mit der römischen Kurie und dem Papst hatte ihn dazu gebracht, die Entwicklungsgeschichte des Papsttums näher zu ergründen. Durch diese Studien war er im Bestreben, zu den Wurzeln zurückzukehren, immer entschiedener und radikaler geworden. Eine wirkliche *re-formatio* musste her. Einem seiner Besucher, dem Bruder des Wiener Humanisten Johann Cuspianus, schrieb er auf dessen Bitte ein paar Zeilen an den Bruder. Nach einer kurzgehalten sachlichen Information über seinen Auftritt auf dem Reichstag versicherte er dem Wiener: »Aber ich werde auch nicht einmal einen Tüttel widerrufen, so Christus mir gnädig ist.«[298]

Danach benötigte Luther Zeit, um sich mit Feilitzsch, Schurff und Spalatin zu beraten. Es ging nicht um den Widerruf an sich, sondern um eine Antwort, die dem Kurfürsten und den ihm wohlgesinnten Reichsständen Handlungsspielräume offenließ. Nach der Beratung ging er daran, sein Redekonzept auszuarbeiten. Schlaf fand er kaum. Am Morgen besuchte ihn Conrad Peutinger. Dessen Aufwartung gefiel ihm und entspannte ihn etwas vor der großen Auseinandersetzung. Um sich abzulenken, sprach er mit Peutinger über dessen Familie, erkundigte sich nach Frau und Kindern. Der Augsburger Stadtschreiber verließ ihn mit dem Eindruck, dass der Mönch guter Dinge sei. In der Tat wusste sich Luther gut vorbereitet und hatte seine Rede nach allen Regeln der antiken Rhetorik, besonders nach Quintillian, vorbereitet. Wie es auch immer ausgehen würde, in seiner Rede wollte er auf höchstem rhetorischen Standard von seinem Glauben sprechen, auch um die teils humanistisch gebildeten Reichsstände zu beeindrucken.

Zur gleichen Zeit traten auf Befehl des Kaisers Glapion, von der Ecken und Aleander zusammen, um den Stand zu referieren und das unmittelbar bevorstehende Verhör ein letztes Mal durchzusprechen. Luther müsse endlich den Widerruf leisten und sich unterwerfen – ohne die geringste Ausflucht.

Wieder wurde er von Kaspar Sturm und von Ulrich von Pappenheim gegen 16.00 Uhr abgeholt, doch dieses Mal musste er warten, denn der Reichstag steckte noch tief in einer anderen Verhandlung. Inzwischen hatte man die Fackeln entzündet. Gegen 18.00 Uhr wurde er geholt und in einen anderen, größeren Saal geführt als am Vortag. Beim Betreten des Saals raunte ihm der bedeutende und überaus erfahrene Condottiere Georg von Frundsberg zu: »Mönchlein, Mönchlein, du gehst jetzt einen Gang, dergleichen ich und mancher Oberst auch in unser aller ernstesten Schlachtordnung nicht getan haben.« Doch Martin Luther war diesmal nicht allein, denn hinter ihm betraten sechs zwar gelehrte, doch auch handfeste Männer den Saal. Sie hatten ihm schon ab dem Johanniterhof das Geleit gegeben. Es werden Studenten und Magister der Leucorea gewesen sein.

Johannes von der Ecken eröffnete die Anhörung mit einer Zurechtweisung, um von Anfang an klarzustellen, wer hier das Sagen habe: »Bedenke wohl, die Bedenkzeit, die Dir großmütig eingeräumt wurde, hattest Du nur aus kaiserlicher Großmut, denn in Angelegenheiten des Glaubens, sollte man annehmen, sollte ein jeder so sicher sein, dass er zu jeder beliebigen Zeit klar und bestimmt Rede und Antwort zu stehen vermag, wie viel mehr ein so bedeutender und erfahrener Lehrer und Theologe wie Du!« Zudem sprach er auch für das

Protokoll, denn aus Sicht des Kaisers befand man sich bereits im Verfahren der Verhängung der Reichsacht und deshalb galt es, keinen Formfehler zu begehen, auf den sich die kursächsischen Juristen berufen könnten. Dann wiederholte er die unbeantwortete Frage vom Vortag: »Willst Du die von Dir anerkannten Bücher alle verteidigen oder etwas widerrufen?« In dieser Frage steckte die Möglichkeit des Teilwiderspruchs. Man baute Luther also immerhin eine schmale Brücke und kam der Forderung der Reichsstände entgegen, dass ein Teilwiderruf genügen solle, um über die übrigen strittigen Punkte auf einem Konzil oder einer Reichsversammlung weiter zu verhandeln. Martin Luther antwortete in einer etwa zehnminütigen Rede. Zunächst entschuldigte er sich. Man möge ihm zugute halten, dass er »nicht am Hofe, sondern in den Winkeln der Klöster verkehren« würde, wenn er sich gegen die »höfischen Sitten und Gebärden vergehen sollte«. Sodann erklärte er selbstbewusst mit lauter, klarer Stimme – er war wie ausgewechselt, nichts erinnerte mehr an den eingeschüchterten Luther vom Vortage –, dass seine Schriften nun einmal nicht von gleicher Art wären. Unter ihnen fänden sich Bücher, die nach evangelischer Tradition von Glauben und Frömmigkeit handelten und die nicht vom Papst beanstandet wurden. Diese könne er nicht widerrufen, weil er damit das Bekenntnis aller, die damit übereinstimmten, in Frage stellte. Eine zweite Gruppe von Büchern gingen in der Tat mit dem Papsttum ins Gericht, weil »doch ganz offenbar« ist, »dass die Gewissen der Gläubigen durch die päpstlichen Gesetze und die menschlichen Lehren ganz jämmerlich verstrickt, geplagt und gemartert werden, auch der Besitz und das Vermögen, zumal in dieser großartigen deutschen Nation, durch eine unglaubliche Tyrannei verschlungen werden. Wenn aber ich die Schriften, die das anprangern, widerrufen würde, dann würde ich, Martin Luther, nichts anderes tun, als eine Stütze für die Tyrannei aufrichten und dieser großen Gottlosigkeit nicht nur die Fenster, sondern auch die Tore auftun, so dass sie viel weiter und freier als bisher loslegen würde, und so würde durch das Zeugnis meines Widerrufes ihre Herrschaft dem armen Volk ganz unerträglich und dennoch gestützt und gefestigt werden. Ein wie großer Schanddeckel, lieber Gott, der Leichtfertigkeit und der Tyrannei würde ich dann werden!« Die dritte Gruppe Schriften aber umfassten Polemiken, die er gegen einzelne Personen verfasst habe. Möglich, gestand Luther zu, dass sie hin und wieder »härter« gewesen seien, als es sich für seinen Beruf gebühre. Aber auch diese Polemiken könne er nicht widerrufen, denn er habe in ihnen nicht für seine Person, sondern für Christus gestritten: »Da ich nur ein sterblicher Mensch bin und daher irren könnte, wie jeder andere, bitte ich, anhand der Heiligen Schrift auf den Irrtum hingewiesen und widerlegt zu werden. Wenn man mich anhand des Neuen Testaments des Irrtums überführt, wäre ich der erste, der meine Schriften ins Feuer wirft.« Damit nicht genug, wandte er sich im Gestus des bedingungslos Glaubenden, der sich ganz in die Nachfolge Christi stellt, an den Kaiser:

> *»Eure Allerdurchlauchtigste Majestät, Durchlauchtigste Fürsten … Aus diesem allen, glaub ich, geht klar hervor, dass ich mich genügend bedacht und die Not und Gefahr, die Parteiungen und die Streitigkeiten erwogen habe, die aus Anlass meiner Lehre auf der Erde erweckt wurden, woran ich gestern schwer und stark erinnert worden bin. Mir ist jene Gestalt dieser Dinge durchaus die allererfreulichste, dass um des Wortes Gottes willen Parteiungen und Streit geschieht. Denn das ist des Wortes Gottes Lauf, Art und Ereignis, wie er sagt: ›Ich bin nicht gekommen, den Frieden zu bringen auf die Erde. Ich bin nicht gekommen, Frieden zu bringen, sondern das Schwert. Denn ich bin gekommen, den Menschen wider seinen Vater zu erregen‹*[299]*.«*[300]

Damit warnte er den Kaiser unmissverständlich, die falsche Partei zu ergreifen und dadurch zum Pharao oder zum König von Babylon zu werden und Schaden an seiner Seele zu nehmen. Die von Martin Luther zitierte Stelle stand in Verbindung mit der Mission, mit der Aussendung der zwölf Jünger, um das Evangelium zu verbreiten: »Diese Zwölf sandte Jesus aus, gebot ihnen und sprach: Geht nicht den Weg zu den Heiden und zieht nicht in eine Stadt der Samariter, sondern geht hin zu den verlorenen Schafen aus dem Hause Israel. Geht aber und predigt und sprecht: Das Himmelreich ist nahe herbeigekommen.«[301] Das Himmelreich aber brach dann an, wenn der Antichrist besiegt war – mit der Reform der Kirche. Wenn er nun diese Forderung, die Reform der Kirche in Angriff zu nehmen, an den Kaiser richtete, so argumentierte Luther ganz auf der Linie seiner Schrift »An den christlichen Adel deutscher Nation«.

Im Grunde drehte Luther den Spieß um. Nicht er hatte zu widerrufen, sondern der Kaiser hatte seinen christlichen Auftrag anzunehmen, gegen Rom zu ziehen und die Reform der Kirche einzuleiten, auch dafür hatte er, wenn es nottat, und das tat es, von Christus das Schwert bekommen. Tags zuvor hatte er sich vor dem Kaiser mit Matthäus 10,32 darauf berufen, Gott mehr zu fürchten als die Menschen und zur Mission ausgesandt worden zu sein: »Wer mich aber verleugnet vor den Menschen, den will auch ich verleugnen vor meinem Vater im Himmel.«[302]

Bei näherem Hinschauen wird die Konsequenz der Adelsschrift deutlich, die Martin vor den Kaiser bringt. Bei seinem Entschluss, nach Worms zu gehen, hatte die Hoffnung mitgespielt, in der Disputation, die ihm schließlich verwehrt wurde, den Kaiser von der Pflicht, die er in der Adelsschrift erläutert hatte, zu überzeugen. So schloss er seine Rede folgerichtig mit der Erklärung, dass er aus Verantwortung dem Vaterland gegenüber seine Sache vertrete, die er nun dem Schutz des Kaisers und der Stände übergebe. Seine Sache aber sei die Reform der Kirche und des Vaterlandes, die von der weltlichen Obrigkeit in Angriff zu nehmen sei. Deshalb habe er sich nach Worms begeben, um der Obrigkeit ins Gewissen zu reden und sie aufzurufen, ihre Pflicht zu erfüllen. Insofern führte von Luthers Adelsschrift der Weg nach Worms.

Luthers Rede, vor allem dessen Appell an den Kaiser, überraschte Johannes von der Ecken. Wenn er einen reumütigen Mönch erwartet hatte, so sah er sich nun einem selbstbewussten streitbaren Mann gegenüber. Deshalb brach er das Verhör ab und zog sich mit den kaiserlichen Räten zur Beratung zurück. Dort einigte man sich darauf, dass der Offizial den Wittenberger Professor zu einer eindeutigen Antwort: Widerruf ja oder nein, zwingen solle. In seiner zweiten Rede gab von der Ecken wieder den Ankläger, indem er Luther vorwarf, nicht auf die Frage geantwortet, sondern sich nach altem Ketzerbrauch gewunden zu haben. Dann behauptete er recht allgemein, dass Luthers Lehren Sätze enthielten, die schon von früheren Konzilen als häretisch qualifiziert und verdammt worden seien – um anschließend klarzustellen, dass das, was schon einmal verurteilt wurde, nicht erneut zur Diskussion gestellt werden dürfe. »Vergeblich erwartest Du, Martinus, eine Disputation über die Dinge, die Du mit gewissem und ausdrücklichem Glauben zu glauben verpflichtet bist.«[303] Von der Ecken befahl ihm herrisch: »Widerrufst du jetzt? Oder widerrufst du nicht. Ja oder nein? Dazwischen gibt es nichts. Ja oder nein?«

Jetzt war es also so weit. Ruhe senkte sich in Martin Luther, da er meinte, Gott zu spüren. Er wusste, was er zu sagen hatte. Was danach geschehen würde, wusste er hingegen nicht.

»Wenn also Euer Allerdurchlauchtigste Majestät und Eure Fürstlichkeiten eine einfache Antwort fordern, will ich sie

weder gehörnt noch gezähnt folgendermaßen geben! Wenn ich nicht überwunden werde durch die Zeugnisse der Schrift oder durch die evidenten Vernunftgründe (denn ich glaube weder dem Papst noch den Konzilien allein, weil feststeht, dass sie sich oft geirrt und selbst widersprochen haben), bin ich durch die von mir herangezogenen Schriftstellen besiegt, und das Gewissen ist im Wort Gottes gefangen, und ich kann und will nicht irgend etwas widerrufen, weil es weder gefahrlos noch heilsam ist, gegen das Gewissen zu handeln. Ich kann nicht anders, hier stehe ich, Gott helfe mir, Amen.«[304]

Doch noch gab der Offizial von der Ecken nicht auf, auch wenn er deutlich sah, dass sich das Ziel immer weiter entfernte. Er konnte nicht glauben, dass der Mönch den Widerruf verweigerte. Fast bittend drang er in ihn: »Martin, lass dein Gewissen fahren, wie du verpflichtet bist.« Weil sich sein Gewissen im Irrtum befinde und nur der Widerruf sicher sei. Verzweifelt rief er: »Die Konzile haben nicht geirrt, zumindest nicht in Glaubensfragen.« Damit aber durfte man Martin Luther nicht kommen, denn er wollte und er konnte beweisen, dass Konzile sich geirrt hatten – auch in Glaubensfragen. In diesem Moment sah es kurz so aus, als bekomme Luther doch noch seine Disputation. Karl V. aber brach höchst enerviert die Sitzung ab, Tumult und Chaos entstanden. Luthers Anhänger rissen – wie bei einem Sieg im Turnier – die Arme hoch. Zwei Diener führten den Mönch aus dem Saal – ein Anblick, der die Frage von Umstehenden provozierte, ob Luther nun verhaftet sei. Doch die Diener beschwichtigten, es bestehe keine Gefahr. Die spanischen Gardisten brüllten ihn an: »Ins Feuer mit dem Ketzer. Ins Feuer mit ihm!« Doch tun konnten sie nichts, gegen die Eskorte der Reichsritter hatten sie keine Chance. Durch ein Menschenmeer kämpften sich die Männer zu Luthers Herberge. Als er den Johanniterhof betrat, fiel aller Druck von ihm.

Befreit reckte er die Arme in die Höhe und rief aus vollstem Herzen: »Ich bin hindurch! Ich bin hindurch!« Mochte folgen, was wollte.

23.

Kurfürst Friedrich zeigte sich am Abend im Gespräch beeindruckt von seinem Professor: »Wohl hat der Pater Martinus geredet vor dem Herrn Kaiser und allen Fürsten und Ständen in Latein und Deutsch.« Doch der bedächtige Kurfürst setzte hinzu: »Er ist mir viel zu kühn«.[305] Friedrich der Weise wusste, dass dem Kampf nun nicht mehr auszuweichen war.

Kaiser Karl V. notierte am Morgen des 19. April 1521 – noch ganz unter dem Eindruck des Geschehens stehend – auf Französisch, dass er die Reichsacht über Luther verhängen werde und gegen ihn wie gegen einen notorischen Ketzer vorzugehen gedenke.[306] Anschließend verlas er die Erklärung vor den Kurfürsten und den Fürsten. Damit war die erste Phase auf dem Weg zur Verhängung der Reichsacht abgeschlossen. In den folgenden Tagen berieten die Reichsstände über das weitere Vorgehen in der Causa Lutheri. In der Ständeversammlung setzte sich der Brandenburger sehr dafür ein, dass Luther in Reichsacht fiel, denn er hatte sich zu Häresien von Hus und Wiclef bekannt und die Autorität der Konzile in Frage gestellt. Außerdem hatte man dem Kaiser zugesagt, gegen Luther und dessen Anhänger – unter denen man sehr wohl auch den kursächsischen Hof sah – vorzugehen, wenn er den Widerruf verweigere.

Die Kunde von Luthers Rede am 18. April wirkte in Worms wie Zunder. Plakate wurden angeschlagen, auf denen mit den Worten »Bundschuh, Bundschuh« mit einem Aufstand gedroht wurde. Zwischen 1493 bis 1517 waren immer wieder Aufstände gegen die weltlichen oder geistlichen Herren aufgelodert, die auch 1521 noch nicht ganz abgeklungen waren. Der Bundschuh als Fußbekleidung der Bauern war als Gegenstück zu den gespornten Stiefeln der Adligen zum Symbol der aufständischen Bauern geworden.

Außerdem hieß es, dass 400 Reichsritter mit 1000 Mann Fußvolk bereitstünden, Luther zu schützen. Auch Albrecht von Mainz, der sich in der Luthersache wirklich zurückgehalten hatte, wurde persönlich bedroht, so dass der Erzbischof Boten zum Kaiser und zu den Fürsten schickte, um vor einer Eskalation zu warnen. Der Kaiser verspottete Erzbischof Albrecht, den er für allzu hasenfüßig hielt. Kurfürst Joachim, der sich in der Ständeversammlung nicht durchsetzen konnte, gab die Warnungen seines Bruders aber auch persönlich an den Kaiser weiter. Dort traf Joachim auf Aleander. Der brandenburgische Kurfürst berichtete dem päpstlichen Legaten, dass die Stände fürchteten, Öl ins Feuer zu gießen, wenn über den Wittenberger Professor samt seinen Anhängern die Reichsacht verhängt würde, ohne Martin Luther noch einmal angehört zu haben. Sie befürchteten überdies, das Volk könne zu der Auffassung gelangen, man habe Luther ohne Anhörung verurteilt. Deshalb votierten die Stände dafür, den Wittenberger noch einmal im Namen des Reiches im Beisein von Fürsten durch Gelehrte verhören zu lassen.

Zunächst lehnte Karl V. diesen Vorschlag ab. Weil er aber mit den Reichstag zu Ende kommen wollte und noch die großen Fragen der Reichsreform abzuschließen waren, ging er auf die Wünsche der Stände ein. Es wurde eine Kommission gebildet, der die Kurfürsten Richard von Greiffenklau und Joachim von Brandenburg angehörten sowie als Vertreter der Fürsten Herzog Georg von Sachsen und in Vertretung des Markgrafen von Baden dessen Kanzler Hieronymus Vehus. Hinzu traten Grafen, geistliche Herren und Vertreter der Reichsstädte.

Am Montag, dem 22. April, überbrachten zwei Priester Martin Luther eine neuerliche Einladung. Er solle am Mittwoch, dem 24. April, um 6.00 Uhr morgens in Richard von Greiffenklaus Unterkunft zur Anhörung erscheinen. Am Abend bewilligte der Kaiser eine Frist von drei Tagen für die Verhandlungen mit Martin Luther. Länger wollte sich Karl V. nicht mehr gedulden. Widerrief Luther dann nicht, sollte er sofort der Reichsacht verfallen. Er fühlte sich von diesem Mönch verhöhnt. Vehus erhielt von Glapion und Aleander die Fragen, die er zu stellen habe. Nachdem Kurfürst Joachim die Sitzung der Kommission eröffnet hatte, erklärte Vehus in einer längeren Rede, dass keine Disputation geplant sei, sondern lediglich eine brüderliche Ermahnung, denn es gelte nur eine Frage zu beantworten: ob er, Luther, in seinem Eigensinn verharren oder in den Schoß der Kirche zurückkehren wolle. In großer Freundlichkeit stimmte Martin Luther zu, dass man nicht eigensinnig sein dürfe und der Obrigkeit zu gehorchen habe, aber das ginge nur so weit, wie er das Wort Gottes nicht verleugnen müsse. Man schickte Luther hinaus, beriet sich, rief ihn wieder herein und ermahnte ihn noch einmal, sich zu unterwerfen. Luther blieb bei seinem Standpunkt. Daraufhin ergriff der Brandenburger Kurfürst das Wort und fragte: »Stimmt es, dass Du gesagt hast, dass Du nur weichen werdest, wenn Du durch die Heilige Schrift widerlegt wirst?« »Ja, oder durch klare Beweisgründe«, antwortete Martin Luther. Damit endete die Sitzung.

Luther folgte Richard von Greiffenklau in dessen Zimmer zu einem Gespräch, während die Fürsten die Stände über die Anhörung informierten. Während die Stände über das weitere Vorgehen verhandelten, setzte Greiffenklau seine Gespräche mit Martin Luther im Beisein seines Offizials und des Theologen Johann Cochläus fort. Luther wurde zu allen Gesprächen von seinem Rechtsbeistand Hieronymus Schurff und von Nikolaus von Amsdorff begleitet. Cochläus behauptete später, er sei nach Worms gegangen, um für die Kirche zu kämpfen, auch wenn es ihn das Leben kosten sollte. Eigentlich aber ging es ihm lediglich um Macht, Ansehen und Karriere. Er war dem Nuntius Aleander ergeben. Mit Cochläus' Anwesenheit veränderte sich die Gesprächsatmosphäre, sie wurde spitz und aggressiv. Der Offizial ließ sich von Cochläus mitreißen und sie sprachen zuweilen im Stakkato auf Luther ein, so dass Schurff mit seinem mächtigen Bass in die Runde brüllte: »Nun lasst ihn doch mal zu Wort kommen!«

Es scheint, dass Cochläus besessen davon war, den großen »Ketzer« zur Strecke zu bringen. Weil der *agent provocateur* in den Gesprächen beim Trierer Erzbischof nicht weiterkam, dachte er sich eine besonders perfide List aus. Am Nachmittag des 24. April ging er in den Johanniterhof, um Luther aufzusuchen und das Gespräch fortzusetzen. Dort umgaben den Wittenberger Theologen dessen Reisegesellschaft, außerdem Hieronymus Schurff und Philipp von Feilitzsch. Johann Petzensteiner forderte den Gast zum Disput heraus, aber der hatte daran kein Interesse und ließ das »Brüderchen« abfahren. Martin Luther beschwichtigte mit einem Scherz den Streit: »Mein Bruder«, spottete er freundlich, »will gelehrter sein als wir alle, besonders, wenn er tüchtig getrunken hat«. Cochläus verwickelte daraufhin Luther in ein Gespräch über die Transsubstantiation und das Abendmahl in beiderlei Gestalt. Schließlich schlug er ihm eine öffentliche Disputation auf Feuer und Schwert vor, vorausgesetzt, Martin Luther gebe sein freies Geleit auf, das er vom Kaiser erhalten habe. Philipp von Feilitzsch reagierte entsetzt, Rudolf von Watzdorf bot Cochläus Prügel an, nur mit Mühe konnte die Situation beruhigt werden, denn die Aufgabe des freien Geleits wäre Selbstmord gewesen. Wofür? Um mit einem Cochläus zu disputieren?

Währenddessen hatte sich Richard von Greiffenklau, der immer noch hoffte, den Wittenberger zum Widerruf zu bewegen, darum bemüht, dass die Geltungsdauer des freien Geleits verlängert wurde. Am nächsten Morgen um 6.00 Uhr besuchten die Doktoren Peutinger und Vehus Martin Luther im Johanniterhof, um erneut über Martins Position zu diskutieren und auszuloten, ob doch noch ein wie auch immer gearteter Kompromiss zu erzielen sei. Aber die Diskussion drehte sich im Kreis, denn einen Widerruf ohne Widerruf zu bewerkstelligen, war wohl eine Kunst, die niemand beherrschte.

Da Martin Luther kein Jota von seiner Linie abwich, unternahm der Trierer Erzbischof einen letzten Versuch und führte mit ihm in seinem Zimmer ein Gespräch unter vier Augen. Im Falle seines Widerrufs bot ihm der Erzbischof an, ihn zum Prior des Augustiner-Klosters Ehrenbreitstein zu machen.[307] Nachdem er Luther noch vier weitere Angebote unterbreitet hatte, ohne dass der darauf einging, sah er sich am Ende seiner Verhandlungskunst. Es bestand kein Zweifel mehr: Martin Luther würde nicht widerrufen, welche Konsequenzen das auch immer für ihn haben sollte. In der Rede vom 18. April 1521 abends im Bischofshof vor Kaiser und Reichsständen hatte er alles gesagt. Er war hindurch, auch wenn sich weitere Tage voller Gespräche, Avancen und Drohungen anschlossen.

Doch was nun? Erneut traten die Stände zu Luthers Schutz in Aktion. Sie stimmten zwar der Verhängung der Reichsacht zu, weil die Gespräche zu keinem Ergebnis geführt hatten, bestanden aber zugleich darauf, Luther als freien Mann ziehen zu lassen, um nicht als wortbrüchig zu erscheinen und dadurch das Volk weiter zu erregen. Und die Acht solle erst verhängt werden, wenn Luther in Wittenberg noch einmal die Gelegenheit gehabt habe, qualifiziert auf die Vorwürfe zu antworten. Zähneknirschend stimmte der Kaiser zu. Er wollte den Reichstag jetzt wirklich zügig beenden.

Die kursächsischen Räte, aber auch der Kurfürst selbst, hatten an dieser Regelung maßgeblichen Anteil, zogen sie doch alle diplomatischen Register, die ihnen zu Gebote standen. Parallel dazu improvisierten Spalatin und Feilitzsch einen

Plan, der vorsah, Martin aus der Schusslinie zu nehmen. Die Situation war unübersichtlich, zudem extrem gefährlich. An einer Eskalation war niemand interessiert, weder der Kaiser, noch die Reichsstände, der Kurfürst erst recht nicht. Karl V. zog es nach Spanien, um dort seine Herrschaft zu konsolidieren, der Reichstag hielt ihn schon lange genug auf, insofern hatten die Häresien und wunderlichen Vorstellungen des kleinen Mönchs schon über Gebühr Zeit und Aufmerksamkeit gekostet. Die Reichsstände zogen eine Beruhigung allemal vor, denn sie spürten im Unterschied zum Kaiser die Unruhe im Land.

Am 25. April teilten der kaiserliche Rat Maximilian van Zevenbergen und Johannes von der Ecken Martin mit, dass der Kaiser als Schutzvogt der Kirche gegen ihn vorgehen werde. Das kaiserliche Geleit werde noch 21 Tage gelten, in denen er sich nach Wittenberg begeben könne. Danach müsse er weiterer Maßnahmen harren. Untersagt sei ihm, unterwegs zu predigen, das Volk, auf welche Art auch immer, aufzuwiegeln oder zu schreiben. Einen Tag später, am 26. April gegen 10.00 Uhr, brach Martin Luther mit Nikolaus von Amsdorff, Hieronymus Schurff und dem Ordensbruder Johann Petzensteiner in Richtung Heimat auf.

Karl V. wollte vermeiden, noch einmal mit den Reichsständen über Details und Formulierungen zu verhandeln, zumal er sich im Reichstagsabschluss befand. Am 1. Mai wurde Aleander mit der Ausarbeitung eines Edikts zur Verhängung der Reichsacht über Martin Luther und dessen Anhänger beauftragt. Nach der feierlichen Abschlusssitzung des Reichstages begleiteten am 25. Mai Kurfürst Joachim von Brandenburg, die drei geistlichen Kurfürsten und ein paar Vertreter der Stände Karl V. in den Bischofshof, wo in ihrem Beisein und in Anwesenheit seines Hofes das Edikt verlesen und in Kraft gesetzt wurde. Kurfürst Joachim von Brandenburg gab ohne weitere Diskussion im Namen der Reichsstände sein Einverständnis und setzte sich damit über die Forderungen der Stände hinweg. Von diesem Tag an war Martin Luther vogelfrei. Jeder, der ihn sah, hatte die Pflicht, ihn festzunehmen oder anzuzeigen – und sogar die Freiheit, ihn zu erschlagen. Nur sah ihn keiner. Martin Luther war wie von der Erde verschlungen.

Der Öffentlichkeit war nur bekannt, dass zwanzig Reichsritter Luther das Geleit gegeben hatten, dass Luther aber am 29. April im hessischen Friedberg den Reichsherold Kaspar Sturm, der erst in Oppenheim zu ihm gestoßen war, und die Reichsritter verabschiedet habe, da er sich sicher fühlte. Und es hieß, Luther habe entgegen der kaiserlichen Weisung in der Abtei Hersfeld und in Eisenach gepredigt. Zwar habe ein Jurist den Pfarrer der Georgenkirche unter Druck gesetzt, die Predigt des Geächteten und Gebannten zu verhindern, doch die beherzte Gemeinde habe durchgesetzt, dass er am 3. Mai 1521 seine Stimme in ihrer Kirche erheben konnte. Trotz und Zuversicht sprachen aus seiner Auslegung von Psalm 16,10–11: »Denn du wirst meine Seele nicht dem Tode lassen und nicht zugeben, dass dein Heiliger die Grube sehe. Du tust mir kund den Weg zum Leben: Vor dir ist Freude die Fülle und Wonne zu deiner Rechten ewiglich.« Man wusste noch, dass er nach Möhra weitergereist war, denn endlich wollte er den Ort kennenlernen, aus dem die Luthers stammten, und er war erstaunt, dass die Luthers in der Gegend so zahlreich vertreten waren. Auch hier predigte er, bevor er weiterreiste. Das Letzte, was die Öffentlichkeit über Luther erfuhr, war, dass die Reisegesellschaft in einem Hohlweg nahe der Burg Altenstein von Reitern überfallen worden sei. Johann Petzensteiner sei vom Wagen gesprungen und habe Fersengeld gegeben, während einer der Wegelagerer mit der Armbrust auf den Fuhrmann gezielt und gerufen habe: »Wenn dir dein Leben lieb ist, dann sage nur recht geschwind, wen du da auf deinem Wagen hast.« »Den Doktor Luther, bei meiner Treu«, habe der Kutscher unter

Stottern hervorgebracht. Daraufhin hätten die Spießgesellen des Armbrustschützen Martin grob an der Kutte gepackt und ihn unter lauten und martialisch klingenden Flüchen vom Wagen gezerrt. Amsdorff habe vergeblich protestierte, die Reiter hätten Martin Luther, der neben den Pferden herlaufen musste, mit sich genommen.

Dass diese Szene einem großen Publikum bekannt wurde, war dem Augustiner-Eremiten Johann Petzensteiner zu verdanken, der jedem, ob er es hören wollte oder nicht, erzählte, in welch große Lebensgefahr er geraten sei – ohne seinem armen Ordensbruder Martin helfen zu können. Die Kunde von der Entführung verbreitete sich wie ein Lauffeuer. Mancher freute sich, doch sehr viele empfanden Wut oder Trauer. Der Nürnberger Albrecht Dürer, der sich gerade in den Niederlanden befand, notierte in sein Tagebuch:

> *»Am Freitag vor Pfingsten (17. Mai) im Jahre 1521 kam die Mär nach Antwerpen, dass man Martin Luther so verrätherisch gefangen genommen hätte. Denn da ihm der Herold des Kaisers Karl mit dem kaiserlichen Geleite beigegeben war, so ward dem vertraut. Nachdem ihn aber der Herold bei Eisenach an einen unfreundlichen Ort gebracht hatte, sagte er, er bedürfe seiner nun nicht mehr und ritt von ihm fort. Alsbald waren zehn Reiter da; die führten verrätherisch den verkauften, frommen, mit dem Heiligen Geiste erleuchteten Mann hinweg, der da war ein Bekenner des wahren christlichen Glaubens. Und lebt er noch? Oder haben sie ihn gemordet – was ich nicht weiß – dann hatte er das erlitten um der christlichen Wahrheit willen, weil er gezüchtigt hat das unchristliche Papstthum … Oh Gott! Ist Luther tot, wer wird uns hinfort das heilige Evangelium so klar vortragen?«*[308]

24.

In Wirklichkeit war Martin Luther im Schutz der Dunkelheit gegen 23.00 Uhr auf der Wartburg angekommen, nachdem seine »Entführer« viel Zeit darauf verwandt hatten, Haken zu schlagen, um Spuren zu verwischen. Der Burghauptmann Hans von Berlepsch begrüßte ihn und wies ihm eine Stube mit Schlafkammer in der Nordburg über seiner eigenen Wohnung zu. Eigentlich war die Unterkunft für ritterliche Arrestanten gedacht.

Mit Hilfe der ritterlichen Kleidung, die Martin von Stund an tragen musste, dem schnell sprießenden Bart und den bald schon die Tonsur überwuchernden Haaren wurde er bald zum Junker Jörg. Er, der immer in Gesellschaft gelebt hatte und sie liebte, der Lehrer, Disputant und Prediger, stürzte nun in die Einsamkeit der großen zugigen Burg. In Anspielung auf den Seher Johannes nannte er seinen Aufenthaltsort Patmos[309], denn diese griechische Insel nutzten die Römer als Verbannungsort. Verbannt und vereinsamt, abgeschnitten von den politischen und theologischen Kämpfen, die jetzt in ihre entscheidende Phase treten würden, fühlte er sich so, wie sich Johannes auf der Insel vor der kleinasiatischen Küste gefühlt haben musste. Dorthin soll er verschickt worden sein und dort das letzte Buch der Bibel, die Offenbarung, geschrieben haben. Zuweilen und alternativ zu »Patmos« benutzte Martin als Ortsangabe auch die sarkastische Formulierung: »in den Regionen der Vögel«.[310]

Um nicht zu verzweifeln, stürzte er sich in die Arbeit, hielt brieflich Kontakt vor allem zu Spalatin, Melanchthon und

Amsdorff, trieb ausgedehnte Sprachstudien, um die Bibel noch besser verstehen zu können, und vollendete die liegengebliebene Übersetzung und Kommentierung des Magnifikats. An Spalatin schrieb er: »Ich bin hier sehr müßig und sehr geschäftig: ich lerne Hebräisch und Griechisch und schreibe ohne Unterlass.« Und er litt Höllenqualen an wiederkehrenden Verstopfungen. Diese Krankheit hatte auf der Reise nach Worms hinter Erfurt eingesetzt, jetzt wich sie nicht mehr von seiner Seite: »Es hat mich das Übel, an dem ich zu Worms litt, noch nicht verlassen, ja, es hat zugenommen; ich leide an überaus hartem Stuhlgang, wie niemals in meinem Leben, so dass ich an der Heilung verzweifle. Der Herr sucht mich so heim, damit ich nicht ohne Überreste des Kreuzes sei.«[311] Auch setzte ihm nun, in der Einsamkeit, das sexuelle Verlangen zu, denn statt zu beten und für die Kirche zu »seufzen«, brannte ein »großes Feuer« des »ungezähmten Fleisches«; »kurz, da ich brünstig sein sollte im Geist, bin ich brünstig im Fleisch durch böse Luft, Faulheit, Müßiggang, Schläfrigkeit«. »Es ist schon acht Tage her, dass ich nichts schreibe, noch bete, noch studiere, teils von Anfechtungen des Fleisches, teils durch andere Beschwerden gequält.«[312]

Wenn die körperlichen Beschwerden sich nicht besserten, würde er wohl nach Erfurt zum Arzt müssen, denn lange, befürchtete er, würde er die Qualen nicht mehr durchstehen. Seine Klagen über seinen Müßiggang indes lösen Verwunderung aus, wenn man einen Blick darauf wirft, welch großes Arbeitspensum er trotz aller »Faulheit« bewältigte. Die Auseinandersetzungen mit den Feinden füllen Seiten, ebenso die Gedanken zur Ohrenbeichte und die Bemühungen um die Messe, die Auslegung der Psalmen, die er gleich Paulus' Briefen aus der Gefangenschaft an die Gemeinde richtete, und natürlich die umfangreiche Weihnachts- und Adventspostille, in der er – teils in deutscher Sprache verfasst, teils aus dem Lateinischen übersetzt – seine Predigten zu den Evangelien- und Episteltexten der Sonn- und Feiertage herausgab.

Die Verdauungsprobleme rührten von dem harten und übertriebenen Fasten seiner frühen Jahre im Kloster her, aber auch vom seelischen Druck und der falschen Ernährung, und sie verschlimmerten sich durch die Bewegungsarmut auf der Wartburg.

Martin Luther war zwar nicht in der Welt, aber auch längst nicht aus der Welt. Im steten Briefkontakt mit seinen engsten Mitstreitern verfügte er nicht nur über aktuelle Informationen, sondern griff auch brieflich in Auseinandersetzungen ein, zumal sich bald schon eine neue Gefahr zeigte. Die Entwicklung, die Martin Luther angestoßen hatte, führte zu Übertreibungen und begann sich zu radikalisieren. Niemals hätte er geglaubt, dass seine Kritik an der nichtreformierbaren Papstkirche dazu führen könnte, eine neue Kirche schaffen zu müssen – eine neue Kirche, eine neue Frömmigkeit, eine neue Ethik, ein neues Gesellschaftsverständnis. Ja, er war hindurch, aber die eigentliche Arbeit begann erst. Er begriff immer mehr, dass der neue Glaube neue Formen benötigte, weil die alten nichts mehr taugten.

Unterdessen spitzte sich die Lage in Wittenberg zu, wo Karlstadt sich in seiner Abwesenheit zusehends radikalisierte. Zu Spalatins Entsetzen eilte Martin am 3. Dezember in grauer Reiterkleidung mit einem roten Birett auf dem Kopf nach Wittenberg zurück, beriet mit seinen Freunden Lucas Cranach und Christian Döring, dem Drucker und Goldschmied, der ihm für die Reise nach Worms seinen Reisewagen zur Verfügung gestellt hatte, über die Lage. Er ließ sich über den Ernst der Situation nicht hinwegtäuschen, genoss aber das Zusammensein mit den beiden Freunden Cranach und Döring, die inzwischen auch im Stadtrat saßen, und den Vertrauten Nikolaus von Amsdorff und Philipp Melanchthon. In den Gesprächen ging es nicht zuletzt um den Druck von Luthers Manuskripten »Vom Missbrauch der Messe«, »Über die Mönchsgelübde« und »Wider den Abgott zu Halle«, schließlich auch um die Advents- und um die Weihnachtspostille.

Am 12. Dezember war Junker Jörg wieder auf der Wartburg zurück. Aus Wittenberg brachte er ein Projekt mit, das er auf Drängen der Freunde nun endlich anpacken wollte: die Übersetzung der Bibel ins Deutsche. Wenn es allein auf den Text der Bibel ankam und die Christen vor allem die Bibel lesen sollten, dann mussten alle, Männer wie Frauen, dies auch können – und zwar in ihrer Muttersprache. Zwar existierten schon deutsche Bibelübersetzungen, jedoch taugten sie in zweierlei Hinsicht wenig. Sie gingen, was das Neue Testament betraf, nicht von der philologisch korrekten Fassung aus, die Erasmus erstellt hatte. Und sie berücksichtigten nicht die hebräische Textgrundlage des Alten Testaments. Aus diesem Grund trieb Martin seine Studien der hebräischen und griechischen Sprache mit Eifer voran und holte den Rat von Philologen wie Philipp Melanchthon ein.

In der Zusammenarbeit mit Freunden und Fachleuten entstand zwischen 1522 und 1534 die Übersetzung der gesamten Bibel, des Alten wie des Neuen Testaments. Am 21. September 1522 erschien in Wittenberg das auf der Wartburg übersetzte und in Wittenberg mit den Freunden korrigierte Neue Testament. Im Jahr 1534 veröffentlichte er die vollständige Bibel: die sogenannte Lutherbibel. Dazwischen lagen Jahre der kritischen Überprüfung und Überarbeitung. Luthers Ziel bestand darin, dem »sola« Genüge zu tun. Denn wenn es »allein« auf die Schrift ankam, dann stellte das an die deutsche Übersetzung die höchsten Anforderungen.

In der ersten deutschen Übersetzungstheorie, in Martin Luthers nach wie vor instruktivem Sendbrief »Vom Dolmetschen und von der Fürbitte der Heiligen«, bekannte er: »Ich habe mich beim Dolmetschen geflissentlich darum bemüht, den Text in reinem und klarem Deutsch wiederzugeben.«[313] Unermüdlich hatte er nach der genauesten und klangvollsten

Variante gesucht. Neben der Genauigkeit war es ihm darum gegangen, dass die Bibel verständlich und von hohem Gebrauchswert für das ganze Volk war. Die Texte hatten eingängig zu sein, klangvoll und gut merkbar. »Denn man soll nicht die Buchstaben in der lateinischen Sprache fragen, wie man deutsch reden soll, wie es die Esel tun, sondern man muss die Mutter im Haus, die Kinder auf der Gasse, den einfachen Mann auf dem Marktplatz danach fragen und denselben auf den Mund sehen, wie sie reden, und danach dolmetschen, so verstehen sie dann und merken, dass man deutsch mit ihnen redet.«[314] So lautet die wörtliche Übersetzung der ersten Verse von Psalm 23: »Der Herr lenkt mich, und nichts wird mir fehlen. Auf einer Weide dort hat er mich angesiedelt. Über einer Quelle der Erquickung hat er mich aufgerichtet.« Doch das gefiel Martin nicht, auch meinte er, dass der Text verlor und die Übersetzung ihn auch verfälsche. Deshalb übertrug er die Verse 1524 so: »Der Herr ist mein Hirte, mir wird nichts mangeln. Er lässt mich weiden, da viel Gras steht, und führet mich zum Wasser, das mich erkühlet.« Doch auch das befriedigte ihn nicht. Darum ging er 1531 noch einmal an den Vers und verdichtete ihn zu hoher Eindringlichkeit: »Der Herr ist mein Hirte. Mir wird nichts mangeln. Er weidet mich auf einer grünen Aue und führet mich zum frischen Wasser.«

So wurde Martin Luthers Bibelübersetzung in sprachlicher, philologischer und dadurch auch in theologischer Hinsicht zum »frischen Wasser« für die Christen – und nicht nur für sie.

Epilogus

»dass in der Christenheit kein Ansehen der Person gilt; sondern wer da glaubt und gerecht ist, der gehet zu dieser Pforte ein, unangesehen ob er ein Jude, Grieche, Mann, Weib, Jungfrau, ehelich, Knecht, Magd, reich, arm, König. Fürst, Edelmann, Bürger, Bauer, stark oder schwach sei. Denn das Reich Christi stehet nicht in äußerlichen Weisen und Wesen…«

MARTIN LUTHER

Mit Luthers Rückkehr nach Wittenberg im Jahr 1522 setzten über zwei Lebensjahrzehnte unermüdlichen Schaffens ein. Altes war zerstört oder verworfen worden, an dessen Stelle musste Neues treten, das zu entwickeln war, dessen Themen von der Frage des Gottesdienstes, über die Kirchenverfassung bis hin zu weltlichen Fragen wie Bildung oder Wirtschaft reichten. Weder der Kirchenbann noch die Reichsacht stellten für Martin Luther ein größeres Problem dar, solange er sich in Territorien aufhielt, in denen die Landesherren seiner Theologie folgten, wie in Kursachsen. Den Reichstag zu Augsburg 1530, auf dem die »Confessio Augustana« als Glaubensbekenntnis der protestantischen Reichsstände verkündet wurde, erlebte er vom ernestinischen Coburg aus, das seit 1524 protestantisch war. Näher kam er dem Reichstag jedoch nicht. Auf bayerisches Gebiet durfte er seinen Fuß nicht setzen. So vertrat ihn in Augsburg Philipp Melanchthon, über dessen Nachgiebigkeit er schier verzweifelte.

Bis auf den heutigen Tag steht Martin Luther unter dem Kirchenbann und gilt als exkommuniziert. Die Bannbulle »Decet Romanum Pontificem« besitzt nach wie vor Gesetzeskraft. Zwar flackerten im vorigen Jahrhundert im ökumenischen Prozess immer wieder Diskussionen darüber auf, ob die Bulle nicht aufgehoben werden sollte, doch konnte man sich auf katholischer Seite, obwohl von den Evangelischen immer wieder gewünscht, nicht dazu durchringen. Der katholische Kirchenhistoriker Erwin Iserloh bezog 1972 dazu grundsätzlich Stellung: »Wenn die Aufhebung des gegen Luther verhängten Bannes großen Eindruck machen und das Verhältnis der Konfessionen psychologisch entlasten würde, so ist doch zu bezweifeln, dass ein solcher Akt, von der Sache her gesehen, sinnvoll, ja redlich wäre.«[315] Iserloh wies darauf hin, dass die Exkommunikation eine »Medizinal- oder besser Beugestrafe« sei mit dem Ziel, dass der Exkommunizierte sein »Vergehen gegen Lehre und Zucht der Kirche« begreife und bereue.[316] Der katholische Kirchenhistoriker machte zu Recht deutlich, dass es schwierig sei, einen Toten von einer Strafe für eine Tat zu befreien, die er zu Lebzeiten ausdrücklich nicht bereuen wollte. Außerdem sei der Tote nun unmittelbar Gottes Gericht unterstellt.

Dass Luther aus katholischer Sicht keine »Reue« hinsichtlich seiner Lehre bewies, nicht widerrief und nicht abschwor, ist ein historischer Fakt. Man könnte gegen Iserloh darauf hinweisen, dass die »katholische Kirche« recht eigentlich erst in Trient, also nach Luthers Tod entstand. Zudem wirft Iserlohs Argument die Frage auf, wie es sich mit Positionen verhält, in denen auch die katholische Kirche ihre Meinung zumindest modifiziert, wenn nicht gar geändert hat. Auch katholischerseits hat sich in der Frage der Ablässe und der Rechtfertigung ja inzwischen einiges getan. Nicht allerdings im Hinblick auf ekklesiologische Themen wie den Primat des Papstes, das Zölibat, die Wiederverheiratung Geschiedener usw.

Darum dringt ein zweites Argument eher zum Kern des Problems vor. Iserloh gab zu bedenken, dass bei »der Frage der Zurücknahme des Bannes« die bis heute »kirchentrennenden Lehren Luthers mit in Betracht gezogen werden« müssten, »wenn man nicht weiterer dogmatischer Unklarheit Vorschub leisten« wolle.[317] Die Konsequenz der Aufhebung des Kirchenbanns bestände darin, dass evangelische Positionen für die katholische Kirche als tolerabel gelten würden. Und höbe man mit dem Bann den Kirchenausschluss Luthers auf, würde er wieder der Institution angehören (Kirchengliedschaft erlöscht nicht mit dem Tod!), die er so entschieden bekämpft hat. Hätte Luther das gewollt? Zudem entstünde das Problem der Doppelmitgliedschaft, die zwar bei manchen christlichen Kirchen möglich ist, nicht aber bei den Katholiken. Luther habe schließlich mit seinen Glaubensgefährten nicht nur die lutherische Kirche gegründet, sondern er war auch kirchenrechtlich ihr Mitglied. Aus diesen Gründen führt kein Weg zurück nach

Rom. Die Aufhebung des Kirchenbanns würde erst dann sinnvoll, wenn sich die Positionen von katholischer Kirche und den evangelischen Kirchen so weit annäherten, dass sie offiziell »Kirchengemeinschaft« vereinbaren könnten, was die Gemeinschaft in Wort und Sakrament einschlösse.

Richtig ist jedoch, dass Luther die Kirchenspaltung ursprünglich nicht wollte. Aber nach der Rückkehr aus Worms ließ sie sich nicht mehr vermeiden. Die Positionen lagen in den Fragen der Rechtfertigungslehre, der Sakramente und des Kirchenverständnisses so weit auseinander, dass sie einander ausschlossen. Vor Luther und seinen Mitarbeitern, unter denen vor allem Philipp Melanchthon zu nennen ist, stand in den folgenden Jahren die Aufgabe, eine neue Kirche zu schaffen, die den einzelnen Christenmenschen in seiner Gemeinde in den Mittelpunkt stellte und den Verbund der Gemeinden zur Grundlage hatte. Da es aber auch auf die einzelnen Reformatoren ankam, entstanden im evangelischen Bereich verschiedene »Kirchen«, die sich in der Frage des Abendmahles und der Taufe unterschieden. Calvinisten und Lutheraner standen sich zu Luthers Lebzeiten feindlich gegenüber.

Nachdem sich die Trennung zwischen katholischen und evangelischen Christen im Nachgang zu Worms immer mehr vertieft hatte, stellte sich auch der katholischen Kirche die Aufgabe, die eigenen theologischen Grundlagen zu klären und zu definieren, was »katholisch« sei. Das geschah auf dem Konzil von Trient (1545–1563). Fast parallel, mit einer geringfügigen zeitlichen Verschiebung, setzten die Prozesse der Theologiebildung ein, zumindest die der Klärung der theologischen Positionen des sich herausbildenden Katholizismus und Protestantismus. Deshalb ist es in mancherlei Hinsicht verfehlt, von »Gegenreformation« zu sprechen, denn auch im katholischen Bereich wurde intensiv von Theologen wie Reginald Pole und Giovanni Morone, von Laien wie Vittoria Colonna und Michelangelo, über eine Reform der Kirche nachgedacht. Morone, den man aus der Engelsburg befreite, wo er als »Häretiker« gefangen gehalten wurde, gelang es, das Konzil von Trient voranzutreiben und ergebnisreich zu beenden. Reizvoll wäre es, die parallel verlaufenden Prozesse der Theologiebildung unter Protestanten und Katholiken um die Mitte des 16. Jahrhunderts nicht getrennt, sondern miteinander zu betrachten. Überhaupt kommt es gar nicht selten vor, dass einander bekämpfende Religionen, Philosophien oder sonstige Überzeugungen aneinander wachsen und erst durch die Auseinandersetzung ihre Identität ausbilden. Keine Möglichkeit aber ist es, auf Unterscheidungen zu verzichten und der Auseinandersetzung um die Wahrheit und den richtigen Weg, sich als Geschöpf Gottes zu bewähren, aus dem Weg zu gehen. Wer das tut, verfehlt sein Menschsein. Das wusste Luther. Er wusste aber auch, dass Menschen von sich aus ihr Menschsein immer verfehlen. Abgefunden hat er sich damit nicht. Aber immerhin gelang es ihm, Gottes Gnade zu vertrauen und sein Leben und Denken in Gottes Hand zu legen. Das hatte auch Johannes Hus getan, obwohl es für ihn den Tod bedeutete. Christliche Glaube ist durchaus Lebenshilfe, aber in harten Zeiten taugt er nicht als Wellnessreligion. Hus und Luther haben das Kreuz akzeptiert.

Immerhin wurde auf dem Reichstag von Worms nicht wie ein Jahrhundert zuvor in Konstanz ein Scheiterhaufen für den Glaubenszeugen und Reformer aufgeschichtet und entzündet. Man mag einwenden, dass in Konstanz eine Kirchenversammlung stattfand, während in Worms der Reichstag, also eine weltliche Versammlung, abgehalten wurde. Nur war Martin Luther, als er in Worms eintraf, bereits als Häretiker verurteilt und aus der Kirche ausgeschlossen, während der Prozess gegen Johannes Hus erst auf dem Konzil eröffnet wurde. Eigentlich stand die weltliche Obrigkeit in der Pflicht, den Häretiker Luther gefangenzusetzen und ihm den Prozess zu machen. Doch die einen wollten es nicht, und die anderen konnten sich nicht dazu durchringen, während wieder andere wichtigere

Ziele verfolgten. Und die Partei des Papstes erwies sich als zu schwach, den Willen der Kurie durchzusetzen. Entscheidend war, dass Johannes Hus am Anfang eines Reformprozesses stand, dem noch die zwingende gesellschaftliche Notwendigkeit und mithin die politische Unterstützung fehlte, während sich zu Luthers Zeiten die ausgebliebenen Reformen des 15. Jahrhunderts nun mit Macht entluden. Die europäische Welt befand sich in einem grundsätzlichen Wandel, der auch – häufig zu gering veranschlagt – von einer Revolution in Technik und Technologie getrieben wurde. Man denke nur an die Erfindung des Buchdrucks mit beweglichen Lettern. Diese Erfindung veränderte die Welt und Martin Luther wusste sich der neuen medialen Möglichkeiten virtuos zu bedienen.

In Worms hatte Martin Luther unter Lebensgefahr auf der christlichen Freiheit bestanden, darauf, dass Änderungen vonnöten waren. In den folgenden zweieinhalb Jahrzehnten bis zu seinem Tod 1546 kam es darauf an, diese Änderungen herbeizuführen und eine neue Theologie, eine neue Kirchenordnung samt Wegweisung für eine neue Frömmigkeit und Ethik zu entwickeln. Das, was nach Worms vor ihm lag, war die bei Weitem schwierigere Aufgabe.

Finis.

Zitationsnachweis

1 Hus, deutsch, S. 632.
2 A. a. O., S. 687.
3 Ebenda.
4 Ebenda.
5 Vgl. a. a. O., S. 587.
6 A. a. O., S. 635.
7 Vgl. „Bericht des Peter von Mladoniowitz über die letzten Tage und den Feuertod des Jan Hus", in: Hus, deutsch, S. 685–697; dieser Text bildet die Grundlage für die folgende Schilderung.
8 A. a. O., S. 690 f.
9 A. a. O., S. 696.
10 Ebenda.
11 Luther, Deutsch-Deutsche Studienausgabe, Bd. 1, S. 369.
12 A. a. O., S. 425.
13 A. a. O., S. 371.
14 Lukas 1,35.
15 Luther, Deutsch-Deutsche Studienausgabe, Bd. 1, S. 367 ff.
16 Luther, Sämtliche Schriften, Briefe, Bd. 21, Teil 1, Sp. 345.
17 Luther, Sämtliche Schriften, Bd. 15, Sp. 1787.
18 Vgl. Kalkoff, Depeschen des Nuntius Aleander 1521, S. 121 f.
19 Ebenda.
20 Ebenda.
21 Kalkoff, Briefe, Depeschen und Berichte, S. 28.
22 A. a. O., S. 29.
23 Matthäus 26,39.
24 Luther, Sämtliche Schriften, Briefe, Bd. 1, Sp. 58 ff.
25 Vgl. Sander, Ist ein frommer Mitbürger gewest.
26 Vgl. Mai, Martin Luther, S. 66.
27 A. a. O., S. 71.
28 A. a. O., S. 90 ff.
29 A. a. O., S. 93 ff.

30 A. a. O., S. 102.
31 1. Petrus 2,9.
32 Lukas 12,9–12.
33 Prediger 1,14–15.
34 Prediger 12,13–14.
35 Vgl. Mai, Martin Luther, S. 279–293.
36 Luther, Sämtliche Schriften, Briefe, Bd. 1, Sp. 58 ff.
37 A. a. O., Sp. 60 f.
38 Christoph Scheurl an Eck, 14. Januar 1517, http://ivv7srv15.uni-muenster.de/mnkg/pfnuer/Eckbriefe/N039.html, abgerufen am 12.11.2019.
39 Luther, Sämtliche Schriften, Briefe, Bd. 1, Sp. 65.
40 Ebenda.
41 Luther Deutsch, Bd. 10., S. 23 f.
42 A. a. O., S. 15 f.
43 A. a. O., S. 15.
44 Luther, Lateinisch-Deutsche Studienausgabe, Bd. 1, S. 9.
45 Ebenda.
46 Aurelius Augustinus, Geist und Buchstabe, S. 29.
47 Ebenda.
48 A. a. O., S. 11.
49 Mai, Martin Luther, S. 360 ff.
50 Aristoteles, Nikomachische Ethik, Buch II, 1, S. 28.
51 A. a. O., S. 54.
52 Ebenda.
53 Ebenda.
54 Römer 7,18–19.
55 Luther Deutsch, Bd. 10, S. 25.
56 Luther Deutsch, Bd. 1, S. 244.
57 Ebenda.
58 Luther Deutsch, Bd. 10, S. 23 f.
59 A. a. O., S. 15 f.
60 Johannes 8,31–32.
61 Die Thesen werden im Weiteren zitiert nach: Luther Deutsch, Bd. 1, S. 355–362.
62 Micha 6,6–8.
63 Maleachi 3,2.
64 Matthäus 16,18–19.

65 Martin Luther, Disputatio Pro Declaratione Virtutis Indulgentiarum, in: Ders., Lateinisch-Deutsche Studienausgabe, Bd. 2, S. 3.
66 Ebenda.
67 A. a. O., S. 5.
68 Ebenda.
69 A. a. O., S. 7.
70 Ebenda.
71 Ebenda.
72 A. a. O., S. 9.
73 A. a. O., S. 11.
74 Ebenda.
75 Vgl. Mai, Luthers Ablassthesen, S. 33–55.
76 1. Korinther 9,19–27.
77 Mai, Martin Luther, S. 381 f.
78 Luther, Lateinisch-Deutsche Studienausgabe, Bd. 1, S. 55.
79 A. a. O., S. 67.
80 A. a. O., S. 53 ff.
81 Philipper 3,17–20.
82 1. Korinther 3,18–19.
83 Luther, Lateinisch-Deutsche Studienausgabe, Bd. 1, S. 69.
84 Luther Deutsch, Bd. 10, S. 42.
85 Luther, Sämtliche Schriften, Briefe, Bd. 21, Teil 1, Sp. 173.
86 Luther an Eck, 19. Mai 1519, http://ivv7srv15.uni-muenster.de/mnkg/pfnuer/Eck-Briefe.html, abgerufen am 14.09.2019.
87 Ebenda.
88 Eck an Karlstadt, 28. Mai 1518, http://ivv7srv15.uni-muenster.de/mnkg/pfnuer/Eck-Briefe.html, abgerufen am 20.09.2019.
89 Luther, Sämtliche Schriften, Briefe, Bd. 1, Sp. 102 ff.
90 Vgl. Lohse, Luthers Theologie, S. 126 ff.
91 Matthäus 10,16.
92 Matthäus 10,32–33.
93 Matthäus 10,22.
94 Vgl. Matthäus 10,18.
95 Matthäus 10,23–26.
96 Luther, Lateinisch-Deutsche Studienausgabe, Bd. 3, S. 3.
97 Ebenda.
98 Ebenda.
99 A. a. O., S. 5.
100 A. a. O., S. 7.

101 A. a. O., S. 9.
102 A. a. O., S. 11 ff.
103 Matthäus 10,28–32.
104 Wicks, Jared: Cajetan und die Anfänge der Reformation, S. 65.
105 A. a. O., S. 65 f.
106 Luthers Sämtliche Schriften, Bd. 21, Briefe, Bd. 1, S. 110 ff.
107 Wicks, Cajetan und die Anfänge der Reformation, S. 92.
108 Lohse, Luthers Theologie, S. 131.
109 Ebenda.
110 Luther Deutsch, Bd. 10, Briefe, S. 48.
111 A. a. O., S. 29.
112 A. a. O., S. 49.
113 A. a. O., S. 48 ff.
114 Kolde, Die deutsche Augustiner-Congregation, S. 443.
115 Ebenda.
116 Ebenda.
117 A. a. O., S. 444.
118 Luther Deutsch, Bd. 10, Briefe, S. 51.
119 A. a. O., S. 51 f.
120 Luther, Sämtliche Schriften, Briefe, Bd. 1, S. 125.
121 A. a. O., S. 156.
122 Vgl. Junghans, Reformation in Augenzeugenberichten, S. 69.
123 Luther an Eck, 18. Februar 1519, http://ivv7srv15.uni-muenster.de/mnkg/pfnuer/Eckbriefe/N074.html, abgerufen am 17.09.2019.
124 Luther, Sämtliche Schriften, Bd. 18, Sp. 712 ff.
125 A. a. O., Sp. 713.
126 Aurelius Augustinus, Geist und Buchstabe, S. 11.
127 Ebenda.
128 Luther, Lateinisch-Deutsche Studienausgabe, Bd. 2, S. 3.
129 Römer 1,17.
130 Epheser 2,8–10.
131 Luther, Lateinisch-Deutsche Studienausgabe, Bd. 1, S. 225.
132 Luther, Sämtliche Schriften, Bd. 18, Sp. 715.
133 Luther, Sämtliche Schriften, Briefe, Bd. 1, Sp. 156.
134 Luther, Sämtliche Schriften, Bd. 18, Sp. 721.
135 Hein/Kohnle, Leipziger Disputation, S. 127.
136 Vgl. Junghans, Helmar (Hrsg.): Die Reformation in Augenzeugenberichten, S. 68.

137 Im lateinischen Original: »Resolutio Lutheriana Super Propoitione Decima Tertia De Potestate Papae«.

138 Luther, Lateinisch-Deutsche Studienausgabe, Bd. 3., S. 147.

139 Vgl. Junghans, Die Reformation in Augenzeugenberichten, S. 68.

140 Ebenda.

141 Hein/Kohnle, Leipziger Disputation, S. 29.

142 Luther, Sämtliche Schriften, Bd. 15, Sp. 844–858.

143 A. a. O., Sp. 944.

144 A. a. O., Sp. 905.

145 A. a. O., Sp. 907.

146 A. a. O., Sp. 906.

147 A. a. O., Sp. 909.

148 Ebenda.

149 A. a. O., Sp. 912 f.

150 A. a. O., Sp. 911.

151 A. a. O., Sp. 917 f.

152 A. a. O., Sp. 934 f.

153 A. a. O., Sp. 936 f.

154 Ebenda.

155 A. a. O., Sp. 942.

156 A. a. O., Sp. 979.

157 A. a. O., Sp. 991.

158 A. a. O., Sp. 1167.

159 A. a. O., Sp. 1209.

160 Eck an Kf. Friedrich von Sachsen, 22. Juli 1519, http://ivv7srv15.uni-muenster.de/mnkg/pfnuer/Eckbriefe/N089.html, abgerufen am 31.08.2020.

161 In agro dominico, Bulle Johanns XXII. vom 27. März 1329, in welcher 28 Artikel Meister Eckharts verdammt werden, http://www.eckhart.de/bulle.htm, abgerufen am 19.01.2020.

162 Ebenda.

163 Meister Eckhart, Werke, Bd. 2, S. 313.

164 Luther, Sämtliche Schriften, Bd. 15, Sp. 1283.

165 A. a. O., Sp. 1284.

166 Ebenda.

167 Spengler, Schriften der Jahre 1509 bis Juni 1525, Bd. 1, S. 89 und 513.

168 Eck an Jacobus Hoogstraeten, 24. Juli 1519, http://ivv7srv15.uni-muenster.de/mnkg/pfnuer/Eckbriefe/N091.html, abgerufen am 25.01.2020.

169 Vgl. Junghans, Bibelhumanistische Anstöße, S. 24.
170 Holstein, Johannes Reuchlins Komödien, S. 123.
171 Peterse, Jacobus Hoogstraeten, S. 27.
172 Vgl. a. a. O., S. 25 ff.
173 Vgl. Reuchlin, De arte Cabbalistica, S. 131 und 268.
174 Briefe von Dunkelmännern, S. 194.
175 A. a. O., S. 195.
176 Luther, Briefe, S. 12 f.
177 Lingke, Reisegeschichte D. Mart. Luthers, S. 86.
178 Matthäus 26,36–37.
179 Matthäus 26,38–40.
180 Luther, Sämtliche Schriften, Briefe, Bd. 1, Sp. 239.
181 Ebenda.
182 Ebenda.
183 Matthäus 10,34.
184 Luther, Sämtliche Schriften, Bd. 15, Sp. 1825.
185 Ebenda.
186 Pastor, Geschichte der Päpste, Bd. IV.1, S. 265.
187 Ebenda.
188 Bäumer u. a., Lutherprozess und Lutherbann. S. 35.
189 Wiedemann, Dr. Johann Eck, S. 150.
190 Ebenda.
191 Eck an Papst Leo X., 1. April 1520, http://ivv7srv15.uni-muenster.de/mnkg/pfnuer/Eckbriefe/N103.html, abgerufen am 14.02.2020.
192 Pastor, Geschichte der Päpste, Bd. IV.1, S. 272 f.
193 Aleander an Eck, 17. Februar 1521, http://ivv7srv15.uni-muenster.de/mnkg/pfnuer/Eckbriefe/N137.html, abgerufen am 14.02.2020.
194 Eck an Hg. Wilhelm von Bayern, 15. November 1520, http://ivv7srv15.uni-muenster.de/mnkg/pfnuer/Eckbriefe/N123.html, abgerufen am 14.02.2020.
195 Luther, Sämtliche Schriften, Briefe, Bd. 1, Sp. 234.
196 Luther, Sämtliche Schriften, Bd. 15, Sp. 1410.
197 A. a. O., Sp. 1411.
198 Kühlmann u. a., Humanistische Lyrik, S. 57 ff.
199 Luther, Sämtliche Schriften, Bd. 15, Sp. 1825.
200 Sueton, Werke, Cäsar, S. 21.
201 Luther, Deutsch-Deutsche Studienausgabe, Bd. 22., S. 73.
202 A. a. O., S. 77.
203 A. a. O., S 141.

204 Ebenda.
205 Luther, Sämtliche Schriften, Briefe, Bd. 1, Sp. 289.
206 Offenbarung 17,4.
207 2. Thessalonicher 2,4.
208 2. Thessalonicher 2,9–10.
209 Luther, Deutsch-Deutsche Studienausgabe, Bd. 3, S. 7.
210 A. a. O., S. 49.
211 A. a. O., S. 35.
212 Die Geschichte des Christentums. Mittelalter. Religion – Politik – Kultur. Sonderausgabe, 3 Bde., S. 618 f.
213 Ebenda.
214 Luther, Deutsch-Deutsche Studienausgabe, Bd. 2, S. 379.
215 Ebenda.
216 Luther, Deutsch-Deutsche Studienausgabe, Bd. 3, S. 5.
217 1. Korinther 4,10.
218 1. Korinther 15,3–10.
219 Luther, Deutsch-Deutsche Studienausgabe, Bd. 3, S. 5.
220 A. a. O., S. 7.
221 Jesaja 1,7–9.
222 Luther, Deutsch-Deutsche Studienausgabe, Bd. 3, S. 9.
223 A. a. O., S. 13.
224 A. a. O., S. 15.
225 A. a. O., S. 17.
226 A. a. O., S. 21.
227 A. a. O., S. 25.
228 A. a. O., S. 31.
229 Ebenda.
230 A. a. O., S. 33.
231 A. a. O., S. 45.
232 A. a. O., S. 33.
233 A. a. O., S. 49.
234 A. a. O., S. 63.
235 A. a. O., S. 77.
236 A. a. O., S. 79.
237 Luther, Lateinisch-Deutsche Studienausgabe, Bd. 2, S. 9.
238 Luther, Deutsch-Deutsche Studienausgabe, Bd. 3, S. 96 f.
239 A. a. O., S. 105.
240 Ebenda.
241 Reuter, Reichstag zu Worms, S. 69 f.

242 Kühlmann u. a., Humanistische Lyrik, S. 249.
243 A. a. O., S. 251.
244 Vgl. Mai, Martin Luther, S. 143 f.
245 Lorenz, Lutherfest-Almanach, S. 79 f.
246 Lingke, Reisegeschichte D. Mart. Luthers, S. 89.
247 Luther, Sämtliche Schriften, Bd. 12, Sp. 1388.
248 A. a. O., Sp. 1390.
249 A. a. O., Sp. 1392.
250 Kühlmann u. a., Humanistische Lyrik, S. 257.
251 Lingke, Reisegeschichte D. Mart. Luthers. S. 90.
252 Luther, Sämtliche Schriften, Briefe, Bd. 1, Sp. 213.
253 Luther, Lateinisch-Deutsche Studienausgabe, Bd. 3, S. 225 ff.
254 A. a. O., S. 305.
255 Lukas 22,19–20.
256 1. Korinther 11,23–26.
257 Luther, Lateinisch-Deutsche Studienausgabe, Bd. 3, S. 221.
258 Luther, Lateinisch-Deutsche Studienausgabe, Bd. 3, S. 217.
259 Ebenda.
260 A. a. O., S. 257.
261 A. a. O., S. 269.
262 A. a. O., S. 271.
263 A. a. O., S. 237.
264 Galater 5,1.
265 Luther, Lateinisch-Deutsche Studienausgabe, Bd. 3, S. 277.
266 Mai, Martin Luther, S. 120 f.
267 Aurelius Augustinus, De vera Religione, S. 72.
268 Meister Eckhart, Werke, Bd. 1, S. 75.
269 Luther, Deutsch-Deutsche Studienausgabe, Bd. 1, S. 281.
270 A. a. O., S. 283.
271 Ebenda.
272 Johannes 18,36–37.
273 Luther, Deutsch-Deutsche Studienausgabe, Bd. 1, S. 289.
274 Mechthild von Magdeburg, Licht der Gottheit, S. 45.
275 Luther, Deutsch-Deutsche Studienausgabe, Bd. 1, S. 291.
276 A. a. O., S. 295.
277 Ebenda.
278 A. a. O., S. 299.
279 A. a. O., S. 305.
280 A. a. O., S. 315.

281 Luther, Sämtliche Schriften, Bd. 15, Sp. 2463 f.
282 Luther, Deutsch-Deutsche Studienausgabe, Bd. 1, S. 261 ff.
283 A. a. O., S. 263.
284 A. a. O., S. 275.
285 D. Martin Luthers Werke, Bd. 7, S. 184 (in meiner Übersetzung).
286 Luther, Sämtliche Schriften, Bd. 15, Sp. 1617.
287 A. a. O., Sp. 1618.
288 Reichstag zu Worms, S. 106 ff.
289 D. Martin Luthers Werke, Briefe, Bd. 2, S. 280.
290 Ebenda.
291 Luther, Sämtliche Schriften, Bd. 15, Sp. 1827.
292 A. a. O., Sp. 1828.
293 Luther, Geistliche Lieder, S. 64 f.
294 Luther, Sämtliche Schriften, Bd. 15, Sp. 1828 f.
295 Deutsche Reichstagsakten unter Kaiser Karl V., Zweiter Band, S. 817 (von mir sprachlich angenähert).
296 Deutsche Übersetzung, zit. n. Reuter, Reichstag zu Worms, S. 113.
297 A. a. O., S. 114.
298 Luther, Sämtliche Schriften, Briefe, Bd. 1, Sp. 348 f.
299 Vgl. Matthäus 10,34–35.
300 Junghans, Reformation in Augenzeugenberichten, S. 110 f.
301 Matthäus 10, 5–7.
302 Matthäus 10,32.
303 Deutsche Übersetzung, zit. n. Reuter, Reichstag zu Worms, S. 118.
304 Junghans, Reformation in Augenzeugenberichten, S. 111 f.
305 Deutsche Reichstagsakten, Zweiter Band, Wrede, S. 550 (von mir sprachlich angenähert).
306 A. a. O., S. 594 ff.
307 Reuter, Reichstag zu Worms, S. 288.
308 Dürer, Briefe, Tagebücher und Reime, S. 1119 f.
309 Luther, Sämtliche Schriften, Briefe, Bd. 1, Sp. 2528.
310 A. a. O., Sp. 2515.
311 A. a. O., Sp. 2527.
312 A. a. O., Sp. 2529.
313 Luther, Deutsch-Deutsche Studienausgabe, Bd. 3, S. 801.
314 A. a. O., S. 803.
315 Bäumer u. a., Lutherprozess und Lutherbann, S. 77.
316 Ebenda.
317 A. a. O., S. 78.

Verzeichnis der benutzten Literatur

Adso von Montier-en-Der: De ortu et tempore Antichristi, in: Ernst Sackur (Hrsg.): Sibyllinische Texte und Forschungen, Halle 1898, S. 104–113.

Althaus, Paul: Luthers Haltung im Bauernkrieg, Darmstadt 1952.

Alvarez, Fernandez Manuel: Karl V. Herrscher eines Weltreiches, München 1999.

Angenendt, Arnold: Geschichte der Religiosität im Mittelalter, Darmstadt 2009.

Angenendt, Arnold: Grundformen der Frömmigkeit im Mittelalter, München 2004.

Angenendt, Arnold: Heilige und Reliquien. Die Geschichte ihres Kultes vom frühen Christentum bis zur Gegenwart, Hamburg 2007.

Aristoteles: Metaphysik, Berlin 2003.

Aristoteles: Nikomachische Ethik, in: Ders.: Werke, Bd. 6, Berlin 1983.

Aristoteles: Philosophische Schriften, 5 Bde., Hamburg 1995.

Aristoteles: Physikvorlesung, in: Ders.: Werke, Bd. 11, Berlin 1983.

Aurelius Augustinus: Bekenntnisse, Confessiones, Frankfurt a. M./ Leipzig 2007.

Aurelius Augustinus: De trinitate, Hamburg 2001.

Aurelius Augustinus: Geist und Buchstabe, Paderborn 1968.

Aurelius Augustinus: Die Retractationen in zwei Büchern, Paderborn 1976.

Aurelius Augustinus: Vom Gottesstaat, 2 Bde., München 1991.

Aurelius Augustinus: De vera Religione – Über die wahre Religion, Lateinisch-Deutsch, übersetzt von W. Thimme, Nachwort von K. Flasch, Stuttgart 1983.

Baeck, Leo: Der Glaube des Paulus, in: Ders.: Werke, 6 Bde., Gütersloh 2006.

Balthasar, Hans Urs von: Die großen Ordensregeln, Einsiedeln 1974.

Bangen, Johann Heinrich: Die römische Curie, Münster 1854.

Bäumer, Remigius: Martin Luther und der Papst, Münster 1970.

Bäumer, Remigius, Iserloh, Erwin, u. Hermann Tüchle (Hrsg.): Lutherprozess und Lutherbann. Vorgeschichte, Ergebnis, Nachwirkung, Münster 1972.
Bell, Theo: Divus Bernhardus. Bernhard von Clairvaux in Luthers Schriften, Mainz 1993.
Ben-Chorin, Schalom: Paulus. Der Völkerapostel in jüdischer Sicht, in: Ders.: Werke, 6 Bde., Bd. 5, Gütersloh 2006.
Bentzinger, Rudolf (Hrsg.): Die Wahrheit muss ans Licht. Dialoge aus der Zeit der Reformation, Leipzig 1982.
Bernhard von Clairvaux: Sämtliche Werke, Bd. 4, Innsbruck 1993.
Bernhard von Clairvaux: Sämtliche Werke, lat./dt., hrsg. v. G. B. Winkler u. a., Innsbruck 1990.
Bibliothek der Kirchenväter: http://www.unifr.ch/bkv/ [letzter Zugriff: 2.9.2020].
Birkenmeier, Jochen: Luthers letzter Weg. Ein Rundgang durch Luthers Sterbehaus, Stiftung Luthergedenkstätten Sachsen-Anhalt 2013.
Bloch, Ernst: Thomas Müntzer als Theologe der Revolution, Berlin 1960.
Boccacccio, Giovanni: Das Decameron, Stuttgart 2012.
Boehmer, Heinrich: Der junge Luther, Stuttgart 1939.
Bonaventura: De triplici via. Über den dreifachen Weg, Freiburg i. Br. 1993.
Bornkamm, Heinrich: Thesen und Thesenanschlag Luthers. Geschehen und Bedeutung, Berlin 1967.
Brandmüller, Walter: Papst und Konzil im großen Schisma. Studien und Quellen, Paderborn u. a. 1990.
Braudel, Fernand: Karl V. Die Notwendigkeit des Zufalls, Stuttgart 1990.
Brecht, Martin: Martin Luther, 3 Bde., Stuttgart 1981–1987.
Bredekamp, Horst: Sankt Peter in Rom und das Prinzip der produktiven Zerstörung. Bau und Abbau von Bramante bis Bernini, Berlin 2000.
Bredekamp, Horst, u. Volker Reinhardt (Hrsg.): Totenkult und Wille zur Macht. Die unruhigen Ruhestätten der Päpste in St. Peter, Darmstadt 2004.
Brendler, Gerhard, Endermann, Heinz, Kratzsch, Konrad, u. Franz Fühmann: Zu Martin Luther: Biblia, Leipzig 1983.
Briefe von Dunkelmännern, übers. v. Hans-Joachim Müller, Einl. v. Wolfgang Hecht, Berlin 1964.

Brox, Norbert (Hrsg.): Die Geschichte des Christentums. Mittelalter. Religion – Politik – Kultur. Sonderausgabe, 3 Bde., Freiburg i. Br. 2007.

Buchholz, Ingelore, u. Wolf Hobohm (Hrsg.): Martin Luther in Magdeburg. Eine Sammlung von Quellen und Aufsätzen, Oschersleben 1996.

Bultmann, Christoph, Leppin, Volker, u. Andreas Lindner (Hrsg.): Luther und das monastische Erbe, Tübingen 2007.

Burgdorf, Martin: Der Einfluss der Erfurter Humanisten auf Luthers Entwicklung bis 1510, Leipzig 1928.

Buzzetta, Flavia: Aspetti della magia naturalis e della scientia cabalae nel pensiero di Giovanni Pico della Mirandola (1486–1487), http://www.gianfrancobertagni.it/materiali/varia/buzzetta.pdf [letzter Zugriff: 2.9.2020], Palermo 2011.

Camerarius, Joachim: Das Leben Philipp Melanchthons, Leipzig 2010.

Caspar, Erich: Geschichte des Papsttums von den Anfängen bis zur Höhe der Weltherrschaft. 2 Bde., Tübingen 1930–1933.

Celtis, Conrad: Oden/Epoden/Jahrhundertlied, übers. und hrsg. von Eckart Schäfer, Tübingen 2008.

Cleugh, James: Die Medici. Macht und Glanz einer europäischen Familie, München 2005.

Cristiani, Léon: Luther, wie er wirklich war, Stuttgart 1955.

Damerau, Rudolf: Die Abendmahlslehre des Nominalismus, insbesondere die des Gabriel Biel, Gießen 1963.

Dante: Die göttliche Komödie, übers. v. Friedrich Freiherr von Falkenhausen, Frankfurt a. M. 1974.

Dapper, Alexandra: Zu Tisch bei Martin Luther, Halle (Saale) 2008.

Deutsche Reichstagsakten unter Kaiser Karl V., Bd. 1, bearb. v. August Kluckhohn, Göttingen 1893.

Deutsche Reichstagsakten unter Kaiser Karl V., Bd. 2, bearb. v. Adolf Wrede, Gotha 1896.

Deutsche Reichstagsakten unter Kaiser Karl V. Bd. 21: Die Beschwerden der deutschen Nation auf den Reichstagen der Reformationszeiten (1521–1530). Herausgegeben von der Historischen Kommission bei der Bayerischen Akademie der Wissenschaften durch Eike Wolgast, bearbeitet von Annelies Grundmann. Für den Druck vorbereitet und ergänzt von Rosemarie Aulinger, München 2015.

Deutsche Reichstagsakten unter Maximilian I., Bd. 5, Reichstag zu Worms 1495, bearb. v. Heinz Angermeier, Göttingen 1981.

Dieter, Theodor: Der junge Luther und Aristoteles. Eine historisch-systematische Untersuchung zum Verhältnis von Theologie und Philosophie, Berlin/New York 2001.

Dingel, Irene, u. Günther Wartenberg (Hrsg.): Die Theologische Fakultät Wittenberg 1502 bis 1602. Beiträge zur 500. Wiederkehr des Gründungsjahres der Leucorea, Leipzig 2002.

Dionysius Areopagita: De caelesti hierarchia. Bibliothek der Kirchenväter, zit. n. http://www.unifr.ch/bkv/kapitel3682.htm [letzter Zugriff: 2.9.2020].

Dionysius Areopagita: De ecclesiasti hierarchia. Bibliothek der Kirchenväter, zit. n. http://www.unifr.ch/bkv/kapitel3704.htm [letzter Zugriff: 2.9.2020].

(Dürer, Albrecht:) Dürers Briefe, Tagebücher und Reime, hrsg. v. Moritz Thausing, Wien 1872.

Ebeling, Gerhard: Luther. Einführung in sein Denken, Tübingen 1981.

Ebeling, Gerhard: Martin Luthers Weg und Wort, Frankfurt a. M. 1983.

Eckert, Willehad Paul, u. Christoph von Imhoff: Willibald Pickheimer. Dürers Freund im Spiegel seines Lebens, seiner Werke und seiner Umwelt, 2., erw. Aufl., Köln 1982.

Emme, Dietrich: Martin Luthers Weg ins Kloster. Eine wissenschaftliche Untersuchung in Aufsätzen, Regensburg 1991.

Ernst, Wilhelm: Gott und Mensch am Vorabend der Reformation. Eine Untersuchung zur Moralphilosophie und -theologie bei Gabriel Biel, Leipzig 1972.

Fontes Christiani. Zweisprachige Neuausgabe christlicher Quellentexte aus Altertum und Mittelalter, diverse Bde., Freiburg i. Br. u. a. 1990 ff.

Franz, Adolph: Die Messe im deutschen Mittelalter. Beiträge zur Geschichte der Liturgie und des religiösen Volkslebens, Reprographischer Nachdr. der Ausg. Freiburg, Herder, 1902, Bonn 2003.

Franzen, August, u. Remigius Bäumer: Papstgeschichte, Freiburg i. Br. 1988.

Gattoni, Maurizio: Leone X e la geo-politica dello stato pontificio, Archivio Segreto Vaticano, Città del Vaticano 2000.

Gebhardt, Bruno: Gravamina der deutschen Nation gegen den römischen Hof. Ein Beitrag zur Vorgeschichte der Reformation, Inaug. diss., Breslau 1884.

Geiger, Ludwig: Johann Reuchlin. Sein Leben und seine Werke, Leipzig 1871.
Gilson, Stefan: Die Mystik des heiligen Bernhard von Clairvaux, Wittlich 1936.
Goehl, Konrad: Mittelalterliche Gesundheitsregeln aus Salerno in neue Reime gebracht von Konrad Goehl, Baden-Baden 2009.
Gregor von Nazianz: Theologische Reden, übers. u. eingeleitet v. Hermann Josef Sieben, Freiburg i. Br. 1997.
Greschat, Martin: Gestalten der Kirchengeschichte, 14 Bde., 2. Aufl., Stuttgart u. a. 1994.
Grosse, Sven: Heilsungewissheit und Scrupulositas im späten Mittelalter. Studien zu Johannes Gerson und Gattungen der Frömmigkeitstheologie seiner Zeit, Tübingen 1994.
Grundmann, Herbert: Religiöse Bewegungen, in: Ders.: Ausgewählte Aufsätze, 2 Bde., Stuttgart 1976.
Grundmann, Herbert: Ketzergeschichte des Mittelalters, 3. durchgesehene Aufl., Göttingen 1978.
Gülpen, Ilonka van: Der deutsche Humanismus und die frühe Reformations-Propaganda 1520–1526. Das Lutherporträt im Dienst der Bildpublizistik, Hildesheim 2002.
Haas, Alois M.: Der Kampf um den Heiligen Geist – Luther und die Schwärmer, Freiburg (Schweiz) 1997.
Hacke, Daniela, u. Bernd Roeck (Hrsg.): Die Welt im Augenspiegel. Johannes Reuchlin und seine Zeit, Stuttgart 2002.
Hacker, Paul: Das Ich im Glauben bei Martin Luther. Der Ursprung der anthropozentrischen Religion, Bonn 2002.
Hamm, Berndt: Lazarus Spengler (1479–1534), Spätmittelalter und Reformation Neue Reihe 25, Tübingen 2004.
Hamm, Berndt: Ablass und Reformation. Erstaunliche Kohärenzen, Tübingen 2016.
Härle, Wilfried: Spurensuche nach Gott. Studien zur Fundamentaltheologie und Gotteslehre, Berlin/New York 2008.
Härle, Wilfried: Würde. Groß vom Menschen denken, München 2010.
Härle, Wilfried: »... und hätten ihn gern gefunden«. Gott auf der Spur, Leipzig 2017.
Härle, Wilfried: Ethik, 2. Aufl., Berlin/New York 2018.
Hartmann, Karl-Heinz: Helius Eobanus Hessus. Dichterkönig, Haupt des Erfurter Humanistenkreises und Sohn des Frankenberger Landes, Frankenberger Hefte Nr. 12, Kassel 2013.

Haug, Walter (Hrsg.): Frühe deutsche Literatur und lateinische Literatur in Deutschland 800–1150, Frankfurt a. M. 1991.
Haupt, Heinz-Georg, u. Dieter Langewiesche (Hrsg.): Nation und Religion in der deutschen Geschichte, Frankfurt a. M. 2001.
Hein, Markus, u. Armin Kohnle (Hrsg.): Die Leipziger Disputation von 1519. Ein theologisches Streitgespräch und seine Bedeutung für die frühe Reformation, Leipzig 2019.
Hengel, Martin: Paulus und Jakobus. Kleine Schriften III, Tübingen 2002.
Hengel, Martin: Der unterschätzte Petrus. Zwei Studien, Tübingen 2006.
Hengel, Martin, u. Anna Maria Schwemer: Paulus zwischen Damaskus und Antiochien, Tübingen 1998.
Hölscher, Lucian: Geschichte der protestantischen Frömmigkeit in Deutschland, München 2005.
Holstein, Hugo: Johannes Reuchlins Komödien, Halle (Saale) 1888.
Hugo von St. Victor: Didascalion, in: Ders.: Das Lehrbuch, hrsg. u. übers. v. J. Freundgen, Paderborn 1896.
Huizinga, Johan: Herbst des Mittelalters, Stuttgart 1987.
Huizinga, Johan: Erasmus, Basel 1988.
(Hus, Johannes:) Johannes Hus deutsch, hrsg. von Armin Kohnle u. Thomas Krzenck unter Mitarbeit von Friedemann Richter und Christiane Domtera-Schleichardt. Leipzig 2017.
Iserloh, Erwin: Johannes Eck (1486–1543). Scholastiker, Humanist, Kontroverstheologe, Münster 1981.
Iserloh, Erwin, u. Gerhard Müller (Hrsg.): Luther und die politische Welt. Wissenschaftliches Symposion in Worms vom 27. bis zum 29. Oktober 1983, Stuttgart 1984.
Jedin, Hubert: Kleine Konziliengeschichte. Freiburg i. Br. 1962.
Jedin, Hubert: Handbuch der Kirchengeschichte, 10 Bde., Freiburg i. Br. 1999.
Jonas, Justus, u. Michael Caelius: »Vom christlichen Abschied aus diesem tödlichen leben des ehrwirdigen Herrn D. Martini Lutheri«. Drei zeitgenössische Texte zum Tode D. Martin Luthers mit einer Einf. von Peter Freybe und einem Nachw. zur Entstehungsgeschichte der drei im Reprint vorliegenden Texte von Siegfried Bräuer, Stuttgart 1996.
Jung, Martin H.: Philipp Melanchthon und seine Zeit, Göttingen 2010.

Junghans, Helmar (Hrsg.): Die Reformation in Augenzeugenberichten, 2. Aufl., München 1980.
Junghans, Helmar: Der junge Luther und die Humanisten, Weimar 1984.
Junghans, Helmar: Der mitteldeutsche Renaissancehumanismus. Nährboden der frühen Neuzeit, Leipzig 2004.
Junghans, Helmar. Bibelhumanistische Anstöße in Luthers Entwicklung zum Reformator, in: Revue d'Histoire et de Philosophie religieuses, 85e année n°1, Janvier – Mars 2005. La réformation un temps, des hommes, un message. Hommage à Marc Lienhard à l'occasion de son soixante-dixième anniversaire, S. 17–42.
Kalkoff, Paul: Die Depeschen des Nuntius Aleander vom Wormser Reichstage 1521, Halle (Saale) 1897.
Kalkoff, Paul: Briefe, Depeschen und Berichte über Luther vom Wormser Reichstage 1521, Halle (Saale) 1898.
Kalkoff, Paul: Der Wormser Reichstag 1521, München/Berlin 1922.
Kautzsch, Emil: Die Apokryphen und Pseudoepigraphen des Alten Testaments, Hildesheim/Zürich/New York 2002.
Knape, Joachim: 1521. Martin Luthers rhetorischer Moment oder die Einführung des Protestes, Berlin/Boston 2017.
Knape, Rosemarie (Hrsg.): Martin Luther und der Bergbau im Mansfelder Land, Eisleben 2000.
Knape, Rosemarie (Hrsg.): Martin Luther und Eisleben, Leipzig 2007.
Kohler, Alfred: Karl V. 1500–1558. Eine Biographie, München 1999.
Kolde, Theodor: Die deutsche Augustiner-Congregation und Johann von Staupitz. Ein Beitrag zur Ordens- und Reformationsgeschichte nach meistens ungedruckten Quellen, Gotha 1879.
Koller, Heinrich (Hrsg.): Reformation Kaiser Siegmunds, Stuttgart 1964.
Koller, Heinrich: Die Reformen im Reich und ihre Bedeutung für die Erfindung des Buchdruckes, in: Gutenberg-Jahrbuch 59 (1984), S. 117–127.
Köpf, Ulrich, u. Sönke Lorenz (Hrsg.): Gabriel Biel und die Brüder vom gemeinsamen Leben, Stuttgart 1998.
Körtner, Ulrich: Luthers Provokation für die Gegenwart, Leipzig 2018.
Kühlmann, Wilhelm, Seidel, Robert, u. Hermann Wiegand (Hrsg.): Humanistische Lyrik des 16. Jahrhunderts, Frankfurt a. M. 1997.
Kunzelmann, Adalbero: Geschichte der deutschen Augustiner-Eremiten, 2 Teile, Würzburg 1969.

Landesheimatbund Sachsen-Anhalt e. V. (Hrsg.): Martin Luther in der Kulturgeschichte. Der soziale Raum von Martin Luthers Wirken, Halle (Saale) 1997.

Landino, Cristoforo: Camaldolensische Gespräche, Jena 1927.

Landois, Antonia: Gelehrtentum und Patrizierstand. Wirkungskreise des Nürnberger Humanisten Sixtus Tucher (1459–1507), Tübingen 2014.

Lanzckowski, Johanna (Hrsg.): Mystische Texte des Mittelalters, Stuttgart 1988.

Laube, Stefan, u. Karl-Heinz Fix (Hrsg.): Lutherinszenierung und Reformationserinnerung, Leipzig 2002.

Leuker, Tobias: Angelo Poliziano. Dichter, Redner, Stratege. Eine Analyse der »Fabula di Orpheo« und ausgewählter lateinischer Werke des Florentiner Humanisten, Stuttgart/Leipzig 1997.

Leone Ebreo: Dialoghi D'Amore, Heidelberg 1929.

Leone X finanza, mecenatismo, cultura, Convegno internazioale, hrsg. v. F. Cantatore, C. Casetti Brach, A. Esposito, F. Frova, D. Gallavotti Cavallero, P. Piacentini, F. Piperno e C. Ranieri, Roma 2015.

Leppin, Volker: Martin Luther, Darmstadt 2010.

Leppin, Volker: Wilhelm von Ockham: Gelehrter, Streiter, Bettelmönch, Darmstadt 2012.

Leppin, Volker, u. Gury Schneider-Ludorff (Hrsg.): Das Luther-Lexikon, Regensburg 2014.

Liliencron, Rochus von: Die historischen Volkslieder der Deutschen vom 13. bis zum 16. Jahrhundert, 4 Bde., Hildesheim 1966.

Limentani Virdis, Caterina, u. Mari Pietrogiovanna: Flügelaltäre. Bemalte Polyptychen der Gotik und Renaissance, München 2002.

Linck, Wenzeslaus: Erbauungsschriften, hrsg. u. eingel. v. Helmich van der Kolk, Amsterdam 1978.

Linck, Wenzeslaus: Werke, hrsg. v. Wilhelm Reindell, Marburg 1894.

Lingke, Johann Theodor: Reisegeschichte D. Mart. Luthers, Leipzig 1769.

Lohse, Bernhard: Luthers Theologie in ihrer historischen Entwicklung und in ihrem systematischen Zusammenhang, Göttingen 1995.

Lorenz, Ottomar: Erfurter Lutherfest-Almanach. Zum Besten des Luther-Denkmals zu Erfurt, Erfurt 1883.

Löther, Andrea: Prozessionen in spätmittelalterlichen Städten. Politische Partizipation, obrigkeitliche Inszenierung, städtische Einheit, Köln/Weimar/Wien 1999.

Ludolphy, Ingetraut: Friedrich der Weise. Kurfürst von Sachsen, 1463–1525, Leipzig 2006.
Luther, Martin: »Aus Liebe zur Wahrheit«. Die 95 Thesen, neu hrsg. v. Thomas A. Seidel, mit Beiträgen von Reinhard Feldmann und Klaus-Rüdiger Mai, Frankfurt a. M. 2017.
Luther, Martin: Biblia/das ist die gantze Heilige Schrift Deutsch, gedruckt bei Hans Lufft, Nachdruck Leipzig 1983.
Luther, Martin: Biblia/das ist die gantze Heilige Schrift Deutsch, Der komplette Originaltext von 1545 im modernen Schriftbild, Bonn 2004.
Luther, Martin: Briefe von der Wartburg 1521/1522, Eisenach 1984.
Luther, Martin: Deutsch-Deutsche Studienausgabe, hrsg. von Johannes Schilling mit Albrecht Beutel, Dietrich Korsch, Notger Slenczka und Hellmut Zschoch, 3 Bde., Leipzig 2012–2016.
(Luther, Martin:) D. Martin Luthers Werke. Kritische Gesamtausgabe, Bde. 1–58, Weimar 1883 ff.
(Luther, Martin:) D. Martin Luthers Werke. Kritische Gesamtausgabe, Briefwechsel, Bde. 1–15, Weimar 1930–1978.
(Luther, Martin:) D. Martin Luthers Werke. Kritische Gesamtausgabe, Tischreden, Bde. 1–6, Weimar 1912–1921.
Luther, Martin: Geistliche Lieder, hrsg. u. kommentiert v. Johannes Schilling, Große Texte der Christenheit 7, Leipzig 2019.
Luther, Martin: Lateinisch-Deutsche Studienausgabe, hrsg. von Wilfried Härle, Johannes Schilling und Günther Wartenberg † unter Mitarbeit von Michael Beyer, 3 Bde., Leipzig 2006–2009.
(Luther, Martin:) Luther Deutsch. Die Werke Martin Luthers in neuer Auswahl für die Gegenwart, hrsg. v. Kurt Aland, 10 Bde., Stuttgart/Göttingen, 1948–1983.
(Luther, Martin:) Luther und Emser. Ihre Streitschriften aus dem Jahre 1521, hrsg. von L. Enders, Bd. 2, Halle 1892.
(Luther, Martin:) Luther in Worms. Ein Quellenbuch, hrsg. v. Joachim Rogge, Berlin 1971.
Luther, Martin: Sämtliche Schriften, hrsg. v. Johann Georg Walch, Groß Oesingen 1986.
MacCulloch, Diarmaid: Die Reformation 1490–1700, München 2008.
Magnum Bullarium Romanum. Hrsg. v. Hieronimus Mainardi und Carolus Cocquelinus. 18 Bde., Rom 1732–1762 (Bullen und Dokumente von Leo I. bis Papst Benedikt XIV.). Fortges. v. Andrea Barbieri [u. a.], 19 Bde. (bis Pius IX.), Rom 1835–1857.

Mai, Klaus-Rüdiger: Der Vatikan. Geschichte einer Weltmacht im Zwielicht, Bergisch Gladbach 2008.

Mai, Klaus-Rüdiger: Die Geheimen Religionen, Köln 2012.

Mai, Klaus-Rüdiger: Marin Luther. Prophet der Freiheit, Freiburg i. Br. 2014.

Mai, Klaus-Rüdiger: Albrecht Dürer. Das Universalgenie der Deutschen, Berlin 2015.

Mai, Klaus-Rüdiger: Gutenberg. Der Mann, der die Welt veränderte, Berlin 2016.

Mai, Klaus-Rüdiger: Leonardos Geheimnis, Leipzig 2018.

Mai, Klaus-Rüdiger: Martin Luthers Ablassthesen als wirkungsvollstes Paradoxon der Geschichte, in: Martin Luther: »Aus Liebe zur Wahrheit«. Die 95 Thesen, Frankfurt a. M. 2017, S. 33–55.

Manns, Peter (Hrsg.): Die Heiligen in ihrer Zeit, 2 Bde., 3. Aufl., Mainz 1967.

Manns, Peter: Vater im Glauben. Studien zur Theologie Martin Luthers, Stuttgart 1988.

Margull, Hans Jochen (Hrsg.): Die ökumenischen Konzile der Christenheit, Stuttgart 1961.

Matsuura, Jun: Erfurter Annotationen 1509–1510/11, Köln 2009.

McGinn, Bernard: Die Mystik im Abendland, 4 Bde., Freiburg i. Br. 1994 ff.

Mechthild von Magdeburg: Das Fließende Licht der Gottheit, hrsg. v. Gisela Vollmann-Profe, Frankfurt a. M. 2003.

Meinhardi, Andreas: Über die hochberühmte und herrliche Stadt Wittenberg, Leipzig 1986.

Meinicke, Klaus P., Krug, Klaus, u. Uwe G. Müller (Hrsg.): Industrie- und Umweltgeschichte der Region Sachsen-Anhalt, Halle (Saale) 2001.

Meister Eckhart: Werke, 2 Bde., hrsg. von Niklaus Largier, Frankfurt a. M. 1993.

Meister Eckhart: Deutsche Predigten und Traktate, übers. v. Josef Quint, München 1979.

Meistermann, Ludolph: Anzeige in Glaubenssachen gegen den Prager Theologieprofessor Stanislaus von Znaim bei Papst Gregor XII. 1407/08, in: Annales facultatis artium I, fol. 220v-222, Universitätsarchiv Heidelberg.

Meller, Harald (Hrsg.): Luther in Mansfeld. Forschungen am Elternhaus des Reformators, Halle (Saale) 2007.

Meller, Harald, Rhein, Stefan, u. Hans-Georg Stephan (Hrsg.): Luthers Lebenswelten, Halle (Saale) 2008.

Meltzin, Otto: Das Bankhaus der Medici und seine Vorläufer, Jena 1906.

Mertens, Dieter: »Europa, id est patria, domus propria, sedes nostra ...«. Funktionen und Überlieferung lateinischer Türkenreden im 15. Jahrhundert, in: Franz-Reiner Erkens (Hrsg.): Europa und die osmanische Expansion im ausgehenden Mittelalter. (= ZHF Beiheft 20), Berlin 1997, S. 39–58.

Metz, Detlev: Gabriel Biel und die Mystik, Stuttgart 2001.

MGH (Monumenta Germaniae Historica). Constitutiones et acta publica imperatorim et regum, Bd. 1, hrsg. v. Ludwig Weiland, 1893 (Nachdruck 2003).

Miethke, Jürgen, u. Klaus Schreiner (Hrsg.): Sozialer Wandel im Mittelalter, Sigmaringen 1994.

Mitteilungen des Vereins für Geschichte der Stadt Nürnberg 1–95 (1879–2008).

Moeller, Bernd, Patze, Hans, u. Karl Stackmann (Hrsg.): Studien zum städtischen Bildungswesen des späten Mittelalters und der frühen Neuzeit. Bericht über Kolloquien der Kommission zur Erforschung der Kultur des Spätmittelalters, 1978–1981, Göttingen 1983.

Möhring, Hannes: Der Weltkaiser der Endzeit. Entstehung, Wandel und Wirkung einer tausendjährigen Weissagung, Mittelalter-Forschungen 3, Stuttgart 2000.

Mühlack, Ulrich, u. Gerrit Walther (Hrsg.): Diffusion des Humanismus. Studien zur nationalen Geschichtsschreibung europäischer Humanisten, Göttingen 2002.

Myconius, Friedrich: Geschichte der Reformation, Leipzig 1914.

Neser, Anne-Marie: Luthers Wohnhaus in Wittenberg. Denkmalpolitik im Spiegel der Quellen, Leipzig 2005.

Panofsky, Erwin, Klibansky, Raymond, u. Fritz Saxl: Saturn und Melancholie. Studien zur Geschichte der Naturphilosophie und Medizin, der Religion und der Kunst, Frankfurt a. M. 1992.

Paschasius Radbert: Vom Leib und Blut des Herrn, nach der krit. Ausgabe v. P. Beda Paulus OSB und nach seinem Übersetzungsentwurf übertr. v. Hans Urs von Balthasar, Einsiedeln 1988.

Pastor, Ludwig von: Geschichte der Päpste seit dem Ausgang des Mittelalters. Neuaufl., 16 Bde., Freiburg i. Br. 1955–1961 (zuerst 1886–1933).

Paulus, Nikolaus: Geschichte des Ablasses im Mittelalter, 3 Bde., Darmstadt 2000.

Peterse, Hans: Jacobus Hoogstraeten gegen Johannes Reuchlin. Ein Beitrag zur Geschichte des Antijudaismus im 16. Jahrhundert, Mainz 1995.

Petrarca, Francesco: Die Besteigung des Mont Ventoux, Stuttgart 1995.

Pfordten, Dietmar von der (Hrsg.): Große Denker Erfurts und der Erfurter Universität, Göttingen 2002.

Pico della Mirandola, Giovanni: Conclusiones sive Theses DCCCC, in: Joannis Pici Mirandulani Opera Omnia, Basel 1572–1573, S. 108 (Nachdruck Hildesheim 1969).

Pico della Mirandola, Giovanni: Über die Menschenwürde, Hamburg 1990.

Pirkheimer, Willibald: Eckius dedolatus. Der enteckte Eck, Ditzingen 1983.

Possidius: Vita Augustini, Paderborn 2005.

Pradel, Elvira (Hrsg.): Scherz und Ernst. Deutsche Schwänke des 16. Jahrhunderts, Leipzig 1983.

Ranke, Leopold von: Die römischen Päpste, Berlin o. J.

Reindell, Wilhelm: Doktor Wenzeslaus Linck aus Colditz, Bd. 1, Marburg 1892.

Reinhard, Volker: Die Medici. Florenz im Zeitalter der Renaissance, München 1988.

Rengstorf, Karl Heinrich, u. Siegfried von Kortzfleisch (Hrsg.): Kirche und Synagoge. Handbuch zur Geschichte von Christen und Juden, 2 Bde., Stuttgart 1968.

Reuchlin, Johannes: Briefwechsel, 4 Bde., Stuttgart 2000.

Reuchlin, Johannes: De arte cabbalistica, Hagenau 1517 (Nachdruck Stuttgart 1964).

Reuter, Fritz (Hrsg.): Der Reichstag zu Worms von 1521. Reichspolitik und Luthersache, im Auftrag der Stadt Worms zum 450-Jahrgedenken, Worms 1971.

Rogge, Joachim: Der junge Luther 1483–1521, Der junge Zwingli 1484–1523, Berlin 1985.

Rössler, Hellmuth (Hrsg.): Deutsches Patriziat 1430–1740. Büdinger Vorträge 1965, Limburg an der Lahn 1968.

Roscoe, Wilhelm: Leben und Regierung des Papstes Leo des Zehnten, 3 Bde., Wien 1818.

Ruh, Kurt: Geschichte der abendländischen Mystik, 4 Bde., München 1990.

Rupprich, Hans (Hrsg.): Dürer. Schriftlicher Nachlass, 3 Bde., Berlin 1956–1959.

Sander, R.: Ist ein frommer Mitbürger gewest, in: Die Kirche 8/77 vom 20.2.1977.

Schauerte, Thomas: Die Ehrenpforte für Kaiser Maximilian. Dürer und Altdorfer im Dienst des Herrschers, München 2001.

Schedel, Hartmann: Weltchronik 1493. Kolorierte Gesamtausgabe, hrsg. v. Stephan Füssel, Köln 2013.

Scheel, Otto: Dokumente zu Luthers Entwicklung bis 1519, Tübingen 1929.

Scheel, Otto: Martin Luther. Vom Katholizismus zur Reformation, 2 Bde., Tübingen 1917/1921.

Schildt, Joachim: Martin und Luther und die deutsche Bibel, Eisenach 1983.

Schilling, Heinz: Martin Luther. Rebell in einer Zeit des Umbruchs, München 2012.

Schilling, Heinz: Karl V.: Der Kaiser, dem die Welt zerbrach, München 2020.

Schmidt-Biggemann, Wilhelm: Philosophia perennis. Historische Umrisse abendländischer Spiritualität in Antike, Mittelalter und Früher Neuzeit, Frankfurt a. M. 1998.

Schneidemüller, Bernd u. Stefan Weinfurter (Hrsg.): Die deutschen Herrscher des Mittelalters, München 2003.

Schneider, Bernd Christian: Ius Reformandi. Die Entwicklung eines Staatskirchenrechts von seinen Anfängen bis zum Ende des alten Reiches, Tübingen 2001.

Schneider, Hans: Martin Luthers Reise nach Rom – neu datiert und neu gedeutet. Studien zur Wissenschafts- und Religionsgeschichte, Bd. 10, Berlin/New York 2011.

Schnurr, Harry C. (Hrsg.): Gedichte deutscher Humanisten, Lateinisch/Deutsch, ausgewählt, übersetzt und erläutert von Harry C. Schnur, Stuttgart 2015.

Schnur, Harry C., u. Rainer Kössling (Hrsg.): Galle und Honig, Humanistenepigramme, Leipzig 1984.

Schröder, K. (Hrsg.): Der Nonne von Engelthal Büchlein von der genaden uberlast, Stuttgart/Tübingen 1871.

Schuh, Maximilian: Aneignung des Humanismus. Institutionelle und individuelle Praktiken an der Universität Ingolstadt im 15. Jahrhundert, Leiden/Boston 2013.

Schulze, Manfred: Fürsten und Reformation. Geistliche Reformpolitik weltlicher Fürsten vor der Reformation, Tübingen 1991.

Schwab, Hans-Rüdiger (Hrsg.): Johannes Reuchlin. Deutschlands erster Humanist. Ein biographisches Lesebuch, München 1998.

Seebaß, Gottfried: Die Reformation und ihre Außenseiter. Gesammelte Aufsätze und Vorträge, hrsg. von Irene Dingel unter Mitarb. v. Christine Kress, Göttingen 1997.

Seibt, Ferdinand: Karl V. Der Kaiser der Reformation, Berlin 1990.

Seppelt, Franz Xaver, u. Georg Schwaiger: Geschichte der Päpste. Von den Anfängen bis zur Gegenwart, München 1964.

Sottili, Agostino: Humanismus und Universitätsbesuch. Die Wirkung italienischer Universitäten auf die Studia Humanitatis nördlich der Alpen, Leiden/Boston 2006.

Spengler, Lazarus: Schriften der Jahre 1509 bis Juni 1525, Bd. 1, Gütersloh 1995.

Spitz, Lewis W.: Humanismus und Reformation als kulturelle Kräfte in der deutschen Geschichte. Ein Tagungsbericht, Berlin/New York 1981.

Stammler, Wolfgang (Hrsg.): Spätlese des Mittelalters, Bd. 1, Weltliches Schrifttum, Berlin 1963.

Stammler, Wolfgang (Hrsg.): Spätlese des Mittelalters, Bd. 2, Religiöses Schrifttum, Berlin 1965.

Steimer, Bruno (Hrsg.): Lexikon der Päpste und des Papsttums. Freiburg i. Br. 2001.

Steitz, Georg Eduard: Die Melanchthons- und Luthersherbergen zu Frankfurt am Main, Frankfurt a. M. 1861.

Strack, Georg: Thomas Pirckheimer (1418–1473). Gelehrter Rat und Frühhumanist, Husum 2010.

Streller, Siegfried (Hrsg.): Hutten. Müntzer. Luther. Werke in zwei Bänden, Bd. 2: Luther, Berlin/Weimar 1982.

Sueton: Werke in einem Band, Kaiserbiographien. Über berühmte Männer, Einl. u. Anm. von Werner Krenkel, übers. von Adolf Stahr u. Werner Krenkel, Berlin/Weimar 1985.

Thomann, Günther: Martin Luther und die Reformation in Nürnberg. [Ausstellung der Stadtbibliothek Nürnberg vom 15. Mai bis 31.

August 1996 in der Eingangshalle der Bibliothek Egidienplatz], Nürnberg 1996.

Thomas von Kempen: Das Buch von der Nachfolge Christi, n. d. Übers. v. Johann Michael Sailer, hrsg. v. Walter Kröber, Freiburg i. Br. 1999.

Thomke, Hellmut (Hrsg.): Deutsche Spiele und Dramen des 15. und 16. Jahrhunderts, Frankfurt a. M. 1996.

Treu, Martin (Hrsg.): »... von daher bin ich«. Martin Luther und der Bergbau im Mansfelder Land, Eisleben 2000.

Trillitzsch, Winfried (Hrsg.): Der deutsche Renaissancehumanismus, Leipzig 1981.

Trüdinger, Karl: Luthers Briefe und Gutachten an weltliche Obrigkeiten zur Durchführung der Reformation, Münster 1975.

Volz, Hans: Martin Luthers deutsche Bibel, Hamburg 1978.

Vorgrimmler, Herbert: Geschichte der Hölle, München 1994.

Wachtel, Alois: Beiträge zur Geschichtstheologie des Aurelius Augustinus, Bonn 1960.

Wannenmacher, Julia Eva: Hermeneutik und Heilsgeschichte. De septem Sigillis und die sieben Siegel im Werk Joachims von Fiore, Leiden/Boston 2005.

Weinbrenner, Ralph: Klosterreform im 15. Jahrhundert zwischen Ideal und Praxis. Der Augustinereremit Andreas Proles (1429–1503) und die privilegierte Observanz, Tübingen 1996.

Wicks, Jared: Cajetan und die Anfänge der Reformation, Münster 1983.

Wiedemann, Theodor: Dr. Johann Eck, Professor der Theologie an der Universität Ingolstadt. Eine Monographie, Regensburg 1865.

Wilhelm von Saint-Thierry: Goldener Brief. Brief an die Brüder vom Berge Gottes, übers. v. B. Kohout-Berghammer, Eschenbach 1992.

Wolgast, Eike: Gravamina nationis germanicae, in: Theologische Realenzyklopädie, Bd. 14, Berlin/New York 1985, S. 131–133.

Wriedt, Markus: Gnade und Erwählung. Eine Untersuchung zu Johann von Staupitz und Martin Luther, Mainz 1991.

Wuttke, Dieter: Dazwischen. Kulturwissenschaft auf Warburgs Spuren, 2 Bde., Baden-Baden 1996.

Wuttke, Dieter: Humanismus als integrative Kraft. Die Philosophia des deutschen »Erzhumanisten« Conrad Celtis, Nürnberg 1985.

Zahnd, Ueli: Wirksame Zeichen? Sakramentenlehre und Semiotik in der Scholastik des ausgehenden Mittelalters, Tübingen 2014.

Zinkeisen, Johann Wilhelm: Drei Denkschriften über die orientalische Frage von Papst Leo X., König Franz I. von Frankreich und Kaiser Maximilian I. aus dem Jahre 1517, Gotha 1854.
Zumkeller, Adolar: Johannes von Staupitz und seine christliche Lehre, Würzburg 1994.

Personenverzeichnis

Martin Luthers Leben in Daten

10. NOVEMBER 1483

geboren in Eisleben als zweiter Sohn von Hans und Margarete Luder

1491 BIS 1496

Trivialschule in Mansfeld

1496 BIS 1498

Domschule in Magdeburg

1498 BIS 1501

Lateinschule in Eisenach

1501 BIS 1505

Studium der Septem Artes Liberalis an den Universität zu Erfurt, Abschluss als Baccaulaureat

17. JULI 1505

Eintritt als Novize in den Orden der Augustiner-Eremiten in Erfurt

27. FEBRUAR 1507
Weihe zum Diakon

4. APRIL 1507
Priesterweihe

1509
Martin Luther wird als Lektor an die Universität Wittenberg »ausgeliehen«

1511
Romreise

1511
Rückkehr nach Wittenberg

1512
Promotion zum Doktor theologiae

31.10.1517
Publikation der Ablassthesen (Thesenanschlag an die Schlosskirche zu Wittenberg)

12. BIS 14. OKTOBER 1518
Verhör Luthers durch den päpstlichen Legaten Cajetan in Augsburg

4. BIS 14. JULI 1519
Leipziger Disputation

15. JUNI 1520
in Rom wird die Bannandrohungsbulle »Exsurge Domini« gegen Luther verabschiedet, die im Oktober durch Eck und Aleander in Deutschland publiziert wird

1520
entstehen die drei großen reformatorischen Schriften: »An den christlichen Adel deutscher Nation von des christlichen Standes Besserung«, »Von der babylonischen

Gefangenschaft der Kirche« und »Von der Freiheit eines Christenmenschen«

10. DEZEMBER 1520

Martin Luther verbrennt die Bannandrohungsbulle des Papstes

3. JANUAR 1521

tritt der Kirchenbann in Kraft

2. APRIL 1521

Martin Luther bricht zum Reichstag nach Worms auf. Sein Weg führt ihn über Leipzig, Naumburg, Erfurt, Eisenach, Frankfurt am Main und Offenburg nach Worms

17. UND 18. APRIL

Auftritt auf dem Reichstag

4. MAI 1521

Luther wird »entführt« und auf die Wartburg in Sicherheit gebracht, wo er inkognito als Junker Jörg lebt

HERBST 1521

Luther übersetzt das Neue Testament

1522

Publikation der Übersetzung

MÄRZ 1522

Luther hält in Wittenberg die Invokavitpredigten gegen die Unruhen und den Bildersturm in der Stadt

1524

in der Schrift »An die Ratsherren aller Städte im deutschen Land, dass sie christliche Schulen errichten und unterhalten sollen« konzipiert Luther das Bildungsprogramm der

Reformation und fordert die allgemeine Schulplicht für Mädchen und Jungen, in der Schrift »Von Handels- und Zinsgeschäften« begründet er die protestantische Wirtschaftsethik

9. OKTOBER 1524

Luther beendet sein Leben als Mönch

27. JUNI 1525

Heirat mit Katharina von Bora

1525

Luther nimmt in drei Schriften zum Bauernkrieg Stellung

28. OKTOBER 1525

Luther hält die erste Messe in deutscher Sprache

20. APRIL 1529

Protestation zu Speyer: die evangelischen Stände fordern die Aufhebung der Reichsacht gegen Luther

OKTOBER 1529

streiten Luther und Ulrich Zwingli über das Abendmahl. Die Vorstellung des Abendmahls wird wie Lutheraner und Reformierten entzweien

1529

Martin Luthers »Kleiner Katechismus« erscheint als Grundlage des Lutherums

JUNI 1530

Reichstag zu Augsburg, Luther kann nicht daran teilnehmen, weil er geächtet ist und reist nach Coburg, um dem Reichstag so nahe wie möglich zu sein, damit der Austausch von

Depeschen mit Melanchthon, der ihn in
Augsburg vertritt, so schnell als möglich
geschieht. Die Confessio Augustana als
anerkannte Glaubensgrundlage der
Lutheraner wird verabschiedet

1534

Luther übersetzt den letzten Teil des
Alten Testaments, damit ist seine
Bibelübersetzung abgeschlossen

1537

in den »Schmalkaldischen Artikeln«
legt Luther den Fürsten sein
Glaubensbekenntnis dar

JANUAR 1546

reist Luther zur Schlichtung eines Streites
des Grafen von Mansfeld-Vorderort in
seine Geburtsstadt nach Eisleben,
dort hält er seine letzten Predigten

18. FEBRUAR 1546

Martin Luther stirbt in Eisleben und wird
am 22. Februar 1546 in der Schlosskirche
zu Wittenberg beigesetzt

Klaus-Rüdiger Mai
Geht der Kirche der Glaube aus?
Eine Streitschrift